O LIVRO DAS ILUSÕES

Obras do autor publicadas pela Companhia das Letras

4 3 2 1
Achei que meu pai fosse Deus (org.)
O caderno vermelho
Conto de Natal de Auggie Wren (infantojuvenil)
Da mão para a boca
Desvarios no Brooklin
Diário de inverno
A invenção da solidão
Invisível
Homem no escuro
Leviatã
O livro das ilusões
Noite do oráculo
Timbuktu
Todos os poemas
A trilogia de Nova York
Viagens no scriptorium

PAUL AUSTER

O livro das ilusões
Romance

Tradução
Beth Vieira

2ª *reimpressão*

COMPANHIA DAS LETRAS

Copyright © 2002 by Paul Auster

Grafia atualizada segundo o Acordo Ortográfico da Língua Portuguesa de 1990, que entrou em vigor no Brasil em 2009.

Título original
The Book of Illusions — A Novel

Capa
João Baptista da Costa Aguiar

Preparação
Maria Cecília Caropreso

Revisão
Isabel Jorge Cury
Carmen S. T. da Costa
Ana Luiza Couto

Dados Internacionais de Catalogação na Publicação (CIP)
(Câmara Brasileira do Livro, SP, Brasil)

Auster, Paul, 1947-2024
O livro das ilusões : romance / Paul Auster ; tradução Beth Vieira.
— 1ª ed. — São Paulo : Companhia das Letras, 2002.

Título original: The Book of Illusions : A Novel
ISBN 978-85-359-0302-7

1. Romance norte-americano I. Título.

02-5703   CDD-813

Índice para catálogo sistemático:
1. Romances : Literatura norte-americana   813

Todos os direitos desta edição reservados à
EDITORA SCHWARCZ S.A.
Rua Bandeira Paulista, 702, cj. 32
04532-002 — São Paulo — SP
Telefone: (11) 3707-3500
www.companhiadasletras.com.br
www.blogdacompanhia.com.br
facebook.com/companhiadasletras
instagram.com/companhiadasletras
twitter.com/cialetras

O homem não tem uma única e mesma vida. Tem várias, arranjadas de ponta a ponta, daí sua infelicidade.
Chateaubriand

1.

Todos achavam que ele tivesse morrido. Quando meu livro saiu, em 1988, fazia quase sessenta anos que não se tinha notícia de Hector Mann. À exceção de um punhado de historiadores e amantes do cinema antigo, pouca gente parecia saber que ele existira. *Double or Nothing*, a última das doze comédias de curta-metragem que fez já no fim da era dos filmes mudos, foi lançada em 23 de novembro de 1928. Dois meses depois, sem se despedir de amigos ou colegas, sem deixar carta ou bilhete nem informar ninguém de seus planos, saiu da casa que alugava na North Orange Drive e nunca mais foi visto. O DeSoto azul estava estacionado na garagem; a locação era válida por mais três meses; o aluguel fora pago até o fim do contrato. Havia comida na cozinha, uísque no bar e não faltava uma única peça de roupa nas gavetas e no guarda-roupa. Segundo o *Los Angeles Herald Express* de 18 de janeiro de 1929, *a impressão era a de que ele tinha dado uma saída e voltaria a qualquer momento*. Mas não voltou, e desse ponto em diante foi como se Hector Mann tivesse sumido da face da Terra.

Durante anos depois de seu desaparecimento, correram muitos boatos sobre o que teria acontecido, que fim teria levado o comediante, mas as várias conjecturas não conduziram a parte alguma. As mais plausíveis — que teria cometido suicídio ou sido vítima de um crime — nunca puderam ser provadas ou refutadas, já que não havia um corpo. Outras mostraram-se mais criativas, mais esperançosas, mais sintonizadas com as implicações românticas do caso. Uma das histórias dizia que tinha voltado para sua terra natal, a Argentina, e que se tornara dono de um pequeno circo no interior. Outra falava que Hector se filiara ao Partido Comunista e estava trabalhando sob pseudônimo como militante sindical entre os operários da indústria de laticínios de Utica, em Nova York. Uma terceira afirmava que fora engrossar o rol de desocupados deixados pela Depressão e vagava pelo país como clandestino nos trens de carga. Se Hector tivesse sido uma estrela de maior peso, essas histórias sem dúvida nenhuma teriam persistido. Ele teria continuado a viver nas coisas escritas a seu respeito e teria se transformado aos poucos numa daquelas figuras simbólicas que habitam os subterrâneos da memória coletiva, num representante de tudo quanto é jovem e esperançoso, num emblema das reviravoltas diabólicas da fortuna. Mas nada disso aconteceu porque a verdade é que Hector estava apenas começando a imprimir sua marca em Hollywood quando a carreira dele terminou. Chegou tarde demais para poder explorar por completo seus talentos e não ficou tempo suficiente para deixar uma impressão duradoura daquilo que era e do que podia fazer. Passaram-se mais alguns anos e pouco a pouco as pessoas pararam de pensar nele. Por volta de 1932 ou 1933, Hector Mann pertencia a um universo extinto, e, se algum vestígio ainda restava dele, era apenas como nota de rodapé em livros obscuros que ninguém mais se dava ao trabalho de ler. Os filmes agora falavam e as fitas mudas do passado haviam caído no esquecimento. Era o fim dos palhaços e mímicos, fim das melindrosas bonitas dançando ao ritmo de orquestras inaudíveis. Sumidos havia poucos anos, já pareciam pré-históricos, como as criaturas que vagavam pela Terra quando a humanidade ainda morava em cavernas.

Não há muita informação sobre a vida de Hector em meu livro. *The Silent World of Hector Mann* foi um estudo sobre seus filmes, não uma biografia, e os poucos dados fornecidos a respeito das atividades de Hector fora da tela saíram direto das fontes de praxe: enciclopédias de cinema, memórias, relatos dos primórdios de Hollywood. Escrevi o livro porque queria partilhar meu entusiasmo pela obra do cômico. A história de sua vida me era secundária e, em lugar de especular o que podia ter acontecido ou deixado de acontecer com ele, ative-me a uma leitura minuciosa de seus filmes. Tendo em vista que nascera em 1900 e que nunca mais fora visto depois de 1929, jamais me passaria pela cabeça sugerir que Hector Mann ainda estivesse vivo. Homens mortos não costumam escapulir do túmulo, e no que me dizia respeito somente um homem morto poderia ter permanecido escondido por tanto tempo.

O livro foi publicado pela Pennsylvania Press onze anos atrás, em março. Três meses depois, logo após saírem as primeiras resenhas em revistas acadêmicas e de cinema, recebi uma carta. O envelope era maior e mais quadrado do que os normalmente vendidos em papelarias, e, como era de um papel grosso e caro, minha reação inicial foi imaginar que se tratava de um convite de casamento ou de uma comunicação de nascimento. Meu nome e endereço estavam escritos numa letra elegante e ondulada. Se não era obra de um profissional, sem sombra de dúvida viera de alguém que acreditava nas virtudes de uma caligrafia graciosa, de alguém treinado na velha escola da etiqueta e do decoro social. O carimbo era de Albuquerque, Novo México, mas o endereço no verso do envelope mostrava que a carta fora enviada de algum outro lugar — presumindo-se que tal lugar existisse e presumindo-se que o nome da cidade fosse real. As duas linhas diziam: Fazenda Pedra Azul; Tierra del Sueño, Novo México. Talvez eu tenha sorrido ao ver essas palavras, não me lembro mais. Não havia remetente, e, quando abri o envelope para ler a mensagem escrita no cartão, senti um vago cheiro de perfume, uma insinuação sutilíssima de essência de lavanda.

Prezado Professor Zimmer, dizia o bilhete. *Hector leu seu livro e gostaria de conhecê-lo. Estaria interessado em nos fazer uma visita? Atenciosamente, Frieda Spelling (Sra. Hector Mann).*

Li umas seis ou sete vezes. Depois pus a carta de lado, fui até a outra ponta da sala e voltei. Ao pegá-la de novo, não tinha certeza se as palavras ainda estariam lá. Ou, se estivessem, se ainda seriam as mesmas. Li outras seis ou sete vezes e então, ainda sem ter certeza de nada, descartei a mensagem como se tivesse sido uma brincadeira. Momentos depois estava cheio de dúvidas e mais um pouco depois duvidava das dúvidas. Pensar numa coisa significava pensar também no seu oposto, e logo que esse segundo pensamento destruía o primeiro um terceiro avançava para demolir o segundo. Sem saber o que mais poderia ser feito, entrei no carro e fui até a agência dos correios. Todos os endereços dos Estados Unidos estavam enumerados na lista de códigos postais, e se Tierra del Sueño não estivesse lá eu podia jogar o cartão no lixo e esquecer totalmente o assunto. Mas estava. Encontrei-a no primeiro volume, na página 1933, entre Tierra Amarilla e Tijeras, uma cidade de verdade com uma agência dos correios e seu próprio número de cinco dígitos. O que não tornava a carta genuína, claro, porém ao menos lhe dava um ar de credibilidade, e ao voltar para casa já sabia que teria de responder a ela. Uma carta dessas não pode ser ignorada. Depois de ler seu conteúdo, você sabe que ou você se senta e responde ou vai pensar nela pelo resto da vida.

Não guardei uma cópia da minha resposta, mas lembro que escrevi a carta à mão e tentei ser o mais breve possível, limitando o que tinha a dizer a umas poucas frases. Sem pensar muito a respeito, me vi adotando o estilo enigmático e insípido da carta recebida. Assim me sentia menos exposto, menos suscetível de ser tachado de tolo pela pessoa que bolara a brincadeira — caso fosse de fato uma brincadeira. Minha resposta, salvo algum lapso mínimo de memória, foi alguma coisa no gênero: *Prezada Frieda Spelling. Claro que eu gostaria de conhecer Hector Mann. Mas como posso ter certeza de que ele ainda está vivo? Que eu saiba, ele não é visto há mais de meio século. Por gentileza, forneça mais detalhes. Sinceramente, David Zimmer.*

Todos nós queremos acreditar no impossível, acho que para podermos nos convencer de que milagres existem. Considerando que eu era o autor do único livro escrito sobre Hector Mann, provavelmente fazia sentido alguém pensar que eu fosse aceitar mais que depressa a possibilidade de ele ainda estar vivo. Mas não aceitei. Ou pelo menos achei que não tivesse aceitado. Meu livro havia sido fruto de uma dor imensa e, agora que o deixara para trás, a dor continuava presente. Escrever sobre comédias não fora mais que um pretexto, um estranho remédio que eu engolira todos os dias durante mais de um ano na expectativa improvável de que fosse amainar minha mágoa. Até certo ponto, amainou. Mas Frieda Spelling (ou quem quer que estivesse se fazendo passar por Frieda Spelling) não tinha como saber disso. Ela não podia saber que no dia 7 de junho de 1985, a uma semana do décimo aniversário de meu casamento, minha mulher e meus dois filhos morreram num acidente aéreo. Talvez tivesse reparado que o livro fora dedicado a eles (*Para Helen, Todd e Marco — Em memória*), porém esses nomes não podiam lhe dizer nada e, mesmo adivinhando sua importância para o autor, não havia como saber que para ele representavam tudo aquilo que fazia sentido na vida — e que quando Helen, Todd e Marco morreram, aos trinta e seis, sete e quatro anos de idade, grande parte do autor se foi junto com eles.

Os três estavam a caminho de Milwaukee, iam visitar os pais de Helen. Eu fiquei em Vermont para corrigir provas e entregar as notas finais do semestre que acabara de terminar. Esse era meu trabalho — professor de literatura comparada na Faculdade de Hampton, em Hampton, estado de Vermont — e eu tinha de fazê-lo. Normalmente, teríamos ido todos juntos no dia 24 ou 25, contudo o pai de Helen acabara de ser operado de um tumor na perna e o consenso na família foi que ela e os meninos deveriam ir para lá o mais rápido possível. O que implicou uma negociação minuciosa de última hora com a escola de Todd, para que pudesse perder as duas últimas semanas de aula de seu segundo ano escolar. A diretora mostrou-se relutante mas compreensiva, e no fim acabou cedendo. Essa era uma das coisas que não me saíam da cabeça logo depois do acidente. Se ao menos ela tivesse recusado nosso pedido, Todd teria sido obrigado a ficar em casa comigo e não teria morrido. Pelo menos um deles teria sido poupado. Pelo menos um deles não teria despencado de onze mil metros de altura e eu não teria ficado sozinho numa casa feita para quatro pessoas. Havia outras coisas, claro, outras contingências em que pensar e com as quais me torturar, e tudo levava a crer que eu jamais me cansaria de vagar pelos mesmos becos sem saída. Tudo fazia parte, cada elo da cadeia de causa e efeito era uma peça essencial do horror — desde o câncer na perna de meu sogro até o tempo no Meio-Oeste naquela semana, passando pelo telefone da agência de viagens que reservara as passagens. Pior de tudo foi minha insistência em levá-los de carro até Boston para que pudessem embarcar em um voo direto. Eu não queria que eles decolassem de Burlington. Isso significaria ir até Nova York num teco-teco de dezoito lugares para pegar a conexão até Milwaukee, e eu disse a Helen que não gostava de aviõezinhos. Eram perigosos demais, falei, e não suportava a ideia de deixá-la embarcar sozinha com os meninos. De modo que não embarcaram — para me tranquilizar. Tomaram um avião maior, e o terrível nisso é que fiz o diabo para que chegassem a tempo. Havia congestionamento naquela manhã, e quando finalmente chegamos a Springfield e pegamos a autoestrada de Massachusetts, tive de dirigir bem acima do limite máximo de velocidade para chegar ao Logan na hora.

Lembro-me de muito pouco do que me aconteceu naquele verão. Durante meses, vivi em meio a um borrão de dor alcoolizada e autocomiseração, saía de casa muito raramente e muito raramente me dava ao trabalho de comer, fazer a barba ou trocar de roupa. A maioria dos colegas tirara férias e só voltaria em meados de agosto, de modo que não precisei aguentar muitas visitas nem enfrentar os protocolos torturantes do luto coletivo. A intenção era boa, claro, e sempre que algum amigo aparecia eu o convidava a entrar, no entanto os abraços lacrimosos e os longos silêncios constrangidos não ajudavam grande coisa. Era melhor ficar sozinho, eu achava, melhor demolir os dias na escuridão da mente. Quando não estava bêbado ou jogado no sofá da sala vendo televisão, gastava o tempo vagando pela casa. Ia até o quarto dos meninos e ficava sentado no chão, rodeado pelas coisas deles. Não conseguia pensar nos dois de modo direto, nem evocá-los de nenhuma forma consciente, mas enquanto montava os quebra-cabeças ou brincava com os blocos Lego, construindo estruturas cada vez mais complexas e barrocas, sentia-me temporariamente vivendo de novo em meus filhos — prosseguindo com suas pequenas vidas-fantasma ao repetir os gestos que faziam quando ainda tinham um corpo. Li todos os contos de fada de Todd e organizei suas figurinhas de beisebol. Classifiquei os bichos de pelúcia de Marco por espécie, cor e tamanho, mudando o sistema todas as vezes que entrava no quarto. As horas se escoavam dessa forma, dias inteiros dissolviam-se em esquecimento e, quando não suportava mais, voltava para a sala e tomava mais um trago. Nas poucas noites em que não desmaiava no sofá, acabava dormindo no quarto de Todd. Em minha cama, sonhava o tempo todo que Helen estava comigo, e quando tentava abraçá-la acordava com um tranco violento, as mãos tremendo, com falta de ar, como se eu estivesse prestes a morrer afogado. Não podia entrar em nosso quarto depois de escurecer, mas passava muito tempo lá durante o dia, parado dentro do closet de Helen, tocando em suas roupas, arrumando os casacos e as malhas, tirando os vestidos dos cabides e espalhando-os pelo chão. Certa vez vesti um deles e numa outra vez experimentei pôr uma calcinha e me pintar com a maquiagem dela. Foi uma experiência profundamente satisfatória, porém depois de alguns testes adicionais descobri que perfume era ainda mais eficaz que rímel e batom. Parecia trazê-la de volta mais intensamente, evocar sua presença por períodos mais longos. Por sorte, eu tinha lhe dado um novo vidro de Chanel nº 5 de aniversário, em março. Limitando-me a pequenas doses, duas vezes ao dia, fiz o frasco durar até o fim do verão.

Tirei uma licença e não voltei ao trabalho no outono, mas em vez de sair da cidade ou procurar ajuda médica fiquei em casa e continuei a afundar. Lá pelo fim de setembro, começo de outubro, estava esvaziando mais de meia garrafa de uísque por noite. Evitava que eu sofresse demais, porém ao mesmo tempo me privava de todo e qualquer sentido de futuro, e quando um homem não tem pelo que esperar é melhor estar morto. Mais de uma vez, peguei-me em longos devaneios sobre soníferos e monóxido de carbono. Nunca cheguei a tomar uma atitude, mas agora, sempre que essa época me vem à lembrança, percebo como estive perto de levar a ideia adiante. Os comprimidos ficavam no armário do banheiro e eu já havia tirado o vidro da prateleira umas três ou quatro vezes; já segurara os comprimidos na palma da mão. Se a situação tivesse se prolongado um pouco mais, duvido que tivesse tido força para resistir.

As coisas estavam nesse pé quando Hector Mann entrou inesperadamente em minha vida. Eu não fazia ideia de quem fosse ele, nunca tinha topado com a menor referência a seu nome, mas uma noite, pouco antes do começo do inverno, quando as árvores haviam finalmente perdido todas as folhas e a primeira neve ameaçava cair, aconteceu de eu ver um trechinho de um de seus filmes na televisão, e isso me fez rir. Pode não parecer importante, mas desde junho era a primeira vez que eu ria de alguma coisa, e, quando senti aquele espasmo imprevisto subir pelo peito e chacoalhar em volta dos pulmões, compreendi que ainda não tinha chegado ao fundo do poço, que ainda havia um pedaço de mim que queria continuar vivendo. Do começo ao fim, não deve ter durado mais que alguns segundos. Em termos de risada, não foi especialmente alta nem prolongada, mas me pegou de surpresa e, na medida em que não lutei contra ela, na medida em que não me senti envergonhado por ter esquecido minha tristeza durante aqueles poucos momentos em que Hector Mann apareceu na tela, fui forçado a concluir que havia alguma coisa dentro de mim que antes eu não sabia estar lá, alguma coisa além da morte. Não estou falando em alguma vaga intuição ou anseio sentimental pelo que poderia ter sido. Eu tinha feito uma descoberta empírica e ela carregava todo o peso de uma prova matemática. Se eu ainda era capaz de rir, então significava que não estava de todo anestesiado. Significava que eu não me isolara tão completamente do mundo a ponto de nada mais me atingir.

Deviam ser pouco mais de dez horas. Eu estava ancorado no sofá no meu lugar de costume, copo de uísque e controle remoto na mão, zapeando distraído por todos os canais. Topei com o programa poucos minutos depois de ele ter começado, mas não levei muito tempo para perceber que se tratava de um documentário sobre comediantes do cinema mudo. Lá estavam todos os rostos familiares — Chaplin, Keaton, Lloyd —, e havia também alguns trechos raros de comediantes dos quais eu nunca ouvira falar, figuras menos conhecidas como John Bunny, Larry Semon, Lupino Lane e Raymond Griffith. Acompanhei as gags com uma espécie de distanciamento calculado, sem realmente prestar atenção nelas, porém absorto o suficiente para não mudar de canal. Hector Mann só foi aparecer no fim do programa, e quando apareceu mostraram apenas um clipe: uma sequência de dois minutos de *The Teller's Tale* passada num banco, com Hector no papel do funcionário aplicado. Não sei explicar o porquê do fascínio, mas lá estava ele, com seu terno de tropical branco e o seu bigode preto fininho, de pé num guichê, contando pilhas de dinheiro, trabalhando com uma eficiência tão furiosa, uma velocidade tão absurda e uma concentração tão maníaca que não consegui desviar os olhos. No andar de cima, operários instalavam novas tábuas no chão do escritório do gerente do banco. Do outro lado do recinto, uma secretária bonita, sentada à escrivaninha, lixava as unhas atrás de uma enorme máquina de escrever. De início, parecia que nada no mundo seria capaz de impedi-lo de completar a tarefa em tempo recorde. Mas aí, muito gradualmente, pequenas nuvens de pó de serra começam a cair em cima de seu paletó e, poucos segundos depois, ele finalmente repara na moça. Um único elemento de súbito se transformava em três, e desse ponto em diante a ação salta de um para outro num ritmo triangular de trabalho, vaidade e desejo: a luta para continuar contando o dinheiro, o esforço para proteger seu tão amado terno e a ânsia de cruzar o olhar com a moça. De vez em quando, o bigode de Hector se torce em desalento, como que para pontuar a ação com um leve gemido ou um aparte resmungado. Mais que pastelão e anarquia, era uma questão de personagem e ritmo, uma mistura serenamente orquestrada de objetos, corpos e mentes. Toda vez que Hector perdia a conta, tinha de começar tudo de novo, o que servia apenas para inspirá-lo a trabalhar duas vezes mais rápido que antes. Toda vez que levantava a cabeça para o teto para ver de onde vinha a poeira, ele o fazia uma fração de segundo depois de os operários terem preenchido o buraco com uma nova tábua. Toda vez que olhava para a moça, ela estava virada para a direção contrária. Ainda assim, no meio disso tudo, Hector dá um jeito de manter a compostura, recusando-se a permitir que essas míseras frustrações estorvem seu propósito ou prejudiquem a boa opinião que tem de si mesmo. Podia não ser o mais extraordinário dos trechos de comédia, mas me pegou de tal forma que me vi completamente enredado, e lá pela segunda ou terceira torcida do bigode de Hector eu estava rindo, e rindo alto.

Havia um narrador em off, mas eu estava envolvido demais na cena para escutar tudo o que foi dito. Alguma coisa a respeito da misteriosa saída de Hector da indústria cinematográfica, acho eu, e o fato de ser considerado o último comediante de peso da era dos curtas. De 1920 em diante, os cômicos mais criativos e de maior sucesso já estavam fazendo filmes de longa-metragem e a qualidade das comédias curtas declinara de modo drástico. Hector Mann não acrescentou nada de novo ao gênero, dizia o narrador, mas era reconhecidamente talentoso nas gags, com um controle corporal excelente, um retardatário digno de nota que poderia ter produzido uma obra importante se sua carreira não tivesse terminado de forma tão abrupta. Nesse ponto, a cena terminou e eu comecei a prestar mais atenção nos comentários do narrador. Apareceu então uma sucessão de fotografias de dezenas de atores cômicos na tela e a voz lamentou a perda de tantos filmes da era do cinema mudo. Assim que o som entrou nas películas, os filmes mudos foram esquecidos em arquivos, apodreceram, pegaram fogo, foram jogados fora como lixo e, assim, centenas de atuações haviam desaparecido para sempre. Entretanto nem tudo estava perdido, a voz acrescentou. De vez em quando surgia uma ou outra velha fita e nos últimos anos tinham sido feitas algumas descobertas notáveis. Como no caso de Hector Mann. Até 1981, só existiam três filmes dele no mundo todo. Vestígios de outros nove estavam soterrados em materiais secundários diversos — notícias de imprensa, resenhas contemporâneas, fotos de produção, sinopses —, mas os filmes propriamente eram tidos como perdidos. De repente, em junho daquele ano, um pacote anônimo fora entregue nos escritórios da Cinémathèque Française em Paris. Aparentemente postado de algum lugar no centro de Los Angeles, continha uma cópia quase perfeita de *Jumping Jacks*, o sétimo dos doze filmes de Hector Mann. A intervalos irregulares, nos três anos seguintes, oito pacotes semelhantes foram enviados aos principais arquivos cinematográficos do mundo: o Museu de Arte Moderna em Nova York, o British Film Institute de Londres, a Eastman House em Rochester, o American Film Institute de Washington, o Pacific Film Archive em Berkeley e de novo à Cinémathèque Française em Paris. Até 1984, toda a produção de Hector Mann já estava espalhada entre essas seis organizações. Cada um dos pacotes fora enviado de uma cidade diferente, viajando de lugares tão distantes entre si quanto Cleveland e San Diego, Filadélfia e Austin, Nova Orleans e Seattle, e como em nenhum deles fora incluído um bilhete era impossível identificar o doador dos filmes ou mesmo elaborar uma hipótese de quem seria e de onde vivia a pessoa. Mais um mistério fora acrescentado à vida e à carreira do enigmático Hector Mann, disse o narrador, mas por outro lado um grande favor fora prestado e por isso a comunidade cinematográfica agradecia.

  Eu não gostava de mistérios ou enigmas, no entanto, ali sentado no sofá vendo os créditos finais do programa, passou-me pela cabeça que talvez eu quisesse assistir àquelas comédias. Havia doze delas, espalhadas por seis diferentes cidades da Europa e dos Estados Unidos, e para ver todas a pessoa teria que abdicar de uma porção significativa de seu tempo. Não menos que várias semanas, eu imaginava, talvez até um mês, um mês e meio. Naquela altura, a última coisa que eu poderia ter previsto é que acabaria escrevendo um livro sobre Hector Mann. Eu estava simplesmente procurando alguma coisa para fazer, alguma coisa que me mantivesse ocupado de um jeito mais ou menos inofensivo até estar preparado para voltar ao trabalho. Eu havia passado cerca de meio ano assistindo a meu mergulho até o fundo do poço e sabia que, se deixasse a coisa se prolongar um pouco mais, iria morrer. Não tinha a menor importância o que fosse o projeto nem o que eu esperava obter com ele. Toda e qualquer escolha teria sido arbitrária na época, mas nessa noite uma ideia se apresentara a minha frente e, baseado em dois minutos de filme e numa risada curta, optei por perambular pelo mundo assistindo a comédias mudas.

Eu não era muito de cinema. Começara a lecionar literatura logo depois de formado, aos vinte e poucos anos, e desde então todo o meu trabalho se relacionava com livros, linguagem, com a palavra escrita. Traduzira uma série de poetas europeus (Lorca, Éluard, Leopardi, Michaux), escrevera resenhas para revistas e jornais e publicara dois livros de crítica. O primeiro, *Voices in the War Zone*, foi um estudo sobre política e literatura em que examinei trabalhos de Hamsun, Céline e Pound em conexão com suas atividades pró-nazistas durante a Segunda Guerra. O segundo, *The Road to Abyssinia*, foi um livro sobre escritores que abandonaram o ofício, uma meditação sobre o silêncio. Rimbaud, Dashiell Hammett, Laura Riding, J. D. Salinger e outros — poetas e romancistas de brilho incomum que, por um motivo ou outro, haviam parado. Quando Helen e os meninos morreram, eu estava planejando escrever mais um livro, dessa vez sobre Stendhal. Não que eu tivesse alguma coisa contra o cinema, mas nunca fora algo importante para mim, e nem uma vez sequer, em mais de quinze anos como professor e escritor, eu sentira necessidade de abordar o tema. Gostava de filmes do jeito que todo mundo gosta — como diversão, como pano de fundo animado, quimera. No entanto, por mais belas ou hipnóticas que de vez em quando fossem as imagens, nunca me satisfaziam com a mesma força das palavras. Tudo vinha de mão beijada demais, eu achava; não sobrava o suficiente para a imaginação do espectador, e o paradoxo era que, quanto mais perto os filmes chegavam da simulação da realidade, tanto menos conseguiam representar o mundo — que está em nós tanto quanto em volta de nós. Por esse motivo sempre preferi instintivamente os filmes preto e branco aos coloridos, os mudos aos sonoros. O cinema era uma linguagem visual, uma forma de contar histórias projetando imagens numa tela bidimensional. O acréscimo do som e da cor criou a ilusão de uma terceira dimensão, mas ao mesmo tempo roubou das imagens a sua pureza. As imagens não precisavam mais fazer o trabalho todo. Em vez de transformar o cinema no meio híbrido perfeito, no melhor dos mundos possíveis, o som e a cor enfraqueceram a linguagem que supostamente deveriam realçar. Naquela noite, em minha sala em Vermont, enquanto via Hector e outros comediantes mostrarem o que tinham de bom, entendi que eu era testemunha de uma arte morta, de um gênero inteiramente extinto que nunca mais seria posto em prática. No entanto, apesar de todas as mudanças, o trabalho deles continuava tão novo e empolgante quanto na época de sua primeira exibição. E isso porque haviam entendido a linguagem que estavam falando. Inventaram uma sintaxe do olho, uma gramática do puro movimento, e, exceto pelos trajes, pelos carros e pela mobília antiquada em segundo plano, nada daquilo jamais chegaria a envelhecer. Era pensamento traduzido em ação, a vontade humana expressando-se através do corpo humano e, portanto, era para toda a vida. A maioria das comédias mudas mal se dava ao trabalho de contar uma história. Eram como poemas, expressões de um sonho, eram uma intrincada coreografia do espírito e, por estarem mortas, provavelmente nos falavam mais fundo do que às plateias de seu tempo. Víamos essas comédias através de um enorme abismo de esquecimento, e as coisas que as separavam de nós eram o que, na verdade, as tornavam tão fascinantes: a mudez, a ausência de cor, os ritmos espasmódicos, acelerados. Obstáculos, sem dúvida, que dificultavam o ato de assistir, mas também aliviavam as imagens do fardo da representação. Como ficavam interpostos entre nós e o filme, não precisávamos mais fingir que estávamos olhando para o mundo real. A tela plana era o mundo e esse mundo existia em duas dimensões. A terceira estava em nossa cabeça.

Nada me impedia de fazer as malas e partir no dia seguinte. Havia tirado licença na faculdade e o próximo semestre só começaria em meados de janeiro. Estava livre para fazer o que bem entendesse, livre para ir aonde minhas pernas me levassem, e a verdade é que se por acaso precisasse de mais tempo eu o teria depois de janeiro, depois de setembro, até bem depois de todos os setembros e janeiros, até quando eu quisesse. Tal era a ironia de minha vida absurda e infeliz. No momento em que Helen e os meninos morreram, virei um homem rico. A primeira parte veio de uma apólice de seguro que Helen e eu tínhamos sido convencidos a comprar pouco depois que comecei a dar aulas em Hampton — em nome da *paz de espírito*, disse o sujeito —, e, como estivesse atrelada ao plano de saúde da faculdade e não custasse muito, vínhamos pagando uma pequena quantia todo mês sem pensar muito no assunto. Eu nem sequer lembrei que tínhamos seguro de vida quando o avião caiu, mas menos de um mês depois apareceu um homem na porta de casa e me entregou um cheque no valor de várias centenas de milhares de dólares. Pouco depois, a companhia aérea fez um acordo com as famílias das vítimas e, como alguém que perdera três pessoas no acidente, acabei tirando a sorte grande, um gigantesco prêmio de consolação por morte fortuita e atos imprevistos de Deus. Helen e eu sempre lutamos para viver com meu salário acadêmico e com o que ela recebia eventualmente com os artigos que escrevia como freelance. Naquela época, mil dólares a mais teriam feito uma diferença enorme para nós. Agora eu tinha muitas e muitas vezes mais que aqueles mil e isso não significava nada. Quando os cheques chegaram, mandei metade para os pais de Helen, contudo eles me devolveram na hora, agradecendo o gesto e garantindo que não queriam o dinheiro. Comprei novos equipamentos para o recreio da escola primária de Todd, doei dois mil dólares em livros e uma caixa de areia de primeiríssima linha para a creche onde Marco ficava e forcei minha irmã e o marido, um professor de música em Baltimore, a aceitarem uma polpuda contribuição em dinheiro do Fundo de Morte Zimmer. Se houvesse mais gente na família a quem dar dinheiro, eu o teria feito, mas meus pais já haviam morrido e Deborah era minha única irmã. Em seguida, descarreguei mais um belo punhado para instituir uma bolsa na Hampton em nome de Helen: a Bolsa de Viagens Helen Markham. A ideia era muito simples. Todo ano, seria oferecido um prêmio em dinheiro a algum aluno do último ano da faculdade que tivesse se destacado no campo de humanas. O dinheiro tinha de ser gasto com uma viagem, e fora isso não havia nenhuma outra regra, nenhuma condição ou exigência a ser preenchida. O vencedor seria escolhido por uma comissão rotativa de professores de diferentes departamentos (história, filosofia, inglês e línguas estrangeiras), e, contanto que a bolsa fosse usada para financiar uma viagem ao exterior, o contemplado podia fazer o que quisesse com o dinheiro, sem perguntas. Foi preciso um desembolso fenomenal para estabelecer essa bolsa, mas, por maior que tenha sido (o equivalente a quatro anos de salário), não fez mais que arranhar muito de leve minhas posses e, mesmo depois de ter distribuído diversas quantias de várias outras formas que faziam sentido para mim, continuei com muito dinheiro, mais do que eu jamais saberia como usar. Era uma situação grotesca, um excesso nauseante de riqueza, e cada centavo fora ganho com sangue. Não fosse a mudança súbita de planos, eu provavelmente continuaria dando o dinheiro até que não tivesse sobrado mais nada. Porém numa noite fria no começo de novembro, cismei de viajar um pouco e, sem os recursos para financiar isso, jamais poderia ter levado adiante um projeto tão impulsivo. Até ali, o dinheiro não fora mais que um tormento para mim. Agora eu o via como uma cura, um bálsamo para espantar o colapso terminal do espírito. Morar em hotéis e comer em restaurantes seria uma proposta dispendiosa, mas pela primeira vez na vida eu não precisava me preocupar com poder ou não pagar pelo que queria. Desesperado e infeliz como estava, eu era também um homem livre, e porque possuía ouro nos bolsos podia ditar as condições dessa liberdade nos meus próprios termos.

Metade dos filmes estava a uma distância razoável de casa. Rochester ficava a umas seis horas de carro, na direção oeste, e Nova York e Washington bem ao sul — coisa de cinco horas a percorrer numa primeira etapa da viagem, depois outras cinco numa segunda. Decidi começar por Rochester. O inverno já estava próximo e quanto mais eu adiasse a partida maior o risco de ter de enfrentar tempestades de neve e estradas cobertas de gelo, de encalacrar em alguma inclemência do clima boreal. Na manhã seguinte, liguei para a Eastman House para me informar sobre a possibilidade de ver os filmes que eles tinham no acervo. Eu não fazia a menor ideia de como proceder para arranjar isso e, como não quisesse soar ignorante demais ao me apresentar por telefone, adiantei que era professor da Hampton. Com isso eu esperava impressioná-los o suficiente e ser tomado por uma pessoa séria — e não por um esquisitão ligando sem mais nem menos, que era justamente o que eu era. Ah, falou a mulher na outra ponta da linha, o senhor está escrevendo sobre Hector Mann? Do jeito como perguntou, parecia haver uma única resposta possível, e, depois de uma ligeira pausa, resmunguei as palavras que ela esperava ouvir. Estou, eu disse, justamente, é isso mesmo. Estou escrevendo um livro sobre ele e preciso ver os filmes para minhas pesquisas.

Foi desse modo que o livro começou. E foi muito bom que tivesse começado cedo, porque, assim que assisti aos filmes que estavam em Rochester (*The Jockey Club* e *The Snoop*), compreendi que não estava simplesmente desperdiçando meu tempo. Hector era de fato tão talentoso e perfeito quanto eu esperava, e, se os outros filmes fossem do mesmo nível desses dois, então não havia a menor dúvida de que ele merecia um livro, de que merecia a chance de ser redescoberto. Desde o princípio, portanto, mais do que ver, eu estudei os filmes de Hector. Não fosse a conversa com aquela mulher em Rochester, jamais teria me ocorrido tomar aquela iniciativa. O plano original era bem mais simples e duvido que tivesse me ocupado muito além do Natal ou do Ano-Novo. No fim, só fui terminar de assistir aos filmes de Hector em meados de fevereiro. A ideia inicial fora vê-los apenas uma vez. Acabei vendo todos várias e várias vezes e, em vez de uma visita de poucas horas aos arquivos, passava dias e dias rodando as fitas nas moviolas, vendo Hector durante manhãs e tardes inteiras, sem pausa, avançando e recuando as cópias até não conseguir mais manter os olhos abertos. Fiz anotações, consultei livros e escrevi comentários extensos detalhando cortes, ângulos, posição das luzes, analisando todos os aspectos de cada cena até seus elementos mais periféricos, sem nunca deixar um arquivo até me considerar pronto, até ter convivido com a fita tempo suficiente para conhecer de cor cada centímetro dela.

Não me perguntei se aquilo tudo valia a pena. Tinha um trabalho e a única coisa que me importava era continuar com ele e vê-lo terminado. Sabia que Hector não passava de uma figura menor, de um adendo à lista dos concorrentes azarados que tinham ficado fora do páreo, mas isso não me impediu de admirar seu trabalho e sentir prazer em tê-lo por companhia. Seus filmes haviam sido lançados ao ritmo de um por mês durante um ano, feitos com orçamentos tão pequenos, tão abaixo das quantias exigidas pelas proezas espetaculares e sequências eletrizantes associadas em geral à comédia muda, que era surpreendente ele ter conseguido produzir alguma coisa, que dirá doze filmes perfeitamente razoáveis de assistir. De acordo com o que li, Hector começara a trabalhar em Hollywood como contrarregra, cenotécnico e às vezes como figurante, passara a fazer pontas numa série de comédias e ganhara a oportunidade de dirigir e estrelar os próprios filmes graças a um homem chamado Seymour Hunt. Banqueiro de Cincinnati desejoso de entrar no ramo do cinema, Hunt fora para a Califórnia no início de 1927 a fim de montar a própria produtora, a Kaleidoscope Pictures. Pelo que todos dizem, era um sujeito fanfarrão e mau-caráter que não sabia coisa alguma sobre cinema e menos ainda sobre como administrar um negócio. (A Kaleidoscope fechou as portas depois de apenas um ano e meio de atividades. Hunt, acusado de fraude na bolsa e de desfalque, enforcou-se antes que o caso fosse a julgamento.) Mesmo com falta de fundos e de pessoal, e sofrendo as interferências constantes de Hunt, Hector agarrou a oportunidade e tentou tirar partido máximo. Não havia roteiros, claro, e nenhum cenário previamente montado. Apenas Hector e dois outros cômicos chamados Andrew Murphy e Jules Blaustein, que improvisavam todas as cenas, quase sempre filmando à noite em estúdios emprestados, com equipes exaustas e equipamentos de segunda. Eles não podiam arrebentar uma dúzia de carros nem organizar um estouro de boiada. As casas não podiam vir abaixo e os prédios não podiam explodir. Nada de enchentes, furacões e locações exóticas. Figurantes eram coisa raríssima e, se uma ideia não funcionava, não podiam se permitir a extravagância de uma refilmagem. Tudo tinha que ser espremido dentro do plano original e não havia tempo para pensar duas vezes. O negócio era ter as gags a postos; três risadas por minuto e mais um ponto emplacado. Apesar de todos os reveses do arranjo, Hector parecia estar se saindo muito bem em meio às limitações impostas. A escala de seu trabalho era modesta, mas existia ali uma intimidade que mantinha a atenção do espectador e o obrigava a reagir. Compreendi por que os estudiosos de cinema respeitavam seu trabalho — e também por que ninguém se sentia tremendamente empolgado com ele. Hector não fizera nenhuma inovação, e agora que todos os seus filmes estavam de novo à disposição do público ficava bem claro que a história daquele período não teria de ser reescrita. Seus filmes, longe de ser desprezíveis, foram pequenas contribuições à sétima arte, e quanto mais eu os via, mais gostava deles, pela graciosidade e sutileza de humor e também pelos modos galhofeiros e afetados do ator. Como não demorei a descobrir, ainda não havia ninguém que tivesse assistido a todos os filmes de Hector. Os últimos tinham surgido muito pouco tempo antes e nem uma alma sequer cismara de percorrer todo o circuito de arquivos e museus, viajando mundo afora. Se eu conseguisse levar adiante meu plano, seria o primeiro.

Antes de deixar Rochester liguei para Smits, diretor da faculdade em Hampton, e lhe disse que queria prolongar minha licença por mais um semestre. De início ele não gostou muito da ideia, alegou que meus cursos já constavam do catálogo, mas aí resolvi mentir e disse que estava fazendo tratamento psiquiátrico; Smits se desculpou. Foi um golpe meio baixo, suponho, contudo naquela altura estava lutando pela minha vida e não tinha forças suficientes para explicar por que assistir a filmes mudos de repente se tornara tão importante para mim. Acabamos tendo uma conversa cordial e no fim ele me desejou boa sorte; porém, mesmo que estivéssemos ambos fingindo que eu voltaria no outono seguinte, acho que pressentiu que eu já estava saindo fora, que não estava mais interessado naquilo.

Vi *Scandal* e *Country Weekend* em Nova York, depois fui a Washington para ver *The Teller's Tale* e *Double or Nothing*. Fiz reservas para o restante da viagem com uma agência de viagens em Dupont Circle (Amtrak para a Califórnia, o QE 2 para a Europa), mas na manhã seguinte, num surto repentino de heroísmo cego, cancelei as passagens e optei por ir de avião. Era pura doidice, mas agora que eu havia embarcado num início tão promissor não queria perder o ímpeto. Pouco importava que tivesse de convencer a mim mesmo a pôr em prática a única coisa que eu resolvera nunca mais voltar a fazer. Não podia afrouxar o ritmo, e se isso significava recorrer a uma solução farmacológica para o problema, então estava disposto a ingerir quantas pílulas fossem necessárias para me derrubar. Uma mulher do American Film Institute me deu o nome de um médico. Imaginei que a consulta não fosse durar mais que cinco ou dez minutos. Eu lhe diria por que precisava dos comprimidos, ele me daria a receita e o assunto estaria encerrado. Medo de voar era uma queixa comum, afinal de contas, e não haveria necessidade de falar sobre Helen e os meninos, eu não precisaria abrir minha alma para ele. Tudo o que eu queria era anestesiar meu sistema nervoso central por umas poucas horas e, já que não era possível comprar a coisa sem prescrição médica, a única função do médico seria me entregar um pedaço de papel com uma assinatura. Mas o dr. Singh mostrou-se um homem meticuloso e, enquanto tirava minha pressão sanguínea e auscultava meu coração, fez perguntas suficientes para me manter no consultório por quarenta e cinco minutos. Era inteligente demais para não querer sondar e, pouco a pouco, a verdade acabou saindo.

Todos nós vamos morrer um dia, ele me disse. O que o leva a pensar que o senhor vai morrer num avião? Se acredita no que as estatísticas nos dizem, o senhor tem uma probabilidade bem maior de morrer apenas sentado em casa.

Eu não disse que tenho medo da morte, respondi, o que eu disse foi que tenho medo de entrar em avião. Há uma diferença.

Mas se o avião não vai cair, por que ficar preocupado?

Porque não confio mais em mim mesmo. Tenho medo de perder o controle, e não quero fazer um papelão.

Acho que não estou entendendo o senhor.

Imagino que estou entrando no avião e que antes mesmo de chegar ao assento eu tenho um troço.

Um troço? Em que sentido? Um troço mental?

Exato, eu tenho um colapso nervoso na frente de quatrocentos estranhos e perco a cabeça. Endoideço.

E o que o senhor se vê fazendo?

Depende. Às vezes eu berro. Às vezes dou socos na cara das pessoas. Às vezes corro até a cabina de comando e tento estrangular o piloto.

E alguém tenta impedi-lo?

Claro que sim. Todos avançam para cima de mim e me jogam no chão. Me dão uma surra e tanto.

Quando foi a última vez que se meteu numa briga?

Não me lembro mais. Quando ainda era garoto, suponho. Com onze, doze anos de idade. Coisa de recreio de escola. Para me defender do valentão da classe.

E o que o leva a pensar que vai se meter numa briga agora?

Nada. Mas é o que sinto aqui dentro, só isso. Se alguma coisa me pegar de mau jeito, não creio que consiga me conter. E alguma coisa é capaz de acontecer.

Mas por que aviões? Por que o senhor não tem medo de perder o controle em terra?

Porque os aviões são seguros. Todo mundo sabe disso. Os aviões são seguros, rápidos e eficientes, e depois que você está lá em cima no ar não há nada que possa lhe acontecer. É por isso que eu tenho medo. Não porque eu saiba que vou morrer — mas porque sei que não vou.
Já tentou o suicídio alguma vez?
Não.
Já chegou a pensar no assunto?
Claro. Eu não seria humano se nunca tivesse pensado nisso.
É por isso que veio me ver? Para sair daqui com uma receita de alguma droga suave e potente que dê cabo da sua vida?
Estou procurando o esquecimento, doutor, não a morte. Os remédios vão me fazer dormir e, enquanto estiver inconsciente, não precisarei pensar no que estou fazendo. Estarei lá mas não estarei lá, e à medida que não estiver lá estarei protegido.
Protegido do quê?
De mim mesmo. Do horror de saber que nada vai me acontecer.
O senhor espera fazer um voo tranquilo, sem incidentes. Continuo sem entender por que isso o deixaria com medo.
Porque as chances estão a meu favor. Vou decolar e aterrissar em segurança, e assim que chegar ao local para onde estou indo vou descer vivo do avião. Bom para mim, diria o senhor, mas assim que eu fizer isso estarei cuspindo em tudo aquilo em que acredito. Estarei insultando os mortos, doutor. Transformando uma tragédia numa simples questão de má sorte. Está me entendendo agora? Vou dizer aos mortos que eles morreram por nada.
Ele entendeu. Não que tivesse esmiuçado a questão, mas o médico possuía uma mente sensível, arguta, e foi capaz de desvendar o restante da história por si só. J. M. Singh, formado em medicina pelo Royal College, que fez residência como interno no hospital da Universidade de Georgetown, com seu sotaque britâ-

nico preciso e sua careca prematura, de repente captou o que eu estivera tentando lhe dizer naquele pequeno cubículo de luzes fluorescentes e superfícies de metal brilhante. Eu ainda estava na mesa de exames, abotoando minha camisa e olhando para o chão (sem vontade de olhar para ele, sem vontade de arriscar o constrangimento das lágrimas) e, então, depois do que me pareceu ter sido um longo e constrangido silêncio, ele pôs a mão em meu ombro. Eu sinto muito, ele disse. Realmente sinto muito.

Era a primeira vez em muitos meses que alguém me tocava, e achei embaraçoso, quase repulsivo, me ver transformado em objeto de tamanha compaixão. Não quero sua simpatia, doutor. Só quero suas pílulas.

Ele recuou com uma leve careta, depois sentou-se numa banqueta no canto. Enquanto eu terminava de enfiar a camisa dentro da calça, vi-o tirar um receituário do bolso do jaleco branco. Estou disposto a lhe dar a receita, ele disse, mas antes que se levante e vá embora eu queria lhe pedir que reconsiderasse a decisão. Acho que faço ideia das coisas pelas quais tem passado, sr. Zimmer, e hesito em colocá-lo numa posição que poderá lhe causar tanto tormento. Existem outros meios de viajar, como sabe. Talvez fosse melhor evitar aviões por enquanto.

Já pensei nessa possibilidade, falei, mas não gostei da ideia. As distâncias são muito grandes. Minha próxima parada será em Berkeley, na Califórnia, e depois disso terei de ir a Londres e a Paris. Um trem até a Costa Oeste leva três dias. Multiplique por dois para o retorno, depois acrescente mais outros dez dias para cruzar o Atlântico e voltar, e estaremos falando num mínimo de dezesseis dias perdidos. Fazer o que com todo esse tempo? Olhar a paisagem pela janela?

Diminuir o ritmo pode não ser de todo mau. Ajudaria a aliviar um pouco a pressão.

Mas é justamente de pressão que estou precisando. Se eu começasse a perder o pé agora, eu iria me despedaçar inteiro. Voaria em cem direções diferentes e nunca mais conseguiria me refazer de novo.

Havia alguma coisa tão intensa na forma como disse essas palavras, alguma coisa tão sincera e enlouquecida no timbre de minha voz, que o médico quase sorriu — ou pelo menos pareceu estar reprimindo um sorriso. Bem, nós não queremos que isso aconteça, não é mesmo?, ele disse. Se está mesmo decidido a voar, então vá em frente e voe. Mas vamos nos certificar de que isso aconteça só numa direção. E com esse comentário espirituoso, tirou uma caneta do bolso e rabiscou uma série de marcas indecifráveis no bloco de receitas. Aqui está, ele disse, puxando a folha de cima e colocando-a em minha mão. Sua passagem da Air Xanax.

Nunca ouvi falar.

Xanax. Um remédio potente, altamente perigoso. Use conforme o prescrito, sr. Zimmer, e se verá transformado num zumbi, num ser sem um eu, num pedaço de carne. O senhor poderá voar sobre continentes e mares inteiros com essa coisa e eu lhe garanto que não saberá nem como saiu do chão.

Por volta do meio da tarde do dia seguinte, eu estava na Califórnia. E menos de vinte e quatro horas depois, estava entrando numa sala privada de projeção do Pacific Film Archive para ver mais duas comédias de Hector Mann. *Tango Tangle* acabou sendo uma de suas produções mais exuberantes e efervescentes; *Hearth and Home*, uma das mais bem-cuidadas. Gastei mais de duas semanas nesses filmes, voltando ao prédio do PFA todas as manhãs às dez em ponto, e mesmo quando fechou (no dia de Natal e no Ano-Novo) continuei trabalhando no hotel, lendo livros e consolidando minhas anotações, me preparando para a próxima fase da viagem. No dia 7 de janeiro de 1986, engoli mais algumas pílulas mágicas do dr. Singh e voei direto de San Francisco para Londres — quase dez mil quilômetros sem escalas no Expresso Catatonia. Dessa vez foi preciso uma dose maior, porém meu receio era que ainda assim não fosse ser o suficiente, e, pouco antes de subir no avião, tomei outro comprimido. Se eu tivesse um pouco mais de juízo, não teria contrariado as ordens médicas, mas a ideia de acordar no meio do voo me era tão horripilante que quase fui a nocaute para sempre. Há um carimbo em meu antigo passaporte provando que entrei na Grã-Bretanha no dia 8 de janeiro, entretanto não tenho a menor lembrança da aterrissagem, nenhuma lembrança de ter passado pela imigração, nenhuma lembrança de como cheguei ao hotel. Acordei numa cama desconhecida na manhã do dia 9 de janeiro e só então minha vida recomeçou. Eu nunca tinha perdido a mim mesmo de vista tão completamente.

Faltavam quatro filmes — *Cowpokes* e *Mr. Nobody* em Londres; *Jumping Jacks* e *The Prop Man* em Paris —, e eu sabia que aquela seria minha única chance de vê-los. Sempre poderia revisitar os arquivos americanos, se fosse preciso, mas uma viagem de volta ao British Film Institute e à Cinémathèque Française estava fora de cogitação. Conseguira chegar à Europa, no entanto estava além de minhas forças tentar o impossível mais de uma vez. Por esse motivo, acabei ficando em Londres e em Paris muito mais do que o necessário — quase sete semanas, entocado durante metade do inverno feito um bicho louco e subterrâneo. Até esse ponto eu havia sido minucioso e consciencioso, entretanto de repente o projeto atingiu um novo nível de intensidade, uma fixação que beirava a obsessão. Meu propósito aparente era estudar e conhecer a fundo os filmes de Hector Mann, mas na verdade aquilo foi um autoaprendizado em concentração, um autotreinamento para pensar numa coisa só, mais nada. Era a vida de um monomaníaco, porém era também a única forma de eu conseguir viver sem desabar. Quando finalmente regressei a Washington, em fevereiro, livrei-me dos efeitos restantes do Xanax num hotel de aeroporto e então, antes de qualquer coisa, na manhã seguinte peguei meu carro no estacionamento de longa permanência e fui para Nova York. Não estava pronto para voltar a Vermont. Se eu queria mesmo escrever o livro, precisava de um lugar para me refugiar, e entre todas as cidades do mundo Nova York me parecia a menos provável de me irritar. Passei cinco dias procurando um apartamento em Manhattan, mas não achei nada. Estávamos então no auge do boom de Wall Street, bem uns vinte meses antes da quebradeira de 1987, e as locações e sublocações andavam raras. No fim, atravessei a ponte até Brooklyn Heights e fiquei com a primeira coisa que me mostraram — um apartamento de quarto e sala na Pierrepont Street que acabara de vagar. Era caro, lúgubre e mal dividido, mas achei que tive sorte em tê-lo encontrado. Comprei um colchão para o quarto, uma escrivaninha e uma cadeira para a sala e me mudei. O contrato era válido por um ano, a começar em 1º de março, e foi nesse dia que comecei a escrever o livro.

2.

Antes do corpo vem o rosto e antes do rosto vem o fino traço negro entre o nariz e a boca. Filamento irrequieto de ansiedades, corda de pular metafísica, linha dançante de saracoteios, o bigode é o sismógrafo de seus estados de espírito, e não só nos leva a rir como nos diz o que Hector está pensando, nos permite entrar na engrenagem de suas ideias. Há outros elementos envolvidos — os olhos, a boca, os arrancos e tropeções habilmente calibrados —, mas o instrumento de comunicação é o bigode e, mesmo falando uma linguagem sem palavras, contorções e tremeliques são tão claros e compreensíveis quanto uma mensagem em código Morse.

Nada disso teria sido possível sem a intervenção da câmera. A intimidade do bigode falante é uma criação das lentes. Em vários momentos, em todos os filmes de Hector, de repente o ângulo se desloca e um plano aberto ou médio é substituído por um close. O rosto de Hector enche a tela e, com todas as referências ao ambiente eliminadas, o bigode torna-se o centro do mundo. Começa a estremecer e, graças à fabulosa habilidade que ele tem de controlar os demais músculos do rosto, o bigodinho parece se mexer sozinho, qual um pequeno animal com consciência e vontade próprias. A boca se curva de leve nos cantos, as narinas inflam muito ligeiramente, mas durante os momentos em que o bigode efetua seus giros mirabolantes o rosto continua essencialmente parado e, nessa imobilidade, nos vemos como num espelho, porque é justamente nesses instantes que Hector se mostra mais total e convincentemente humano, um reflexo daquilo que todos nós somos quando estamos sozinhos dentro de nós mesmos. Essas sequências em plano fechado estão reservadas para as fases críticas da história, para as passagens de maior tensão ou surpresa, e nunca duram mais que quatro ou cinco segundos. Quando ocorrem, tudo o mais cessa. O bigode embarca em seu solilóquio e, durante esses preciosos momentos, a ação cede lugar ao pensamento. Pode-se ler o conteúdo da mente de Hector como se ele estivesse impresso em palavras na tela e, antes que essas palavras desapareçam, elas são tão visíveis quanto um prédio, um piano ou uma torta na cara.

Em movimento, o bigode é um instrumento para expressar os pensamentos de todos os homens. Em repouso, é pouco mais que um enfeite. Marca o lugar de Hector no mundo, estabelece o tipo de personalidade que ele está representando e define quem ele é aos olhos dos outros — porém pertence a um único homem e, na medida que vem a ser um bigodinho absurdamente fino e untuoso, nunca pode haver dúvida quanto a quem é aquele homem. Ele é o dândi sul-americano, o *Latin lover*, o moreno malandro com sangue quente correndo nas veias. Acrescentem-se o cabelo preto escorrido para trás e o sempre presente terno branco, e o resultado é uma mescla inconfundível de ousadia e decoro. Assim é o código das imagens. Os significados são compreendidos num piscar de olhos e, como nesse universo minado de bueiros sem tampa e charutos explosivos uma coisa deriva inevitavelmente de outra, assim que você vê um homem descendo a rua de terno branco sabe que aquele terno vai lhe causar encrenca.

Depois do bigode, o terno é o elemento mais importante do repertório de Hector. O bigode é a conexão com seu eu interior, uma metonímia de anseios, cogitações e tormentas mentais. O terno corporifica seu relacionamento com o mundo social e, em seu esplendor de bola branca de bilhar brilhando junto aos cinza e pretos que o rodeiam, serve de ímã para os olhos. Hector usa esse terno em todos os filmes e em cada um deles há pelo menos uma longa gag girando em torno dos riscos de tentar mantê-lo limpo. Lama e óleo de cárter, molho de macarrão e melado, fuligem de chaminé e respingos de poças — num momento ou noutro, todo líquido suspeito e toda substância escura ameaçam manchar a dignidade impecável do terno de Hector. Terno que é sua posse mais soberba e que usa com o garbo e o cosmopolitismo de um homem decidido a impressionar o mundo. Ele o enverga todas as manhãs da mesma forma que um cavaleiro enverga sua armadura, preparando-se para sejam quais forem as batalhas que a sociedade tenha lhe reservado para aquele dia, e nem uma vez sequer se detém para pensar que está alcançando o oposto do que pretende. Hector não está se protegendo contra possíveis golpes, mas se transformando num alvo, no centro de qualquer desastre que possa vir a ocorrer nos cem metros a sua volta. O terno branco é um sinal da vulnerabilidade de Hector e empresta certo *páthos* às peças que o mundo lhe prega. Obstinado em sua elegância, aferrado à convicção de que o terno o transforma no mais atraente e desejável dos homens, Hector eleva a própria vaidade a uma causa com a qual as plateias podem simpatizar. Observe-o espanando flocos de poeira imaginária do paletó enquanto toca a campainha da casa da namorada em *Double or Nothing*: você não está mais vendo uma demonstração de narcisismo, está testemunhando os tormentos do constrangimento. O terno branco faz de Hector um pobre-diabo. Leva o público a tomar seu partido e, quando um ator consegue isso, pode fazer o que lhe der na telha.

Ele era alto demais para fazer o rematado palhaço, bonito demais para interpretar o papel do trapalhão inocente, como faziam outros comediantes. Com seus olhos castanhos expressivos, seu nariz elegante, Hector parecia um galã de segunda, um herói romântico ultra-ambicioso que de repente se vê no local de filmagem da fita errada. Ele era um adulto, e a simples presença de alguém assim parecia contrariar as regras estabelecidas da comédia. Homens engraçados eram supostamente baixinhos, disformes ou gordos. Eram moleques e bufões, idiotas e párias, crianças disfarçadas de adulto ou adultos com mentalidade de criança. Pense na rotundidade juvenil de Arbuckle, em sua timidez de choramingas e nos lábios pintados, efeminados. Lembre-se do indicador que voa direto para a boca toda vez que uma moça olha para ele. Depois reveja a lista de acessórios cênicos e equipamentos que moldaram a carreira de mestres reconhecidos: o vagabundo criado por Chaplin, com suas chancas e seus andrajos; o retraído resoluto interpretado por Lloyd, com os óculos de aro fino; o simplório Keaton, com o chapéu chato feito uma panqueca e a expressão congelada; o idiota de Langdon, com a pele cor de giz. São todos desajustados e, uma vez que os personagens não representam ameaça nem nos fazem invejá-los, torcemos para que triunfem sobre os inimigos e para que consigam conquistar o coração da mocinha. O único problema é que não temos muita certeza se saberão o que fazer assim que se pegarem sozinhos com ela. No caso de Hector, essas dúvidas jamais nos passam pela cabeça. Quando ele pisca para uma mulher, há uma boa chance de que ela pisque de volta. E quando o faz fica muito claro que nenhum dos dois está pensando em casamento.

O riso, no entanto, não está de forma alguma garantido. Hector não é o que se poderia chamar de uma figura adorável e tampouco alguém de quem você necessariamente sinta pena. Se ele consegue obter a simpatia do espectador é porque nunca sabe qual é a hora de se dar por vencido. Esforçado e sociável, a encarnação perfeita de *l'homme moyen sensuel*, mais do que estar em descompasso com o mundo ele é uma vítima das circunstâncias, um homem com um talento inesgotável para o azar. Hector tem sempre um plano em mente, um motivo para fazer o que faz, entretanto alguma coisa sempre acaba aparecendo para impedi-lo de alcançar seu objetivo. Seus filmes estão cheios de ocorrências físicas bizarras, falhas mecânicas estapafúrdias, de objetos que se recusam a se comportar como deveriam. Um homem com menos confiança em si mesmo seria derrotado por esses reveses; no entanto, fora uma ou outra explosão de exaspero (limitada aos monólogos do bigode), Hector nunca se queixa. Portas se fecham em seus dedos, abelhas picam-lhe o pescoço, estátuas caem sobre seus pés, e toda vez ele dá de ombros aos infortúnios e continua seu caminho. Você começa a admirá-lo pela tenacidade, pela calma espiritual que se apossa dele diante da adversidade, mas o que segura a atenção é a forma como ele se move. Hector consegue cativar o espectador com qualquer de seus mil gestos diferentes. Leve e ágil, despreocupado a ponto da quase indiferença, embrenha-se pela pista de obstáculos da vida sem o menor vestígio de desaire ou medo, fascinando a plateia com seus recuos e evasivas, suas súbitas arrancadas e pavanas arrebatadas, suas segundas olhadelas espantadas, seus passinhos saltitados e sua ginga rumbeira. Observe os dedos tamborilando agitados, as exalações de ar habilmente cronometradas, a leve inclinação da cabeça quando algo inesperado lhe chama a atenção. Essas acrobacias em miniatura são uma função do personagem, porém também dão prazer por si e em si mesmas. Mesmo quando o papel mata-moscas está grudado na sola de seus sapatos e o garoto da casa acabou de laçá-lo com uma corda (imobilizando seus braços junto ao corpo), Hector se move com uma graça e compostura incomuns, sem duvidar jamais de que muito em breve conseguirá se safar do enrosco — ainda que haja outro a sua espera na sala ao lado. Azar de Hector, claro, mas assim é a vida. O que importa não é quão bem você evita os problemas, e sim a maneira como lida com eles quando aparecem.

Quase sempre, Hector se encontra na base da pirâmide social. É casado em apenas dois de seus filmes (*Hearth and Home* e *Mr. Nobody*) e, exceto pelo detetive particular que interpreta em *The Snoop* e pelo papel como mágico itinerante em *Cowpokes*, é sempre um empregadinho humilde labutando para os outros em empregos mal remunerados. Garçom em *The Jockey Club*, motorista em *Country Weekend*, vendedor ambulante em *Jumping Jacks*, instrutor de dança em *Tango Tangle*, bancário em *The Teller's Tale*, Hector em geral aparece como um rapaz começando a vida. Suas perspectivas não são nada animadoras, mas em momento algum dá a impressão de ser um perdedor. Seu comportamento é orgulhoso demais para isso e, vendo-o tratar de seus afazeres com a competência e firmeza de quem confia nas próprias habilidades, o espectador compreende que ali está alguém destinado ao sucesso. De fato, a maioria dos filmes de Hector termina de duas maneiras: ou ele consegue a mocinha ou realiza um ato de heroísmo que garante a atenção do patrão. E se o patrão é cabeçudo demais para reparar (os ricos e poderosos são quase todos retratados como imbecis), a mocinha verá o que houve e isso será recompensa suficiente. Sempre que há uma opção entre amor e dinheiro, o amor tem a última palavra. Trabalhando como garçom em *The Jockey Club*, por exemplo, Hector dá um jeito de pegar um ladrão de joias enquanto serve diversas mesas de convidados embriagados num banquete em homenagem à aviadora campeã Wanda McNoon. Com a mão esquerda, derruba o ladrão com uma garrafa de champanhe; com a direita, serve simultaneamente a sobremesa; mas porque a rolha escapa e o maître leva um litro de Veuve Clicquot na cara, Hector perde o emprego. Pouco importa. A animada Wanda é testemunha da façanha e dá um jeito de lhe passar seu número de telefone. Na última cena, os dois sobem juntos no avião dela e decolam rumo às nuvens.

De comportamento imprevisível, cheio de impulsos e desejos contraditórios, o personagem de Hector é delineado de maneira complexa demais para que possamos nos sentir totalmente à vontade na presença dele. Não é um tipo ou uma figura familiar de repertório, e para cada uma de suas ações que fazem sentido a nossos olhos há outra que nos confunde e nos desequilibra. Ele demonstra toda a ambição persistente de um imigrante esforçado, um homem decidido a superar os obstáculos e ganhar um lugar para si na selva americana, entretanto uma olhada que seja para uma bela mulher é suficiente para tirá-lo do rumo, para espalhar seus planos cuidadosamente elaborados aos quatro ventos. Hector tem a mesma personalidade em todos os filmes, contudo não há uma hierarquia fixa de suas preferências, nenhuma maneira de saber que capricho o acometerá a seguir. Ele é ao mesmo tempo um populista e um aristocrata, um sensualista e um romântico enrustido, um homem de modos precisos e até mesmo formais que jamais hesita em ter o grande gesto. Ele dará seu último centavo a um pedinte na rua, mas a motivação será, mais que piedade ou compaixão, a poesia do próprio ato. Não importa quanto dê duro, não importa quão diligentemente execute as tarefas prosaicas e muitas vezes absurdas que lhe são atribuídas, Hector transmite uma sensação de distanciamento, como se de algum modo estivesse ao mesmo tempo zombando de si próprio e congratulando a si mesmo. Ele parece viver num estado de aturdimento irônico, comprometido com o mundo e ao mesmo tempo um observador distante. Em *The Prop Man*, talvez a mais engraçada de suas comédias, ele transforma esses dois pontos de vista opostos num princípio unificado de desordem e confusão. O filme foi o nono curta-metragem da série e nele Hector faz o papel de um diretor de cena de uma pequena trupe esfarrapada. A companhia para na cidade de Wishbone Falls para uma temporada de três dias da peça *Beggars Can't Be Choosers*, uma farsa escrita pelo conhecido dramaturgo francês Jean-Pierre Saint Jean de la Pierre. Quando eles vão abrir o caminhão para descarregar os acessórios cênicos e levá-los para o teatro, descobrem que os acessórios não estão lá dentro. Que fazer? A peça não poderá ser encenada sem eles. Há toda uma sala para mobiliar, sem falar na reposição de diversos adereços fundamentais: uma arma, um colar de brilhantes e um porco assado. A cortina subirá às oito horas da noite seguinte e, a menos que o cenário inteiro seja refeito do zero, a companhia estará no olho da rua. O diretor da trupe, sujeito gabola e pomposo, de plastrão no pescoço e monóculo no olho esquerdo, dá uma espiada no fundo do caminhão vazio e desmaia na hora. O problema cai sobre os ombros de Hector. Depois de uns breves mas incisivos comentários do bigode, ele pesa calmamente a situação, alisa a frente de seu terno imaculadamente branco e põe mãos à obra. Durante os nove minutos e meio seguintes, o filme se torna uma ilustração da conhecida máxima anarquista de Proudhon: *a propriedade é um roubo*. Numa série de episódios curtos e frenéticos, vemos Hector rodar a cidade furtando tudo aquilo de que precisa. Intercepta uma entrega de móveis no depósito de uma loja de departamentos e sai com mesas, cadeiras e luminárias — que enfia no próprio caminhão e leva imediatamente para o teatro. Afana pratarias, cristais e um aparelho completo de jantar da cozinha de um hotel. Dá um jeito de entrar pelos fundos num açougue, com um pedido falso vindo de um restaurante local, e sai de lá com uma carcaça de porco pendurada no ombro. Nessa noite, numa recepção privada para os atores e à qual comparecem os cidadãos mais importantes da cidade, consegue tirar a pistola do coldre do xerife. Um pouco mais tarde, com toda a habilidade, abre o fecho do colar de uma avantajada senhora de meia-idade que se derrete toda sob o poder sedutor de seus encantos. Em nenhum outro momento Hector consegue ser mais untuoso que nessa cena. Desprezível em suas simulações, odioso na hipocrisia de seu ardor, ele é também um heroico fora da lei, um idealista disposto a se sacrificar pelo bem da causa. Sentimos um calafrio diante das táticas, mas ao mesmo tempo rezamos para que consiga levar a cabo o roubo. O espetáculo tem de continuar e se Hector não conseguir pegar a joia não haverá espetáculo. Para complicar ainda mais a intriga, Hector acabou de ver a beldade da cidade (que por acaso é a filha do xerife) e, mesmo enquanto continua a investida amorosa contra a corpulenta matrona, começa a lançar olhares furtivos para a jovem. Felizmente, Hector e sua vítima estão atrás de uma cortina de veludo. Cortina que está um pouco aberta, diante do vão de uma porta entre o hall de entrada e a sala de estar, e como Hector está posicionado de um lado da mulher e não do outro, pode olhar para dentro da sala inclinando de leve a cabeça para a esquerda. Mas a dama continua oculta e, ainda que Hector e ela consigam se ver, a mocinha não faz a menor ideia de que há uma mulher com ele. O que permite ao ator ir atrás de seus dois objetivos ao mesmo tempo — a falsa sedução e a sedução verdadeira — e, jogando um contra o outro numa mistura inteligente de cortes e planos, cada elemento torna o outro mais engraçado do que teria sido sozinho. Essa é a essência do estilo de Hector. Uma piada nunca é o suficiente para ele. Assim que uma situação fica estabelecida, é preciso acrescentar uma segunda coisa, em seguida uma terceira e possivelmente uma quarta. As gags de Hector se desdobram como composições musicais, uma confluência de frases e vozes contrastantes, e quanto mais as vozes interagem entre si, mais precário e instável o mundo se torna. Em *The Prop Man* Hector faz cócegas no pescoço da senhora atrás da cortina, brinca de esconde-esconde com a mocinha na outra sala e por fim se apodera do colar na hora em que um garçom de passagem tropeça na barra da saia da dama e derruba uma bandeja de copos cheios nas costas dela — o que dá a Hector tempo suficiente para abrir o fecho. Ele conseguiu fazer o que se propusera fazer — mas por mero acaso, resgatado uma vez mais pela imprevisibilidade insubordinada da matéria.

A peça estreia na noite seguinte e o espetáculo é um tremendo sucesso. Entretanto o açougueiro, o dono da loja de departamentos, o xerife e a gorda estão todos na plateia, e, ainda enquanto os atores estão recebendo os aplausos e mandando beijos para o público entusiasmado, um sargento fecha as algemas em torno dos pulsos de Hector e o leva preso. Mas ele está feliz e não demonstra um pingo de remorso. Salvou a companhia e nem mesmo a ameaça de perder a liberdade consegue diminuir seu triunfo. Para qualquer um familiarizado com as dificuldades que Hector enfrentou para fazer seus filmes, é impossível não ler *The Prop Man* como uma parábola de sua vida como contratado de Seymour Hunt e da Kaleidoscope Pictures. Quando todas as cartas do baralho estão contra você, a única maneira de ganhar uma partida é violar as regras. Você implora, toma emprestado, rouba e, como diz o velho ditado, se acontecer de ser pego com a boca na botija, pelo menos você tomba lutando por uma boa causa.

Essa alegre desconsideração com as consequências toma um rumo mais sinistro no décimo primeiro filme de Hector, *Mr. Nobody*. Àquela altura seu tempo estava expirando, e ele devia saber que quando o contrato acabasse a carreira iria junto. O som estava chegando. Era um fato inevitável da vida, uma certeza que destruiria tudo o que viera antes; a arte que Hector tanto lutara para dominar deixaria de existir. Mesmo que pudesse reconfigurar as ideias para acomodar o novo formato, isso não lhe serviria de nada. Hector falava com um forte sotaque espanhol e no momento em que abrisse a boca na tela o público norte-americano o rejeitaria. Em *Mr. Nobody* ele se permite uma certa dose de amargura. O futuro não era nada promissor e o presente andava enfarruscado devido aos crescentes problemas financeiros de Hunt. A cada mês que passava, os danos contaminavam novos aspectos das operações da Kaleidoscope. Os orçamentos foram reduzidos, os salários ficaram por pagar e as altas taxas de juros para empréstimos de curto prazo deixavam Hunt com uma necessidade constante de dinheiro vivo. Ele pediu empréstimo a seus distribuidores, dando como garantia a renda futura das bilheterias, e quando começou a descumprir vários desses tratos os cinemas passaram a recusar seus filmes. Hector estava então realizando seu melhor trabalho, mas o triste fato é que havia um número cada vez menor de pessoas para vê-lo.

    Mr. Nobody é uma resposta a essa frustração. O vilão da história chama-se C. Lester Chase, e assim que você decifra as origens desse nome estranho e artificial é difícil não enxergar no personagem um substituto metafórico de Seymour Hunt. Traduza-se *hunt* para o francês e o resultado é *chasse*; elimine-se o segundo *s* de *chasse* e teremos *chase*, um sinônimo de *hunt*, ou "caça". Considere-se depois que *Seymour* pode ser entendido como *see more*, ou "ver mais", e que *Lester* pode ser abreviado para *Les*, o que transforma *C. Lester* em *C. Les* — *see less* ou "ver menos" —, e aí a prova se torna quase irrefutável. Chase é o mais malévolo de todos os personagens dos filmes de Hector, um sujeito disposto a destruí-lo e roubar-lhe a identidade. E põe seu plano em prática não com uma bala nas costas de Hector ou uma faca em seu coração, e sim através de um engodo que o leva a tomar uma poção mágica que o torna invisível. Na verdade, foi justamente o que Hunt fez com a carreira de Hector no cinema. Ele o colocou nas telas e depois tornou quase impossível que alguém o visse atuar. Hector não desaparece em *Mr. Nobody*, mas depois que toma a poção ninguém mais o vê. Ele continua ali, diante de nossos olhos, porém os outros personagens do filme não o enxergam. Ele salta para cima e para baixo, agita os braços, tira a roupa numa esquina movimentada, e ninguém repara. Quando grita na cara das pessoas, ninguém escuta sua voz. É um fantasma feito de carne e osso, um homem que não é mais um homem. Continua vivendo no mundo, mas o mundo não tem mais lugar para ele. Foi assassinado, mas ninguém teve nem a gentileza nem a consideração de matá-lo. Ele simplesmente foi apagado.

Essa é a primeira e única vez em que ele aparece como um homem rico. Em *Mr. Nobody*, Hector tem tudo o que uma pessoa pode querer na vida: uma linda esposa, dois filhos pequenos e uma mansão cheia de criados. Na cena de abertura, está tomando café com a família. Há alguns momentos de ótimo pastelão envolvendo manteiga em torradas e uma vespa que cai num vidro de geleia, mas o propósito narrativo da cena é nos apresentar uma imagem de felicidade. Estamos sendo preparados para as perdas que virão, e sem essa espiada na vida particular de Hector (casamento perfeito, filhos perfeitos, harmonia doméstica em sua forma mais poética) as maldades que virão logo mais não teriam o mesmo impacto. Do jeito como as coisas se apresentam, ficamos arrasados com o que acontece a ele. Hector se despede da esposa com um beijo e, assim que se afasta dela e sai de casa, mergulha de cabeça num pesadelo.

Ele é o fundador e presidente de uma próspera fábrica de refrigerantes, a Fizzy Pop Beverage Corporation. Chase é vice-presidente, conselheiro e supostamente seu melhor amigo. Acontece que Chase acumulou dívidas de jogo pesadíssimas e está sendo intimado pelos agiotas a pagar o que deve ou enfrentar as consequências. Quando pela manhã Hector chega ao escritório e cumprimenta seus funcionários, Chase está em outra sala conversando com dois homens mal-encarados. Não se preocupe, ele diz. Vocês receberão o dinheiro até o final da semana. Estarei no controle da empresa até lá, e as ações valem milhões. Os capangas concordam em lhe dar um pouco mais de tempo. Mas é sua última chance, eles avisam. Mais um atraso que seja e você vai para o fundo do rio, fazer companhia aos peixes. Os homens partem pisando duro. Chase enxuga o suor da testa e deixa escapar um longo suspiro. Depois tira uma carta da primeira gaveta da escrivaninha. Examina o papel por instantes e parece imensamente satisfeito. Com um sorrisinho maldoso, dobra a carta e enfia no bolso de dentro do paletó. As engrenagens estão em movimento, obviamente, mas não temos a menor ideia de aonde irão nos levar.

Corta para o escritório de Hector. Chase entra levando algo que se parece com uma grande garrafa térmica e pergunta se o amigo gostaria de provar o novo sabor. Como se chama?, Hector pergunta. Jazzmatazz, Chase retruca, e Hector balança a cabeça em sinal de aprovação, impressionado com o som melodioso da palavra. Sem suspeitar de nada, permite que Chase lhe sirva uma bela dose da nova bebida. Quando Hector pega no copo, vemos os olhos sempre vigilantes de Chase reluzirem, à espera de que a poção faça sua parte. Em plano médio, Hector ergue o copo até a boca e dá um pequeno gole, hesitante. O nariz se franze em sinal de desaprovação; os olhos se arregalam; o bigode vibra. O tom é inteiramente cômico, mas enquanto Chase insiste para que tome mais e Hector leva o copo até a boca uma segunda vez, as implicações sinistras do Jazzmatazz vão se tornando mais e mais evidentes. Hector engole mais um gole da bebida. Estala os lábios, sorri para Chase e em seguida sacode a cabeça, como se sugerindo que o sabor ainda não está muito bom. Sem tomar conhecimento das críticas, Chase olha para o relógio, estica os dedos da mão direita e começa a contar os segundos, de um a cinco. Hector se surpreende. No entanto, antes que possa dizer alguma coisa, Chase chega ao quinto e último segundo e, sem mais nem menos, sem nenhum aviso, o corpo de Hector dobra-se para a frente e desaba sobre a mesa. Presumimos então que a bebida o tenha derrubado, que esteja temporariamente inconsciente, mas, enquanto Chase fica ali parado, observando-o com um olhar duro e impiedoso, Hector começa a sumir. Primeiro são os braços que desaparecem lentamente da tela, depois é o torso e por fim a cabeça. Um pedaço se segue ao outro e no fim o corpo todo se dissolve em nada. Chase sai da sala e fecha a porta. Parando no corredor para saborear seu triunfo, encosta-se na porta e sorri. Em um letreiro se lê: *Adeus, Hector. Foi bom ter conhecido você.*

Chase se afasta. Quando ele sai do quadro, a câmera fixa a porta por mais um segundo ou dois e depois, muito lentamente, começa a entrar pelo buraco da fechadura. É uma imagem encantadora, cheia de mistério e antecipação, e à medida que a abertura vai aumentando, ocupando cada vez mais a tela, começamos a ver o que se passa dentro do escritório de Hector. Um instante depois, já estamos na sala e, uma vez que nossa expectativa é encontrá-la vazia, não estamos de modo algum preparados para o que a câmera nos revela. Vemos Hector esborrachado na mesa. Continua inconsciente, mas está visível de novo e, enquanto tentamos absorver essa súbita e milagrosa guinada, só podemos tirar uma única conclusão. Os efeitos da bebida devem ter passado. Acabamos de vê-lo desaparecer e se o estamos vendo de novo isso só pode significar que a poção era menos potente do que imaginávamos.

Hector começa a acordar. Sentimo-nos aliviados com esses sinais de vida, mais seguros. Presumimos que a ordem tenha sido restabelecida no universo e que Hector passará agora a preparar sua vingança e que exporá Chase como o grande vigarista que é. Pelos próximos vinte e poucos segundos, ele embarca num dos números mais vívidos e pungentes de sua carreira de cômico. Como alguém tentando combater uma ressaca monumental, ele se põe de pé diante da cadeira, todo zonzo e desorientado, e começa a cambalear pela sala. Rimos disso. Acreditamos naquilo que nossos olhos nos dizem e, por confiarmos que Hector voltou ao normal, podemos nos divertir com o espetáculo de joelhos bambos e cabeça confusa. Mas aí Hector vai até o espelho que está pendurado na parede e tudo muda outra vez. Ele quer se olhar. Quer ajeitar o cabelo e ajustar a gravata, mas quando olha naquele pedaço oval de vidro liso e brilhante seu rosto não está lá. Ele não tem reflexo. Ele se apalpa para se certificar da verdade, para confirmar a tangibilidade do corpo, mas quando olha de novo no espelho continua sem se ver. Hector está perplexo, mas não entra em pânico. Talvez haja algo errado com o espelho.

Sai no corredor. Há uma secretária passando, com um maço de papéis nas mãos. Hector sorri para ela e, lhe faz um aceno amistoso, mas ela parece não notar. Hector encolhe os ombros. Nesse momento, dois jovens funcionários se aproximam, vindo da direção contrária. Hector faz uma careta para eles. Rosna. Mostra a língua. Um dos funcionários aponta para a sala de Hector. O patrão já chegou?, pergunta. Eu não sei, o outro responde. Eu não o vi hoje. Quando ele diz isso, claro, Hector está bem na sua frente, a uns quinze centímetros, se tanto, da cara do rapaz.

A cena muda para a sala de estar da casa de Hector. Sua mulher anda de um lado a outro, ora torcendo as mãos, ora chorando num lenço. Não resta a menor dúvida de que já sabe do desaparecimento do marido. Chase entra, o desprezível C. Lester Chase, autor do plano diabólico que rouba Hector de seu império de refrigerantes. Ele finge consolar a pobre mulher, dando-lhe tapinhas nos ombros e abanando a cabeça em sinal de falso desespero. Retira a carta misteriosa do bolso do paletó e entrega a ela, explicando que fora encontrada sobre a escrivaninha de Hector pela manhã. Corta para um destaque da carta em plano fechado. *Querida adorada*, lê-se no papel. *Por favor, me perdoe. O médico diz que estou sofrendo de uma doença fatal e que tenho apenas dois meses de vida. Para lhe poupar a agonia, decidi encerrar tudo agora. Não se preocupe com os negócios. A empresa está em boas* mãos com Chase. *Eu a amarei para sempre, Hector.* Não demora muito tempo para que essas mentiras e engodos façam efeito. Na tomada seguinte, vemos a carta escorregar dos dedos da mulher e cair no chão. É demais para ela. O mundo virou de cabeça para baixo e tudo o que havia nele se quebrou. Menos de um segundo depois, ela desmaia.

A câmera segue-a até o chão e em seguida há uma fusão da imagem do corpo inerte com um plano aberto de Hector. Ele saiu da empresa e está vagando pelas ruas, tentando se acostumar com essa coisa estranha e terrível que lhe aconteceu. Para provar que não resta mais nenhuma esperança, para num cruzamento movimentado, tira a roupa e fica só de ceroulas. Dá alguns passos de dança, anda com as mãos, empina o traseiro para os carros que passam e, quando ninguém faz o menor caso, enfia de novo as roupas muito tristonho e segue em frente. Depois disso, Hector parece resignado com sua sorte. Mais do que lutar contra seu estado, tenta entendê-lo, e mais do que procurar uma maneira de se tornar visível de novo (enfrentando Chase, por exemplo, ou buscando um antídoto capaz de desfazer os efeitos da bebida), embarca numa série de experimentações curiosas e estranhas, numa investigação de quem ele é e de quem se tornou. Inesperadamente — com uma pancadinha leve e rápida — derruba o chapéu de um transeunte. Quer dizer então que as coisas estão neste pé, parece estar dizendo a si mesmo. Um homem pode ficar invisível a todos em volta, mas seu corpo continua capaz de interagir com o mundo. Outro pedestre se aproxima. Hector põe o pé na frente e lhe passa uma rasteira. Exato, sua hipótese está corretíssima, o que não significa que não sejam necessárias mais experiências. Animado, levanta a barra do vestido de uma senhora e examina-lhe as pernas. Beija uma outra no rosto e uma terceira na boca. Encobre as letras de uma placa de PARE e instantes depois uma motocicleta se choca contra um bonde. Aproxima-se sorrateiro de dois homens, dá um cutucão nas costas e um chute na canela dos dois e provoca a maior confusão entre eles. Há vestígios de crueldade e infantilidade nessas brincadeiras, mas é uma satisfação acompanhá-las, e cada uma acrescenta outro elemento ao conjunto crescente de provas. Em seguida, ao apanhar uma bola de beisebol perdida que rola pela calçada em sua direção, Hector faz sua segunda descoberta importante. Assim que um homem invisível apanha alguma coisa, essa coisa some também. O objeto não flutua no ar; é sugado para dentro do vazio, para o mesmo nada que rodeia o próprio sujeito, e, assim que entra naquela esfera assombrada, desaparece. O menino que perdeu a bola corre até o lugar onde acha que ela caiu. As leis da física determinam que a bola esteja ali, mas não está. O menino fica atônito. Vendo isso, Hector põe a bola no chão e se afasta. O garoto olha para baixo e, aleluia, lá está ela, a seus pés. O que será que houve? O pequeno episódio termina com um close do rosto espantado do moleque.

Hector vira a esquina e começa a percorrer a avenida seguinte. Quase na mesma hora, vê-se diante de uma visão repulsiva, algo que faz ferver o sangue de qualquer um. Um cavalheiro gordo e bem-vestido está roubando um exemplar do *The Morning Chronicle* de um jornaleiro cego. O sujeito está sem trocado e na pressa, atarefado demais para entregar uma nota e esperar o troco, ele simplesmente pega um jornal e sai sem pagar. Indignado, Hector corre atrás dele e, quando o homem para numa esquina para esperar o farol, Hector lhe furta a carteira. Isso é ao mesmo tempo engraçado e perturbador. Não sentimos o mínimo dó da vítima, mas ficamos aturdidos com a jovialidade com que Hector faz justiça com as próprias mãos. Mesmo quando ele volta até a banca e entrega o dinheiro ao rapaz cego, não nos sentimos de todo aliviados. Nos primeiros momentos após o roubo, somos levados a crer que Hector ficará com o dinheiro e, durante esse pequeno e sombrio intervalo, compreendemos que ele não roubou a carteira do gordo para corrigir uma injustiça, e sim porque simplesmente sabia que poderia se safar sem ser pego. Sua generosidade é pouco mais que uma consequência posterior. Agora que tudo lhe é possível, não precisa mais obedecer às regras. Pode praticar o bem se quiser, mas também pode praticar o mal, e a essa altura não fazemos a menor ideia de qual será sua opção.

Enquanto isso, na casa de Hector, sua mulher está acamada.

No escritório, Chase abre o cofre e retira de lá uma gorda pilha de certificados de ações. Senta-se à escrivaninha e começa a contá-los.

Nesse meio-tempo, Hector está prestes a cometer seu primeiro grande crime. Entra numa joalheria e, na frente de meia dúzia de testemunhas que nada veem, nosso obliterado e inepto herói esvazia uma vitrina inteira, enchendo calmamente os bolsos com punhados de relógios, colares e anéis. Parece ao mesmo tempo resoluto e satisfeito e dá cabo da tarefa com um sorrisinho maldisfarçado nos cantos da boca. Tudo indica que seja um capricho realizado a sangue-frio, e não temos outra opção senão concluir que Hector está perdido.

Ele sai da joalheria. Inexplicavelmente, a primeira coisa que faz é ir direto até um latão de lixo na calçada. Enfia o braço lá no fundo e tira um saco de papel. É óbvio que foi ele mesmo que o pôs lá dentro, mas embora o saco contenha alguma coisa não sabemos o que é. Quando Hector volta para a frente da joalheria, abre o saco e começa a espalhar um pó na calçada, ficamos totalmente confusos. Pode ser que seja terra, pode ser que sejam cinzas, pode ser pólvora, mas, seja o que for, não faz o menor sentido Hector estar esparramando aquilo no chão. Em questão de segundos, surge uma linha fina e escura da frente da joalheria até o meio-fio. Tendo coberto toda a extensão da calçada, Hector avança para a rua. Driblando os carros, evitando os bondes e escapando aos pulos do perigo, continua a esvaziar o saco enquanto atravessa a rua, cada vez mais parecido com um agricultor enlouquecido tentando plantar suas sementes. A marca agora corta toda a avenida. Ao subir na calçada oposta e prolongar ainda mais a linha, de repente entendemos. Ele está deixando um rastro. Ainda não sabemos onde vai dar, mas, quando abre a porta do prédio a sua frente e desaparece lá dentro, começamos a suspeitar de alguma coisa, de uma outra peça prestes a nos ser pregada. A porta se fecha atrás dele e o ângulo muda de forma abrupta. Estamos olhando para um plano aberto do prédio onde Hector acabou de entrar: é a sede da Fizzy Pop Beverage Corporation.

Depois disso a ação se acelera. Numa rajada de cenas rápidas e explicativas, o gerente da joalheria descobre que a loja foi roubada, corre até a calçada, chama um policial e então, com gestos urgentes, apavorados, explica o que houve. O policial olha para o chão, repara na linha escura desenhada sobre a calçada e depois a segue com os olhos até o prédio da Fizzy Pop, do outro lado da rua. Parece uma pista, ele diz. Vamos ver onde vai dar, diz o gerente, e os dois partem em direção ao prédio.

Corta de volta para Hector. Ele está num corredor, dando os retoques finais na trilha com o maior cuidado. Chega a uma porta e, enquanto esvazia os últimos grãos de terra na soleira, do lado de fora a câmera faz um tilt para cima para nos mostrar o que está escrito na porta: C. LESTER CHASE, VICE-PRESIDENTE. Bem nessa hora, com Hector ainda agachado, a porta se abre para dar passagem a Chase em pessoa. Hector consegue saltar para trás no último segundo — antes que Chase tropece nele — e então, enquanto a porta começa a se fechar, ele se esgueira pela fresta e invade o escritório andando feito um pato. Mesmo enquanto o melodrama se encaminha para o clímax, Hector continua a enfileirar suas gags. Sozinho na sala, vê os certificados de ações espalhados sobre a mesa de Chase. Junta todos eles, acerta as bordas com um floreio meticuloso e enfia o maço dentro do paletó. Em seguida, com uma série de gestos rápidos, vai fincando as mãos nos bolsos laterais e fazendo uma enorme pilha de joias roubadas em cima do mata-borrão de Chase. Quando o último anel é adicionado à coleção, Chase volta esfregando as mãos, com cara de quem está inusitadamente satisfeito consigo próprio. Hector recua. Seu trabalho terminou e só lhe resta ver o inimigo receber seu castigo.

Tudo acontece num redemoinho de espanto e equívoco, de justiça feita e justiça traída. De início, a surpresa diante das joias impede que Chase repare no sumiço das ações. Perdido um tempo precioso, quando enfim vasculha por baixo da pilha reluzente e vê que os certificados não estão mais lá, já é tarde. A porta se abre com violência, e lá estão o policial e o gerente da joalheria. As joias são reconhecidas, o crime é solucionado e o ladrão preso. Pouco importa que Chase seja inocente. O rastro levou até sua porta e eles o apanharam em flagrante com a mercadoria. Ele protesta, claro, tenta escapar pela janela, começa a atirar garrafas de Fizzy Pop em seus atacantes, porém, depois de algum tumulto envolvendo um cassetete e uma baioneta, é finalmente dominado. Hector observa tudo com indiferença sombria. Mesmo quando Chase é algemado e levado da empresa, Hector não se regozija com a vitória. Seu plano funcionou de maneira perfeita, mas de que lhe serviu? O dia vai chegando ao fim e ele continua invisível.

Sai outra vez e começa a vagar pelas ruas. As avenidas centrais estão desertas e Hector parece ser a única alma viva na cidade. O que houve com as multidões e a agitação que o rodeavam antes? Onde estão os carros, os bondes, o aglomerado de gente nas calçadas? Por alguns momentos ficamos nos perguntando se o feitiço não teria sido invertido. Talvez Hector tenha ficado visível de novo, pensamos, e todos os demais tenham sumido. Aí, saído do nada, um caminhão passa a toda por uma poça. A água espirra para todos os lados, molhando tudo o que está nas proximidades. Hector leva um banho, mas, quando a câmera se vira para nos mostrar o estrago, a frente de seu terno está intacta. Deveria ser um momento engraçado mas não é, e, na medida em que Hector deliberadamente faz com que *não* seja engraçado (um longo e pesaroso olhar para o terno, a decepção nos olhos quando vê que não está salpicado de lama), esse truque simplíssimo altera o espírito do filme. Quando a noite cai, nós o vemos voltando para casa. Ele entra, sobe as escadas e vai para o quarto dos filhos. A menina e o menino estão dormindo, cada qual em sua cama. Ele senta ao lado da filha, examina-lhe o rosto por uns poucos instantes, depois ergue a mão para afagar-lhe os cabelos. Na hora em que está prestes a tocar nela, interrompe o gesto percebendo de repente que sua mão poderá acordá-la, e se a menina acordar no escuro e não vir ninguém por perto ficará assustada. É uma sequência comovente, que Hector interpreta com moderação e simplicidade. Ele perdeu o direito de tocar na própria filha, e, enquanto o vemos hesitar e finalmente retirar a mão, experimentamos todo o impacto da praga que lhe foi rogada. Nesse pequeno gesto — a mão suspensa, a palma aberta a dois centímetros da cabeça da criança — compreendemos que Hector foi reduzido a nada.

Como um fantasma, ele se levanta e sai do quarto. Atravessa o hall, abre outra porta e entra. É seu quarto, e lá está a esposa, sua Querida Adorada, adormecida na cama. Hector para. Ela está se debatendo, virando de lá para cá, chutando as cobertas, tomada por algum sonho aterrador. Hector aproxima-se da cama e com todo o cuidado torna a arrumar os cobertores, afofa os travesseiros e desliga a lâmpada de cabeceira. Os movimentos agitados da mulher começam a diminuir e dali a instantes está dormindo um sono profundo e tranquilo. Hector recua, sopra um beijo para ela, depois senta numa cadeira ao pé da cama. Tudo indica que pretende ficar ali a noite toda, vigiando-a como algum espírito benévolo. Mesmo que não possa tocá-la nem falar com ela, pode protegê-la e alimentar-se do poder de sua presença. Mas homens invisíveis não estão imunes ao cansaço. Eles têm corpo como todo mundo e como todo mundo precisam dormir. As pálpebras de Hector começam a pesar. Elas tremulam e baixam, fecham-se e abrem-se de novo, e mesmo que tente espantar o sono algumas vezes está claro que perderá a batalha. Momentos depois, sucumbe.

A tela escurece. Quando a imagem retorna, é de manhã, e a luz do sol entra pelas cortinas. Corta para a mulher de Hector, ainda adormecida. Depois corta para Hector, dormindo na cadeira. Seu corpo está todo contorcido numa posição impossível, num cômico nó de membros desconjuntados e juntas retorcidas, e justamente porque não estamos preparados para ver esse homem-rosquinha ferrado no sono, nós rimos, e com essa risada o espírito do filme muda outra vez. A Querida Adorada é a primeira a acordar e, quando abre os olhos e senta na cama, seu rosto nos diz tudo — passando rapidamente da alegria para a descrença e dali para o otimismo reservado. Ela salta da cama e corre para Hector. Toca-lhe o rosto (que está inclinado para trás, por cima do braço da cadeira), e o corpo de Hector passa por espasmos de choques de alta voltagem, saltando para tudo quanto é lado, numa revoada de braços e pernas que ao fim e ao cabo o põem em posição vertical. Em seguida ele abre os olhos. Involuntariamente, dando a impressão de não se lembrar de que deveria estar invisível, ele sorri para a mulher. Eles se beijam, mas, no momento em que os lábios se unem, Hector se afasta, confuso. Será que está mesmo ali? Será que o feitiço foi desfeito ou será que está apenas sonhando? Toca o próprio rosto, passa a mão pelo peito, depois olha a mulher de frente. Está me vendo?, ele pergunta. Claro que estou, ela diz, com os olhos marejados de água, inclinando-se para beijá-lo de novo. Mas Hector não está convencido. Levanta da cadeira e vai até o espelho pendurado na parede. A prova está no espelho e se puder ver seu reflexo saberá que o pesadelo acabou. Que ele o verá, não resta a menor dúvida, mas o bonito desse momento é a lentidão da reação. Por um ou dois segundos, a expressão do rosto permanece a mesma e, enquanto espia os olhos do homem que tem diante de si, na parede, é como se olhasse para um estranho, para o rosto de um homem que ele nunca viu. Depois, enquanto a câmera se move para um plano mais fechado, Hector começa a sorrir. Vindo logo em seguida àquele vazio arrepiante, o sorriso sugere algo mais do que a simples redescoberta de si mesmo. Ele não está mais olhando para o velho Hector. Ele é outra pessoa agora e, por mais que se pareça com a pessoa que costumava ser, foi reinventado, virado do avesso e cuspido fora como um novo homem. O sorriso aumenta, torna-se mais radiante, mais satisfeito com o rosto encontrado no espelho. Um círculo começa a se fechar em torno dele e momentos depois não vemos mais nada além da boca sorridente, da boca e do bigode acima dela. O bigode se retorce alguns segundos, depois o círculo vai diminuindo aos poucos. Quando finalmente se fecha, o filme acabou.

De fato, a carreira de Hector termina com esse sorriso. Ele cumpriu os termos de seu contrato produzindo mais um filme, mas *Double or Nothing* não pode ser incluído na conta de um novo trabalho. A Kaleidoscope já estava falida a essa altura e não havia dinheiro suficiente para outra produção em larga escala. Em vez disso, Hector juntou trechos de material rejeitado de fitas anteriores e montou-os numa antologia de gags, trapalhadas e pastelão improvisado. Foi uma operação engenhosa de resgate, mas não aprendemos mais nada com esse filme, a não ser o que nos revela sobre os talentos de Hector como montador. Para avaliar sua obra com justeza, é preciso ver *Mr. Nobody* como seu último trabalho. O filme é uma reflexão sobre o desaparecimento do próprio Hector e em que pesem toda a ambiguidade e as insinuações furtivas, apesar de todas as questões morais que levanta e depois se recusa a responder, trata-se essencialmente de um filme sobre a angústia do eu. Hector está buscando uma forma de nos dizer adeus, de se despedir do mundo, e para poder fazer isso tem de se apagar dos próprios olhos. Torna-se invisível e quando o feitiço finalmente acaba e volta a ficar visível, não reconhece o próprio rosto. Nós olhamos para ele da mesma forma como ele olha para si mesmo, e nessa estranha perspectiva dobrada nós o vemos confrontando o fato da própria aniquilação. O dobro ou nada. Essa foi a frase que ele escolheu como título do filme seguinte, *Double or Nothing*. Essas palavras não têm relação alguma com qualquer coisa apresentada na mixórdia de acrobacias e cabriolas de dezoito minutos que ele produziu. Elas se referem à cena do espelho em *Mr. Nobody* e, assim que Hector dá aquele sorriso extraordinário, temos a chance de ver muito rapidamente o que lhe reserva o futuro. Ele se permite nascer de novo com esse sorriso, e não é mais a mesma pessoa, não é mais o Hector Mann que nos divertiu e distraiu durante um ano. Nós o vemos transformado em algo que não reconhecemos mais, e antes que possamos absorver quem vem a ser esse novo Hector ele se foi. Um círculo se fecha em volta de seu rosto e ele é engolido pelo negrume. Um instante depois, pela primeira e única vez em todos os seus filmes, a palavra FIM aparece escrita na tela, e ninguém nunca mais tem notícias suas.

3.

Escrevi o livro em menos de nove meses. O original acabou ficando com mais de trezentas laudas datilografadas, cada uma delas fruto de um esforço violento de minha parte. Se consegui terminá-lo, foi por não ter feito mais nada nesse período. Trabalhei sete dias por semana, sentado à escrivaninha de dez a doze horas por dia, e, fora pequenas excursões até a rua Montague para comprar comida e papel, tinta de caneta e fita de máquina, saí pouquíssimas vezes do apartamento. Não havia telefone, rádio nem televisão em casa e eu não tinha vida social de nenhuma espécie. Uma vez em abril, e outra em agosto, fui de metrô até Manhattan para consultar alguns livros na biblioteca pública, mas tirando isso, não pus os pés fora do Brooklyn. Na verdade, eu não estava no Brooklyn. Estava no livro e o livro estava em minha cabeça, e, contanto que eu permanecesse dentro de minha própria cabeça, poderia continuar a escrevê-lo. Era como viver numa cela acolchoada de hospício, contudo de todas as vidas que eu poderia ter vivido nesse momento foi a única que fez sentido. Não me sentia capaz de estar no mundo e sabia que se tentasse voltar a ele antes de me julgar pronto, seria esmagado. De modo que me enfurnei naquele apartamento minúsculo e passei meus dias escrevendo sobre Hector Mann. Foi um trabalho lento, talvez até um trabalho sem propósito, mas exigiu toda minha atenção por nove meses inteiros e, na medida em que estive ocupado demais para pensar em qualquer outra coisa, ele provavelmente me impediu de enlouquecer.

No fim de abril, escrevi a Smits pedindo prorrogação da licença até início de outubro. Continuava indeciso quanto aos planos de longo prazo, eu disse, mas, a menos que nos próximos meses as coisas mudassem de forma dramática para o meu lado, era muito provável que eu abandonasse o magistério — se não para sempre, pelo menos por um bom tempo. Esperava que me perdoasse. Não se tratava de ter perdido o interesse. Só não estava seguro de que minhas pernas fossem capazes de me sustentar na hora em que tivesse de me pôr de pé na frente dos alunos.

Muito lentamente, estava me acostumando a viver sem a Helen e os meninos, porém isso não significava que tivesse feito progressos. Não sabia quem eu era e não sabia o que queria e, até encontrar uma maneira de viver com outras pessoas outra vez, continuaria sendo algo apenas semi-humano. Durante todo o período em que escrevi o livro, intencionalmente adiei pensar no futuro. Um plano sensato teria sido continuar em Nova York, comprar alguns móveis para o apartamento que eu alugara e começar uma nova vida ali, mas, quando chegou o momento de dar o passo seguinte, mudei de ideia e regressei a Vermont. Na época, eu estava na última fase da revisão do manuscrito, aprontando-me para datilografar a versão final e entregar o livro para publicação, e de repente me ocorreu que Nova York era o livro, e já que o livro estava terminado eu deveria partir para outro lugar qualquer. Vermont provavelmente era a pior escolha que eu poderia ter feito, mas era terreno já conhecido e eu sabia que se voltasse para lá estaria perto dela de novo e poderia respirar o mesmo ar que tínhamos respirado juntos quando ainda era viva. Dava-me um certo conforto pensar assim. Não poderia voltar para nossa antiga casa em Hampton, contudo havia outras casas em outras cidades e, desde que continuasse no estado, poderia levar adiante minha vida maluca e solitária sem precisar dar as costas ao passado. Eu ainda não estava preparado para largá-lo. Fazia um ano e meio só, e eu queria que a dor continuasse. Só precisava de um outro projeto em que trabalhar, um outro oceano onde me afogar.

Acabei comprando uma casa na cidade de West T — — cerca de quarenta quilômetros ao sul de Hampton. Era uma casinha ridiculamente pequena, uma espécie de chalé de esqui pré-fabricado, com carpete de ponta a ponta e lareira elétrica, de uma feiura tão grande que chegava a beirar o belo. Não tinha o menor charme, a menor personalidade, nenhum detalhe amorosamente trabalhado capaz de iludir e levar a pensar que aquilo algum dia se tornaria um lar. Era um hospital para os mortos-vivos, uma estação de tratamento para os desequilibrados mentais, e viver naquele interior inexpressivo e impessoal era compreender que o mundo é uma ilusão que precisa ser reinventada todos os dias. No entanto, mesmo com todas as falhas de projeto, as dimensões da casa me pareceram ideais. Não eram nem tão amplas para alguém se sentir perdido lá dentro, nem tão pequenas para provocar a sensação de estar engaiolado. Embaixo havia uma cozinha com uma claraboia no teto e uma sala de estar em desnível com um janelão de vidro e duas paredes vazias altas o bastante para acomodar meus livros; em cima, um balcão dando para a sala e três quartos de proporções idênticas: um de dormir, outro de trabalhar e o terceiro de guardar as coisas que eu não tinha mais coragem de rever nem de jogar fora. A casa era do tamanho e formato certos para um homem que pretendia viver sozinho e possuía a vantagem adicional de ser completamente isolada. Situada na encosta de um morro e rodeada por bosques densos de bétulas, pinheiros e bordos, o acesso se dava apenas por uma estrada de terra. Se eu não quisesse ver alma viva, não precisava. Mais importante ainda: ninguém precisaria me ver.

Mudei logo depois do Ano-Novo, em 1987, e durante as seis semanas seguintes dediquei-me a questões práticas: montar estantes, instalar uma lareira a lenha, vender o carro e comprar uma picape quatro por quatro. A montanha era traiçoeira quando nevava e, uma vez que nevava praticamente o tempo todo, eu precisava de um veículo que chegasse e saísse dali sem transformar cada viagem numa aventura. Contratei um encanador e um eletricista para consertar canos e fios, pintei as paredes, fiz um estoque de lenha para o inverno todo e comprei um computador, um rádio e um aparelho de fone e fax conjugados. Enquanto isso, *The Silent World of Hector Mann* abria vagarosamente caminho pelos tortuosos canais da imprensa acadêmica. Ao contrário de outros, os livros acadêmicos não são aceitos ou recusados por um único editor. Diversos especialistas no assunto recebem uma cópia do original e nada acontece até que essa gente toda tenha lido o trabalho e enviado um relatório. A remuneração para um serviço desses é mínima (uns duzentos dólares no máximo) e, uma vez que os leitores costumam ser professores universitários ocupados em dar aulas e escrever suas próprias monografias, o processo em geral se arrasta um bocado. No meu caso, esperei de meados de novembro até o fim de março para obter uma resposta. A essa altura, estava tão envolvido com outra coisa que quase já tinha esquecido que enviara o original para apreciação. Fiquei contente de que quisessem publicá-lo, lógico, contente de ter alguma coisa em troca de meus esforços, mas não diria que significou muita coisa para mim. Talvez fosse uma ótima notícia para Hector Mann, uma boa notícia para os fãs do cinema antigo e para os conhecedores de bigodes negros, mas como para mim a experiência já tinha ficado para trás, era muito raro eu pensar no livro. Nas poucas ocasiões em que o fiz, foi como se tivesse sido escrito por outra pessoa.

No começo de fevereiro, recebi uma carta de um antigo colega de faculdade, Alex Kronenberg, que dava aula na Columbia. Tínhamos nos visto pela última vez na cerimônia religiosa em memória de Helen e dos meninos e, embora não tivéssemos entrado em contato desde então, ainda o considerava um amigo sólido. (Sua carta de pêsames fora um modelo de eloquência e compaixão, a melhor que recebi.) E começava essa sua nova carta pedindo desculpas por não ter me procurado antes. Pensara um bocado em mim, dizia, e ficara sabendo por vias tortas que eu tinha me afastado da faculdade e passado alguns meses em Nova York. Pena eu não ter ligado. Se tivesse sabido de minha presença na cidade, teria ficado imensamente contente em me ver. Essas foram suas palavras exatas — *imensamente contente* —, uma locução típica de Alex. Seja como for, dizia o parágrafo seguinte, recentemente fora procurado pela Columbia University Press para editar uma nova série de livros, A Biblioteca dos Clássicos Mundiais. Um sujeito com o incongruente nome de Dexter Feinbaum, da turma de 1927 da Faculdade de Engenharia da Columbia, legara quatro milhões e meio de dólares à instituição com o objetivo de dar início a essa coleção. A ideia era juntar todas as obras-primas da literatura mundial numa linha uniforme de livros. Tudo, desde Meister Eckhardt a Fernando Pessoa, seria incluído e, nos casos em que as traduções existentes fossem consideradas inadequadas, novas traduções seriam encomendadas. *É uma empreitada maluca*, Alex escreveu, *mas eles me puseram como editor-executivo e, apesar de todo o trabalho extra (eu nem durmo mais), devo admitir que estou me divertindo. Em seu testamento, Feinbaum fez uma lista dos cem primeiros títulos que queria ver publicados. Ele enriqueceu fabricando trilhos de alumínio, mas em questões literárias seu gosto era impecável. Um dos livros é o* Mémoires d'outre-tombe, *de Chateaubriand. Ainda não li o maldito calhamaço de duas mil páginas, mas me lembro até hoje do que você me disse uma noite, em algum canto do campus da Yale — talvez tenha sido perto da pracinha, bem em frente ao Bieneke — em 1971, e que vou repetir agora. "Isto", você me falou (segurando na mão o primeiro volume da edição em francês e brandindo o livro no ar), "é a melhor autobiografia já escrita." Não sei se continua pensando a mesma coisa, mas provavelmente não preciso lhe dizer que houve apenas duas traduções completas desde que o livro foi publicado, em 1848. Uma em 1849 e outra em 1902. Já é hora de alguém fazer outra, você não acha? Não faço ideia se continua interessado em traduzir livros, mas, se estiver, eu adoraria que concordasse em traduzi-lo para nós.*

Eu já tinha telefone em casa. Não que estivesse esperando alguém me ligar, mas achei melhor instalar uma linha para o caso de alguma coisa dar errado. Não havia vizinhos por perto e, se o telhado caísse ou a casa pegasse fogo, queria estar em condição de poder pedir ajuda. Essa foi uma das poucas concessões que fiz à realidade, uma admissão ranheta de que eu não era a única pessoa no mundo. Normalmente eu teria respondido por carta, mas calhei de estar na cozinha quando abri a correspondência nessa tarde, e o telefone estava bem ali do lado, em cima do balcão, a menos de sessenta centímetros de minha mão. Alex se mudara havia pouco e seu novo endereço e número de telefone vinham logo abaixo da assinatura. Era tentador demais não tirar partido disso, de modo que peguei o aparelho e disquei.

O telefone tocou quatro vezes do outro lado e em seguida entrou a secretária eletrônica. Inesperadamente, o recado estava sendo dado por uma criança. Depois de três ou quatro palavras, reconheci a voz do filho de Alex. Jacob devia ter uns dez anos àquela altura, cerca de um ano e meio mais que Todd — ou um ano e meio mais do que Todd teria caso ainda estivesse vivo. O garoto disse: Segunda metade do nono tempo. As bases estão ocupadas e tem dois homens fora. O escore é quatro a três, meu time está perdendo e estou de olho. Se eu rebater, a gente ganha. Olha só o lance. Lá vem a bola. Ela toca o chão. Eu largo o bastão e começo a correr. O cara da segunda base pega a bola, arremessa e eu caio fora. Pois é, pessoal, é isso aí. Caí fora. O Jacob está fora. Bem como o Alex, meu pai, Barbara, minha mãe, e a Julie, minha irmã. A família toda está fora no momento. Por favor, deixe seu recado depois do sinal e nós ligaremos de volta assim que terminarmos o circuito das bases e voltarmos para casa.

Foi um recado bobinho e simpático, mas mexeu comigo. Quando veio o sinal, depois de terminada a mensagem, não consegui pensar em nada para dizer e, melhor que deixar a fita correr em silêncio, preferi desligar. Nunca fui muito fã de falar com essas máquinas. Elas me deixavam nervoso e constrangido, mas ouvir Jacob me virou do avesso, me derrubou no chão e me levou a algo muito perto do desespero. Havia felicidade demais em sua voz, risada demais espirrando das bordas das palavras. Todd também fora um garoto inteligente e esperto, mas não estava com oito anos e meio, agora, estava com sete, e continuaria tendo sete muito depois de Jacob já ser um adulto.

Deixei passar alguns minutos e tornei a ligar. Já sabia o que esperar e, quando veio o recado pela segunda vez, mantive o fone longe da orelha para não ter de ouvi-lo de novo. Parecia que as palavras não iriam acabar nunca, mas, quando finalmente escutei o sinal do bipe, aproximei o fone do ouvido e comecei a falar. Alex, eu disse. Acabei de ler sua carta e queria lhe dizer que estou disposto a fazer a tradução. Considerando o tamanho do livro, não conte com ele antes de dois ou três anos. Mas presumo que você já esteja ciente disso. Ainda estou me instalando aqui e, assim que aprender a usar o computador que comprei na semana passada, eu começo. Obrigado pelo convite. Eu andava mesmo procurando alguma coisa para fazer e acho que vou gostar disso. Lembranças a Barbara e aos meninos. Falamos em breve, espero.

Ele ligou aquela mesma noite, espantado e ao mesmo tempo feliz que eu tivesse aceitado. Fora apenas um tiro no escuro, ele disse, mas não teria me parecido correto se não tivesse perguntado primeiro a você. Você nem imagina como isso me alegra.

Alegro-me de que tenha ficado alegre, eu disse.

Vou pedir que eles mandem o contrato para você amanhã. Só para tornar as coisas oficiais.

Como quiser. Na verdade, acho que já descobri como traduzir o título.

Mémoires d'outre-tombe. Memórias de além-túmulo.

Parece um pouco estranho para mim. Literal demais, acho, e ao mesmo tempo difícil de entender.

O que você tem em mente?

Memórias de um homem morto.

Interessante.

Nada mau, não é mesmo?

Não, nada mau. Gostei muito.

O importante é fazer sentido. Chateaubriand levou trinta e cinco anos para escrever o livro e só queria que fosse publicado meio século após sua morte. Literalmente, é um livro escrito com a voz de um homem morto.

Mas não levou cinquenta anos. O livro foi publicado em 1848, no mesmo ano em que morreu.

Ele estava passando por dificuldades financeiras. Depois da revolução de 1830, sua carreira política acabou e ele se endividou. Madame Récamier, sua amante dos últimos doze anos de vida ou algo por aí — exato, *essa* Madame Récamier —, convenceu-o a fazer algumas leituras privadas das *Memórias* a pequenas plateias selecionadas, em seu salão. A ideia era encontrar um editor disposto a pagar-lhe adiantado, dar-lhe o dinheiro para um trabalho que só seria publicado muitos anos depois. O plano falhou, mas a reação ao livro foi extraordinariamente boa. *Memórias* acabou sendo o livro não acabado, não publicado e não lido mais célebre da história. Chateaubriand, no entanto, continuava falido. De modo que Madame Récamier elaborou um novo plano, e esse funcionou — pelo menos em parte. Fundou-se uma companhia de capital acionário e as pessoas compraram ações do manuscrito. Palavras a termo, digamos assim, da mesma forma como o pessoal de Wall Street aposta nos preços futuros da soja ou do trigo. Na verdade, Chateaubriand hipotecou sua autobiografia para financiar a velhice. Eles lhe deram uma bela bolada como adiantamento, o que lhe permitiu pagar os credores e ter uma pensão fixa pelo resto da vida. Foi um arranjo brilhante. O único problema é que Chateaubriand continuou vivo. A companhia foi formada quando ele estava com uns sessenta e tantos anos e ele viveu até os oitenta. A essa altura, as ações já tinham mudado de mãos diversas vezes e os amigos e admiradores que haviam investido inicialmente estavam todos mortos havia muito. Chateaubriand pertencia a um grupo de desconhecidos. A única coisa em que estavam interessados era no lucro e quanto mais ele vivia, mais os acionistas o queriam morto. Os últimos anos não devem ter sido fáceis para ele. Um velhinho frágil, estropiado pelo reumatismo, Madame Récamier praticamente cega e todos os seus amigos mortos e enterrados. Mas ele continuou revisando o manuscrito até o fim.

Que história mais agradável.

Não é muito engraçada, admito, mas deixe-me dizer uma coisa: o velho visconde sabia escrever uma frase como ninguém. É um livro incrível, Alex.

Quer dizer então que não se importa de passar os próximos dois ou três anos ao lado de um francês carrancudo?

Acabei de passar um ano com um cômico do cinema mudo e acho que estou pronto para uma mudança.

Cinema mudo? Eu não sabia disso.

Alguém chamado Hector Mann. Terminei de escrever um livro sobre ele no outono passado.

Quer dizer que tem estado ocupado. Isso é bom.

Eu precisava fazer alguma coisa. Então decidi escrever sobre Hector.

Por que nunca ouvi falar nele? Não que eu entenda grande coisa de cinema, mas o nome não me diz nada.

Ninguém ouviu falar nele. Hector é meu comediante particular, um bobo da corte que atua só para mim. Durante doze ou treze meses, passei todos os meus momentos a seu lado.

Está me dizendo que esteve de fato com ele? Ou é só uma figura de linguagem?

Hector Mann desapareceu em 1929. O homem está morto. Tão morto quanto Chateaubriand e Madame Récamier. Tão morto quanto esse Dexter não sei das quantas.

Feinbaum.

Tão morto quanto Dexter Feinbaum.

Quer dizer então que passou um ano vendo filmes antigos.

Não exatamente. Passei três meses vendo filmes antigos, depois me tranquei num quarto e passei nove meses escrevendo sobre eles. Provavelmente foi a coisa mais estranha que já fiz na vida. Estava escrevendo sobre coisas que não podia mais ver e tinha de apresentá-las em termos puramente visuais. A experiência toda foi como uma alucinação.

E quanto aos vivos, David? Tem passado algum tempo com eles?

O menos possível.

Era o que eu imaginava que fosse dizer.

Tive uma conversa o ano passado com um homem chamado Singh, em Washington. Dr. J. M. Singh. Excelente pessoa, gostei muito do tempo que passei com ele. Ele me prestou um grande serviço.

Você está se tratando com um médico?

Claro que não. Este papo que estamos tendo agora é o mais longo que já tive com alguém desde então.

Devia ter me ligado enquanto estava em Nova York.

Não podia.

Você não tem nem quarenta anos ainda, David. A vida não acabou, sabia?

Na verdade, vou fazer quarenta o mês que vem. Vou dar um festaço no Madison Square Garden no dia quinze, e conto com você e a Barbara. Não sei como ainda não receberam o convite.

Estamos todos preocupados com você, só isso. Não quero ficar bisbilhotando, mas quando alguém de quem você gosta se comporta dessa forma, é muito difícil ficar de lado, só espiando. Você não sabe quanto eu gostaria que me desse a chance de ajudar.

Já ajudou. Ofereceu-me um novo emprego e sou-lhe muito grato.

Isso é trabalho. Estou falando de vida.

Tem alguma diferença?

Você é um filho da puta muito teimoso, sabia?

Conte-me alguma coisa a respeito desse Dexter Feinbaum. O homem é meu benfeitor, afinal de contas, e não sei absolutamente nada sobre ele.

Você não quer mesmo falar sobre isso, quer?

Como dizia nosso velho amigo da seção de cartas não reclamadas: prefiro não.

Ninguém pode viver sem os outros, David. É simplesmente impossível.

Talvez não. Mas ninguém nunca foi eu antes. Talvez eu seja o primeiro.

* * *

Do prefácio de Memórias de um homem morto (Paris, 14 de abril de 1846; revisado em 28 de julho):

Como me é impossível prever o dia de minha morte e uma vez que na minha idade os dias concedidos aos homens são apenas dias de graça, ou melhor, de sofrimento, sinto-me obrigado a dar algumas palavras de explicação.

No dia 4 de setembro, estarei completando setenta e oito anos. É mais que tempo de deixar um mundo que rapidamente me está deixando e do qual não sentirei falta [...]

Uma triste precisão, que de há muito mantém o garrote sobre minha garganta, forçou-me a vender minhas Memórias. Ninguém pode fazer ideia do que sofri ao me ver obrigado a penhorar a própria tumba, mas devia esse último sacrifício a promessas solenes e à consistência de minha conduta [...] Meu plano era legá-las a Madame Chateaubriand. Ela as teria dado ao mundo ou tê-las-ia suprimido, como achasse melhor. Agora, mais que nunca, creio que esta última solução teria sido preferível [...]

Estas Memórias foram compostas em épocas e países diferentes. Por esse motivo, faz-se necessário acrescentar prólogos que descrevam os lugares que estiveram diante de meus olhos e as sensações que me ocupavam o coração quando o fio da narrativa foi retomado. As formas mutantes de minha vida estão, portanto, mescladas umas às outras. Aconteceu-me às vezes, em meus momentos de prosperidade, ter de falar sobre os dias difíceis; e em meus tempos de tribulação, de retomar os períodos de felicidade. A juventude invadindo a velhice, a gravidade dos últimos anos tingindo e entristecendo os dias de inocência, os raios de meu sol batendo e misturando-se desde o nascer até o momento do ocaso produziram em minhas histórias uma espécie de confusão — ou, se preferir, uma espécie de unidade misteriosa. Meu berço lembra algo de meu túmulo, meu túmulo algo de meu berço; meus sofrimentos tornam-se prazeres, meus prazeres, sofrimentos; e agora que completei a leitura minuciosa destas Memórias, não estou mais seguro se são produto de uma cabeça jovem ou de uma mente encanecida pela idade.

Não há como saber se essa mistura agradará ou desagradará ao leitor. Não posso fazer nada para remediá-la. Ela é resultado de minhas fortunas cambiantes, da inconsistência do que me foi destinado. Suas tempestades muitas vezes deixaram-me sem mesa onde escrever a não ser o rochedo onde dei com os costados.

Fui instigado a permitir que algumas partes destas Memórias aparecessem em vida, mas prefiro falar das profundezas de minha tumba. Minha narrativa, portanto, virá acompanhada por vozes rodeadas de um quê sacrossanto, por virem do sepulcro. Se por acaso eu tiver sofrido o bastante neste mundo para ser transformado numa sombra feliz no próximo, um raio dos Campos Elíseos há de lançar uma luz protetora sobre essas últimas imagens. A vida me pesa; talvez a morte me seja mais leve.

Estas Memórias têm uma importância especial para mim. São Boaventura obteve permissão para continuar escrevendo seu livro depois de morto. Não ouso esperar tal favor, mas ao menos gostaria de ser ressuscitado numa meia-noite qualquer para poder corrigir as provas [...]

Se alguma parte de meus trabalhos me satisfez mais que as outras, foi a da juventude — o mais oculto dos cantos de minha vida. Nela, tive de redespertar um mundo que só eu conhecia e, enquanto vagava por esse reino desaparecido, encontrei apenas silêncio e lembranças. De todas as pessoas que conheci, quantas há que ainda estejam vivas hoje?

[...] Caso eu morra fora da França, peço que meu corpo não seja trazido de volta a meu país natal antes de se escoarem cinquenta anos do primeiro sepultamento. Que meus restos sejam poupados de uma autópsia sacrílega; que ninguém examine meu cérebro sem *vida e meu coração extinto para descobrir o mistério de meu ser. A morte não desvenda os segredos da vida. A ideia de um cadáver viajando pelo correio enche-me de horror, mas ossos secos e mofados são facilmente transportáveis. Estarão menos exaustos nessa última viagem do que quando eu os arrastava em volta do globo, sobrecarregados com o peso de meus problemas.*

Comecei a trabalhar nessas páginas na manhã seguinte a minha conversa com Alex. Podia fazer isso porque tinha um exemplar do livro (a edição da Pléiade em dois volumes, compilada por Levaillant e Moulinier, completa com variações, notas e apêndices) e estivera com ele em mãos três dias antes que a carta de Alex chegasse. No começo da semana, tinha terminado de instalar as estantes. Passara várias horas, todos os dias, desempacotando livros e colocando-os nas prateleiras, e em algum momento dessa operação tediosa topara com o Chateaubriand. Fazia anos que não pegava nele, mas nessa manhã, no caos de minha sala de estar, rodeado por caixas vazias emborcadas e por pilhas de livros por guardar, abri-o mais uma vez. A primeira coisa que meus olhos viram foi um trecho do primeiro volume. Nele, Chateaubriand nos conta sobre o dia em que acompanhou um poeta bretão num passeio a Versalhes, em junho de 1789. Menos de um mês antes da tomada da Bastilha e, no meio da visita, eles viram Maria Antonieta dando uma volta com os dois filhos. *Lançando um olhar sorridente em minha direção, ela me fez a mesma saudação graciosa que recebera dela no dia de minha apresentação. Nunca hei de esquecer esse seu olhar, que logo mais deixaria de ser. Quando Maria Antonieta sorriu, o formato da boca imprimiu-se de forma tão nítida que (pensamento horrível) a lembrança desse sorriso permitiu-me reconhecer o maxilar dessa filha de reis quando a cabeça da infeliz foi descoberta nas exumações de 1815.*

Era uma imagem poderosa, de tirar o fôlego, e continuei pensando nela muito depois de ter fechado e guardado o livro na estante. A cabeça decepada de Maria Antonieta, desenterrada de um fosso cheio de restos humanos. Em três períodos curtos, Chateaubriand viaja vinte e seis anos. Vai da carne ao osso, da vida vibrante à morte anônima e no abismo entre uma e outra jaz a experiência de toda uma geração, os anos de terror, brutalidade e loucura. Fiquei aturdido com o trecho, emocionei-me com ele de uma maneira que nenhuma outra palavra conseguira me emocionar em um ano e meio. De repente, três dias apenas depois de meu encontro acidental com essas palavras, recebi a carta de Alex me convidando para traduzir o livro. Coincidência? Claro que sim, mas na época senti como se, por pura força do pensamento, tivesse feito o convite acontecer — como se a carta de Alex de alguma maneira viesse completar um pensamento que eu mesmo não fui capaz de terminar. No passado, nunca fui de acreditar em conversas fiadas místicas do tipo. Mas quando se vive como eu vivia na época, encerrado em mim mesmo, sem me importar em erguer a vista para nada do que havia em volta, as perspectivas começam a mudar. Porque o fato é que a carta de Alex trazia a data de segunda-feira, 12, e eu a recebera na quinta-feira, 15, três dias depois. O que significa que, quando ele estava em Nova York me escrevendo a respeito do livro, eu estava em Vermont segurando o livro na mão. Não quero insistir na importância dessa conexão, mas não pude me furtar de entender aquilo como um sinal. Era como se eu tivesse pedido uma coisa sem saber e de repente tivesse meu pedido atendido.

E assim foi que comecei a trabalhar outra vez. Esqueci Hector Mann para pensar apenas em Chateaubriand, enterrando-me na crônica gigantesca de uma vida que não tinha nada a ver com a minha. Isso era o que mais me atraía nesse trabalho: a distância, a simples distância entre mim e o que eu estava fazendo. Fora muito bom acampar durante um ano na América dos anos 1920 e melhor ainda era passar meus dias na França dos séculos XVIII e XIX. A neve caía sobre minha pequena montanha em Vermont, mas eu mal prestava atenção. Estava em Saint-Malo e Paris, em Ohio e na Flórida, na Inglaterra, em Roma, em Berlim. Boa parte do trabalho era mecânico, e, como eu fosse um criado do texto e não seu criador, isso exigia um tipo diferente de energia da que eu pusera a serviço de *The Silent World*. Traduzir é um pouco como jogar carvão no fogo. Você vai juntando com a pá e jogando na fornalha. Cada pedra de carvão é uma palavra e cada pazada outra frase; se as costas deixarem e você tiver forças para trabalhar de oito a dez horas por dia, o fogo não se apaga. Com mais de um milhão de palavras a minha frente, eu estava disposto a dar duro quantas horas fossem necessárias, ainda que isso significasse incendiar a casa.

Durante grande parte daquele primeiro inverno, não fui a lugar nenhum. A cada dez dias, ia de carro até o Grand Union de Brattleboro para comprar comida, mas essa era a única concessão que eu fazia à interrupção da rotina. Brattleboro não ficava exatamente à mão, mas percorrendo esses trinta quilômetros a mais achava que conseguiria evitar de cruzar com alguém conhecido. O pessoal de Hampton costumava fazer compras em outro Grand Union logo ao norte da faculdade e as chances de que alguém de lá fosse até Brattleboro eram mínimas. O que não significava que não pudesse acontecer e, apesar da estratégia cautelosa, o tiro acabou saindo pela culatra. Uma tarde, no fim de março, enquanto eu enchia o carrinho com papel higiênico no corredor seis, vi-me encurralado por Greg e Mary Tellefson. Encontro que levou a um convite para jantar, ainda que eu tivesse feito o possível para escapulir, mas Mary continuou fazendo malabarismos com as datas até que esgotei todas as desculpas imagináveis. Doze noites depois, peguei o carro para ir à casa deles, nas redondezas do campus da Hampton, a pouco mais de um quilômetro de onde eu morara com Helen e os meninos. Se tivessem sido apenas os dois, talvez a tortura não fosse tanta, mas eles resolveram convidar outras vinte pessoas e eu não estava preparado para uma multidão. Todos muito simpáticos, lógico, e a maioria contente em me ver, provavelmente, mas eu me sentia estranho, fora de meu elemento, e toda vez que abria a boca para dizer algo pegava-me dizendo a coisa errada. Estava por fora das fofocas de Hampton. Todos presumiam que eu fosse querer saber das últimas intrigas e constrangimentos, dos divórcios e casos extraconjugais, das promoções e quiproquós departamentais, mas a verdade é que achei tudo insuportavelmente monótono. Desligava-me da conversa e momentos depois me via rodeado por um outro grupo de gente entretida numa conversa diferente mas parecida. Ninguém foi indiscreto o bastante para mencionar o nome de Helen (acadêmicos são educados demais para tanto) e todos se ativeram a assuntos supostamente neutros: notícias recentes, política, esportes. Eu não fazia a mínima ideia do que estavam dizendo. Não lia os jornais fazia mais de um ano e, no que me dizia respeito, podiam estar se referindo a acontecimentos ocorridos num outro mundo.

A festa começou com todos se movimentando pelo térreo, entrando e saindo da sala, formando grupinhos por alguns minutos e depois se separando para formar outra rodinha num outro aposento. Fui da sala de estar para a de jantar, dali para a cozinha e depois até o escritório, e em algum momento Greg me alcançou e me pôs um uísque com club soda nas mãos. Peguei sem pensar e, como estivesse ansioso e pouco à vontade, virei a bebida em coisa de vinte e quatro segundos. Era a primeira gota de álcool que eu ingiria em mais de um ano. Sucumbira às tentações de diversos frigobares de hotel enquanto fazia minha pesquisa sobre Hector Mann, mas jurara não botar mais uma gota na boca depois de me mudar para o Brooklyn e começar a escrever o livro. Não que eu morresse de vontade de beber quando não havia bebida por perto, mas sabia ser mínima a distância que separa uns poucos momentos de fraqueza de um problema sério. Meu comportamento depois do acidente com o avião me convencera disso e, se não tivesse me aprumado e deixado Vermont no momento em que o fiz, provavelmente não teria vivido o suficiente para estar na festa de Greg e Mary — nem para me flagrar perguntando a mim mesmo por que cargas-d'água eu tinha voltado para lá.

Depois que terminei a dose, fui até o bar para pegar mais uma, só que dessa vez dispensei o club soda e pus apenas gelo no copo. Na terceira, esqueci o gelo e servi uísque puro.

Quando o jantar ficou pronto, os convidados fizeram uma fila em volta da mesa, encheram o prato e depois se espalharam pela casa à procura de cadeiras. Acabei no escritório, espremido entre um braço do sofá e Karin Müller, professora assistente do departamento de alemão. Minha coordenação já não estava grande coisa a essa altura, e, ali sentado com um prato cheio de salada e carne ensopada em equilíbrio precário nos joelhos, virei para alcançar o copo de uísque do encosto do sofá (onde eu o pusera antes de sentar), e foi pegá-lo e vê-lo escorregar da mão. Uma dose quádrupla de Johnnie Walker direto sobre o pescoço de Karin e em seguida, instantes depois, foi a vez de o gelo lhe bater na espinha. Ela deu um pulo — como poderia não pular? — e, quando o fez, derrubou meu prato de ensopado e salada, que antes de se espatifar no chão despejou toda a comida em meu colo.

Não foi nenhuma grande catástrofe, mas eu tinha bebido demais para saber disso e, com a calça de repente encharcada de azeite e a camisa salpicada de molho, escolhi me indignar. Não me lembro do que eu disse, mas foi alguma coisa cruel e ofensiva, um comentário totalmente gratuito. *Vaca desastrada*. Acho que foi isso. Mas também pode ter sido *vaca cretina* ou ainda *vaca cretina desastrada*. Quaisquer que tenham sido as palavras, foram expressão de uma raiva que não deve jamais ser articulada, em circunstância nenhuma, e menos ainda quando ao alcance dos ouvidos de um bando de professores universitários tensos e suscetíveis. Certamente não há a menor necessidade de acrescentar que Karin não era nem cretina nem desastrada e que, longe de se parecer com uma vaca, era uma mulher atraente, esbelta, na casa dos trinta e tantos anos, que dava aulas sobre Goethe e Hölderlin e que nunca demonstrara outra coisa senão o maior respeito e gentileza comigo. Segundos antes do desastre, ela me convidara a dar uma palestra para uma de suas turmas, e eu estava justamente limpando a garganta e me preparando para lhe dizer que teria de pensar a respeito quando a bebida derramou. O erro foi meu e só meu, no entanto me virei na mesma hora e pus a culpa nela. Foi uma explosão abominável, mas foi também mais uma prova de que eu ainda não estava em condições de sair da jaula. Karin me fizera uma proposta amistosa, na verdade me enviara sinais muito sutis e hesitantes de que estava disponível para conversas mais íntimas sobre vários assuntos e eu, que não tocava numa mulher fazia mais de dois anos, me vi reagindo a essas sugestões quase imperceptíveis e imaginando, do jeito rude e vulgar de um homem com álcool demais no sangue, como ela seria sem roupa. Teria sido esse o motivo de eu tê-la agredido com tanta virulência? Será que meu autodesdém era tão grande assim que precisava puni-la por ter provocado aquele vislumbre de desejo sexual em mim? Ou será que lá no fundo eu sabia que ela não estava fazendo nada do tipo e que todo aquele pequeno drama era invenção minha, um momento de luxúria despertado pela proximidade de seu corpo quente e perfumado?

Para piorar ainda mais as coisas, não senti o menor remorso quando ela começou a chorar. Estávamos ambos de pé a essa altura e, quando vi o lábio inferior de Karin começar a tremer e o canto dos olhos encher-se de lágrimas, fiquei contente, quase alegre com a consternação que eu causara. Havia umas seis ou sete pessoas na sala, nessa hora, e todas tinham se virado para nós depois do primeiro grito de surpresa de Karin. O barulho dos pratos se espatifando atraíra vários outros convidados até a porta e, quando me saí com aquele comentário revoltante, havia pelo menos umas doze testemunhas. Tudo ficou silencioso depois disso. Foi um momento de choque coletivo e durante uns poucos segundos ninguém sabia o que fazer ou dizer. Nesse pequeno intervalo de suspense e incerteza, a mágoa de Karin transformou-se em raiva.

Você não tem o direito de falar comigo desse jeito, David, ela disse. Quem você pensa que é?

Felizmente, Mary foi uma das pessoas que se aproximaram da porta e, antes que eu pudesse causar mais estragos, entrou correndo na sala e me pegou pelo braço.

David não falou por querer, Mary disse a Karin. Não é verdade, David? Foi só uma dessas coisas que escapam da boca no calor do momento.

Eu queria dizer algo contundente e contraditório, algo que provasse que cada palavra dita por mim fora proposital, mas contive a língua. Foi preciso usar todo meu poder de autocontrole para tanto, mas Mary tinha feito o impossível para agir como mediadora e uma parte de mim sabia que eu lamentaria lhe causar ainda mais problemas. Mesmo assim, não pedi desculpas e não tentei ser gentil. Em vez de dizer o que queria dizer, soltei o braço, deixei o escritório e atravessei a sala de estar, enquanto antigos colegas olhavam sem dizer nada.

Fui direto para o quarto de Greg e Mary, no andar de cima. Meu plano era pegar minhas coisas e ir embora, mas meu anoraque estava soterrado sob uma pilha colossal de casacos largados sobre a cama e eu não conseguia achá-lo. Depois de revirar aquilo tudo por um tempo, comecei a jogar os agasalhos no chão, eliminando as possibilidades com o objetivo de simplificar a busca. Bem quando estava na metade do serviço — mais casacos fora da cama do que nela — Mary entrou no quarto. Era uma mulher baixinha, loira, de rosto redondo, cabelos crespos e bochechas vermelhas, e assim que a vi parada na porta com as mãos nos quadris compreendi imediatamente que iria ouvir um sermão. Senti-me como uma criança prestes a ser repreendida pela mãe.

O que está fazendo?, ela disse.

Procurando meu casaco.

Está no armário de baixo. Não se lembra?

Pensei que estivesse aqui.

Está lá embaixo. O Greg pôs no armário quando você chegou. Foi você que achou um cabide para ele.

Certo, vou procurar lá embaixo.

Mas ela não estava disposta a me soltar assim tão facilmente. Avançou mais alguns passos para dentro do quarto, curvou-se para apanhar um casaco e atirou-o raivosa em cima da cama. Depois apanhou um outro e jogou-o na cama também. Continuou recolhendo as coisas e, toda vez que atirava algo sobre a cama, interrompia o que estava dizendo no meio. Os casacos eram uma espécie de pontuação — travessões repentinos, elipses apressadas, pontos de exclamação violentos — e cada um deles estraçalhava as palavras feito um machado.

Quando você descer, ela disse, quero que você... faça as pazes com Karin... Pouco me importa que tenha que se pôr de joelhos... e implorar perdão... Está todo mundo comentando... e se você não fizer isso por mim, David... nunca mais o convido para vir aqui em casa.

Para começo de conversa eu não queria vir, respondi. Se você não tivesse me torcido o braço, eu não estaria aqui para ofender seus convidados. Você podia ter dado a mesma festa chata e insípida de sempre.

Você precisa de ajuda, David... Não estou esquecendo o que você passou... mas paciência tem limite... Vá ver um médico antes que você estrague sua vida.

Eu vivo a vida que me é possível. O que não inclui vir a festas em sua casa.

Mary atirou o último casaco sobre a cama e então, sem que tivesse havido um motivo discernível, sentou-se de repente na cama e começou a chorar.

Escute aqui, seu cabeça de merda, ela disse em voz baixa. Eu também a amava. Você pode ter sido casado com ela, mas a Helen era minha melhor amiga.

Era coisa nenhuma. Eu era o melhor amigo dela. E ela minha melhor amiga. Isso não tem nada a ver com você, Mary.

O que pôs um ponto final na conversa. Eu fora tão duro com ela, tão absoluto na rejeição a seus sentimentos que Mary não conseguiu pensar em mais nada para me dizer. Quando saí do quarto, estava sentada de costas para mim, sacudindo a cabeça para trás e para a frente, olhando para os casacos.

Dois dias depois da festa, recebi um aviso da Pennsylvania Press de que eles iriam publicar meu livro. Eu já tinha traduzido quase cem páginas do Chateaubriand a essa altura, e quando *The Silent World of Hector Mann* saiu do prelo, um ano depois, eu tinha mais mil e duzentas páginas prontas. Se continuasse naquele ritmo, estaria com uma primeira versão pronta em sete ou oito meses. Acrescente-se um tempo extra para as revisões e uma mudança ou outra de ideia, e em menos de um ano eu entregaria a versão final.

No entanto esse ano durou menos de três meses. Adiantei mais duzentas e cinquenta páginas, chegando ao capítulo sobre a queda de Napoleão no vigésimo terceiro livro (*tristezas e assombros são gêmeos, eles nascem juntos*) e então, numa tarde úmida e tempestuosa, no início do verão, encontrei a carta de Frieda Spelling na caixa de correio. Admito que fiquei um tanto abalado no início, mas depois de ter mandado a resposta e pensado um pouco mais no assunto, consegui me convencer de que era uma brincadeira. Não que fosse um erro responder, mas depois de pagar para ver eu presumia que nossa correspondência tivesse chegado ao fim.

Nove dias depois, tive notícias dela outra vez. Dessa vez Frieda usou uma folha de tamanho normal com nome e endereço impressos no alto, em tinta azul. Percebi como era simples falsificar papel de carta timbrado, mas por que alguém se daria ao trabalho de tentar se fazer passar por uma pessoa de quem eu nunca ouvira falar? O nome Frieda Spelling não significava coisa alguma para mim. Talvez tivesse sido mulher de Hector Mann, talvez fosse uma louca morando num casebre no deserto, porém não fazia mais sentido continuar negando sua existência.

Caro professor, ela escreveu. *Suas dúvidas são perfeitamente compreensíveis, e não me surpreende nem um pouco que esteja relutando em acreditar em mim. A única maneira de ficar sabendo a verdade é aceitar o convite que lhe fiz na última carta. Pegue um avião até Tierra del Sueño e conheça Hector. Se eu lhe contar que ele escreveu e dirigiu vários longas depois de ter deixado Hollywood em 1929 — e que está disposto a passá-los para o senhor aqui na fazenda —, talvez isso o convença a vir. Hector está com quase noventa anos e sua saúde é precária. Em seu testamento, instruiu-me a destruir todos esses filmes e os negativos vinte e quatro horas após sua morte, e não sei quanto tempo mais ele irá durar. No aguardo de uma resposta sua, despeço-me, atenciosamente, Frieda Spelling (sra. Hector Mann).*

De novo, não me permiti nenhum entusiasmo. Minha resposta foi concisa, formal, quem sabe até um pouco grosseira, mas antes de me comprometer precisava saber se podia confiar nela. *Quero acreditar na senhora*, escrevi, *mas preciso de provas. Se espera que eu me abale até o Novo México, preciso saber se suas afir-*

mações são verídicas e se Hector Mann de fato está vivo. Assim que minhas dúvidas estiverem satisfeitas, irei até a fazenda. Mas devo avisá-la que não viajo de avião. Atenciosamente, D. Z.

Não havia a menor dúvida de que ela voltaria a entrar em contato — a menos que eu a tivesse assustado. E se eu a tivesse assustado, ela estaria admitindo tacitamente que me enganara, e a história pararia por aí. Eu não achava que fosse esse o caso, mas fosse lá o que ela estivesse aprontando ou deixando de aprontar, não levaria muito tempo até eu descobrir a verdade. O tom da segunda carta fora de urgência, quase de súplica, e, se de fato ela fosse quem dizia ser, não demoraria a me escrever de novo. Um silêncio de sua parte significaria um blefe, mas se respondesse — e eu contava com a resposta — essa resposta não ia demorar. A última carta levara nove dias para chegar. Se tudo corresse bem (nenhum atraso, nenhuma confusão do correio), eu calculava que a próxima viria ainda mais depressa.

Fiz o possível para permanecer calmo, para manter a rotina e continuar levando adiante as *Memórias*, mas não adiantou. Estava muito distraído, muito excitado para lhes dar a devida atenção, e depois de batalhar vários dias tentando cumprir a cota, acabei finalmente declarando uma moratória no projeto. No dia seguinte bem cedo, todo animado, abri o armário do quarto de despejo em busca dos velhos arquivos sobre Hector, que eu guardara em caixas de papelão depois de terminar o livro. Eram seis ao todo. Cinco delas continham notas, esboços e rascunhos do original, mas a outra estava recheada com todo o tipo de material precioso: recortes, fotos, documentos em microfilme, artigos xerocados, trechos de antigas colunas de fofoca, tudo quanto é notícia impressa que consegui coligir sobre Hector Mann. Fazia tempo que não via aqueles recortes, e, sem nada que fazer a não ser esperar que Frieda Spelling entrasse em contato de novo, levei a caixa para meu escritório e passei o resto da semana revendo tudo. Não creio que estivesse contando com alguma novidade, mas, como o conteúdo do arquivo já estava um tanto apagado àquela altura, achei que merecia uma outra espiada. Boa parte da informação não era confiável: artigos de tabloides, bobagens de revistas dirigidas a fãs, trechos de reportagens de cinema coalhados de hipérboles, suposições errôneas e falsidades totais. Ainda assim, contanto que eu me lembrasse de não acreditar no que lia, não via como o exercício me pudesse fazer mal.

Hector fora tema de quatro perfis escritos entre agosto de 1927 e outubro de 1928. O primeiro apareceu no *Boletim* mensal da Kaleidoscope, órgão de divulgação da recém-criada produtora de Hunt. No fundo não passava de material para a imprensa, informando sobre o novo contrato assinado com o comediante, e, como àquela altura pouco se sabia dele, seus autores sentiram-se livres para inventar o que melhor servisse a seus propósitos. Eram os últimos dias do *Latin lover* hollywoodiano, Valentino morrera havia pouco, estrangeiros exóticos de pele morena ainda atraíam multidões aos cinemas, e a Kaleidoscope tentou explorar o fenômeno chamando Hector de *Señor do pastelão, ídolo das matinês sul-americanas com um pendor para a comédia*. Para corroborar a afirmação, fabricaram uma intrigante lista de créditos, toda uma carreira que supostamente teria antecedido sua chegada à Califórnia: participações em revistas musicais em Buenos Aires, longas turnês pela Argentina e Brasil, uma série de filmes de estrondoso sucesso produzidos no México. Ao apresentá-lo como um ator já estabelecido, Hunt criava para si a reputação de homem com olho apurado para grandes talentos. Não era apenas um novato no negócio, mas um dono de estúdio sagaz e empreendedor, que sobrepujara adversários e conquistara o direito de importar um ator estrangeiro de renome que agora seria apresentado ao público norte-americano. Era uma mentira fácil de colar. Ninguém, afinal de contas, prestava atenção no que acontecia nos outros países, e com tantas possibilidades criativas entre as quais optar, por que se ater aos fatos?

Seis meses depois, um artigo na edição de fevereiro da *Photoplay* apresentava uma visão mais sóbria do passado de Hector. Vários de seus filmes já tinham sido lançados àquela altura, e com o interesse pelo trabalho do ator crescendo em todo o país, diminuíra a necessidade de distorcer sua vida pregressa. O artigo foi escrito por uma repórter chamada Brigid O'Fallon e, já pelos comentários do primeiro parágrafo a respeito do *olhar penetrante* e da *musculatura graciosa*, compreende-se que sua única intenção é dizer coisas elogiosas sobre o ator. Encantada com o forte sotaque espanhol, ao mesmo tempo que o elogia pela fluência no idioma pátrio, pergunta-lhe o porquê do nome alemão. *Mui simples*, Hector responde. *Meus papás nasceram en Alemanha e jo tanbien. Todos emigramos para la Argentina quando jo era pequeño. Falava aleman en casa e espanhol en la escola. Inglês só más tarde, despues de chegar a América. Pero ainda falta mucho.* Brigid O'Fallon então lhe pergunta há quanto tempo está no país e Hector diz três anos. Isso, naturalmente, contradiz as informações publicadas pelo *Boletim* da Kaleidoscope e, ao falar sobre alguns dos empregos que teve depois de chegar à Califórnia (auxiliar de garçom, vendedor de aspirador de pó, coveiro), não faz menção a nenhum trabalho anterior no mundo dos espetáculos. Lá se ia a gloriosa carreira latino-americana que o transformara num homem famoso.

Nada mais fácil que descartar os exageros do departamento de publicidade de Hunt, mas o fato de terem ignorado a verdade não significa que o artigo da *Photoplay* deva ser considerado mais preciso ou crível. Na edição de março da *Picturegoer*, um jornalista chamado Randall Simms escreve sobre uma visita feita a Hector no local das filmagens de *Tango Tangle* dizendo-se totalmente atônito de ver que *essa máquina argentina de provocar risadas fala um inglês impecável, quase sem o menor vestígio de sotaque. Se você não souber de onde ele é, vai jurar que nasceu e se criou em Sandusky, Ohio.* A intenção de Simms foi fazer um elogio, mas essa observação levanta indagações perturbadoras a respeito das origens de Hector. Mesmo aceitando-se que a Argentina tenha sido o lugar onde passou a infância, de acordo com essa reportagem tudo leva a crer que tenha chegado aos Estados Unidos muito antes do que os outros artigos sugerem. No parágrafo seguinte, Simms cita Hector dizendo: *Fui um garoto muito difícil. Meus pais me puseram para fora de casa aos dezesseis anos e nunca me arrependi. Acabei tomando o rumo norte e vim dar nos Estados Unidos. Desde o começo, só tinha uma ideia na cabeça: fazer sucesso no cinema.* O homem que diz essas palavras não guarda a menor semelhança com o homem que havia falado com Brigid O'Fallon um mês antes. Teria fingido o forte sotaque reproduzido na *Photoplay* apenas para fazer uma gag, ou Simms teria falseado a verdade de propósito, ao enfatizar a proficiência linguística de Hector, com o intuito de convencer os produtores sobre seu potencial como ator sólido nos meses e anos à frente? Talvez os dois tivessem conspirado para redigir o artigo ou talvez terceiros tivessem oferecido dinheiro a Simms — possivelmente Hunt, que àquela altura já se achava em sérios apuros financeiros. Seria possível que Hunt estivesse tentando aumentar o valor de mercado do comediante para poder vender seus serviços a outro estúdio? Impossível saber, mas quaisquer que tenham sido os motivos de Simms, e por pior que Brigid O'Fallon tenha reproduzido as declarações de Hector, os artigos são irreconciliáveis, em que pesem todas as desculpas para justificar a versão dos dois jornalistas.

A última entrevista com ele apareceu na edição de outubro da *Picture Play*. A se acreditar no que Hector disse a B. T. Barker — ou pelo menos no que Barker queria que pensássemos que foi dito —, parece muito provável que nosso rapaz tenha dado um empurrãozinho para criar a confusão toda. Dessa vez, os pais são naturais da cidade de Stanislav, na porção leste do Império Austro-Húngaro, e sua primeira língua é o polonês, não o alemão. A família parte para Viena quando ele está com dois anos, ali permanece por seis meses, depois vai para os Estados Unidos, onde eles passam três anos em Nova York e um ano no Meio-Oeste antes de levantar acampamento de novo e se instalar em Buenos Aires. Barker interrompe para perguntar em que lugar do Meio-Oeste eles moraram e Hector muito calmamente responde: Sandusky, Ohio. Seis meses antes, Randall Simms mencionara Sandusky em seu artigo para a *Picturegoer* — não como um lugar de verdade, e sim como uma metáfora, como uma representação da cidade americana típica. Hector apropria-se da imagem e põe Sandusky em sua história, talvez por nenhum outro motivo que não o fascínio pela musicalidade rouca e cadenciada das palavras. *Sandusky, Ohio* tem uma sonoridade agradável e uma métrica tríplice elegante, com todo o poder e precisão de uma frase poética bem lapidada. O pai, diz ele, era engenheiro civil especializado na construção de pontes. A mãe, *a mulher mais linda deste mundo*, era dançarina, cantora e pintora. Hector tinha adoração pelos dois, fora um menino religioso e bem-comportado (ao contrário do menino levado do artigo de Simms) e até a morte trágica dos pais, num acidente de barco quando estava com catorze anos, planejava seguir o exemplo paterno e tornar-se engenheiro. Tudo mudou de figura depois dessa perda repentina. Assim que se viu órfão, seu único sonho passou a ser voltar para os Estados Unidos e começar vida nova. Antes que isso ocorresse, porém, foram necessários vários milagres, mas agora que estava de volta tinha certeza de que era o lugar de seu destino.

Algumas dessas afirmações podiam ser verdadeiras, embora não muitas, talvez nenhuma. Era a quarta versão de seu passado e, ainda que houvesse alguns elementos em comum (pais de origem alemã ou polonesa, passagem pela Argentina, emigração do Velho para o Novo Mundo), tudo o mais estava sujeito a mudanças. Ele se mostra intransigente e prático num relato; temeroso e sentimental no outro. É encrenqueiro para um jornalista, obediente e devoto para outro; foi pobre, foi rico; fala com forte sotaque, fala sem sotaque nenhum. Juntando-se todas essas contradições, terminamos de mãos vazias, com o retrato de um homem com tantas personalidades e histórias familiares que acaba reduzido a um monte de fragmentos, a um quebra-cabeça cujas peças não se encaixam mais. Toda vez que lhe fazem uma pergunta, ele dá uma resposta diferente. As palavras jorram de sua boca, mas está decidido a jamais dizer a mesma coisa duas vezes. Parece estar escondendo algo, protegendo um segredo, no entanto leva adiante o ofuscamento com tamanha sutileza e bom humor tão borbulhante que ninguém parece notar. Os jornalistas não resistem a seu charme. Ele os faz rir, diverte-os com pequenos truques de mágica e, depois de certo tempo, a imprensa para de pressioná-lo a respeito dos fatos e cede ao poder de sua atuação. Hector continua seu voo disparado, passando loucamente dos paralelepípedos das avenidas de Viena para a planura eufônica de Ohio e, aos poucos, você começa a se perguntar se isso seria um jogo de enganos ou simplesmente uma tentativa equivocada de espantar o tédio. Quem sabe as mentiras fossem inocentes. Quem sabe não estivesse tentando enganar ninguém, e sim buscando uma forma de se divertir. Ser entrevistado pode ser um negócio enfadonho, afinal de contas. Se todo mundo fazia as mesmas perguntas, talvez julgasse necessário inventar novas respostas, para permanecer acordado.

Nada era certo, mas, depois de revirar essa montoeira de memórias fraudulentas e anedotas espúrias, pensei ter descoberto um pequeno detalhe. Nas primeiras três entrevistas, Hector evita falar do lugar onde nasceu. Quando O'Fallon lhe pergunta, ele diz Alemanha; quando Simms lhe pergunta, ele diz Áustria;

mas nunca fornece detalhes: nenhuma cidade, nenhum povoado, nenhuma região. Só quando fala com Barker é que se abre um pouco e preenche os brancos. Stanislav fazia parte da Áustria-Hungria, mas depois da dissolução do Império, no fim da guerra, foi entregue à Polônia. Para os americanos, a Polônia é um lugar longínquo, bem mais que a Alemanha e, considerando-se o esforço que ele fazia para minorar sua condição de estrangeiro, foi uma admissão estranha citar essa cidade como local de nascimento. A única razão plausível para que Hector tivesse feito isso, me parecia, era por ser verdade. Eu não poderia confirmar a suspeita, mas não fazia sentido que tivesse mentido a respeito. A Polônia não contribuía para seu caso e, se estava decidido a fabricar falsos antecedentes para si mesmo, por que mencioná-la? Fora um engano, um lapso momentâneo e, tão logo dá o escorregão, Hector tenta desfazer o estrago. Se acabou de se mostrar estrangeiro demais, irá contrabalançar o erro insistindo em suas credenciais americanas. Coloca-se em Nova York, cidade de imigrantes, e depois martela a questão de ter se mudado para o interior. É aí que Sandusky, Ohio, entra em cena. O nome lhe vem de repente, lembrança de um artigo escrito a seu respeito seis meses antes, e ele o joga para cima do crédulo B. T. Barker, que engole a isca. O jornalista se distrai e, em vez de lhe fazer mais perguntas sobre a Polônia, acomoda-se melhor na cadeira e começa a rememorar os campos de alfafa do Meio-Oeste junto com Hector.

Stanislav fica ao sul do rio Dniester, a meio caminho entre Lvov e Tchernovtsy, na região da Galícia. Se foi de fato esse o território onde Hector passou a infância, então temos todos os motivos para supor que tenha nascido judeu. O fato de essa região estar coalhada de judeus por si só não teria bastado para me convencer, mas combine essa população judaica com a família ter-se mudado da região e o argumento torna-se deveras convincente. Quem abandonou essa parte do mundo foram os judeus e, começando com os pogroms russos no final do século XIX, centenas de milhares de imigrantes de língua iídiche espalharam-se pela Europa Ocidental e Estados Unidos. Muitos também foram para a América do Sul. Só na Argentina, a população judaica aumentou de seis mil para mais de cem mil entre a virada do século XX e o começo da Primeira Guerra Mundial. Sem dúvida Hector e sua família ajudaram a aumentar essa estatística. Do contrário, seria altamente improvável que tivessem ido parar na Argentina. Nesse momento da História, as únicas pessoas que viajavam de Stanislav para Buenos Aires eram os judeus.

Estava orgulhoso de minha pequena descoberta, ainda que não fosse grande coisa. Se Hector estava de fato escondendo algo, e se esse algo acabasse sendo a religião em que nascera, então essa minha descoberta não passava de um dos tipos mais prosaicos de hipocrisia social. Não era crime ser judeu na Hollywood de então. Era apenas uma coisa sobre a qual optava-se por não comentar. Jolson já tinha feito *O cantor de jazz* a essa altura e os teatros da Broadway estavam lotados de gente que pagava para ver Eddie Cantor e Fanny Brice, ouvir Irving Berlin e os Gershwins, aplaudir os irmãos Marx. Ser judeu podia ser um fardo para Hector. Talvez sofresse com isso, talvez tivesse vergonha disso, mas me era difícil imaginar que tivesse sido morto por isso. Claro, sempre há algum fanático de plantão em algum lugar, com ódio suficiente dentro de si para assassinar um judeu, mas alguém que faça uma coisa dessas quer ser conhecido, fazer de seu ato um exemplo para aterrorizar os outros e, qualquer que tenha sido o destino de Hector, o único fato indiscutível é que seu corpo nunca foi encontrado.

Do dia em que assinou contrato com a Kaleidoscope até o dia em que desapareceu, teve uma carreira de apenas dezessete meses. Mas, por mais curta que tenha sido, Hector conseguiu uma certa dose de reconhecimento e, por volta do início de 1928, já havia menções a ele nas colunas sociais de Hollywood. Eu conseguira recuperar cerca de vinte delas, em vários arquivos de microfilme, durante minhas viagens. Devia haver muitas outras que me escaparam, sem contar as que acabaram destruídas, mas por mais esparsas e insuficientes que fossem, provavam que Hector não era de ficar sentado em casa depois que o sol se punha. Era visto em restaurantes e boates, em festas e lançamentos de filmes, e quase todas as vezes em que seu nome aparecia impresso, vinha acompanhado de alguma frase referindo-se a seu *magnetismo esfuziante*, aos *olhos irresistíveis* ou ao *semblante arrebatador*, especialmente quando o autor da notícia era mulher, se bem que alguns homens também sucumbissem a seu charme. Um deles, que trabalhava sob o nome de Gordon Fly (numa coluna chamada *Fly on the Wall* — o observador isento, a câmera oculta), chegou a sugerir que Hector estava desperdiçando talento em comédias e que faria melhor se partisse para o drama. *Com esse perfil*, escreveu Gordon, *ofende nosso senso de proporção estética ver o elegante señor Mann arriscar seu pescoço em topadas frequentes com paredes e postes. O público estaria mais bem servido se ele deixasse de lado tais façanhas e se concentrasse em beijar belas mulheres. Sem sombra de dúvida, haverá muitas jovens atrizes na cidade dispostas a assumir o papel. Fontes me dizem que Irene Flowers já fez uma série de testes, mas tudo indica que o formoso* hidalgo *está agora de olho em Constance Hart, a sempre popular capa da* Vim & Vigor *em pessoa. Aguardamos ansiosamente os resultados desse teste*.

Boa parte do tempo, contudo, Hector não recebe mais que um reconhecimento superficial dos jornalistas. Ainda não se transformara em notícia, não era mais que um recém-chegado promissor entre tantos outros e em metade das colunas que eu tinha em mãos aparecia apenas como um nome — em geral na companhia de alguma mulher, ela própria apenas um nome também. Hector Mann foi visto no Feathered Nest com Sylvia Noonan. Hector Mann saiu da pista de dança do Gibraltar ontem à noite em companhia de Mildred Swain. Hector Mann partilhou risadas com Alice Dwyer, comeu ostras com Polly McCracken, ficou de mãos dadas com Dolores Saint John, entrou num bar com Fiona Maar. Ao todo, contei oito mulheres diferentes, mas quem sabe com quantas outras não terá saído nesse ano? Minhas informações estavam limitadas aos artigos que conseguira encontrar, e aquelas oito poderiam facilmente ter sido vinte, talvez até mais.

Quando surgiu a notícia do desaparecimento de Hector, em janeiro do ano seguinte, pouca atenção se deu a sua vida amorosa. Seymour Hunt se enforcara no próprio quarto três dias antes e, em vez de tentar desencavar provas de algum romance frustrado ou secreto, a polícia concentrou-se no relacionamento conturbado do cômico com o banqueiro corrupto de Cincinnati. Provavelmente era tentador demais não fazer uma ligação entre os dois escândalos. Depois da prisão de Hunt, houve quem citasse palavras de Hector dizendo que era um alívio saber que os americanos ainda não tinham perdido o senso de justiça. A fonte anônima que forneceu a informação, qualificada como amigo chegado do cômico, relatou que ele anunciara para cerca de uma dúzia de pessoas o seguinte: *O sujeito é um velhaco. Ele me privou de milhares de dólares e tentou arruinar minha carreira. Fico feliz que esteja indo para a cadeia. Foi bem feito e não sinto pena nenhuma dele.* Começaram a circular rumores pela imprensa de que Hector teria delatado Hunt para as autoridades. Defensores dessa teoria diziam que, depois de sua morte, os sócios de Hunt haviam tirado Hector de cena para evitar que mais vazamentos viessem a público. Algumas versões chegaram inclusive a sugerir que a morte de Hunt não fora suicídio, e sim um assassinato cometido de forma a parecer suicídio — o primeiro passo de uma intrincada conspiração dos amigos do submundo para apagar todo e qualquer rastro dos crimes cometidos.

Essa era a leitura da bandidagem. E devia parecer plausível nos Estados Unidos da década de 1920, mas sem um corpo para corroborar a hipótese, as investigações policiais foram morrendo. A imprensa deu atenção ao caso durante as primeiras duas ou três semanas, publicando reportagens sobre as práticas empresariais de Hunt e sobre o surgimento do elemento criminoso na indústria cinematográfica, mas como ninguém conseguisse estabelecer um elo preciso entre o desaparecimento de Hector e a morte de seu ex-produtor, os jornalistas mudaram o enfoque e passaram a procurar outros motivos e explicações. Todo mundo tinha sido tentado a inferir coisas da proximidade dos dois fatos, mas logicamente era infundado presumir que um tivesse causado o outro. Fatos contíguos não estão necessariamente relacionados, ainda que pareça haver ligações entre um e outro. Quando outras linhas de investigação começaram a ser seguidas, as pistas já haviam esfriado. Dolores Saint John, citada em vários dos primeiros artigos como noiva de Hector, saíra silenciosamente da cidade e voltara para a casa dos pais, no Kansas. Passou-se um mês inteiro antes que os repórteres pudessem encontrá-la e, quando o fizeram, ela se recusou a falar, dizendo-se ainda muito perturbada com o desaparecimento de Hector para fazer declarações. Seu único comentário foi *Estou de coração partido*, e depois disso nunca mais se soube dela. Jovem cativante que aparecera em meia dúzia de filmes (entre os quais *The Prop Man* e *Mr. Nobody*, interpretando em um a filha do xerife e no outro a mulher de Hector), Dolores abandonou impulsivamente a carreira e desapareceu do cinema.

Jules Blaustein, roteirista de gags que trabalhara com Hector em todos os doze filmes da Kaleidoscope, disse a um repórter da *Variety* que os dois haviam escrito uma série de roteiros para comédias faladas e que seu parceiro estava num *humor excelente*. Vinham se encontrando desde meados de dezembro e, ao contrário de todos os demais entrevistados, continuou a falar de Hector no presente. *É verdade que as coisas acabaram de forma bastante desagradável com Hunt,* Blaustein admitiu, *mas Hector não foi o único que levou uma rasteira da Kaleidoscope. Todos nós levamos um tombo, e, mesmo que o dele tenha sido pior, não é homem de guardar rancores. Ele tem todo um futuro pela frente e, logo que o contrato com a Kaleidoscope acabou, passou a se concentrar em outras coisas. Andou trabalhando duro comigo, mais duro do que jamais o vi trabalhar, e estava com o cérebro tinindo, cheio de novas ideias. Quando desapareceu, já tínhamos um primeiro roteiro quase terminado — uma comédia gozadíssima chamada* Dot and Dash *— e estávamos prestes a assinar contrato com Harry Cohn, para a Columbia. As filmagens começariam em março. Hector iria dirigir e fazer um pequeno mas hilariante papel mudo no filme, e se isso lhe parece projeto de alguém prestes a se matar, então você não sabe coisa alguma a respeito dele. É absurdo pensar que seria capaz de tirar a própria vida. E pensar em assassinato significaria dizer que tinha inimigos, mas em todo o tempo que trabalhamos juntos nunca o vi fazer inimizade com ninguém. Hector é um verdadeiro príncipe e eu adoro trabalhar com ele. Podemos ficar aqui sentados o dia todo, imaginando o que teria acontecido, mas aposto uma boa bolada que ele está vivo em algum lugar, que teve uma daquelas suas inspirações malucas no meio da madrugada e resolveu ficar sozinho uns tempos. Todo mundo fica dizendo que ele está morto, mas não me surpreenderia se Hector cruzasse aquela porta neste instante, jogasse o chapéu na cadeira e dissesse: "Certo, Jules, mãos à obra".*

A Columbia confirmou ter negociado com Hector e Blaustein um contrato triplo para filmar *Dot and Dash* e duas outras comédias de longa-metragem. Ainda não havia nada assinado, informou o porta-voz do estúdio, mas assim que as cláusulas estivessem do agrado de ambas as partes a Columbia *receberia Hector na família de braços abertos.* Os comentários de Blaustein, associados à declaração da Columbia, punham por terra a ideia de que a carreira de Hector tinha chegado a um beco sem saída, algo que alguns dos tabloides vinham aventando como possível motivo para suicídio. Os fatos mostravam que não havia nada de sombrio nas perspectivas de Hector. O entrevero na Kaleidoscope não lhe *vergara o espírito*, conforme anunciou o *Los Angeles Record* em 18 de fevereiro de 1929, e, uma vez que não aparecera nenhuma carta ou bilhete em apoio à sugestão de que Hector dera cabo da própria vida, a teoria do suicídio começou a perder terreno para diversas especulações sem pé nem cabeça e conjecturas absurdas: sequestro desastroso, acidentes improváveis, eventos sobrenaturais. Enquanto isso, a polícia não fizera nenhum progresso, não conseguira ligar o desaparecimento de Hector ao suicídio de Hunt e, embora afirmasse estar *seguindo diversas pistas promissoras* (*Los Angeles Daily News*, 7 de março de 1929), nenhum novo suspeito foi apresentado. Se Hector tinha sido assassinado, não havia provas suficientes para acusar ninguém. Se tinha se matado, não havia uma única razão compreensível. Alguns cínicos sugeriram que o desaparecimento não fora mais que um truque publicitário, uma manobra barata de Harry Cohn da Columbia, destinada a chamar a atenção para seu novo astro, e que podíamos contar com um reaparecimento milagroso a qualquer momento. Isso parecia fazer um certo sentido obscuro, mas com o passar dos dias, sem que Hector voltasse a aparecer, essa teoria provou ser tão equivocada quanto as demais. Todos tinham uma opinião sobre o que acontecera com Hector, mas a verdade é que ninguém sabia coisa alguma. E, se soubesse, não iria abrir o bico.

O caso foi manchete durante cerca de um mês e meio, depois o interesse esfriou. Não havia nenhuma revelação para ser publicada, nenhuma nova possibilidade a ser examinada, e aos poucos a imprensa voltou as atenções para outros assuntos. No final da primavera, o *Los Angeles Examiner* saiu com a primeira de várias reportagens publicadas intermitentemente durante os dois anos seguintes, na qual Hector teria sido visto por alguém num lugar improvável e remoto — as chamadas aparições de Hector —, mas todas não passavam de itens de variedade, de notinhas para completar a página de horóscopo, uma espécie de piada da casa, só para os íntimos de Hollywood. Hector em Utica, Nova York, trabalhando como sindicalista. Hector nos Pampas, com um circo itinerante. Hector na rua da amargura. Em março de 1933, Randall Simms, o mesmo jornalista que o entrevistara para a *Picturegoer* cinco anos antes, publicou um artigo no suplemento dominical do *Herald-Express* intitulado "O que teria acontecido com Hector Mann?". Nele, o autor prometia novas informações sobre o caso, mas a não ser sugerir um triângulo amoroso complicadíssimo e desesperado em que Hector podia ou não estar envolvido, não passava de uma colagem requentada de tudo o que já aparecera nos jornais de Los Angeles em 1929. Matéria semelhante, escrita por alguém chamado Dabney Strayhorn, apareceu num exemplar de 1941 da *Collier's*, e depois disso, em 1957, um livro com o título chinfrim de *Hollywood Scandals and Mysteries*, escrito por Frank C. Klebald, dedicou um pequeno capítulo ao desaparecimento de Hector, mas num exame mais detalhado vê-se que é quase uma cópia literal do artigo de Strayhorn. Talvez tenha havido outras reportagens e outros capítulos sobre Hector no decorrer dos anos, mas não cheguei a vê-los. Só tinha o que estava na caixa de papelão, e o que tinha naquela caixa era tudo o que me fora possível encontrar.

4.

Duas semanas mais tarde, eu continuava sem notícias de Frieda Spelling. Tinha previsto ligações a altas horas da noite, cartas por serviço especial, telegramas, faxes e súplicas desesperadas para que eu acorresse ao leito de morte de Hector, mas, catorze dias de silêncio depois, parei com as suposições. De volta ao velho ceticismo, aos poucos retornei ao ponto em que estava antes. A caixa voltou para o armário e, após me lamuriar por mais uma semana, dez dias, retomei as memórias de Chateaubriand e encarei o trabalho. Eu havia saído de rota por quase um mês, mas, tirando uns resquícios de decepção e revolta, consegui afastar Tierra del Sueño da cabeça. Mais uma vez Hector estava morto. Morrera em 1929, ou então anteontem. Pouco importava qual das duas mortes era a real. Não pertencia mais a este mundo e eu jamais teria a chance de conhecê-lo.

Fechei-me de novo. O tempo oscilava de um extremo a outro, alternando bons e maus períodos. Um ou dois dias de luz esplendorosa seguidos por tempestades furiosas; aguaceiros tremendos, depois céus de um azul-cristalino; vento e falta de vento, calor e frio, névoa dissolvendo-se em claridade. Em minha montanha fazia uns cinco graus a menos do que na cidade lá embaixo, mas havia tardes em que eu podia andar de short e camiseta. Em outras, era obrigado a acender a lareira e me embrulhar em três malhas. Junho desembocou em julho. Fazia já uns dez dias que eu vinha trabalhando assiduamente, acomodando-me de novo ao velho ritmo e preparando-me para o que, pelos meus cálculos, seria a última etapa do trabalho. Logo depois do feriado prolongado, suspendi as atividades mais cedo e fui até Brattleboro fazer compras. Gastei coisa de quarenta minutos no Grand Union e aí, depois de guardar as sacolas do supermercado no carro, decidi ficar mais um pouco e ir ao cinema. Foi apenas um impulso, um capricho repentino que me acometeu ali parado no estacionamento, franzindo a vista e suando ao sol de fim de tarde. Terminara o trabalho do dia e não havia por que não mudar de planos, motivo nenhum para voltar correndo para casa se não quisesse. Cheguei ao Cine Latches da rua principal bem na hora em que ia começar o filme das seis. Comprei uma Coca e um saco de pipocas, encontrei um lugar no meio da última fila e assisti a um dos filmes da série *De volta para o futuro*. Acabei achando tão ridículo quanto divertido. Depois de terminada a sessão, decidi prolongar o passeio jantando no restaurante coreano em frente. Já tinha comido ali uma vez e, pelos padrões de Vermont, a comida até que não era má.

Passara duas horas sentado no escuro e, quando saí do cinema, o tempo tinha mudado de novo. Mais uma daquelas guinadas violentas: nuvens carregadas, temperatura na casa dos dez graus, ventos fortes. Depois de um dia claro de calor intenso, o céu ainda deveria ter um pouco de luz nessa hora, mas o sol sumira antes de se pôr e o longo dia de verão terminava num entardecer úmido e gelado. Já estava chovendo quando atravessei a rua para ir ao restaurante e, enquanto me sentava a uma das mesas da frente e pedia a comida, vi a tempestade ganhar força lá fora. Um saco de papel ergueu-se do chão e voou até a vitrina da Army-Navy; uma lata vazia de refrigerante rolou barulhenta pela rua, na direção do rio; a chuva metralhava a calçada. Comecei com um prato de *kim'chi*, acompanhando cada bocado com um gole de cerveja. Era uma entrada picante, que queimava a língua, e quando passei ao prato principal continuei mergulhando a carne em molho de pimenta, o que vale dizer que continuei tomando cerveja. Devo ter bebido umas três garrafas ao todo, quatro quem sabe, e até pagar a conta já estava um pouco mais calibrado do que devia. Ainda alerta o bastante para caminhar em linha reta, acho, alerta o suficiente para pensar com lucidez sobre a tradução, mas provavelmente não o bastante para dirigir.

Mesmo assim, não vou culpar a cerveja pelo que houve. Meus reflexos talvez estivessem um pouco lerdos, mas havia outros elementos envolvidos na história, e duvido que o resultado tivesse sido diferente removendo-se a cerveja da equação. A chuva continuava forte quando saí do restaurante e, depois de correr várias centenas de metros até o estacionamento municipal, eu estava ensopado. Foi meio complicado pegar as chaves do bolso da calça molhada e, como se não bastasse, assim que consegui achá-las e tirá-las do bolso, deixei o chaveiro cair numa poça. O que significou mais tempo perdido, porque tive de me agachar para procurá-lo no escuro, e quando finalmente me ergui para entrar na caminhonete estava tão encharcado quanto alguém que tivesse tomado banho vestido. Culpe a cerveja, mas culpe também aquelas roupas molhadas e a água escorrendo nos olhos. Várias e várias vezes, precisei tirar uma das mãos do volante para enxugar a testa e, quando se acrescenta a essa distração o inconveniente de um mau sistema de desembaçamento (vale dizer que quando não estava limpando a testa estava usando a mesma mão para limpar o para-brisa embaciado) e depois se agrava o problema com limpadores de para-brisa defeituosos (quando eles não são?), vemos que as condições dessa noite dificilmente garantiriam um retorno seguro para casa.

O mais irônico da situação é que eu estava perfeitamente consciente disso. Tremendo de frio, louco para chegar em casa e vestir algo seco e quente, ainda assim fiz um esforço consciente para dirigir o mais devagar possível. Foi o que me salvou, suponho, mas ao mesmo tempo pode ter sido o que provocou o acidente. Se estivesse dirigindo mais rápido, provavelmente estaria mais atento, mais sintonizado com os caprichos da estrada, mas depois de um tempo minha mente começou a vagar e acabei embarcando numa daquelas meditações infindáveis e sem sentido que só parecem ocorrer aos motoristas solitários. No caso, se estou bem lembrado, tinha algo a ver com a quantificação dos atos efêmeros do dia a dia. Quanto tempo eu passara nos últimos quarenta anos amarrando os cordões dos sapatos? Quantas portas abrira e fechara? Quantas vezes espirrara? Quantas horas perdera à procura de objetos que não consegui encontrar? Quantas vezes dera uma topada com o dedão, batera a cabeça ou tirara um cisco do olho? Para mim, estava sendo um exercício agradável e continuei aumentando a lista enquanto avançava em meio à lama e à escuridão. Cerca de trinta quilômetros adiante de Brattleboro, num trecho aberto de estrada entre as cidades de T—— e West T——, a meros cinco quilômetros da bifurcação que me levaria para casa pela estrada de terra, vi os olhos de um animal reluzindo diante dos faróis. Um instante depois, vi que se tratava de um cachorro. Ele estava vinte ou trinta metros adiante, uma criatura molhada até os ossos vagando pela noite e, ao contrário do que faz a maioria dos cães quando perdidos, não ia pelo acostamento, e sim trotando pelo meio da estrada — ou um pouco à esquerda do meio, o que o colocava direto na minha pista. Desviei para não pegá-lo e ao mesmo tempo meti o pé no freio. Provavelmente não devia ter feito isso, mas já tinha feito antes que pudesse dizer a mim mesmo para não fazê-lo, e porque a superfície da estrada estivesse molhada e, escorregadia, os pneus não aderiram. Derrapei pela faixa amarela e, antes de ter tempo de endireitar o veículo, bati num poste.

Eu estava com o cinto de segurança, mas o tranco fez o braço esquerdo bater no volante e, com todas as compras saltando dos sacos, uma lata de suco de tomate pulou e me acertou no queixo. O rosto doía feito o diabo, o braço latejava, porém eu ainda conseguia flexionar a mão, ainda conseguia abrir e fechar a boca, de modo que concluí não haver quebrado nada. Devia ter me sentido aliviado, com sorte por ter escapado sem nenhum ferimento sério, mas meu humor não estava para enumerar vantagens nem para especular quanto poderia ter sido pior. O acidente fora ruim o suficiente e eu estava furioso comigo por ter batido a caminhonete. Um dos faróis ficou imprestável; o para-choque, arruinado; a frente, amassada. O motor continuava funcionando, ainda bem, mas quando tentei dar ré e seguir caminho, descobri que os pneus dianteiros estavam praticamente submersos no barro. Levei vinte minutos patinando na gosma e na chuva para liberá-los e a essa altura estava molhado e exausto demais para me importar em guardar as compras que tinham se esparramado pelo carro. Simplesmente me sentei atrás do volante, dei ré e saí. Como descobriria mais tarde, dirigi até em casa com um pacote de ervilhas congeladas entalado nas costas.

Passava das onze da noite quando estacionei em frente de casa. Estava tremendo de frio, o maxilar e o braço doíam e meu humor era péssimo. Sempre espere pelo inesperado, dizem, mas assim que o inesperado acontece a última coisa que você espera é que ele volte a acontecer. Eu baixara a guarda e, ainda pensando no cachorro e no poste, ainda repassando os detalhes do acidente, quando saltei da caminhonete não reparei no carro estacionado à esquerda. Meus faróis não tinham iluminado aquele lado e, quando desliguei o motor e apaguei as luzes, tudo escureceu em volta.

A chuva já diminuíra, mas continuava garoando e a casa estava às escuras. Achando que estaria de volta antes de anoitecer, não tinha me preocupado em deixar acesa a luz da entrada. O céu estava negro. O chão estava negro. Tateei de memória o caminho até a porta, mas não enxergava nada.

Era costume, no sul de Vermont, deixar tudo destrancado, mas eu não fazia isso. Passava a chave na porta toda vez que saía. Era um ritual teimoso que eu me recusava a abandonar mesmo que fosse ficar fora apenas por cinco minutos. Nesse momento, enquanto tentava achar minhas chaves pela segunda vez numa noite, compreendi a cretinice da precaução. Na verdade o que eu fizera fora me trancar fora de casa. As chaves já estavam na mão, mas havia umas seis ou sete, e eu não fazia ideia de qual era a certa. Às cegas, apalpei a porta em busca da fechadura. Assim que a encontrei, escolhi uma das chaves ao acaso e manobrei-a até o buraco. Ela entrou até a metade, depois emperrou. Teria de tentar uma outra, mas antes era preciso tirar a primeira da fechadura. O que me exigiu uma dose bem maior de torcidas do que eu imaginava. No último instante, bem quando eu estava desencaixando o último chanfro, a chave deu um pequeno tranco e o chaveiro escorregou da minha mão. Caiu com estardalhaço nos degraus de madeira, depois ricocheteou sabe Deus para onde naquela escuridão. De modo que a jornada terminou da mesma forma como começara: comigo de quatro no chão, xingando baixinho, procurando um molho de chaves invisíveis.

Eu não devia estar ali fazia mais de dois ou três segundos quando uma luz se acendeu no pátio. Ergui a vista, virando instintivamente a cabeça para o facho, e antes que tivesse a oportunidade de sentir medo, antes mesmo de poder registrar o que estava acontecendo, vi que havia um carro parado ali — um carro que não tinha por que estar no meu terreno — e que havia uma mulher saltando dele. Ela abriu um guarda-chuva vermelho enorme, bateu a porta e a luz se apagou. Precisa de ajuda?, ela disse. Fiquei de pé e nesse momento outra luz se acendeu. A mulher apontava uma lanterna para o meu rosto.

Quem é você, porra?, perguntei.

O senhor não me conhece, ela respondeu, mas conhece a pessoa que me mandou.

Isso não basta. Me diga quem é ou eu chamo a polícia.

Meu nome é Alma Grund. Estou esperando aqui há mais de cinco horas, sr. Zimmer, e preciso lhe falar.

E quem foi que mandou você aqui?

Frieda Spelling. O Hector está muito mal. Ela quis que o senhor soubesse e me pediu para lhe dizer que não resta mais muito tempo.

Achamos as chaves com a lanterna dela e, quando abri a porta e pisei na soleira, acendi as luzes da sala. Alma Grund entrou atrás de mim — uma mulher pequena, de uns trinta e tantos anos, vestida com uma blusa de seda azul e calça cinza. Cabelos castanhos na altura dos ombros, salto alto, batom carmim e uma enorme bolsa de couro pendurada no ombro. Quando ficou sob a luz, vi que tinha uma marca de nascença do lado esquerdo do rosto. Uma mancha roxa do tamanho de um punho de homem, longa o suficiente e larga o bastante para parecer o mapa de algum país imaginário: uma sólida massa de descoloração que lhe cobria mais da metade da bochecha, começando no canto do olho e se estendendo até o maxilar. O cabelo estava cortado de forma a esconder boa parte da mancha e ela mantinha a cabeça numa inclinação difícil, para evitar que o cabelo se mexesse. Era um gesto arraigado, imagino, um hábito adquirido depois de toda uma vida de embaraços, e lhe conferia um ar de desajeitamento, de vulnerabilidade, a postura de uma menina tímida que preferia olhar para o tapete a olhar você nos olhos.

Em qualquer outra noite, eu provavelmente estaria disposto a conversar com ela — mas não nessa. Estava irritado, aborrecido demais com tudo o que já me acontecera, e a única coisa que eu queria era tirar a roupa molhada, tomar um banho quente e ir para a cama. Eu tinha fechado a porta atrás de mim, depois de acender as luzes da sala. Mas tornei a abri-la e educadamente lhe pedi que fosse embora.

Me dê apenas cinco minutos, ela disse. Posso explicar tudo.

Não gosto quando alguém invade minha propriedade, falei, e não gosto quando alguém me pega de surpresa no meio da noite. Você não vai querer que eu a ponha para fora, vai?

Ela então ergueu os olhos para mim, surpresa com minha veemência, assustada com a subcorrente de raiva em minha voz. Pensei que o senhor quisesse vê-lo, ela disse, e enquanto dizia isso deu mais alguns passos para dentro de casa, afastando-se das proximidades da porta, para o caso de eu estar planejando levar adiante a ameaça. Quando se virou e me olhou de novo, só consegui ver seu lado direito. Ela parecia diferente desse ângulo, e percebi que tinha um rosto delicado, arredondado, com uma pele muito lisa. Tinha lá seus atrativos, enfim; talvez fosse até bonita. Os olhos eram azul-escuros e havia neles uma inteligência rápida e nervosa que me fazia pensar um pouco nos olhos de Helen.

Não estou mais interessado no que Frieda Spelling tem a me dizer, falei. Ela me deixou esperando tempo demais e tive de dar o maior duro para superar a ansiedade. Não vou mais entrar nessa. Esperança demais. Decepção demais. Não tenho forças para isso. No que me diz respeito, a história está encerrada.

Antes que ela pudesse me responder, terminei minha pequena arenga com um fecho agressivo de despedida. Vou tomar um banho, disse. Quando tiver terminado, espero que já tenha ido embora. Por favor, tenha a bondade de fechar a porta ao sair.

Dei-lhe as costas e comecei a caminhar para a escada, decidido a ignorá-la e lavar as mãos daquele negócio todo. No meio da escada, ouvi-a dizer: O senhor escreveu um livro tão bom. Tem o direito de saber a história verdadeira, e preciso de sua ajuda. Se não me escutar, coisas terríveis vão acontecer. Dê-me cinco minutos, não mais. É só o que peço.

A moça estava apresentando seu caso nos termos mais melodramáticos possíveis, mas eu não iria deixar que isso me afetasse. Quando cheguei ao topo da escada, virei-me e falei do balcão com ela. Não vou lhe dar nem cinco segundos. Se quiser falar comigo, me ligue amanhã. Melhor ainda, me escreva uma carta. Não sou muito bom de telefone. E então, sem me dar ao trabalho de esperar pela reação dela, entrei no banheiro e tranquei a porta.

Fiquei na banheira quinze ou vinte minutos. Somados outros três ou quatro para me enxugar, mais dois para examinar o queixo no espelho e depois outros seis ou sete para pôr roupas limpas, devo ter ficado lá em cima perto de meia hora. Não estava com a mínima pressa. Sabia que ela ainda estaria lá quando eu descesse de novo, e continuava num humor de cão, fervendo de beligerância e animosidade reprimidas. Não estava com medo de Alma Grund, mas minha própria raiva me assustava e não fazia mais a menor ideia do que se passava comigo. Depois daquela explosão na festa dos Tellefson, na primavera anterior, vinha me mantendo escondido e perdera o hábito de falar com estranhos. A única pessoa com quem eu sabia como me comportar era comigo mesmo — mas eu não era mais ninguém, não estava realmente vivo. Era apenas alguém se fingindo de vivo, um morto que passava os dias traduzindo o livro de um morto.

Assim que pus os pés no balcão, olhando para mim lá do térreo ela começou a desfiar um colar de desculpas, pedindo-me que a perdoasse pela falta de educação e explicando que estava desolada de ter ido me procurar sem avisar antes. Não era pessoa de ficar rondando a casa dos outros à noite, ela disse, e não fora sua intenção me assustar. Ao bater em minha porta, às seis da tarde, o sol ainda brilhava. Presumira erroneamente que eu estaria em casa e, se acabara esperando no pátio por tantas horas, foi só por ter achado que eu chegaria a qualquer momento.

Enquanto descia as escadas até a sala, reparei que ela havia penteado o cabelo e retocado o batom. Parecia mais controlada agora — menos deselegante, menos insegura —, e já quando avancei para ela, convidando-a a sentar, percebi que não era tão frágil nem estava tão intimidada quanto eu tinha imaginado.

Não vou escutar uma palavra do que tem para me dizer enquanto não me responder a algumas perguntas, falei. Se ficar satisfeito com o que me disser, eu lhe dou uma chance de falar. Caso contrário, vou lhe pedir para ir embora e nunca mais quero vê-la. Entendido?

O senhor quer respostas breves ou longas?

Breves. Quanto mais breves, melhor.

Só me diga por onde começar e farei o possível.

A primeira coisa que eu quero saber é por que Frieda Spelling não me escreveu de volta.

Ela recebeu sua segunda carta, mas, assim que sentou para responder, aconteceu uma coisa que a impediu de continuar.

Durante um mês inteiro?

Hector caiu da escada. Ela ia começar a escrever, estava com a caneta na mão, numa parte da casa, e noutra ele estava indo para a escada. Foi muito estranha a proximidade desses dois eventos. Ela escreveu três palavras — *Caro Professor Zimmer* — e nesse instante Hector tropeçou e caiu. Quebrou a perna em dois lugares. Algumas costelas trincaram. Fez um galo feio na cabeça. Um helicóptero foi até a fazenda e ele foi levado para um hospital em

Albuquerque. Durante a cirurgia da perna, sofreu um ataque do coração. Foi transferido para uma unidade cardíaca e então, quando parecia estar se recuperando, pegou uma pneumonia. Ficou entre a vida e a morte por duas semanas. Por três ou quatro vezes, achamos que fôssemos perdê-lo. Foi simplesmente impossível escrever, sr. Zimmer. Era muita coisa acontecendo e Frieda não conseguia pensar em mais nada.

Ele ainda está no hospital?

Voltou para casa ontem. Peguei o primeiro avião esta manhã, desci em Boston por volta das duas e meia e vim até aqui num carro alugado. É mais rápido do que escrever uma carta, não é? Um dia, em vez de três ou quatro, quem sabe cinco. Em cinco dias, o Hector pode estar morto.

Por que simplesmente não pegou o telefone e ligou para mim?

Não quis arriscar. Teria sido muito fácil o senhor desligar na minha cara.

E por que você haveria de se importar? Essa é minha pergunta seguinte. Quem é você e por que está envolvida nisso?

Eu os conheço desde que nasci. São pessoas muito próximas de mim.

Não vai me dizer que é filha deles.

Sou filha de Charlie Grund. Talvez não se lembre do nome, mas com toda a certeza já topou com ele. Provavelmente o viu dezenas de vezes.

O câmera.

Exato. Foi ele quem rodou todos os filmes do Hector para a Kaleidoscope. Quando ele e a Frieda resolveram começar a fazer filmes de novo, meu pai deixou a Califórnia e foi morar na fazenda. Isso em 1940. Casou-se com minha mãe em 1946. Eu nasci lá, me criei lá. É um lugar importante para mim, sr. Zimmer. Tudo o que sou vem desse lugar.

E nunca saiu de lá?

Fui para o colégio interno aos quinze anos. Depois, para a faculdade. Depois disso, vivi em cidades grandes. Nova York, Londres, Los Angeles. Casei-me e divorciei-me, tive trabalhos, fiz coisas.

E agora mora na fazenda.

Mudei-me de volta há uns sete anos. Minha mãe morreu e voltei para o enterro. Depois, decidi ficar. O Charlie morreu dois anos depois, mas continuei lá.

Fazendo o quê?

Escrevendo a biografia de Hector. Levei seis anos e meio, mas estou perto de terminar.

Pouco a pouco, começa a fazer sentido.

Claro que faz sentido. Eu não teria viajado quase quatro mil quilômetros para lhe esconder coisas, teria?

Essa é a pergunta seguinte. Por que eu? De todas as pessoas do mundo, por que escolher a mim?

Porque preciso de uma testemunha. Falo de coisas no livro que ninguém mais viu e ninguém vai acreditar em minhas afirmações a menos que tenha a confirmação de outra pessoa.

Mas essa pessoa não precisa ser eu. Pode ser qualquer um. De um jeito cauteloso e cheio de rodeios, você acaba de me dizer que esses últimos filmes existem. Se há mais algum trabalho a ser visto, deveria procurar um especialista em cinema. Você precisa de uma autoridade para afiançar suas afirmações, alguém com reputação nessa área. Sou apenas um amador.

Talvez o senhor não seja um crítico profissional de cinema, mas é um especialista nas comédias de Hector Mann. O senhor escreveu um livro extraordinário. Ninguém nunca irá escrever tão bem sobre esses filmes. É a obra definitiva.

Até esse momento, ela me dera toda a sua atenção. Andando para cima e para baixo, diante dela sentada no sofá, eu me sentira um promotor público inquirindo a testemunha. Tirei partido da situação enquanto ela me olhava direto nos olhos, respondendo às perguntas. De repente, espiou o relógio de pulso e começou a ficar agitada. Pressenti que seu humor havia mudado.

Está tarde, ela disse.

Interpretei mal o comentário e achei que estivesse cansada. O que me pareceu ridículo, algo totalmente absurdo de se dizer num momento assim. Foi você que começou, falei. Não vai me largar na mão agora, vai? Estamos na fase do aquecimento ainda.

É uma e meia da manhã. O avião sai de Boston às sete e quinze. Se partirmos em uma hora, talvez a gente consiga.

Do que está falando?

O senhor não acha que eu vim até Vermont só para bater papo, acha? Vou levá-lo comigo para o Novo México. Pensei que tivesse entendido.

Você deve estar brincando.

É uma longa viagem. Se tiver mais alguma pergunta a fazer, ficarei muito contente de lhe responder no caminho. Até chegarmos lá, já estará sabendo de tudo, prometo.

Você é inteligente demais para achar que eu estaria disposto a fazer uma coisa dessas. Não agora. Não no meio da noite.

Mas precisa. Vinte e quatro horas após a morte dele, os filmes vão ser destruídos. E ele pode muito bem já estar morto. Pode ter morrido enquanto eu vinha para cá, hoje. Será que não compreende, sr. Zimmer? Se não partirmos já, talvez não haja mais tempo.

Está se esquecendo do que eu falei para Frieda em minha última carta. Eu não ando de avião. É contra minha religião.

Sem dizer uma palavra, Alma Grund pegou a bolsa e tirou de lá de dentro um saquinho branco de papel. Sob um emblema azul e verde, havia algumas coisas escritas. De onde eu estava, só conseguia enxergar uma palavra, mas essa era a única que precisava identificar para adivinhar o que havia dentro do envelope. Farmácia.

Não esqueci, ela disse. Trouxe alguns Xanax para facilitar as coisas para o senhor. É esse que gosta de usar, não é?

Como sabe sobre isso?

Escreveu um livro magnífico, mas isso não significa que podíamos confiar plenamente no senhor. Tive de investigar um pouco e fazer algumas perguntas a seu respeito. Dei uns telefonemas, escrevi umas cartas, li outros trabalhos seus. Sei o que passou e sinto muito, muito mesmo, pelo que aconteceu com sua mulher e seus filhos. Deve ter sido horrível para o senhor.

Você não tinha esse direito. É revoltante que alguém espione a vida de outra pessoa desse jeito. Você despenca aqui em minha casa, pedindo minha ajuda, depois se vira e me conta isso? Por que eu haveria de ajudá-la? Você me dá ânsia de vômito.

Frieda e Hector não teriam permitido que eu o convidasse, a menos que soubessem quem o senhor era. Eu tinha de fazê-lo, por eles.

Não aceito isso. Não aceito merda nenhuma do que está me dizendo.

Estamos do mesmo lado, sr. Zimmer. Não deveríamos estar berrando um com o outro. Deveríamos estar trabalhando como amigos.

Eu não sou seu amigo. Não sou nada seu. Você é um fantasma que me apareceu no meio da noite e agora quero que volte para o lugar de onde saiu e me deixe em paz.

Não posso fazer isso. Preciso levá-lo comigo e temos que ir agora. Por favor, não me obrigue a ameaçá-lo. É um jeito tão estúpido de lidar com as coisas.

Eu não fazia ideia do que ela estava falando. Eu era quinze centímetros mais alto que ela e pelo menos uns vinte e cinco quilos mais pesado — um homem de bom tamanho a ponto de perder as estribeiras, uma quantidade desconhecida que poderia explodir em violência a qualquer instante —, e lá estava ela, me falando de ameaças. Continuei onde estava, observando-a de meu posto perto da lareira. Estávamos a três metros um do outro, três e meio no máximo, e bem no momento em que ela se levantou do sofá a chuva voltou a cair com estrondo sobre o telhado, chacoalhando as tábuas como se estivéssemos sendo bombardeados por pedras. Ela deu um pulo ao ouvir esse som, espiando em volta da sala com um olhar furtivo e perplexo nos olhos, e nesse momento percebi o que iria acontecer em seguida. Não sei explicar de onde me veio esse conhecimento, mas, qualquer que tenha sido a premonição ou percepção extrassensorial que se apossou de mim quando vi aquele olhar, o fato é que eu sabia que ela estava carregando uma arma na bolsa e que nos próximos três ou quatro segundos iria enfiar a mão direita dentro dela e puxar o revólver.

Foi um dos momentos mais soberbamente empolgantes de toda a minha vida. Eu me encontrava meio passo à frente do real, dois ou três centímetros além dos limites do corpo e, quando a coisa aconteceu exatamente da forma como eu previra, senti como se minha pele tivesse ficado transparente. Mais do que ocupar um espaço, eu estava me dissolvendo nele. O que havia em volta também estava dentro de mim e bastava olhar para mim para poder ver o mundo.

A arma estava na mão dela. Era um revólver pequeno, banhado a prata, com cabo de madrepérola, pouco mais da metade do tamanho dos revólveres de espoleta com os quais eu brincava na infância. Quando se virou para mim e ergueu o braço, deu para ver que a mão na ponta do braço tremia.

Esta não sou eu, ela disse. Eu não faço esse tipo de coisa. Peça-me para guardá-lo, e eu o atenderei. Mas temos que ir andando, agora.

Era a primeira vez que me apontavam uma arma, porém o espantoso foi como me senti confortável, como aceitei com a maior naturalidade as possibilidades do momento. Um movimento errado, uma palavra errada, e eu podia morrer sem o menor motivo. Essa ideia deveria ter me assustado. Deveria ter me deixado com vontade de correr, mas não senti a menor necessidade de fazer isso, nenhuma inclinação de acabar com aquilo. Uma beleza imensa e horripilante se abrira a minha frente e tudo o que eu queria era continuar olhando para ela, continuar olhando nos olhos dessa mulher de fisionomia dupla tão estranha, enquanto continuávamos parados na sala, escutando a chuva martelar lá em cima feito dez mil tambores afugentando os demônios da noite.

Vá em frente, atire, eu falei. Estará me fazendo um imenso favor.

As palavras me saíram da boca antes mesmo que soubesse que iria dizê-las. Elas me soaram ásperas e terríveis, o tipo de coisa que só uma pessoa desequilibrada diz, mas assim que as ouvi percebi que não tinha a menor intenção de me retratar. Gostei delas. Fiquei satisfeito com sua rispidez e sinceridade, com sua abordagem resoluta e direta para o dilema que eu enfrentava. Mas, em que pese toda a coragem que elas me deram, continuo até hoje sem saber direito qual seu significado. Será que eu estava de fato pedindo que ela me matasse? Ou estaria procurando uma forma de dissuadi-la e evitar ser morto? Será que eu queria de fato que ela puxasse o gatilho ou estaria tentando dobrá-la e forçá-la a baixar a arma? Refiz essas perguntas muitas vezes, nos últimos onze anos, mas nunca consegui chegar a uma resposta conclusiva. Tudo o que sei é que não estava com medo. Quando vi Alma Grund com aquele revólver apontado para mim, mais que medo o que senti foi fascínio. Compreendi que as balas daquela arma continham uma ideia que jamais me ocorrera antes. O mundo estava cheio de buracos, de minúsculas aberturas de inexpressividade, de fendas microscópicas que a mente podia atravessar e, assim que você se pegava do outro lado de um desses buracos, estava livre de si mesmo, livre da vida, livre de sua morte, livre de tudo o que lhe pertencia. Eu topara com um desses buracos dentro de minha própria sala nessa noite. Apareceu-me sob a forma de uma arma e agora que me encontrava dentro da arma, pouco se me dava se iria sair ou não. Estava perfeitamente calmo e perfeitamente louco, perfeitamente disposto a aceitar aquilo que o momento me oferecia. Uma indiferença de tal magnitude é coisa rara e, como só alguém pronto a se desfazer do que é consegue atingi-la, ela exige respeito. Inspira uma admiração reverente em todos que a veem de frente.

Consigo me lembrar de tudo até esse ponto, de tudo até o momento em que disse essas palavras e um pouquinho adiante, mas depois disso a sequência fica meio borrada. Sei que gritei com ela, que bati no peito e desafiei-a a puxar o gatilho, mas se fiz isso antes que ela começasse a chorar, ou depois, não me lembro. Assim como também não me lembro de nada do que ela me disse. O que provavelmente significa que fui quase o único a falar, mas as palavras escapavam tão depressa de minha boca que eu mal sabia o que estava dizendo. O que importa é que ela estava com medo. Não contava com essa virada no jogo e, quando tirei os olhos da arma e olhei para ela de novo, sabia que não teria coragem de me matar. Era só blefe e desespero infantil e, assim que avancei uns passos, baixou a arma de lado. Um ruído misterioso escapou-lhe da garganta — uma emanação abafada de ar, um ruído inidentificável que ficou entre um gemido e um soluço — e, enquanto continuava a atacá-la com minhas provocações e meus insultos ofensivos, gritando para que se apressasse e acabasse logo com aquilo, eu sabia — e sabia de modo absoluto, sabia sem a menor sombra de dúvida — que a arma não estava carregada. De novo, não vou dizer que soubesse de onde me vinha a certeza, mas no instante em que a vi baixar o braço sabia que nada iria me acontecer, e queria puni-la por isso, fazê-la pagar por fingir ser quem não era.

Estou falando de segundos, de uma vida toda reduzida a questão de segundos. Dei um passo adiante, depois outro e de repente estava em cima dela, torcendo-lhe o braço e arrancando a arma de sua mão. Ela não era mais o anjo da morte, mas agora eu sabia qual era o gosto da morte e na loucura dos segundos que se seguiram fiz o que certamente foi a coisa mais doida e mais espantosa da minha vida. Apenas para provar algo. Apenas para mostrar que eu era o mais forte. Tirei a arma dela, recuei uns centímetros e apontei-a para a cabeça. Não havia balas lá dentro, claro, mas ela não sabia que eu sabia, e eu queria usar esse meu conhecimento para humilhá-la, para apresentar-lhe a imagem de um homem que não receava morrer. Ela tinha começado, e agora eu iria terminar. Lembro-me que a essa altura ela gritava, ainda posso ouvi-la gritando e implorando para que eu não disparasse, mas nada iria me impedir.

Estava esperando ouvir um estalo, seguido talvez de um rápido eco percussor vindo do tambor vazio. Enfiei o dedo em volta do gatilho, lancei o que deve ter sido um sorriso grotesco e nauseante para Alma Grund, e comecei a apertar. Ó Deus, ela gritou, ó Deus, não. Eu apertei, mas o gatilho não foi a parte alguma. Tentei de novo e de novo nada aconteceu. Presumi que o gatilho tivesse enroscado, porém, quando baixei o revólver para espiar melhor vi, finalmente, qual era o problema. Estava travado. Havia balas lá dentro, mas não fora destravado. Alma não se lembrara disso. Não fosse esse erro, uma daquelas balas estaria em minha cabeça.

Ela sentou-se no sofá e continuou chorando com as mãos no rosto. Eu não sabia quanto tempo aquilo iria durar, mas presumi que assim que se refizesse iria se levantar e partir. Não havia outra opção. Eu quase estourara os miolos por causa dela e agora que fora vencida em nossa doentia batalha de vontades, eu imaginava que não fosse ter coragem de me dizer mais nada.

Pus o revólver no bolso. Assim que deixei de tocar na arma, senti a loucura começando a deixar meu corpo. Restava apenas o horror — uma espécie de cintilação quente e tátil, a lembrança na mão direita de tentar apertar o gatilho, de encostar o metal duro no crânio. Se no momento não havia um buraco nesse crânio, era tão somente porque eu era um idiota de sorte, porque uma vez na vida minha sorte sobrepujara minha burrice. Estivera a milímetros de dar cabo da vida. Uma série de acidentes tinha me roubado a vida para depois devolvê-la e no intervalo, na minúscula fenda entre esses dois momentos, minha vida tornara-se uma vida diferente.

Quando Alma finalmente ergueu o rosto de novo, as lágrimas ainda lhe escorriam pela face. A maquiagem borrara, deixando um ziguezague de linhas pretas sobre a marca de nascença, e ela me parecia tão perturbada, tão arrasada pela catástrofe que arrumara para si mesma que quase senti pena dela.

Vá lavar o rosto, falei. Você está um horror.

Comoveu-me que não tenha dito nada. Era uma mulher que acreditava em palavras, que confiava em sua habilidade para escapar de uma sinuca através de uma conversa, mas, quando lhe dei essa ordem, levantou-se do sofá em silêncio e fez o que eu tinha mandado. Apenas um pálido sinal de sorriso, uma vaga sugestão de um dar de ombros. Enquanto se afastava e descobria o caminho do banheiro, pressenti o grau da derrota sofrida, quanto estava mortificada pelo que fizera. Inexplicavelmente, vê-la saindo da sala tocou-me de alguma maneira. Virou minhas ideias do avesso, parece, e naquele primeiro lampejo de simpatia e companheirismo tomei uma decisão repentina e totalmente inesperada. Até onde coisas assim podem ser quantificadas, acredito que essa decisão tenha sido o começo da história que estou tentando contar agora.

Enquanto ela esteve ausente, fui até a cozinha procurar um lugar para esconder a arma. Depois de abrir e fechar os armários sobre a pia, de vasculhar várias gavetas e latas de alumínio, optei pelo compartimento do freezer da geladeira. Era minha primeira experiência com um revólver e não tinha muita certeza se conseguiria descarregá-lo sem provocar maiores danos, de modo que o enfiei no freezer do jeito que estava, com balas e tudo, encaixando-o debaixo de um saco de frango em pedaços e de uma caixa de raviólis. Eu só queria tirar aquilo do meio. Assim que fechei a porta, no entanto, percebi que não estava com muita pressa de me livrar dele. Não que eu tivesse algum plano de usar o revólver de novo, mas gostava da ideia de tê-lo por perto e, até pensar num lugar melhor para guardá-lo, deixaria que continuasse lá dentro do freezer. Toda vez que eu o abrisse, lembraria do que me acontecera essa noite. Seria meu memorial secreto, um monumento a meu encontro de raspão com a morte.

Ela estava demorando muito no banheiro. A chuva já parara e em vez de ficar ali sentado na sala, esperando sua volta, resolvi limpar a bagunça no carro e levar as compras para dentro. O que me tomou pouco menos de dez minutos. Terminei de guardar toda a comida e Alma continuava no banheiro. Fui até a porta com a intenção de dar uma escutada, começando a sentir pontadas de preocupação, me perguntando se ela não teria entrado ali com a intenção de fazer alguma besteira idiota. Antes de eu ir até o carro, a água estivera correndo na pia. Eu ouvira as torneiras jorrando e, ao passar pela porta, na saída, escutara seus soluços sob o barulho. Agora não havia mais água nem ruídos. O que poderia significar que a crise de choro terminara e que ela estava calmamente penteando o cabelo e se pintando. Ou poderia significar que estava estendida no chão do banheiro com vinte comprimidos de Xanax no estômago.

Bati. Como não recebi resposta, bati de novo e perguntei se ela estava bem. Estava saindo, ela disse, só mais um minuto, e então, depois de uma pausa comprida, numa voz que parecia lutar para recobrar o fôlego, ela me disse que sentia muito, sentia por todas as coisas horríveis que tinham acontecido. Preferia morrer a deixar minha casa antes que eu a perdoasse, falou, implorava que eu a perdoasse, mas mesmo que eu não pudesse, iria embora, de um jeito ou de outro iria embora, e nunca mais voltaria a me amolar.

Fiquei ali, esperando na porta. Quando saiu, os olhos tinham aquele aspecto pisado e inchado que adquirem depois de uma longa choradeira, mas o cabelo estava no lugar de novo e o pó e o batom conseguiam esconder boa parte da vermelhidão. Ela pretendia passar por mim, mas estendi a mão e a impedi.

Já passa das duas da manhã, falei. Estamos ambos exaustos e precisamos dormir um pouco. Pode ficar com a minha cama. Eu durmo embaixo, no sofá.

Ela estava com tanta vergonha de si mesma que não tinha coragem de erguer a cabeça e me encarar. Não compreendo, falou, dirigindo as palavras para o chão e, como eu não disse nada em seguida, ela repetiu: não compreendo.

Ninguém vai a parte alguma esta noite, falei. Nem eu nem você. Amanhã a gente conversa sobre amanhã, mas por enquanto vamos continuar por aqui.

O que significa isso?

Significa que é um longo caminho até o Novo México. Melhor começar descansados. Sei que está com pressa, mas umas poucas horas a mais não vão fazer diferença.

Pensei que quisesse que eu fosse embora.

Eu queria. Mas agora mudei de ideia.

A cabeça de Alma Grund ergueu-se um tantinho e deu para ver quanto estava confusa. O senhor não precisa ser gentil comigo, ela disse. Não estou pedindo isso.

Não se preocupe. Estou pensando em mim, não em você. Temos um dia cheio pela frente e, se eu não capotar agora, não vou conseguir manter os olhos abertos amanhã. E tenho que estar acordado para ouvir o que você tem para me dizer, não é mesmo?

Quer dizer que o senhor vai comigo? Não pode ser. Não acredito que esteja me dizendo isso.

Não consigo pensar em nenhum outro compromisso para amanhã. Por que não iria?

Não minta. Acho que eu não aguentaria uma mentira dessas. Se estiver mentindo, vou me sentir arrasada.

Levei vários minutos para convencê-la de que eu tinha mesmo a intenção de ir. A reviravolta era simplesmente espantosa demais para que compreendesse e tive de me repetir diversas vezes até que ela se dispusesse a acreditar em mim. Não lhe contei tudo, lógico. Não me dei ao trabalho de falar sobre buracos microscópicos no universo nem dos poderes redentores da insanidade temporária. Teria sido difícil demais, de modo que me limitei a dizer que era uma decisão pessoal, nada a ver com ela. Havíamos nos comportado mal, falei, nós dois, e eu era tão responsável pelo que acontecera quanto ela. Nada de culpa, nem perdão ou registro de quem fizera o que para quem. Ou foram palavras desse teor, palavras que a acabaram convencendo de que eu tinha motivos próprios para querer me encontrar com Hector e que não estava indo por causa de ninguém a não ser de mim mesmo.

Seguiram-se negociações árduas. Alma não conseguia aceitar a oferta de dormir em minha cama. Já tinha me incomodado o suficiente e, além do mais, eu estava machucado por causa do acidente na estrada. Precisava descansar, não podia ficar virando de lá para cá num sofá. Insisti que ficaria bem, mas ela não quis nem ouvir falar no assunto e ficamos nisso um tempo, nessa frívola comédia de costumes, trocando gentilezas menos de uma hora depois de eu ter lhe arrancado uma arma da mão e chegado muito perto de meter uma bala na cabeça. No entanto, eu estava exausto demais para levar muito adiante a discussão e no fim deixei que fizesse como queria. Peguei roupa de cama e um travesseiro para ela, amontoei tudo em cima do sofá, em seguida lhe mostrei onde apagar as luzes. Foi tudo. Ela disse que não se importava de arrumar ela mesma a cama, e, depois de ouvir seus agradecimentos pela sétima vez nos três minutos anteriores, subi para o quarto.

Não havia como negar que eu estava cansado, mas assim que me enfiei debaixo das cobertas tive dificuldade em pegar no sono. Fiquei ali deitado, olhando as sombras no teto e, quando elas já não me pareciam mais tão interessantes, virei-me para o lado e fiquei escutando os ruídos abafados de Alma se mexendo no andar de baixo. Alma, a forma feminina de *almus*, significando nutritivo, abundante. Por fim, a luz se apagou por baixo de minha porta e escutei as molas do sofá rangendo enquanto ela se acomodava. Depois disso, devo ter cochilado um pouco, já que não me lembro de mais nada até abrir os olhos às três e meia. Vi as horas no relógio elétrico ao lado da cama e, como estivesse zonzo, suspenso naquele meio estado entre o sono e a vigília, compreendi apenas muito vagamente que abrira os olhos porque Alma estava entrando na cama e pondo sua cabeça em meu ombro. É muito solitário lá embaixo, não consigo dormir. Isso fazia sentido perfeito para mim. Eu sabia tudo a respeito de não conseguir dormir e, antes que estivesse acordado o bastante para lhe perguntar o que estava fazendo em minha cama, já tinha meus braços em volta dela e a estava beijando na boca.

Partimos na manhã seguinte, pouco antes do meio-dia. Alma quis dirigir, de modo que viajei do lado e assumi as tarefas da navegação, dizendo-lhe onde virar e que estradas pegar, enquanto ela guiava o Dodge azul alugado rumo a Boston. Havia alguns vestígios da tempestade espalhados pelo chão — galhos caídos, folhas molhadas grudadas no teto dos carros, um mastro de bandeira tombado no gramado de alguém —, mas o céu estava limpo de novo e nós pegamos sol até o aeroporto.

Nenhum de nós fez comentário algum sobre o que tinha acontecido em meu quarto na noite anterior. O fato nos acompanhou no carro como um segredo, como algo pertencente aos domínios de aposentos pequenos e pensamentos noturnos que jamais deveria ser exposto à luz do dia. Dar-lhe um nome seria correr o risco de destruí-lo, de modo que não fomos muito além de uma olhada de esguelha, um sorriso passageiro, um repousar de mão no joelho um do outro. Teria sido presunção minha afirmar que sabia o que Alma estava pensando. Sentia-me contente de que tivesse entrado em minha cama e contente de termos passado aquelas horas juntos no escuro. Mas isso fora apenas uma noite e eu não fazia a menor ideia do que iria acontecer em seguida.

Minha última ida ao Aeroporto Logan tinha sido com minha mulher e meus filhos. A última manhã da vida deles fora passada nas mesmas estradas por onde Alma e eu viajávamos nesse momento. Saída por saída, eles fizeram o mesmo trajeto; quilômetro por quilômetro, percorreram o mesmo percurso. Rodovia 30 até a interestadual 91; 91 até a autoestrada de Massachusetts; autoestrada até a 93; 93 até o túnel. Parte de mim saudava essa reconstituição grotesca. A impressão era que se tratava de algum tipo de punição astuciosamente engendrada, como se os deuses tivessem decidido que eu não poderia ter um futuro até ter regressado ao passado. A justiça, portanto, ditava que eu passasse minha primeira manhã com Alma da mesma maneira como passara minha última manhã com Helen. Tinha de entrar num carro e ir até o aeroporto, e tinha de andar quinze ou vinte quilômetros acima do limite de velocidade para não perder um avião.

Lembro que os meninos estavam discutindo no banco de trás e que a certa altura Todd dera um soco no braço do irmão caçula. Helen então se virara para trás para dizer que ele não devia bater num menino de quatro anos e nosso primogênito se queixara petulantemente que fora Marco quem começara e que portanto estava apenas recebendo o que merecia. Quando alguém bate na gente, disse ele, a gente tem o direito de revidar. Ao que eu respondi, fazendo o último pronunciamento paterno de minha vida, que ninguém tinha o direito de bater em alguém menor. Mas o Marco sempre vai ser menor do que eu, Todd falou. Quer dizer então que eu nunca vou poder bater nele? Bom, eu disse, impressionado pela lógica de seu argumento, às vezes a vida não é justa. Foi uma frase cretina e lembro que minha mulher caiu na risada ao ouvir o truísmo pavoroso. Era o jeito de ela me dizer que das quatro pessoas sentadas no carro, naquela manhã, Todd era o que tinha a melhor cabeça. Concordei com ela, claro. Eram todos mais inteligentes que eu, e nem por um segundo achei que pudesse competir com minha família.

Alma era boa motorista. Ali do lado, enquanto observava as manobras que ela fazia pelas pistas do meio e da esquerda, ultrapassando tudo o que aparecia pela frente, disse-lhe que estava bonita.

Isso porque você está olhando para o meu lado bom, ela falou. Se estivesse sentado deste lado, provavelmente não diria isso.

Foi por isso que você quis dirigir?

O carro está alugado em meu nome. Sou a única com permissão de dirigi-lo.

E a vaidade não teve nada a ver com isso.

Vai levar um tempo, David. Não vamos exagerar, nós não precisamos.

Não me incomoda nem um pouco, sabia? Já estou me acostumando.

Impossível. Não tão rápido. Ainda não me olhou tempo suficiente para saber o que sente.

Você disse que foi casada. Isso obviamente não impediu os homens de acharem você atraente.

Eu gosto de homens. Depois de um tempo, eles acabam gostando de mim. Talvez eu não tenha saído tanto quanto outras moças, mas tive minha cota de experiências. Passe um tempo comigo e você nem vai vê-la mais.

Mas eu gosto de vê-la. Torna você diferente, alguém que não se parece com ninguém. Você é a única pessoa que eu conheço que só se parece com você mesma.

Era o que meu pai costumava dizer. Ele me dizia que era um presente especial de Deus e que me fazia mais bonita do que todas as outras meninas.

Você acreditava nele?

Às vezes. E às vezes me sentia amaldiçoada. É uma coisa feia, afinal de contas, e faz da gente um alvo fácil quando se é criança. Antes eu achava que um dia poderia me livrar dela, que algum médico iria operá-la e me fazer ficar normal. Sempre que eu sonhava comigo, à noite, os dois lados do rosto eram iguais. Lisos e brancos, perfeitamente simétricos. Isso durou até os catorze anos.

Você estava aprendendo a conviver com ela.

Talvez, não sei. Mas por volta dessa época aconteceu uma coisa comigo e comecei a pensar diferente. Foi uma experiência forte, um ponto crítico na minha vida.

Alguém se apaixonou por você.

Não, alguém me deu um livro. No Natal daquele ano, minha mãe me deu uma antologia de contos americanos. *Classic American Tales*, um livrão enorme de capa dura, uma capa de pano verde, e na página quarenta e seis havia um conto de Nathaniel Hawthorne. "A marca de nascença." Conhece?

Vagamente. Acho que nunca mais li, depois do colegial.

Eu o li todos os dias, durante seis meses. Hawthorne escrevera aquilo para mim. Era a minha história.

Um cientista e sua jovem noiva. A situação é essa, não é? Ele tenta tirar a marca do rosto dela.

Uma marca vermelha. Do lado esquerdo do rosto.

Não admira que tenha gostado.

Gostar não é forte o suficiente. Eu fiquei obcecada pelo conto. Aquela história me devorou viva.

A marca se parece com uma mão humana, não é isso? Estou começando a me recordar. Hawthorne diz que lembra a imagem da mão de alguém impressa sobre o rosto.

Mas pequena. Do tamanho da mão de um pigmeu, da mão de uma criança.

A não ser por esse defeito minúsculo, ela tem um rosto perfeito. É tida como uma grande beldade.

Georgiana. Até se casar com Aylmer, não chega nem mesmo a considerá-la um defeito. É ele que a ensina a odiar a marca, que a põe contra si mesma e a faz querer tirá-la. Para ele, não é apenas um defeito, não é apenas algo que destrói sua beleza física. É sinal de alguma depravação interna, uma mancha na alma de Georgiana, uma marca de pecado, morte e decadência.

O selo da mortalidade.

Ou simplesmente daquilo que temos na conta de humano. É isso que torna o conto tão trágico. Aylmer se enfia no laboratório e começa a fazer experiências com elixires e poções, tentando inventar uma fórmula que apague a temida mancha, e a inocente Georgiana concorda. Isso é o mais terrível. Ela quer ser amada por ele. É só isso que importa para ela, e se a eliminação da marca de nascença é o preço que tem de pagar pelo amor do marido, está disposta a arriscar a vida.

E ele acaba assassinando a esposa.

Mas não antes de a marca desaparecer. Isso é muito importante. No último segundo, quando ela está prestes a morrer, a marca some de seu rosto. Desaparece, desaparece por completo, e só então, nesse exato momento, é que a pobre Georgiana morre.

A marca é o que ela é. Quando desaparece, Georgiana desaparece junto.

Você não faz ideia do que esse conto fez por mim. Eu o lia o tempo todo, pensava nele o tempo todo e, pouco a pouco, comecei a me ver como eu era. Outras pessoas carregavam sua humanidade por dentro, mas eu usava a minha no rosto. Era isso que me diferenciava dos outros. Eu não tinha permissão de esconder quem eu era. Toda vez que alguém me olhava, estava olhando direto para minha alma. Eu não era uma garota feia — sabia disso —, mas também sabia que sempre seria definida por essa mancha roxa no rosto. Não adiantava tentar me livrar dela. Era o fato central de minha vida e desejar que ela se fosse teria sido o mesmo que pedir para ser destruída. Eu nunca teria um tipo comum de felicidade, mas depois de ler esse conto percebi que tinha algo quase tão bom. Sabia o que as pessoas estavam pensando. Tudo o que precisava fazer era olhar para elas, estudar suas reações quando viam o lado esquerdo de meu rosto para saber se podia confiar ou não nelas. Minha marca media o grau de humanidade de cada um. Testava o valor de cada alma e, se me esforçasse bastante, podia ver a pessoa por dentro e saber quem era. Até fazer dezesseis ou dezessete anos, eu já tinha virado um perfeito diapasão. O que não significa que não tenha cometido erros, mas na maioria das vezes eu sabia disso. Só não conseguia me impedir.

Como ontem à noite.

Não, não como ontem à noite. Aquilo não foi um erro.

Nós quase nos matamos.

Tinha de ser daquele jeito. Quando se está com o tempo esgotado, tudo se acelera. Não podíamos nos dar ao luxo de apresentações formais, apertos de mão, conversas discretas com um drinque na mão. Tinha de ser violento. Como dois planetas colidindo na beira do espaço.

Não me diga que não sentiu medo.

Eu estava morta de medo. Mas não entrei nisso às cegas, você sabe muito bem. Tinha de estar pronta para qualquer coisa.

Eles lhe disseram que eu sou louco, não foi?

Ninguém usou essa palavra. O mais forte que alguém usou foi crise nervosa.

O que lhe disse seu diapasão quando chegou?

Você já sabe a resposta.

Ficou assustada, não ficou? Eu assustei você pra valer.

Foi mais que isso. Eu estava com medo, mas ao mesmo tempo emocionada, quase tremendo de felicidade. Olhei para você e por alguns momentos foi quase como olhar para mim mesma. Isso nunca havia me acontecido antes.

Você gostou.

Adorei. Eu estava perdida, achava que iria desmoronar.

E agora confia em mim.

Você não vai me deixar na mão. E eu não vou deixar você na mão. Nós dois sabemos disso.

O que mais você sabe?

Nada. É justamente por isso que estamos os dois neste carro agora. Porque somos iguais e porque não sabemos coisa alguma além disso.

Chegamos a tempo de pegar o voo das quatro da tarde para Albuquerque, com vinte minutos de sobra. Eu já deveria ter tomado um Xanax na altura de Holyoke, ou Springfield, no máximo em Worcester, mas estava muito envolvido na conversa com Alma para interromper o papo e continuei adiando. Quando passamos pelas placas avisando da saída 495, percebi que não adiantaria mais me preocupar em tomar os comprimidos. Eles estavam na bolsa de Alma, mas ela não tinha lido as instruções. Não sabia que precisavam ser ingeridos uma ou duas horas antes para fazer efeito.

De início, fiquei satisfeito de não ter cedido. Todo inválido treme só de pensar em abandonar a muleta, mas se eu conseguisse terminar o voo sem cair no choro ou berrar feito louco, talvez levasse a melhor, no fim das contas. Esse pensamento segurou-me por mais vinte ou trinta minutos. Depois, enquanto nos aproximávamos dos arredores de Boston, compreendi que perdera a chance. Estávamos viajando havia mais de três horas e ainda não tínhamos conversado sobre Hector. Eu presumira que fôssemos fazer isso no carro, mas acabamos falando de outras coisas, coisas que sem dúvida tinham de ser faladas primeiro, que não eram menos importantes do que aquilo que nos esperava no Novo México, e antes que me desse conta a primeira etapa do trajeto estava quase terminada. Eu não podia dormir agora, tinha de continuar acordado para ouvir a história que ela prometera me contar.

Sentamo-nos na área próxima ao portão de embarque. Alma perguntou se eu queria tomar um comprimido e foi então que eu lhe disse que não iria usar o Xanax. Apenas segure minha mão, falei, que eu vou ficar bem. Estou me sentindo bem.

Ela segurou minha mão e, por um tempinho, trocamos carinhos na frente dos outros passageiros. Foi puro abandono de adolescência — não da minha, talvez, mas daquela que eu sempre desejei ter tido — e uma experiência tão nova beijar uma mulher em público que não tive tempo de pensar na tortura pela frente. Quando subimos no avião, Alma estava tirando o batom que ficara em meu rosto e mal reparei quando cruzamos a soleira e entramos. Caminhar pelo corredor central não foi nenhum problema, assim como me acomodar no assento. Não fiquei perturbado nem mesmo quando chegou a hora de afivelar o cinto e menos ainda quando os motores rugiram e senti a máquina vibrar junto com minha pele. Estávamos na primeira classe. O cardápio dizia que teríamos frango para o jantar. Alma, que estava sentada na janela, à minha esquerda — e portanto com seu lado direito virado de novo para mim —, pegou minha mão na sua, levou-a até a boca e beijou-a.

O único erro que cometi foi fechar os olhos. Quando o avião se afastou do terminal e começou a taxiar pela pista, não quis ver a decolagem. Para mim, esse era o momento mais perigoso e se conseguisse sobreviver à transição da terra para o céu, se conseguisse simplesmente ignorar o fato de que tínhamos perdido contato com o chão, achava que teria uma boa chance de sobreviver ao resto. Mas errei ao querer bloquear tudo, errei ao me isolar do evento enquanto ele se desenrolava na atualidade do momento. Vivê-lo teria sido penoso, mas muito pior era tentar remover a mim mesmo da dor e me retirar para a concha de meus pensamentos. O mundo do presente se fora. Não havia nada para ver, nada que me impedisse de sucumbir aos medos, e quanto mais eu ficasse de olhos fechados, mais tenebrosamente enxergaria o que meu medo queria que eu enxergasse. Sempre desejei ter morrido com Helen e os meninos, mas nunca tinha me permitido imaginar plenamente o que eles viveram nos últimos instantes antes de o avião cair. Agora, de olhos fechados, ouvia os meninos berrando e via Helen com os dois nos braços, dizendo-lhes que os amava, sussurrando em meio aos gritos das cento e quarenta e oito outras pessoas que estavam prestes a morrer que ela os amaria para sempre, e quando a vi ali abraçada aos meninos não aguentei e chorei. Exatamente como sempre imaginei que faria, não aguentei e chorei.

Cobri o rosto com as mãos e por um tempo enorme continuei derramando lágrimas em minhas palmas salgadas e grudentas, incapaz de erguer a cabeça, incapaz de abrir os olhos e parar. Por fim, senti a mão de Alma em minha nuca. Eu não fazia ideia de quanto tempo ela teria estado ali, mas houve um momento em que comecei a senti-la e passado mais algum tempo percebi que a outra mão estava subindo e descendo pelo meu braço esquerdo, num afago suave, usando os mesmos movimentos leves e rítmicos que uma mãe usa para consolar um filho triste. Curiosamente, no instante em que me dei conta desse pensamento, em que me dei conta do fato de que tinha tido esse pensamento a respeito de mães e filhos, imaginei-me dentro do corpo de Todd, meu próprio filho, com Helen me consolando, e não Alma. Essa sensação durou apenas poucos segundos, mas foi extremamente poderosa, mais fruto da imaginação que algo real, uma transformação de fato que me converteu em outra pessoa e, assim que começou a desaparecer, o pior do que tinha me acontecido de repente acabou.

5.

Meia hora depois, Alma começou a falar. Estávamos a onze mil metros do chão nesse momento, sobrevoando uma comarca qualquer da Pensilvânia ou de Ohio, e ela continuou falando até Albuquerque. Fez uma pausa rápida quando aterrissamos, mas retomou assim que entramos no carro e iniciamos a viagem de duas horas e meia até Tierra del Sueño. Enquanto atravessávamos várias estradas no deserto, o fim de tarde virou poente e o poente virou noite. Pelo que me lembro, a história não parou até chegarmos à porteira da fazenda — e mesmo então não tinha terminado propriamente. Alma falou durante quase sete horas, mas não teve tempo de contar tudo.

No começo ela deu muitos saltos, indo e voltando entre o passado e o presente, e levei certo tempo para tomar pé e decifrar a cronologia dos acontecimentos. Estava tudo na biografia, ela disse, todos os nomes e datas, todos os fatos essenciais, não havia necessidade de repisar os detalhes da vida de Hector anteriores ao desaparecimento — não naquela tarde, de todo modo, não quando eu mesmo teria a oportunidade de ler o livro nos dias e semanas seguintes. O que importava eram as coisas que influenciaram seu destino como homem oculto, os anos que passara no deserto escrevendo e dirigindo filmes que nunca foram mostrados ao público. Esses filmes eram o motivo de eu estar indo para o Novo México com ela, e, por mais interessante que tivesse sido saber que Hector nascera Chaim Mandelbaum — num vapor holandês em pleno Atlântico —, isso não era crucial. Não importava que a mãe tivesse morrido quando ele estava com doze anos, nem que o pai, um marceneiro desinteressado de política, quase tivesse sido linchado por uma turba antibolchevista e antissemita durante a Semana Trágica de Buenos Aires, em 1919. Foi o que o levou a partir para os Estados Unidos, mas o pai já o incentivava antes disso e a crise na Argentina simplesmente acelerou a decisão. Não havia motivo para enumerar as dezenas de empregos que teve depois de chegar a Nova York e menos ainda para se estender sobre o que lhe acontecera depois de ter ido para Hollywood em 1925. Eu sabia o suficiente sobre seus primeiros trabalhos como figurante, cenotécnico e ponta em dezenas de filmes perdidos e esquecidos para passarmos batido por esses anos, o suficiente a respeito de seu relacionamento complicado com Hunt para não nos demorarmos no assunto. Essa experiência prejudicara sua carreira no cinema, Alma disse, mas Hector não estava disposto a desistir e, até a noite de 14 de janeiro de 1929, a última coisa que lhe passava pela cabeça era ter de deixar a Califórnia.

Um ano antes de sumir do mapa, fora entrevistado por Brigid O'Fallon para a *Photoplay*. Ela tinha ido até a casa dele na North Orange Drive às três da tarde de um domingo e por volta das cinco os dois já estavam no chão, rolando sobre o tapete atrás dos orifícios e fendas do corpo um do outro. Era típico de Hector comportar-se dessa maneira, disse Alma, e não seria a primeira vez que usava seus poderes de sedução para fazer uma conquista-relâmpago decisiva. Brigid tinha apenas vinte e três anos, era uma moça inteligente, católica, natural de Spokane, formada na Smith, que fora para a Califórnia fazer carreira em jornalismo. Por coincidência, Alma também se formara na Smith e usou seus contatos na faculdade para descobrir um exemplar do álbum da turma de 1926. A foto três por quatro de Brigid não era conclusiva. Os olhos eram muito juntos, disse Alma, o queixo largo demais, e o cabelo curto não ajudava. Mesmo assim, havia algo de efervescente nela, uma centelha de malícia ou de humor oculta no olhar, um ímpeto interior. Numa foto da montagem de A *tempestade*, da Sociedade Dramática, Brigid fora flagrada em plena apresentação, no papel de Miranda, num vestido branco muito leve, ostentando uma única flor no cabelo, e Alma disse que ela estava adorável nessa pose, uma coisinha franzina cintilando de vida e energia — boca aberta, um braço estendido, declamando uma fala. Como jornalista, escrevia no estilo da época. Dona de frases cortantes e vigorosas, capaz de salpicar seus artigos com apartes espirituosos e trocadilhos inteligentes, não teve dificuldade em galgar rapidamente os degraus da revista. O artigo a respeito de Hector fora uma exceção, escrito com muito mais sinceridade e franca admiração pelo entrevistado do que qualquer outro que Alma tivesse lido. O sotaque pronunciado, no entanto, era apenas um leve exagero. Brigid O'Fallon lhe dera uma certa ênfase para maior efeito cômico, mas em essência era assim que Hector falava na época. Seu inglês melhorou com o tempo, mas lá pelos anos 1920 ainda falava como alguém que tinha acabado de desembarcar do navio. Podia estar se dando bem em Hollywood, mas não muito tempo antes fora apenas mais um estrangeiro atônito, parado nas docas com todas as suas posses terrenas enfiadas dentro de uma mala de papelão.

Nos meses que se seguiram à entrevista, Hector continuou saindo com uma variedade de atrizes jovens e bonitas. Gostava de ser visto em público com elas, gostava de ir para a cama com elas, mas nenhuma durava muito tempo. A jornalista era muito mais inteligente que as outras e assim que Hector se cansava do brinquedo mais recente voltava a ligar e pedia para vê-la de novo. Entre o começo de fevereiro e o fim de junho, visitou seu apartamento em média uma ou duas vezes por semana e, durante metade desse período, durante boa parte de abril e maio, esteve com ela no mínimo a cada duas ou três noites. Não havia a menor dúvida de que Hector gostava dela. Com o correr dos meses, surgiu uma intimidade confortável entre os dois, mas enquanto Brigid, menos experiente, tomava isso como sinal de amor eterno, Hector jamais alimentou ilusões de que fossem outra coisa que não apenas amigos chegados. Ele a via como uma colega, como sua companheira sexual, como uma aliada de confiança, mas isso não significava que iria pedi-la em casamento.

Brigid era repórter e devia saber o que Hector aprontava nas noites em que não dormia em sua cama. Tudo o que tinha a fazer era abrir os jornais de manhã e acompanhar suas aventuras, captar as insinuações sobre as paixonites e namoricos mais recentes. Mesmo que a maior parte das histórias sobre ele fosse falsa, havia provas de sobra para despertar ciúme. Só que Brigid não era ciumenta — pelo menos não parecia ser ciumenta. Toda vez que Hector ligava, ela o recebia de braços abertos. Nunca falava sobre as outras mulheres, nunca o acusava, não o criticava e tampouco pedia que se corrigisse, o que só fez aumentar a afeição de Hector. Justamente o plano de Brigid. Estava apaixonada e, em vez de forçá-lo a tomar uma decisão prematura sobre uma vida em comum, decidiu ser paciente. Mais cedo ou mais tarde, Hector sossegaria. Deixaria de ser o mulherengo que era. Acabaria se entediando; tiraria aquilo do sistema; acabaria criando juízo. E, quando o fizesse, ela estaria ali para ele.

Assim planejava a esperta e lúcida jornalista e, por uns tempos, tudo indicava que acabaria fisgando seu homem. Hector, enredado em várias polêmicas com Hunt, lutando contra a exaustão e as pressões de ter que fazer um filme por mês, estava menos inclinado a desperdiçar as noites em clubes de jazz e inferninhos clandestinos, a gastar suas forças em seduções inúteis. O apartamento de Brigid tornou-se um refúgio e as noites sossegadas que passaram juntos ajudaram-no a manter cabeça e virilha equilibradas. Brigid era uma crítica contundente e, porque estivesse mais inteirada da indústria cinematográfica que ele, Hector confiava cada vez mais em seu julgamento. Foi ela, na verdade, quem sugeriu que ele fizesse um teste com Dolores Saint John para o papel de filha do xerife em *The Prop Man*, sua próxima comédia. Brigid vinha estudando a carreira de Dolores havia alguns meses e em sua opinião a atriz, então com vinte e um anos, tinha potencial para se transformar no próximo grande sucesso, uma outra Mabel Normand ou Gloria Swanson, uma outra Norma Talmadge.

Hector seguiu o conselho. Quando Dolores Saint John entrou em seu escritório, três dias depois, ele já tinha assistido a dois de seus filmes e estava decidido a lhe oferecer o papel. Brigid estava certa sobre o talento da moça, mas nada do que ouvira e nada do que vira de seu trabalho na tela haviam preparado Hector para o espantoso efeito da presença de Dolores. Uma coisa era ver uma pessoa interpretando um filme mudo; outra bem diferente era apertar a mão dessa pessoa e olhá-la nos olhos. Outras atrizes talvez funcionassem melhor em celuloide, mas no mundo real de som e cores, no mundo de carne e osso, tridimensional, dos cinco sentidos, dos quatro elementos e dos dois sexos, Hector nunca vira uma criatura que lhe chegasse aos pés. Não que Dolores fosse mais bonita que as outras mulheres nem que tivesse dito algo de extraordinário durante os vinte e cinco minutos que passaram juntos naquela tarde. Para ser totalmente sincero, pareceu-lhe um tanto insossa, de inteligência no máximo mediana, mas havia uma qualidade bravia nela, uma energia animal correndo pela pele e irradiando dos gestos que tornava impossível parar de olhá-la. Os olhos que o fitavam eram do mais pálido azul-siberiano. Sua pele era alva e o cabelo de um tom escuro de vermelho, um vermelho beirando o mogno. Ao contrário da maioria das mulheres americanas em junho de 1928, tinha cabelo comprido, batendo na altura dos ombros. Os dois conversaram um tempo sobre isso e aquilo. Depois, sem nenhum preâmbulo, Hector lhe disse que poderia ficar com o papel, se quisesse, e ela aceitou. Dolores nunca tinha trabalhado numa comédia e estava ansiosa para enfrentar o desafio. Depois se ergueu da cadeira, apertou a mão de Hector e saiu. Dez minutos depois, com a imagem daquele rosto ainda a lhe queimar o cérebro, Hector decidiu que Dolores Saint John era a mulher com quem iria se casar. Era a mulher de sua vida e se por acaso o recusasse, então não se casaria jamais.

Ela desempenhou com competência seu papel em *The Prop Man*, fez tudo o que Hector lhe pediu para fazer, contribuiu inclusive com algumas sugestões inteligentes, mas, quando ele tentou contratá-la para o filme seguinte, Dolores recusou. Tinham lhe oferecido o papel principal num longa de Alan Dwan, e a oportunidade era simplesmente fantástica demais para ser jogada fora. Hector, que supostamente tinha uma lábia mágica com as mulheres, não estava conseguindo nada com Dolores. Não encontrava as palavras certas para se expressar em inglês e, toda vez que se via a ponto de declarar suas intenções, recuava no último instante. Achava que se as palavras saíssem erradas acabaria por assustá-la e arruinaria suas chances para sempre. Nesse meio-tempo, continuava passando várias noites por semana no apartamento de Brigid, mas como não lhe tinha feito nenhuma promessa, como fosse livre para amar quem quisesse, não lhe contou nada sobre Dolores Saint John. Quando as filmagens de *The Prop Man* terminaram, no fim de junho, a atriz foi para os montes Tehachapi filmar. Trabalhou na produção de Dwan por quatro semanas e durante esse período

Hector escreveu sessenta e sete cartas para ela. Tudo aquilo que não fora capaz de lhe dizer em pessoa, acabou tendo a coragem de pôr no papel. Ele disse e repetiu, e ainda que a cada vez fosse diferente o que lhe dizia, a mensagem era sempre a mesma. De início, Dolores ficou sem saber o que pensar. Depois se sentiu lisonjeada. Em seguida começou a aguardar as cartas com ansiedade e, no fim, percebeu que não podia mais viver sem elas. Ao voltar para Los Angeles, no começo de agosto, disse a Hector que a resposta era sim. Sim, ela o amava. Sim, ela seria sua mulher.

Não marcaram nenhuma data para o casamento, mas andavam falando em janeiro ou fevereiro — tempo suficiente para que Hector cumprisse o contrato com Hunt e desse o próximo passo. Chegara o momento de conversar com Brigid, mas Hector foi adiando, sempre sem coragem de levar a cabo a incumbência. Andava trabalhando até tarde com Blaustein e Murphy, ele dizia, estava na sala de montagem, estava procurando locações, estava meio desanimado. Entre o começo de agosto e meados de outubro, inventou dezenas de desculpas para não ir vê-la, mas ainda assim não conseguia criar coragem para romper definitivamente. Mesmo no auge da paixão por Dolores Saint John, continuou visitando Brigid uma ou duas vezes por semana, e toda vez que cruzava a porta daquele apartamento reencontrava o mesmo cenário confortável de sempre. Poderíamos acusá-lo de covarde, claro, mas com a mesma facilidade poderíamos também dizer que ele era um homem em conflito. Talvez estivesse começando a se arrepender do compromisso com Dolores. Talvez não estivesse preparado para abrir mão de Brigid. Talvez estivesse dividido e achasse que precisava das duas mulheres. A culpa pode levar um homem a agir contra seus melhores interesses, mas o desejo pode fazer parecido, e quando culpa e desejo misturam-se em partes iguais no coração de um homem, esse homem é capaz de fazer coisas estranhíssimas.

Brigid não desconfiava de nada. Em setembro, quando Hector contratou Dolores para fazer o papel de sua mulher em *Mr. Nobody*, ela lhe deu os parabéns pela escolha. Mesmo quando começaram a surgir boatos no estúdio a respeito de uma *proximidade* especial entre Hector e a atriz principal, Brigid não ficou alarmada. Hector gostava de flertar. Sempre se apaixonava pela atriz com quem estava trabalhando, mas, assim que as filmagens terminavam e todo mundo ia para casa, esquecia rapidamente de tudo. Nesse caso, entretanto, as histórias continuaram. Hector já estava fazendo *Double or Nothing*, seu último filme para a Kaleidoscope, e Gordon Fly ventilava em sua coluna que os sinos nupciais estavam prestes a repicar para uma certa sereia de longos cabelos e seu engraçado galã bigodudo. Era meados de outubro e Brigid, que não tinha notícias de Hector havia cinco ou seis dias, ligou para a sala de montagem e lhe pediu que fosse vê-la naquela noite. Ela nunca havia lhe pedido nada parecido antes, de modo que Hector cancelou o jantar com Dolores e foi visitar Brigid. E ali, diante da pergunta que vinha adiando responder havia dois meses, finalmente lhe contou a verdade.

Hector rezava para que acontecesse algo de decisivo, uma irrupção de ira feminina que o pusesse cambaleando no olho da rua e terminasse de vez o caso, mas, quando ouviu a notícia, Brigid limitou-se a olhá-lo, respirou fundo e lhe disse que era impossível que amasse Dolores. Impossível porque seu amor era ela, Brigid. Claro, Hector concordou, claro que a amava, sempre a amaria, mas o fato é que ia se casar com Dolores Saint John. Brigid então começou a chorar, mas ainda assim não o acusou de traição, não argumentou em causa própria nem gritou enfurecida quão terrivelmente fora maltratada. Hector estava enganado sobre si mesmo, ela disse, e, assim que percebesse que ninguém seria capaz de amá-lo como ela o amava, voltaria para seus braços. Dolores Saint John era uma coisa, não uma pessoa. Era uma coisa luminosa e inebriante, mas lá no fundo era vulgar, frívola e burra, não merecia ser sua mulher. Hector devia ter lhe dito alguma coisa nessa altura. A ocasião exigia que fizesse algum comentário brutal e contundente que destruísse de vez as esperanças da moça, mas a dor de Brigid era forte demais, sua devoção era forte demais, e, ouvindo aquelas suas frases curtas e arfadas, Hector não teve coragem. Você tem razão, respondeu. Provavelmente não vai durar mais que um ano ou dois. Mas tenho que levar isso adiante. Preciso tê-la e, assim que a tiver, tudo o mais vai acabar entrando nos eixos.

Acabou passando a noite no apartamento de Brigid. Não porque achasse que faria algum bem aos dois, mas porque ela lhe implorou para ficar uma última vez e ele não soube dizer não. Na manhã seguinte, escapuliu da cama antes que ela acordasse e, desse momento em diante, as coisas começaram a mudar para seu lado. O contrato com Hunt terminou; começou a trabalhar em *Dot and Dash* com Blaustein; os planos para o casamento ganharam forma. Dois meses e meio depois, continuava sem notícias de Brigid. Achou o silêncio dela um tanto incômodo, mas a verdade é que estava preocupado demais com Dolores para pensar no assunto. Se Brigid tinha desaparecido, isso só vinha provar que era uma pessoa de palavra, uma mulher orgulhosa demais para atrapalhar. Agora que deixara bem claro quais eram suas intenções, ela se afastara para que ele nadasse ou afundasse sozinho. Se nadasse, provavelmente nunca mais a veria. Se afundasse, ela provavelmente apareceria no último minuto para tentar puxá-lo da água.

Deve ter sido um alívio para a consciência de Hector pensar em Brigid nesses termos, transformá-la num ser superior que não sente dor nenhuma ao ter o corpo apunhalado, que não sangra quando ferido. Mas na ausência de fatos verificáveis, por que não embarcar num pouco de devaneio positivo? Hector queria acreditar que Brigid estava indo bem, que continuava levando a vida de cabeça erguida. Reparara que não estava mais escrevendo para a *Photoplay*, mas talvez tivesse se mudado de cidade, talvez tivesse arrumado outro emprego, e de momento recusava-se a pensar em quaisquer outras possibilidades mais sinistras. Foi somente quando ela tornou a aparecer (enfiando uma carta por baixo de sua porta, na véspera do Ano-Novo) que compreendeu quanto, desgraçadamente, havia se enganado. Dois dias depois de tê-la largado, em outubro, Brigid cortara os pulsos na banheira. Se não fosse pela água que acabou escorrendo para o apartamento de baixo, a senhoria jamais teria destrancado a porta e ela só teria sido descoberta tarde demais. Foi levada numa ambulância para o hospital. Recuperou-se depois de uns dois dias, mas seu cérebro estava destroçado, ela escreveu, não falava mais coisa com coisa e chorava o tempo todo, de modo que os médicos decidiram mantê-la sob observação. O que levou a uma estada de dois meses na ala psiquiátrica. Estava disposta a passar o resto da vida ali, mas somente porque seu único propósito na vida era encontrar uma maneira de se matar, portanto não fazia a menor diferença onde estivesse. E então, justamente quando estava se preparando para o próximo passo, aconteceu um milagre. Ou melhor, descobriu que o milagre já tinha acontecido e que estivera vivendo sob sua influência nos dois meses anteriores. Assim que os médicos confirmaram que se tratava de um fato real e não de algo que tivesse imaginado, não quis mais morrer. Perdera a fé muitos anos antes, continuava ela. Não se confessava desde o colegial, mas na manhã em que a enfermeira entrou para lhe dar o resultado do teste, sentiu como se Deus tivesse pousado Sua boca em seus lábios e lhe instilado vida de novo. Estava grávida. Acontecera no outono, na última noite que haviam passado juntos, e agora carregava o filho de Hector dentro dela.

Depois de receber alta do hospital, mudara de apartamento. Tinha umas economias, mas não o suficiente para continuar pagando aluguel sem voltar a trabalhar — e não podia mais voltar, uma vez que tinha se demitido da revista. Encontrara um quarto barato, em algum lugar, continuava na carta, um lugar com uma cama de ferro, uma cruz de madeira na parede e uma colônia de camundongos sob o assoalho, mas ela não iria lhe dizer o nome do hotel e nem mesmo a cidade onde ficava. Seria inútil procurá-la. Estava registrada sob um nome falso e pretendia continuar mentindo até a gravidez estar mais adiantada, quando então não seria mais possível ele tentar convencê-la a fazer um aborto. Resolvera deixar o bebê viver e, mesmo que Hector não estivesse disposto a se casar com ela, estava decidida a ser mãe de seu filho. A carta terminava dizendo: *O destino nos uniu, meu querido, e onde quer que eu esteja agora, você estará sempre comigo.*

Depois, mais um silêncio. Passaram-se outras duas semanas e Brigid cumpriu a promessa de continuar escondida. Hector não contou nada a Dolores sobre a carta, mas sabia que suas chances de se casar com a atriz eram provavelmente nulas. Não conseguia pensar sobre o futuro dos dois sem pensar também em Brigid, sem se atormentar com as imagens de sua ex-amante grávida dormindo em alguma pocilga num bairro decadente, enlouquecendo gradualmente enquanto a criança crescia dentro dela. Não desistira de Dolores Saint John. Não queria abrir mão do sonho de entrar na cama todas as noites e sentir aquele corpo macio e elétrico contra sua pele nua, mas os homens são responsáveis por seus atos e, se a criança ia nascer, então não havia escapatória para o que tinha feito. Hunt se matou em 11 de janeiro, mas Hector não estava mais pensando nele e, quando soube da notícia no dia seguinte, não sentiu absolutamente nada. O passado perdera toda e qualquer importância. Só o futuro importava e o futuro de repente estava duvidoso. Teria de romper o noivado com Dolores, mas não poderia fazer isso até Brigid aparecer outra vez e, como não soubesse onde encontrá-la, não podia se mexer, não podia dar um passo para fora do lugar onde o presente o largara. Com o tempo, começou a se sentir como um homem cujos pés tivessem sido pregados no chão.

No dia 14 de janeiro, interrompeu os trabalhos que fazia com Blaustein às sete da noite. Dolores Saint John, que então morava no cânion Topanga, o esperava às oito para o jantar. Hector teria chegado até antes, mas o carro deu problema no caminho e, até ele terminar de trocar o pneu de seu DeSoto azul, já tinha se atrasado quarenta e cinco minutos. Não fosse pelo pneu furado, o acontecimento que alterou todo o curso de sua vida talvez nunca tivesse ocorrido, porque foi exatamente nessa hora, enquanto estava agachado no escuro, numa travessa da Cienega, começando a levantar a frente do carro com o macaco, que Brigid O'Fallon bateu na porta da casa de Dolores Saint John e, até Hector completar a pequena tarefa e voltar para o volante, Dolores tinha acidentalmente disparado um revólver calibre trinta e dois no olho esquerdo de Brigid.

Em todo caso foi isso que ela lhe contou e, pelo olhar chocado e horrorizado com que foi recebido quando cruzou a porta da frente, não viu motivo algum para duvidar. Dolores não sabia que a arma estava carregada, ela disse. Seu agente lhe dera o revólver ao se mudar para aquela casa isolada no cânion, três meses antes. Seria uma proteção para ela, e depois que Brigid começou a despejar todas aquelas loucuras, a vociferar sobre o filho de Hector e seus pulsos abertos e as grades nas janelas dos hospícios e mais o sangue das feridas de Cristo, acabara se assustando e pedindo que fosse embora. Mas Brigid não quis nem ouvir falar em ir embora e poucos minutos depois acusava Dolores de ter roubado seu homem, ameaçando a atriz com ultimatos absurdos e chamando-a de demônio, vagabunda nojenta, biscate barato. Apenas seis meses antes Brigid era a doce repórter da *Photoplay* de sorriso bonito e senso de humor aguçado, mas agora tinha perdido o juízo, era perigosa, cambaleava pela sala chorando e berrando a plenos pulmões, e Dolores não a queria mais em sua casa. Foi então que se lembrou do revólver. Guardara na gaveta do meio da escrivaninha de tampo que ficava na sala, a menos de três metros de onde estava, de modo que foi até a mesa e abriu a gaveta do meio. A intenção não era puxar o gatilho. A única coisa a lhe passar pela cabeça na hora foi que talvez a visão da arma bastasse para assustar Brigid e colocá-la para fora. Mas assim que a tirou da gaveta e apontou na direção da sala, a coisa disparou. Não fez muito barulho. Apenas um estalido oco, ela disse, depois Brigid soltou um grunhido misterioso e caiu.

Dolores não quis voltar à sala com ele (É horrível demais, não consigo olhar para ela), de modo que Hector entrou sozinho. Brigid estava deitada de bruços sobre o tapete, diante do sofá. O corpo estava quente, o sangue ainda escorrendo da nuca. Hector virou-a e, quando olhou para o rosto destruído e viu o buraco onde antes havia um olho, parou de repente de respirar. Não conseguia olhar para ela e respirar ao mesmo tempo. Para recomeçar a respirar, teve de desviar a vista e, assim que fez isso, não conseguiu mais olhar para ela. Tudo perdido. Tudo despedaçado. E o bebê que ainda não nascera, morto também dentro dela. Por fim, levantou-se e foi até o corredor, onde encontrou um cobertor num armário. Ao voltar para a sala, olhou-a uma última vez, sentiu a respiração suspensa de novo, abriu o cobertor e cobriu aquele pequeno corpo trágico.

Seu primeiro impulso foi chamar a polícia, mas Dolores estava com medo. Como sua história iria soar quando lhe fizessem perguntas sobre o revólver, ela disse, quando a forçassem a refazer a sequência improvável de acontecimentos pela décima segunda vez e a fizessem explicar por que havia uma mulher grávida de vinte e quatro anos morta no chão de sua sala? Mesmo que acreditassem nela, mesmo que estivessem dispostos a aceitar que a arma disparara acidentalmente, o escândalo iria arruiná-la. Sua carreira estaria encerrada, e, claro, a de Hector também, e por que haveriam de sofrer por algo que não era culpa deles? Precisavam chamar Reggie, ela disse — Reginald Dawes, seu agente, o mesmo idiota que lhe dera a arma —, e deixar que ele tratasse do assunto. Reggie era esperto, sabia das coisas. Se eles o escutassem, Reggie encontraria um jeito de livrar o pescoço de todos.

Mas Hector sabia que para ele não havia mais salvação. Se eles falassem, seria o escândalo e a humilhação pública; e se não falassem seria uma confusão ainda pior. Poderiam ser acusados de assassinato e, assim que o caso fosse levado a julgamento, ninguém neste mundo acreditaria que a morte de Brigid tinha sido acidente. Escolha seu veneno. Hector precisava decidir. Precisava decidir pelos dois e não havia uma decisão correta a ser tomada. Esqueça esse Reggie, ele disse. Se o agente tomasse conhecimento do que ela fizera, ele a teria nas mãos pelo resto da vida. Não podiam apelar para ninguém. Ou pegavam o telefone e chamavam a polícia, ou não diriam uma palavra sobre o que ocorrera. E se resolvessem não dizer nada a ninguém, teriam de cuidar do corpo eles mesmos.

Hector sabia que queimaria no fogo dos infernos por dizer isso e também sabia que nunca mais voltaria a ver Dolores, mas disse assim mesmo e, em seguida, foram em frente e fizeram o que tinham de fazer. Não se tratava mais de uma questão de bem e de mal. Tratava-se de causar o menor prejuízo possível tendo em vista a situação, tratava-se de não arruinar outra vida inutilmente. Pegaram o Chrysler de Dolores e foram até as montanhas, cerca de uma hora ao norte de Malibu, com o corpo de Brigid no porta-malas. O cadáver continuava dentro do cobertor, que por sua vez estava enrolado no tapete, e também havia uma pá dentro do porta-malas. Hector a encontrara no barracão de ferramentas atrás da casa de Dolores e foi isso que usou para cavar um buraco. Achava que lhe devia ao menos isso. Afinal de contas,

Dolores fora traída, e o mais extraordinário é que continuara a confiar nele. As histórias de Brigid não tinham tido o menor efeito sobre ela. Descartara todas como tolices disparatadas, como mentiras absurdas contadas por uma mulher desequilibrada e ciumenta e, mesmo depois que as provas foram enfiadas debaixo de seu lindo nariz, recusara-se a aceitá-las. Pode ter sido vaidade, claro, uma vaidade monstruosa que não lhe permitia enxergar outra coisa no mundo a não ser aquilo que desejava enxergar, mas ao mesmo tempo pode ter sido amor de verdade, um amor tão cego que Hector jamais conseguiria imaginar o que estava prestes a perder. Desnecessário dizer que nunca soube qual das duas hipóteses era a verdadeira. Depois da tenebrosa missão nas montanhas naquela noite, Hector voltou para casa em seu carro e nunca mais a viu.

Foi então que ele desapareceu. Exceto pela roupa que tinha no corpo e pelo dinheiro que levava na carteira, deixou tudo para trás e por volta das dez da manhã seguinte estava a caminho do norte, dentro de um trem para Seattle. Certo de que seria pego. Assim que dessem pelo desaparecimento de Brigid, não levariam muito tempo para estabelecer um elo entre os dois sumiços. A polícia iria querer lhe fazer perguntas e começaria a procurá-lo para valer. Só que Hector se enganou a esse respeito, assim como se enganara sobre tudo o mais. O desaparecido era ele e, por enquanto, ninguém nem sabia que Brigid se fora. Ela não tinha mais emprego, não tinha endereço fixo, e quando não apareceu no quarto que alugara no hotel Fitzwilliam Arms, no centro de Los Angeles, até o fim da semana daquele começo de 1929, o gerente mandou suas coisas para o porão e alugou o quarto para outra pessoa. Não havia nada inusitado nisso. As pessoas desapareciam o tempo todo e não se podia deixar um quarto vago quando havia um novo inquilino disposto a pagar por ele. Ainda que o gerente tivesse se preocupado a ponto de ligar para a polícia, não havia nada que se pudesse fazer.

Brigid estava registrada sob nome falso, como procurar alguém que não existia?

Dois meses depois, o pai dela ligou de Spokane e conversou com um detetive da polícia de Los Angeles chamado Reynolds, que continuou trabalhando no caso até se aposentar, em 1936. Vinte e quatro anos depois disso, os ossos da filha do sr. O'Fallon foram finalmente encontrados. Um trator desenterrou-os durante os trabalhos de terraplenagem para a construção de novas residências nos arredores dos montes Simi. Os ossos foram enviados para a perícia de Los Angeles, mas os registros de Reynolds já estavam fora de circulação fazia um bom tempo e não era mais possível identificar a pessoa a quem a ossada tinha pertencido.

Alma sabia desses ossos porque se interessara por eles. Hector lhe contou onde estavam enterrados e, quando visitou o empreendimento imobiliário, no início dos anos 1980, conversou com gente suficiente para se certificar de que tinham sido encontrados naquele local.

Nessa época, Dolores Saint John também estava morta fazia tempo. Depois de voltar para a casa dos pais, em Wichita, após o sumiço de Hector, divulgou um comunicado à imprensa e isolou-se. Um ano e meio depois, casou-se com um banqueiro local chamado George T. Brinkerhoff. Tiveram dois filhos, Willa e George Júnior. Em 1934, quando a mais velha ainda não tinha nem três anos, Dolores perdeu o controle do carro, voltando para casa numa noite chuvosa de novembro. Bateu num poste telefônico e o impacto da colisão fez seu corpo ser lançado através do para-brisa, o que provocou o corte da artéria carótida. Segundo a autópsia policial, ela sangrou até morrer sem recobrar a consciência.

Dois anos mais tarde, Brinkerhoff casou-se novamente. Quando em 1983 Alma lhe escreveu pedindo-lhe uma entrevista, a viúva respondeu que o marido morrera de complicações renais no outono anterior. Os filhos, entretanto, ainda estavam vivos e Alma falou com os dois — uma em Dallas, Texas, o outro em Orlando, na Flórida. Nenhum tinha grande coisa a acrescentar. Eram tão crianças na época, disseram. Conheciam a mãe de fotografia, mas não se lembravam de nada sobre ela.

Ao entrar na estação ferroviária na manhã do dia 15 de janeiro, Hector já estava sem bigode. Disfarçou-se removendo do rosto seu traço mais característico e fez da fisionomia uma outra graças a um simples ato de subtração. Os olhos e as sobrancelhas, a testa e o cabelo escorrido para trás também teriam dito alguma coisa a quem conhecesse seus filmes, mas pouco depois de comprar a passagem encontrou a solução para o problema. Nesse processo, falou Alma, também encontrou um novo nome.

O trem das nove e vinte e um para Seattle só começaria a embarcar passageiros dali a uma hora. Hector decidiu matar o tempo indo até o restaurante da estação para tomar um café, mas bastou sentar no balcão e inalar as primeiras emanações de bacon e ovos fritando na grelha para sentir ânsia de vômito. Acabou no banheiro dos homens, trancado em um dos cubículos, de quatro no chão, vomitando na privada tudo o que tinha no estômago. Devolveu tudo, os desagradáveis fluidos esverdeados e os pedacinhos coagulados de comida marrom não digerida, um expurgo trêmulo de vergonha, medo e repulsa, e, quando o ataque cessou, desabou no chão e lá ficou um tempão, lutando para recobrar o fôlego. A cabeça estava prensada na parede de trás e, desse ângulo, estava em posição de ver algo que de outra forma lhe teria escapado por completo. No cotovelo do cano bem atrás da privada, alguém deixara um boné. Hector puxou-o de seu esconderijo e descobriu que era um boné de operário, uma peça sólida de tweed de lã com uma pala curta na frente — não muito diferente do boné que ele próprio usava quando ainda era novo na América. Hector virou-o do avesso para ver se não havia nada lá dentro, se não estava sujo demais ou nojento demais para usar. Foi então que viu o nome do dono escrito a tinta na parte de trás da banda interna de couro: Herman Loesser. Pareceu-lhe um bom nome, talvez até um excelente nome, e de todo modo um nome nem pior nem melhor que os outros. Ele era Herr Mann, não era? Se começasse a chamar a si próprio de Herman, poderia mudar de identidade sem renunciar por completo ao que era. Isto era o mais importante: livrar-se de si mesmo perante os outros, sem se esquecer jamais de quem era. Não porque quisesse, mas justamente porque não queria.

Herman Loesser. Alguns o pronunciariam *Lesser* — menos, menor — e outros diriam *Loser* — perdedor, vencido. De um jeito ou de outro, Hector achou que tinha encontrado o nome que merecia.

O boné serviu extraordinariamente bem. Não ficou nem muito largo nem muito apertado, com uma folga suficiente apenas para baixá-lo um pouco na testa, a fim de esconder a curva peculiar das sobrancelhas e sombrear a luminosidade feroz dos olhos. Depois da subtração, uma adição. Hector menos o bigode e depois mais o boné. As duas operações o cancelaram e, quando saiu do banheiro masculino nessa manhã, estava igual a qualquer um, igual a todo mundo, era a própria imagem do Mr. Nobody.

Morou em Seattle por seis meses, passou um ano em Portland e depois voltou para o estado de Washington, onde permaneceu até a primavera de 1931. De início, viu-se empurrado pelo puro terror. Achava que estava correndo para salvar a vida e, nos dias que se seguiram ao sumiço, sua ambição não diferia em nada da de qualquer criminoso: se conseguisse evitar ser capturado naquele dia, considerava o dia bem gasto. Toda manhã e toda tarde, lia a respeito de si mesmo nos jornais, acompanhando os desdobramentos do caso para ver quão perto a polícia estaria de encontrá-

-lo. Ficou perplexo com as coisas que foram escritas, espantado com o pouquíssimo esforço que fizeram para conhecê-lo. Hunt tinha uma importância mínima na questão, no entanto todo artigo começava e terminava com ele: manipulações na bolsa, investimentos fictícios, Hollywood em toda sua glória corroída. O nome de Brigid nem sequer foi mencionado, e até Dolores voltar para o Kansas ninguém nem se dera ao trabalho de falar com ela. Dia a dia, a pressão ia diminuindo e, depois de quatro semanas sem novas pistas e a cobertura da imprensa minguando, o pânico de Hector começou a ceder. Ninguém suspeitava de nada. Ele poderia ter voltado para casa se quisesse. Bastava entrar num trem com destino a Los Angeles e retomar sua vida exatamente do ponto em que a deixara.

Mas Hector não foi a lugar nenhum. Não havia nada que quisesse mais do que voltar para sua casa na North Orange Drive e sentar na varanda ensolarada ao lado de Blaustein, tomando chá gelado e dando os retoques finais em *Dot and Dash*. Fazer filmes era como viver num delírio. Era o trabalho mais árduo e exigente que já fora inventado e quanto mais difícil ficava, mais gostoso lhe parecia. Estava aprendendo o ofício, lentamente dominando todo aquele emaranhado e, com um pouco mais de tempo, tinha certeza de que teria acabado sendo um dos bons. Era tudo o que pretendia da vida: ser bom de cinema. Era tudo o que desejava e por isso essa era a única coisa que nunca mais se permitiria fazer. Você não leva uma moça inocente à loucura após engravidá-la e não enterra seu corpo debaixo de três metros de terra e depois espera continuar levando a mesma vida de antes. Um homem que fizera o que ele tinha feito merecia ser punido. Se o mundo não tomava providências, então ele próprio teria que tomá-las.

Alugou um quarto numa pensão perto do mercado da rua Pike e, quando o dinheiro que trazia na carteira finalmente acabou, arrumou emprego no mercado de peixes. De pé às quatro da manhã, descarregava caminhões debaixo do nevoeiro da madrugada e transportava caixotes e fardos enquanto a umidade do canal Puget lhe enrijecia os dedos e penetrava nos ossos. Em seguida, depois de um rápido cigarro, era empilhar caranguejos e ostras nos balcões cobertos de gelo triturado e executar uma série de tarefas diárias repetitivas: o tinido das conchas no prato da balança, os sacos de papel pardo, abrir ostras com sua cimitarra curta e letal. Quando não estava trabalhando, Herman Loesser lia livros tirados da biblioteca pública, escrevia um diário e não falava com absolutamente ninguém a menos que fosse obrigado. O objetivo, disse Alma, era retorcer-se sob o rigor que impusera a si mesmo, fazer-se tão desconfortável quanto possível. Quando o trabalho ficou fácil demais, mudou-se para Portland, onde arrumou emprego como vigia noturno numa fábrica de tonéis. Depois do clamor do mercado, o silêncio dos pensamentos. Não havia nada fixo em suas opções, explicou Alma. A penitência era uma eterna obra em andamento e os castigos que atribuía a si mesmo mudavam segundo aquilo que sentia como sendo suas piores deficiências num dado momento. Estava louco por um pouco de companhia, doido por uma mulher outra vez, queria corpos e vozes em volta, portanto fechou-se naquela fábrica deserta, lutando para ensinar a si mesmo os refinamentos da autorrenúncia.

O grande craque da Bolsa aconteceu enquanto trabalhava em Portland e depois que a fábrica de tonéis fechou as portas, em meados dos anos 1930, Hector perdeu o emprego. A essa altura, já tinha dado conta de várias centenas de livros, começara com os romances-padrão do século XIX sobre os quais todo mundo falava mas que nunca chegara a ler (Dickens, Flaubert, Stendhal, Tolstoi) e em seguida, assim que imaginou ter pegado o jeito da coisa, voltara à estaca zero para se autoeducar de forma mais sistemática. Hector não sabia quase nada. Saíra da escola aos dezesseis anos e ninguém até então se dera ao trabalho de lhe dizer que Sócrates e Sófocles não eram a mesma pessoa, que George Eliot era uma mulher ou que a *Divina comédia* era um poema sobre o pós-vida e não uma farsa de teatro na qual todo mundo acaba se casando com a pessoa amada. As circunstâncias nunca estiveram a seu favor e ele não tivera tempo suficiente para se preocupar com essas coisas. Agora, de repente, tinha todo o tempo do mundo. Trancafiado em sua própria Alcatraz, passou os anos de cativeiro adquirindo uma nova linguagem com a qual pensar as condições de sua sobrevivência e dar sentido à dor constante e impiedosa que levava no coração. Segundo Alma, o rigor desse seu treinamento intelectual acabou por transformá-lo em outra pessoa. Aprendeu a olhar-se à distância, a se ver antes de mais nada como um homem entre outros homens, depois como uma coleção de partículas aleatórias de matéria e, por fim, como um único grão de poeira — e quanto mais se afastava de seu ponto de origem, ela disse, mais se aproximava da grandeza. Hector lhe mostrara os diários dessa época e, cinquenta anos depois, Alma pôde testemunhar as agonias de sua consciência em primeira mão. *Nunca mais perdido do que agora*, recitou para mim, citando um trecho de memória, *nunca mais sozinho e com medo — e no entanto mais vivo do que nunca*. Essas palavras tinham sido escritas menos de uma hora depois de ter deixado Portland. Depois, quase como se tivesse pensado melhor no assunto, sentou-se e acrescentou um novo parágrafo ao pé da página: *Eu falo apenas com os mortos agora. São os únicos em quem confio, os únicos que me entendem. Como eles, vivo sem um futuro.*

Corriam boatos de que havia trabalho em Spokane. As serrarias estariam procurando gente e várias madeireiras do leste e do norte do estado contratando mão de obra. Hector não tinha o menor interesse nessas colocações, mas uma tarde, pouco depois do fechamento da fábrica de tonéis, escutou dois camaradas falando sobre as oportunidades que haveria por lá, e isso lhe deu uma ideia, e assim que começou a pensar nessa ideia não conseguiu mais resistir. Brigid crescera em Spokane. Sua mãe morrera, mas o pai continuava vivo, além de duas irmãs mais novas. De todas as torturas que Hector poderia imaginar, de todas as penas que poderia infligir a si mesmo, nenhuma era pior do que a ideia de ir para a cidade onde a família dela morava. Se por acaso cruzasse com o sr. O'Fallon e as duas moças, saberia que cara tinham e suas fisionomias lhe viriam à mente sempre que pensasse no mal que lhes causara. Merecia sofrer tudo isso, ele achava. Tinha a obrigação de tornar reais também os parentes, de torná-los tão reais na lembrança quanto a própria Brigid.

Ainda conhecido pelo apelido que lhe valera a cabeleira ruiva de juventude, Patrick "Red" O'Fallon continuava dirigindo a loja de artigos esportivos Red que abrira no centro de Spokane vinte anos antes. Na manhã de sua chegada, Hector encontrou um hotel barato a dois quarteirões da estação de trem, pagou adiantado por uma noite e saiu para procurar a loja. Encontrou-a cinco minutos depois. Não tinha pensado no que faria quando chegasse lá, mas em nome da cautela achou que seria melhor parar do lado de fora e tentar dar uma espiada em O'Fallon pela vitrina. Hector ignorava se Brigid tinha feito alguma menção a ele em suas cartas. Se tivesse, a família saberia que falava com forte sotaque espanhol. Mais importante ainda, teriam prestado atenção especial em seu desaparecimento em 1929 e, com o sumiço da própria Brigid completando quase dois anos, talvez fossem as únicas pessoas em todo o país capazes de estabelecer um elo entre os dois casos. Tudo de que precisava era entrar na loja e abrir a boca. Se O'Fallon soubesse quem era Hector Mann, havia uma chance de que começasse a suspeitar dele depois de três ou quatro frases.

Mas nem sinal de O'Fallon na loja. Enquanto espremia o nariz no vidro, fingindo examinar um conjunto de tacos de golfe na vitrina, tinha uma visão bem clara do interior e, até onde conseguia divisar daquele ângulo, não havia ninguém lá dentro.

Nenhum freguês, nenhum balconista. Ainda era cedo — passava pouco das dez da manhã —, mas a placa na porta dizia ABERTO e, em vez de continuar na calçada apinhada, arriscando-se a chamar a atenção, Hector mudou os planos e decidiu entrar. Se descobrissem quem ele era, pensou, paciência.

A porta tilintou quando foi aberta e tábuas nuas rangeram sob seus pés quando caminhou na direção do balcão dos fundos. Não era um estabelecimento muito grande, mas as prateleiras estavam forradas de mercadorias, com aparentemente tudo o que um esportista podia querer: varas de pescar e molinetes, pés de pato e óculos de natação, espingardas e rifles de caça, raquetes de tênis, luvas de beisebol, bolas de futebol e de basquete, protetores para ombros, capacetes, chuteiras com travas, *tees* de madeira e de plástico, pinos de boliche, halteres e bolas para ginástica. Duas fileiras de colunas de apoio a intervalos regulares percorriam toda a extensão da loja e em cada uma havia uma fotografia de Red O'Fallon emoldurada. Ainda era jovem quando as fotos foram tiradas e todas o mostravam em meio a algum tipo de atividade esportiva. Vestido com um uniforme de beisebol numa delas, de futebol americano em outra, mas na maioria participando de corridas nos trajes sumários de um atleta. Numa das fotos, a máquina o pegara em pleno ar, os dois pés fora do chão, dois metros adiante do adversário mais próximo. Em outra, apertava a mão de um sujeito de cartola e casaca, recebendo uma medalha de bronze durante as Olimpíadas de Saint Louis, em 1904.

Enquanto Hector se aproximava do balcão, uma jovem saiu de uma sala nos fundos enxugando as mãos numa toalha. Estava olhando para baixo, a cabeça inclinada de lado, mas, mesmo que o rosto estivesse quase todo escondido, alguma coisa em seu andar, alguma coisa na inclinação de seus ombros, alguma coisa na maneira como esfregava a toalha nos dedos o fez achar que estava olhando para Brigid. Durante vários segundos, foi como se os últimos dezenove meses nunca tivessem existido. Brigid não estava mais morta. Ela se desenterrara, abrira caminho com as próprias mãos pela terra que ele empilhara sobre seu corpo, e lá estava ela, intacta, respirando de novo, sem bala no cérebro e sem um buraco onde antes era o olho, trabalhando como balconista na loja do pai em Spokane, Washington.

A moça continuou caminhando na direção dele, parando apenas para largar a toalha sobre um pacote fechado, e o mais extraordinário foi que, mesmo após ter erguido a cabeça e olhado direto para ele, a ilusão persistiu. Tinha o rosto de Brigid também. O mesmo maxilar e a mesma boca, a mesma testa e o mesmo queixo. Quando lhe sorriu, um momento depois, viu que tinha inclusive o mesmo sorriso. Somente quando chegou a um metro e meio é que começou a reparar nas diferenças. O rosto era coberto de sardas, ao contrário do rosto de Brigid, e os olhos tinham um tom mais acentuado de verde. Também eram mais separados, muito ligeiramente mais afastados da ponte do nariz, e essa ínfima alteração das feições acentuava a harmonia geral do rosto, tornando-a um ou dois pontos mais bonita do que fora a irmã. Hector devolveu-lhe o sorriso e até ela chegar ao balcão e lhe falar com a voz de Brigid, perguntando se precisava de ajuda, Hector não se sentia mais como alguém prestes a desabar no chão num desmaio mortal.

Estava procurando pelo sr. O'Fallon, disse, e queria saber se seria possível dar uma palavrinha com ele. Não fez nenhum esforço para esconder o sotaque quando falou, depois inclinou mais o corpo e ficou estudando o rosto da moça, em busca de sinais de reconhecimento. Nada aconteceu, ou melhor, a conversa continuou como se nada tivesse acontecido, e nesse momento Hector soube que Brigid o mantivera em segredo. Fora criada numa família católica e muito provavelmente seria inimaginável que escrevesse comunicando ao pai e às irmãs que estava dormindo com um homem comprometido com outra e que, além do pênis circuncidado, não tinha a menor intenção de romper o noivado para se casar com ela. Se ele estivesse certo, então provavelmente a família não sabia da gravidez. Nem que ela tinha cortado os pulsos na banheira ou que tinha passado dois meses num hospital sonhando com o jeito melhor e mais eficiente de se matar. Era até possível que tivesse parado de escrever para eles antes mesmo de Dolores Saint John entrar em cena, quando ainda tinha confiança suficiente para imaginar que tudo acabaria como esperava.

A essa altura a cabeça de Hector galopava em todas as direções ao mesmo tempo e, quando a moça atrás do balcão disse que o pai estava fora da cidade naquela semana, que fora à Califórnia a negócios, Hector pressentiu na hora que negócios eram esses. Red O'Fallon tinha ido a Los Angeles falar com a polícia a respeito da filha desaparecida. Estava insistindo com eles para que tomassem alguma providência, o caso vinha se arrastando havia já muitos meses e, se não ficasse satisfeito com as respostas obtidas, iria contratar um detetive particular para reiniciar as buscas. Que se danem as despesas, provavelmente teria dito à filha de Spokane, antes de deixar a cidade. Alguma coisa precisava ser feita antes que fosse tarde demais.

A filha de Spokane disse que ficara na loja substituindo o pai, mas, se Hector quisesse deixar o nome e número de telefone, ela daria o recado quando ele chegasse, na sexta-feira. Não há necessidade, Hector falou, voltaria na sexta e depois, só para ser educado, ou talvez porque quisesse causar boa impressão, perguntou-lhe se estava encarregada de controlar tudo sozinha. Parecia uma loja grande demais para uma pessoa só, ele disse.

Eram três funcionários, ela respondeu, mas o balconista faltara por motivo de saúde e o rapaz do estoque fora despedido na semana anterior por ter roubado luvas de beisebol para vendê-las pela metade do preço para a garotada da vizinhança. A verdade é que estava se sentindo um tanto perdida. Fazia já muito tempo que não ajudava na loja, não sabia a diferença entre um *putter* e um madeira e mal conseguia mexer na caixa sem antes apertar nove botões errados até efetuar a venda.

Foi tudo muito amigável e direto. Ela não pareceu ter pensado duas vezes antes de lhe confidenciar essas coisas e, à medida que a conversa continuou, Hector ficou sabendo que estivera fora os quatro anos anteriores, estudando para ser professora em algo que ela chamou de Estadual e que no fim das contas veio a ser a Faculdade Estadual de Washington, em Pullman. Formara-se em junho, voltara para morar com o pai e estava prestes a começar carreira como professora do quarto ano da Escola Primária Horace Greeley. Nem estava acreditando na própria sorte, ela disse a Hector. Era a mesma escola onde estudara quando menina, ela e as duas irmãs mais velhas tinham todas feito o quarto ano com a professora Neergaard. A professora Neergaard tinha dado aulas ali por quarenta e dois anos e lhe parecia quase um milagre que a antiga mestra tivesse se aposentado bem na hora em que ela começava a procurar trabalho. Em menos de seis semanas, estaria parada na frente da mesma sala de aula onde se sentara todos os dias quando tinha dez anos de idade, e não era estranho, ela disse, não era engraçada a vida às vezes?

Era, era muito engraçada, ele falou, muito estranha. Sabia agora que estava falando com Nora, a irmã mais nova, e não com Deirdre, a que se casara aos dezenove anos e fora morar em San Francisco. Depois de três minutos com ela, concluiu que Nora não tinha nada da irmã morta. Podia se parecer com Brigid, mas não possuía nada daquela sua energia tensa e sabichona, nada de sua ambição, nada de sua inteligência nervosa e dardejante. Era mais macia, mais confortável na própria pele, mais ingênua. Lembrava-se de Brigid certa vez descrevendo a si própria como a única das três com sangue de verdade correndo nas veias. Deirdre era feita de vinagre, ela dissera, e Nora inteiramente de leite morno. Ela é que deveria ter sido batizada de Brigid, falou, como santa Brígida, a padroeira da Irlanda, porque se alguma das irmãs estava destinada a uma vida de autossacrifícios e boas obras, era a caçula, Nora.

De novo, Hector estava prestes a dar as costas e partir e, de novo, alguma coisa o prendeu ali. Tivera uma nova ideia — o mais maluco dos impulsos, algo tão arriscado e autodestrutivo que era espantoso que tivesse lhe passado pela cabeça e, mais ainda, que tivesse peito de achar que poderia levá-lo adiante.

Quem não arrisca não petisca, ele disse a Nora, sorrindo em sinal de desculpa e encolhendo os ombros, mas o motivo de ter ido lá nessa manhã fora pedir um emprego ao sr. O'Fallon. Ouvira falar da encrenca com o rapaz do estoque e queria saber se o cargo ainda estava disponível. Estranho, disse Nora. Ele fora despedido fazia poucos dias e ainda não tinham tido tempo de anunciar a vaga. Só planejavam fazer isso depois que o pai voltasse da viagem. Bom, esses boatos circulam, disse Hector. Claro, provavelmente fora isso mesmo, Nora respondeu, mas por que ele haveria de querer trabalhar no estoque? Era um emprego mixuruca, para alguém com muito muque e pouco miolo, sem ambição; claro que conseguiria coisa melhor que isso. Não necessariamente, disse Hector. Os tempos andavam difíceis e qualquer emprego com salário fixo era um bom emprego no momento. Por que não lhe dar uma oportunidade? Estava sozinha na loja e ele sabia que precisava de ajuda. Se gostasse de seu trabalho, talvez pudesse interceder junto ao pai a seu favor. O que ela achava? Negócio fechado?

Não fazia nem uma hora que estava em Spokane e já tinha um emprego outra vez. Nora apertou a mão de Herman Loesser, rindo da audácia da proposta, em seguida Hector tirou o paletó (a única peça decente de roupa que tinha) e começou a trabalhar. Transformara-se numa mariposa e passou o resto do dia esvoaçando em torno de uma vela acesa. Sabia que as asas poderiam pegar fogo a qualquer instante, mas quanto mais perto se via de tocar o fogo, mais pressentia estar cumprindo seu destino. Como escreveu em seu diário naquela noite: *Se pretendo salvar minha vida, então terei que chegar a um centímetro de destruí-la.*

Contra tudo o que se poderia esperar, Hector aguentou firme por quase um ano. Primeiro como encarregado do estoque no depósito dos fundos, depois como balconista-chefe e assistente de gerente, trabalhando diretamente sob o comando de O'Fallon. Nora disse que o pai tinha cinquenta e três anos, mas quando foi apresentado a ele, na segunda-feira seguinte, Hector achou que parecia mais velho, talvez uns sessenta anos, talvez cem. O cabelo do ex-atleta não era mais ruivo, o tronco antes ágil não era mais esbelto e de vez em quando mancava devido a uma artrite no joelho. O'Fallon aparecia na loja todos os dias às nove em ponto, mas o trabalho obviamente não o interessava nem um pouco e ele em geral ia embora lá pelas onze ou onze e meia. Se a perna estivesse em ordem, pegava o carro e ia até o clube de campo jogar uma partida de golfe com dois ou três companheiros. Se não estivesse, almoçava mais cedo e sem pressa no Bluebell Inn, um restaurante do outro lado da rua, depois ia para casa e passava a tarde no quarto, lendo jornais e esvaziando garrafas e mais garrafas de Jameson, o uísque irlandês que trazia contrabandeado do Canadá todo mês.

Nunca fez uma crítica ou uma queixa ao trabalho de Hector. Também nunca o elogiou. O'Fallon expressava sua satisfação permanecendo em silêncio e às vezes, quando se sentia mais expansivo, cumprimentava Hector com um aceno minúsculo de cabeça. Durante vários meses, esse foi o máximo de contato que tiveram. De início, essa atitude incomodava Hector, mas com o tempo aprendeu a não levá-la para o lado pessoal. O homem vivia num reino de subjetividade muda, de resistência interminável ao mundo, e parecia flutuar pelos dias sem outro propósito a não ser consumir suas horas da forma mais indolor possível. Nunca se irritava, raramente dava um sorriso. Era justo e distante, ausente mesmo quando presente, e não demonstrava mais compaixão ou simpatia por si mesmo do que por qualquer outra pessoa.

O que o pai tinha de fechado e indiferente, a filha tinha de aberta e interessada. Afinal fora ela que o contratara e continuou se sentindo responsável por ele, tratando-o alternadamente como amigo, protegido e projeto de recuperação humana. Depois que o pai voltou de Los Angeles e o balconista-chefe se recuperou de sua crise de herpes-zóster, os serviços de Nora não foram mais necessários. Estava ocupada, preparando-se para o começo do ano letivo, ocupada visitando antigas colegas de classe, ocupada manobrando as atenções de vários rapazes, mas durante o resto daquele verão sempre encontrava uma horinha para passar pela loja no começo da tarde e ver como Hector estava indo. Tinham trabalhado juntos só quatro dias, mas nesse tempo haviam estabelecido o costume de dividir sanduíches de queijo no depósito durante a meia hora de almoço. Nora continuou a aparecer com os sanduíches de queijo e os dois continuaram passando aquela meia hora conversando sobre livros. Para Hector, um autodidata em formação, era uma chance de aprender alguma coisa. Para Nora, recém-saída da faculdade com o compromisso de dedicar-se à instrução de terceiros, era uma oportunidade de transmitir conhecimentos a um aluno faminto e inteligente. Hector estava lendo Shakespeare naquele verão e Nora lia as peças junto com ele, ajudando-o com as palavras que não entendia, explicando esse ou aquele ponto da história ou das convenções dramáticas, explorando a psicologia e as motivações dos personagens. Durante uma dessas sessões no depósito dos fundos, ao tropeçar na pronúncia das palavras *Thou ow'st* no terceiro ato de *Lear,* Hector confessou-lhe como seu sotaque o constrangia. Jamais conseguiria aprender a falar essa maldita língua, ele disse, e sempre iria parecer um tolo ao abrir a boca na frente de pessoas como ela. Nora não quis nem ouvir falar em tamanho pessimismo. Tinha feito um curso de terapia da fala na Estadual, ela disse, e havia alguns remédios concretos, exercícios práticos e técnicas para melhorar a pronúncia. Se quisesse encarar o desafio, ela prometia livrá-lo do sotaque e remover todo e qualquer vestígio de espanhol de sua língua. Hector lembrou-a de que não estava em condições de pagar pelas aulas. Quem falou em dinheiro?, Nora respondeu. Se estivesse disposto a trabalhar, estava disposta a ajudar.

Depois que as aulas começaram, em setembro, a nova professora do quarto ano primário não tinha mais tempo para almoços. Ela e seu aluno trabalhavam à noite, reunidos todas as terças e quintas das sete às nove, na sala da residência dos O'Fallon. Hector lutou bravamente com os *is* e *es* curtos, com o *th* ceceado, com o *r* desdentado. Vogais mudas, explosivas interdentais, inflexões labiais, fricativas, oclusões palatais, fonemas. Boa parte do tempo, não fazia a menor ideia do que Nora estava falando, mas os exercícios pareciam estar surtindo efeito. Sua língua começou a produzir sons que nunca tinham saído antes e, aos poucos, depois de nove meses de esforço e repetição, avançara até um estágio onde começava a ficar cada vez mais difícil dizer onde ele nascera. Talvez não soasse como um norte-americano, mas também não parecia um imigrante grosseiro e sem instrução. Mudar-se para Spokane pode ter sido um dos maiores equívocos já cometidos por Hector, mas de tudo o que lhe aconteceu lá o que mais o marcou, de maneira profunda e durável, foram as aulas de pronúncia dadas por Nora. Cada palavra pronunciada nos cinquenta anos seguintes foi influenciada por essas aulas, que permaneceriam em seu corpo pelo resto da vida.

Nas terças e quintas, O'Fallon ficava lá em cima no quarto ou então saía para jogar pôquer com os amigos. Uma noite, no começo de outubro, o telefone tocou no meio de uma aula e Nora foi atender no hall. Falou com a telefonista alguns momentos e então, numa voz tensa e alterada, chamou o pai e lhe disse que era Stegman na linha. De Los Angeles, ela disse, e a ligação era a cobrar. Aceitava ou não? O'Fallon disse que estava descendo. Nora fechou as portas de correr entre a sala e o hall da frente, para dar privacidade ao pai, mas àquela altura ele já estava ligeiramente bêbado e falou alto o bastante para Hector entender parte do que estava sendo dito. Não tudo, mas o suficiente para saber que a ligação não trazia boas notícias.

Dez minutos depois, as portas de correr se abriram de novo e O'Fallon entrou quase se arrastando na sala. Usava um par de chinelos de couro muito gastos e os suspensórios, baixados, batiam na altura dos joelhos. Estava sem gravata e sem o colarinho e teve de se agarrar na beira da mesa de nogueira para manter o equilíbrio. Nos poucos instantes seguintes, falou diretamente com Nora, que estava sentada ao lado de Hector num sofá no meio da sala. Pela atenção que dispensou a Hector, o aluno da filha podia ser invisível. Não que O'Fallon o tivesse ignorado ou que estivesse fingindo não haver mais ninguém ali. Simplesmente não reparou nele. E Hector, que compreendia cada nuança da conversa que se seguiu, não ousou levantar e partir.

Stegman estava jogando a toalha, O'Fallon disse. Vinha trabalhando no caso havia meses e não tinha encontrado uma única pista promissora. Disse que isso o estava roendo por dentro. E que não queria tirar nem mais um centavo da família.

Nora perguntou ao pai qual fora sua reação e O'Fallon disse que tinha perguntado a Stegman por que então fazia chamadas a cobrar toda vez que ligava, se tinha tanto escrúpulo em receber dinheiro dele. Depois o chamara de detetive marreta. Se Stegman não queria mais o serviço, acharia outra pessoa.

Não, pai, Nora respondeu, o senhor está enganado. Se Stegman não está conseguindo encontrá-la, significa que ninguém mais vai conseguir. Ele é o melhor detetive particular da Costa Oeste. Foi o que Reynolds falou, e o Reynolds é um homem confiável.

Ao diabo com Reynolds, foi a resposta de O'Fallon. Ao diabo com o Stegman. Podiam dizer o que quisessem, mas ele não ia desistir.

Nora abanou a cabeça de um lado para o outro, os olhos se enchendo de lágrimas. Já estava na hora de encarar os fatos, disse. Se Brigid estivesse viva, já teria escrito uma carta. Teria ligado. Teria dado notícias de seu paradeiro.

Uma ova, disse O'Fallon. Ela não mandara uma linha sequer em quatro anos. Rompera com a família e esse era o fato que eles tinham de encarar.

Com a família, não, Nora disse. Com ele. Brigid escrevia sempre para ela. Quando estava na faculdade, em Pullman, recebia carta dela a cada três ou quatro semanas.

Mas O'Fallon não estava disposto a escutar. Não queria mais discutir o assunto e, se a filha não o apoiasse, iria em frente sozinho, e para o inferno com ela e suas malditas opiniões. E, com essas palavras, O'Fallon soltou a mesa, cambaleou precariamente um instante ou dois, tentando recobrar o pé, depois saiu em zigue-zague da sala.

Hector não devia ter testemunhado essa cena. Era apenas o rapaz encarregado do estoque da loja, não um amigo íntimo, não devia ficar escutando conversas particulares entre pai e filha, não tinha o direito de estar ali sentado no momento em que o patrão cambaleava bêbado e em desalinho pela sala. Se Nora lhe tivesse pedido para sair naquele momento, a questão estaria encerrada para sempre. Ele não teria ouvido o que ouviu, não teria visto o que viu, e o assunto nunca mais voltaria a ser mencionado. Tudo o que ela precisaria ter feito era dizer uma frase, dar uma desculpa qualquer e Hector teria se levantado do sofá e dito boa-noite. Mas Nora não tinha talento para dissimular. Ainda havia lágrimas em seus olhos quando O'Fallon saiu da sala e depois que o assunto proibido veio finalmente à tona, por que esconder alguma coisa?

    O pai nem sempre fora assim. Não dava mais para reconhecê-lo, para lembrar de como era nos bons tempos. Quando ela e as irmãs eram pequenas, ele era um outro homem. Red O'Fallon, o Relâmpago do Noroeste. Patrick O'Fallon, marido de Mary Day. Papai O'Fallon, o imperador de suas meninas. Mas depois desses últimos seis anos, disse Nora, depois de tudo o que passamos, talvez não seja tão estranho que seu melhor amigo venha a ser esse Jameson — o camarada soturno e calado que lhe faz companhia o tempo todo no quarto, enfiado em todas aquelas garrafas cheias de líquido cor de âmbar. O primeiro golpe veio com a morte da mulher, consumida por um câncer aos quarenta e quatro anos. Como se não bastasse, mais coisas ruins continuaram acontecendo, a família sofria uma reviravolta atrás da outra, um murro no estômago, depois outro na cara, e pouco a pouco toda sua fibra foi se esgarçando. Menos de um ano após o enterro, Deirdre engravidou e, quando se recusou a ir adiante com o casamento forçado que o pai lhe arranjara, foi posta para fora de casa. Isso fez com que Brigid também se voltasse contra ele, contou Nora. A irmã mais velha estava no último ano da Smith, vivendo do outro lado do país, mas quando soube do ocorrido escreveu ao pai dizendo que nunca mais voltaria a falar com ele a menos que recebesse Deirdre de volta. O'Fallon não faria isso. Estava pagando a faculdade de Brigid e quem ela achava que era para lhe dizer o que fazer? Brigid pagou ela mesma o último semestre do curso e em seguida, depois da formatura, foi direto para a Califórnia para se tornar uma escritora. Nem sequer parou em Spokane para uma visita. Era tão teimosa quanto o pai, disse Nora, e Deirdre era duas vezes mais teimosa que os dois juntos. Pouco importava que Deirdre estivesse casada e tivesse tido outro filho. Continuava sem falar com o pai, assim como Brigid. Enquanto isso, Nora saíra de casa para cursar a faculdade em Pullman. Mantinha contato regular com as irmãs, mas Brigid escrevia com maior frequência e era raro passar um mês sem receber carta dela. Aí, em algum momento no início de seu penúltimo ano na faculdade, não teve mais notícias. No começo não parecia haver motivo para alarme, mas, depois de três ou quatro meses de silêncio, Nora escreveu para Deirdre e perguntou se tinha notícias recentes da irmã. Quando Deirdre respondeu que não recebia carta dela havia seis meses, Nora começou a se preocupar. Falou com o pai a respeito e o pobre O'Fallon, desesperado para fazer as pazes, moído de culpa pelo que tinha feito às duas filhas mais velhas, entrou imediatamente em contato com a polícia de Los Angeles. Um detetive chamado Reynolds foi destacado para o caso. As investigações começaram rápido e, nos vários dias que se seguiram, quase todos os fatos cruciais foram elucidados: Brigid largara o emprego na revista, tentara o suicídio e acabara internada, estava grávida, saíra do apartamento onde morava sem deixar endereço para correspondência e estava de fato desaparecida. Por mais sombrias que fossem as notícias, por mais dilacerante que fosse contemplar as implicações disso, tudo levava a crer que Reynolds estivesse prestes a descobrir o que acontecera com Brigid. Depois, pouco a pouco, as pistas foram esfriando. Passou-se um mês, depois três, em seguida oito, e Reynolds não tinha nenhuma novidade. Estavam falando com todo mundo que a conhecia, ele disse, fazendo tudo o que era possível fazer, mas depois do Fitzwilliam Arms, último paradeiro conhecido, tinham topado com um muro de tijolos. Frustrado com a falta de progresso, O'Fallon decidira levar as coisas mais adiante contratando os serviços de um detetive particular. Reynolds recomendou um sujeito chamado Frank Stegman e, por uns tempos, O'Fallon encheu-se de novas esperanças. Agora só vivia para esse caso, disse Nora, e toda vez que Stegman lhe dava uma nova informação qualquer, um indício mínimo de pista, o pai pegava o primeiro trem para Los Angeles, viajando à noite se necessário, para bater na porta de Stegman na manhã seguinte. O detetive, no entanto, esgotara todas as suas ideias e estava pronto para desistir. O próprio Hector ouvira. O telefonema fora para isso e ela não podia de fato culpá-lo por querer desistir. Brigid estava morta. Ela sabia disso, Reynolds e Stegman sabiam disso, mas o pai se recusava a aceitar. Culpava-se por tudo e, a menos que tivesse algum motivo de esperança, a menos que pudesse se convencer a acreditar que Brigid seria encontrada, não conseguiria mais viver. Era assim simples, disse Nora. O pai morreria. A dor seria grande demais, ele simplesmente entraria em colapso e morreria.

Dessa noite em diante, Nora passou a lhe contar tudo. Fazia sentido que quisesse dividir seus problemas com alguém, mas de todas as pessoas do mundo, de todos os candidatos possíveis entre os quais escolher, foi sobre ele que a incumbência caiu. Hector tornou-se confidente de Nora, repositório de informações de seu próprio crime, e todas as terças e quintas-feiras à noite, sentado ao lado dela no sofá, lutando com uma nova lição de pronúncia, sentia mais um pouco do cérebro ir se esfarelando. Descobriu que a vida era um sonho febril e a realidade um mundo infundado de quimeras e alucinações, um lugar onde tudo o que se imaginava virava verdade. Por acaso já teria ouvido falar de Hector Mann? Nora chegou a lhe fazer essa pergunta uma noite. Stegman viera com uma nova teoria e, depois de dois meses afastado do caso, ligara para O'Fallon um fim de semana pedindo outra chance.

Descobrira que Brigid publicara um artigo sobre Hector Mann. Onze meses depois, o ator sumira e agora queria saber se seria apenas coincidência o fato de Brigid ter desaparecido na mesma época. E se houvesse uma ligação entre os dois casos não resolvidos? Stegman não podia prometer resultados, mas pelo menos tinha alguma coisa com que trabalhar agora e, com a permissão de O'Fallon, queria investigar mais o assunto. Se pudesse confirmar que Brigid continuara a se encontrar com Hector depois de ter escrito o artigo, talvez existisse razão para algum otimismo.

Não, disse Hector, nunca ouvi falar dele. Quem era esse Hector Mann? Nora também não sabia grande coisa. Um ator, disse. Fez algumas comédias mudas alguns anos atrás, mas não assistira a nenhuma. Não sobrava muito tempo para frequentar cinemas, quando estava na faculdade. Não, concordou Hector, ele também não ia muito ao cinema. Eles custam dinheiro, e uma vez lera não sabia onde que o cinema fazia mal para a vista. Nora disse que se lembrava vagamente de ter ouvido falar no caso, na época, mas que não acompanhara de perto os desdobramentos. Segundo Stegman, Mann estava desaparecido havia quase dois anos. E por que ele fora embora?, Hector perguntou. Ninguém sabia ao certo. Ele simplesmente sumiu um belo dia e nunca mais deu notícias. Não me parece muito promissor, falou Hector. Um homem não consegue ficar escondido tanto tempo. Se ainda não o encontraram, isso provavelmente quer dizer que está morto. É, provavelmente, Nora concordou, e Brigid também, muito provavelmente. Mas havia rumores, continuou ela, e Stegman ia averiguar. Que tipo de rumores?, Hector quis saber. Que talvez tenha voltado para a América do Sul. Ele era de lá. Do Brasil ou da Argentina, não se lembrava bem, mas era incrível, não era? Como assim, incrível? Que Hector Mann fosse da mesma parte do mundo de onde você veio. E quais eram as probabilidades de acontecer uma coisa dessas? Ela estava se esquecendo de que a América do Sul é muito grande. Os sul-americanos estão por toda parte. Claro, ela sabia disso, mas mesmo assim não seria incrível se Brigid tivesse ido para lá com ele? Ficava feliz só de pensar nisso. Duas irmãs, dois sul-americanos. Brigid num lugar com o seu, e ela num outro com o dela.

Não teria sido tão terrível se Hector não gostasse tanto dela, se uma parte dele não tivesse se apaixonado assim que se conheceram. Sabia que Nora era território proibido, que até mesmo contemplar a possibilidade de tocá-la teria sido um pecado imperdoável, no entanto continuava indo à casa dela todas as terças e quintas à noite, morrendo um pouco toda vez que ela se sentava a seu lado no sofá e aninhava aquele corpo de vinte e dois anos nas almofadas de veludo bordô. Teria sido tão simples estender o braço e começar a afagar-lhe o pescoço, passar a mão pela extensão de seu braço, virar-se e beijar as sardas de seu rosto. Por mais grotescas que fossem às vezes as conversas que travavam (Brigid e Stegman, a derrocada do pai, a procura por Hector Mann), abafar esses desejos estava cada vez mais difícil e foi preciso fazer uso de cada grama de força de vontade para não sair da linha. Depois de duas horas de tortura, muitas vezes se pegava indo direto da aula para o rio, atravessando a cidade até o pequeno bairro de casas empobrecidas e hoteizinhos baratos, onde as mulheres podiam ser compradas por vinte ou trinta minutos. Era uma solução melancólica, mas não havia alternativa. Menos de dois anos antes, as mulheres mais atraentes de Hollywood brigavam para ver quem iria para a cama com ele. Agora, para isso, tinha de enfiar a mão no bolso e gastar meio dia de salário em troca de alguns minutos de alívio nas vielas escusas de Spokane.

Jamais lhe ocorreu que Nora podia sentir alguma coisa por ele. Era uma figura lamentável, um homem indigno de ser notado, e se a moça se dispunha a lhe dar tanto de seu tempo era só por ter dó, só porque era uma pessoa jovem e dedicada que se imaginava uma salvadora de almas perdidas. Santa Brígida, como dizia a irmã, a mártir da família. Hector era o africano nu e Nora a missionária americana que enfrentava os rigores da selva para melhorar a sorte dele. Jamais conhecera alguém tão cândido, tão esperançoso, tão ignorante das forças obscuras que operam no mundo. Às vezes se perguntava se ela não seria pura e simplesmente burra. Em outras ocasiões, parecia estar possuída por uma sabedoria singular e refinada. E em outras ainda, quando se virava para ele com aquela expressão teimosa e intensa no olhar, achava que seu coração iria se partir. Esse foi o paradoxo do ano que passou em Spokane. Por causa de Nora, sua vida era intolerável, no entanto vivia só para ela. Nora era o único motivo de não fazer as malas e partir.

Metade do tempo, tinha medo de acabar confessando tudo. Na outra metade, tinha medo de ser descoberto. Stegman seguiu a pista de Hector Mann durante três meses e meio, antes de desistir de novo. O detetive particular fracassou do mesmo jeito que a polícia, mas isso não significava que Hector estivesse mais seguro. O'Fallon fora a Los Angeles diversas vezes durante o outono e o inverno e seria de se presumir que em algum momento durante essas visitas Stegman tivesse lhe mostrado fotos de Hector Mann. E se O'Fallon notasse a semelhança entre seu aplicado funcionário e o ator desaparecido? No começo de fevereiro, pouco depois de ter regressado da última viagem à Califórnia, O'Fallon começou a olhar para Hector sob uma nova luz. Parecia mais alerta, de certa forma mais curioso, e Hector, claro, se perguntava se o pai de Nora não o estaria vigiando. Após meses de silêncio e de um maldisfarçado desprezo, o velho de repente estava prestando atenção no humilde carregador de caixas que labutava no depósito dos fundos de sua loja. Os meneios indiferentes de cabeça foram substituídos por sorrisos e, ocasionalmente, sem nenhum motivo especial, dava um tapinha no ombro do empregado e lhe perguntava como iam as coisas. Ainda mais notável, O'Fallon começou a abrir a porta quando Hector chegava para as aulas noturnas. Cumprimentava-o com um aperto de mão, como se fosse um convidado bem-vindo, e depois, um tanto desajeitadamente, mas com evidente boa vontade, ficava um instante na sala comentando sobre o tempo antes de se retirar para o quarto no andar de cima. Com qualquer outro homem, esse comportamento teria sido considerado normal, o mínimo exigido pelas regras de etiqueta, mas no caso de O'Fallon era desconcertante ao extremo e Hector estava ressabiado. Havia muita coisa em jogo para pôr a perder com uns poucos sorrisos polidos e palavras amistosas, e quanto mais durava essa falsa amabilidade, mais assustado Hector ficava. Por volta de meados de fevereiro, pressentiu que seus dias em Spokane estavam contados. Estavam armando a ratoeira e era preciso estar preparado para deixar a cidade a qualquer momento, escapar no meio da noite e nunca mais dar as caras.

E foi então que veio a nova guinada. Bem quando Hector planejava seu discurso de despedida para Nora, O'Fallon o pegou num canto do depósito da loja uma tarde e perguntou-lhe se estaria interessado num aumento de salário. Goines dera aviso prévio, ele disse. O gerente-assistente estava se mudando para Seattle para dirigir a gráfica do cunhado e O'Fallon queria preencher o cargo o mais rápido possível. Sabia que Hector não tinha experiência em vendas, mas acompanhara seu trabalho, falou, ficara de olho para ver como executava o serviço e não achava que fosse levar muito tempo para pegar o jeito. Haveria mais responsabilidades e um horário mais longo, mas o salário seria o dobro do que estava ganhando. Queria pensar um pouco no assunto ou estava pronto para aceitar? Hector aceitou na hora. O'Fallon apertou-lhe a mão, cumprimentou-o pela promoção e lhe deu o resto da tarde de folga. Quando Hector estava prestes a sair, no entanto, O'Fallon o chamou de volta. Abra o caixa e pegue uma nota de vinte dólares, falou o patrão. Depois vá até a loja do Pressler e compre um terno novo, umas camisas brancas e duas gravatas-borboleta. Você vai trabalhar aqui na frente agora, e precisa ter boa aparência.

Em termos práticos, O'Fallon entregara a operação de seu negócio a Hector. Dera-lhe o título de gerente-assistente, mas a verdade é que Hector não dava assistência a ninguém. Estava encarregado da loja e O'Fallon, que era oficialmente o gerente da própria empresa, não geria nada. Red passava pouquíssimo tempo no estabelecimento para se preocupar com detalhes e logo que percebeu que aquele estrangeiro ambicioso e esforçado podia lidar com as responsabilidades do novo cargo, não se deu mais ao trabalho de aparecer. Estava tão cansado da coisa, na época, que nem guardou o nome do novo encarregado do estoque.

Hector sobressaiu como gerente *de facto* da loja de Artigos Esportivos Red. Depois de um ano de isolamento na fábrica de tonéis de Portland e do confinamento solitário no depósito de O'Fallon, não desprezou a oportunidade de estar entre as pessoas de novo. A loja parecia um pequeno teatro e o papel que lhe fora destinado era essencialmente o mesmo que desempenhara nos filmes: Hector como o novato consciencioso, como o funcionário zeloso, sempre de gravatinha-borboleta. A única diferença é que seu nome agora era Herman Loesser, e não podia fazer graça. Nada de tropeções nem topadas, nada de pastelão nem de galos na cabeça. Seu trabalho era convencer, verificar as contas e defender as virtudes do esporte. Mas ninguém disse que precisava executá-lo com uma expressão soturna no rosto. Tinha uma plateia de novo e vários adereços com os quais trabalhar e, assim que entendeu como funcionava o espetáculo, recuperou seu velho instinto de ator. Encantava os fregueses com seu papo eloquente, fascinava-os com as demonstrações que fazia com as luvas de beisebol, com as iscas de pesca, e foi ganhando a lealdade de todos pela disposição de abater cinco, dez e até mesmo quinze por cento do preço de tabela. O dinheiro andava curto em 1931, mas os jogos eram uma distração barata, uma boa maneira de não pensar nas coisas que não era possível comprar, e a loja Red manteve um movimento decente. Os meninos continuariam jogando bola, independentemente das circunstâncias, e os homens não deixariam de jogar suas linhas nos rios ou de disparar contra o corpo dos bichos no mato. E depois, não vamos nos esquecer disso, havia a questão dos uniformes. Não só para os times dos colégios locais mas também para os duzentos integrantes da Liga de Boliche do Rotary Club, para as dez equipes da Associação de Basquete da Liga Católica e para as dezenas de times amadores de beisebol. O'Fallon monopolizara esse mercado uma década e meia antes, e toda temporada os pedidos entravam com a mesma precisão e regularidade das fases da Lua.

Uma noite, no meio de abril, enquanto chegavam ao fim da aula da terça-feira, Nora virou-se para ele e anunciou que tinha recebido um pedido de casamento. A declaração veio sem mais nem menos, sem a menor referência a qualquer coisa que tivesse sido dita antes, e por alguns segundos Hector não sabia se tinha ouvido direito. Um anúncio como esse em geral vinha acompanhado de um sorriso, talvez até de uma risada, mas Nora não estava sorrindo e não parecia nem um pouco feliz de estar lhe comunicando a notícia. Hector perguntou o nome do felizardo. Nora abanou a cabeça, depois olhou para o chão e começou a remexer no vestido azul de algodão. Quando levantou a vista de novo, havia lágrimas brilhando em seus olhos. Os lábios começaram a se mover, mas antes que ela conseguisse dizer alguma coisa levantou-se de repente do assento, cobriu a boca com a mão e saiu correndo da sala.

Ela se fora antes mesmo que Hector entendesse o que estava acontecendo. Não houve tempo sequer para chamá-la e, quando ouviu barulho na escada e a porta do quarto batendo, compreendeu que ela não desceria mais nessa noite. A aula terminara. Devia ir embora, disse consigo mesmo, mas passaram-se vários minutos e ele não se abalou do sofá. No fim, O'Fallon entrou. Eram nove e pouco e Red estava em seu costumeiro estado noturno de embriaguez, mas não tanto que não pudesse manter o equilíbrio. Pregou os olhos em Hector e durante um bom tempo continuou olhando seu assistente, medindo-o de alto a baixo, enquanto abria um viés de sorriso no canto da boca. Hector não sabia dizer se era um sorriso de piedade ou zombaria. Parecia as duas coisas, no fundo, uma espécie de desdém compassivo, se era possível tal coisa, e Hector achou-o perturbador, sinal de alguma hostilidade ulcerada que O'Fallon vinha escondendo havia meses. Por fim Hector levantou-se e perguntou: Nora vai se casar? O patrão soltou uma risada curta, sarcástica. E eu o que sei dessas coisas?, falou. Por que não pergunta você mesmo? Em seguida, resmungando em resposta à própria risada, virou-se e saiu da sala.

Duas noites depois, Nora pediu desculpas pelo desabafo. Estava se sentindo melhor, falou, e a crise passara. Tinha recusado o pedido e ponto final. Caso encerrado, nada mais com que se preocupar. Albert Sweeney era boa pessoa, mas muito novo ainda, e ela estava cansada de rapazes novos, sobretudo de rapazes ricos que viviam do dinheiro do pai. Se por acaso algum dia viesse a se casar, teria de ser com um homem-feito, com alguém que conhecesse o mundo e que soubesse tomar conta de si próprio. Hector falou que ela não podia culpar Sweeney por ter pai rico. Não era culpa dele e, além do mais, o que havia de tão ruim em ser rico? Nada, Nora disse. Só que não queria se casar com ele, só isso. O casamento era para sempre, e não iria dizer sim até encontrar o homem certo.

Nora recuperou rápido o bom humor, mas o relacionamento de Hector com O'Fallon parecia ter entrado numa nova fase conturbada. O momento decisivo fora aquele encontro na sala, com aquela olhada demorada e a risada curta, zombeteira, e depois dessa noite Hector sentiu que estava sendo vigiado de novo. Quando o patrão aparecia na loja, não participava das vendas nem atendia os clientes. Em vez de dar uma mãozinha ou ir para a registradora nas horas de maior movimento, instalava-se numa cadeira ao lado da vitrina de raquetes e luvas de golfe e lia calmamente os jornais da manhã, levantando de vez em quando a vista com aquele seu sorriso cáustico espichado na parte inferior da boca. Era como se considerasse seu assistente um bichinho de estimação divertido ou um brinquedo de corda. Hector estava fazendo um bom serviço, trabalhando de dez a onze horas por dia para que o patrão vivesse uma semiaposentadoria, mas todo esse esforço parecia deixar O'Fallon ainda mais cético a seu respeito, mais condescendente. Ainda que desconfiado, Hector fingia não notar. Tudo bem ser considerado um tolo superzeloso, raciocinava, e talvez não fosse tão mal assim ser chamado de *muchacho* e de *el señor*, mas não dava para se aproximar de um homem desses, e sempre que O'Fallon entrava na loja o mais aconselhável era se precaver.

Quando ele o convidou para ir ao clube de campo, no entanto, para jogarem uma partida de golfe numa bela manhã de domingo, no começo de maio, não disse não. Como também não recusou o convite para almoçar no Bluebell Inn, não uma mas duas vezes no espaço de uma única semana, e nas duas vezes acatando a sugestão insistente para que pedisse os pratos mais caros do cardápio. Contanto que não soubesse seu segredo, contanto que não suspeitasse quais eram seus motivos para estar em Spokane, conseguiria tolerar a pressão daquele eterno escrutínio. Aguentava justamente porque achava insuportável estar com ele, porque tinha pena da ruína que era O'Fallon, porque toda vez que ouvia aquela desolação cínica assomando na voz sabia ser em parte o responsável por ela.

O segundo almoço deles no Bluebell Inn aconteceu numa quarta-feira à tarde, no fim de maio. Se Hector estivesse preparado para o que iria acontecer, provavelmente teria reagido de outra forma, mas depois de vinte e cinco minutos de conversa tola a pergunta de O'Fallon o pegou de surpresa. Naquela noite, quando voltou à pensão onde morava, do outro lado da cidade, escreveu no diário que, para ele, a forma do universo mudara num único instante. *Eu perdi tudo. Não entendi nada. A terra é o céu, o sol é a lua, os rios são as montanhas. Estive olhando para o mundo errado.* Depois, com os acontecimentos da tarde ainda frescos na cabeça, anotou a conversa tida com O'Fallon, palavra por palavra.

E então, Loesser, O'Fallon de repente lhe perguntou, diga-me quais são suas intenções.

Não entendi muito bem, Hector respondeu. Tem um bife maravilhoso na minha frente e tenho toda a intenção de comê-lo inteiro. É sobre isso que está perguntando?

Você é um sujeito esperto, Chico. Sabe muito bem o que estou querendo dizer.

O senhor vai me desculpar, mas essas suas intenções estão me confundindo. Não consigo compreendê-las.

Intenções de longo prazo.

Ah, sim, agora entendo. Está se referindo ao futuro, minhas ideias sobre o futuro. Posso lhe dizer com segurança que minha única intenção é seguir como estou no momento. Continuar trabalhando para o senhor. E fazer o melhor possível pela loja.

E o que mais?

Mais nada, sr. O'Fallon. Falo de coração. O senhor me deu uma oportunidade fantástica e pretendo fazer o melhor possível com ela.

E quem você acha que me levou a lhe dar essa oportunidade?

Não saberia dizer. Sempre achei que tivesse sido uma decisão sua, que o senhor tivesse resolvido me dar uma chance.

Foi Nora.

A srta. O'Fallon? Ela nunca me disse nada. Não fazia a menor ideia de que a responsável fosse ela. Eu já lhe devo tanto e agora parece que estou ainda mais endividado. Estou mortificado com isso.

Você gosta de vê-la sofrer?

A srta. Nora sofre? E por que haveria de sofrer? É uma moça extraordinária, alegre, e todos a admiram. Sei que padece de algumas dores familiares — como o senhor —, mas fora as lágrimas que de vez em quando derrama pela irmã ausente, nunca a vi desanimada, está sempre alegre.

Ela é forte. Disfarça bem.

Dói ouvir isso.

Albert Sweeney a pediu em casamento no mês passado e ela recusou. Por que acha que ela fez isso? O pai do rapaz é Hiram Sweeney, senador estadual, o republicano mais poderoso da comarca. Ela poderia levar uma vida de princesa pelos próximos cinquenta anos, mas disse não. Sabe por quê, Loesser?

Ela me disse que não o amava.

Exato. Porque ama outra pessoa. E quem você acha que é essa outra pessoa?

Acho impossível responder a essa pergunta. Não sei nada sobre os sentimentos da srta. Nora.

Você não é fresco, é, Herman?

Como disse?

Fresco. Maricas.

Claro que não.

Então por que não faz alguma coisa?

O senhor fala por charadas, sr. O'Fallon. Não consigo acompanhar.

Estou cansado, filho. Não tenho nada pelo que viver, exceto uma coisa, e assim que essa coisa estiver resolvida, tudo o que eu quero é esticar as canelas em paz. Se você me ajudar, estou disposto a fazer uma troca. É só me dizer, *amigo*, e será tudo seu. A loja, o negócio, a coisa toda.

Está propondo que eu compre seu negócio? Eu não tenho dinheiro. Não estou em condições de fazer esse tipo de troca.

Você apareceu na loja no verão passado implorando trabalho e agora o dono do espetáculo é você. Você é bom no que faz, Loesser. Nora tinha razão, e eu não vou interferir no caminho dela. Já interferi no caminho de muita gente. O que ela quiser é o que ela vai ter.

Por que o senhor fala na srta. Nora o tempo todo? Pensei que estivesse me fazendo uma proposta comercial.

Estou. Mas não a menos que me conceda uma coisa. Não é que eu esteja lhe pedindo alguma coisa que você mesmo não queira. Vejo muito bem o jeito como vocês dois se olham. Tudo o que tem a fazer é dar o primeiro passo.

Do que está falando, sr. O'Fallon?

Decifre você mesmo.

Não consigo. De verdade.

De Nora, seu cretino. É por você que ela está apaixonada.

Mas eu não sou nada, absolutamente nada. Nora não pode me amar.

Você pode achar isso, e eu posso achar isso, mas estamos ambos errados. O coração dela está despedaçado e eu não vou ficar sentado vendo minha filha sofrer. Já perdi duas e não vou perder a terceira.

Mas eu não devo me casar com Nora. Eu sou judeu e essas coisas não são permitidas.

Que tipo de judeu?

Um judeu. Só existe um tipo de judeu.

Você acredita em Deus?

Que diferença faz? Eu não sou como o senhor. Eu venho de um outro mundo.

Responda a minha pergunta. Acredita em Deus?

Não, não acredito. Acredito que o homem seja a medida de todas as coisas. Tanto das boas quanto das más.

Então temos ambos a mesma religião. Somos a mesma coisa, Loesser. A única diferença é que você entende melhor de dinheiro do que eu. O que significa que será capaz de cuidar dela. É tudo o que eu quero. Tome conta de Nora e então poderei morrer em paz.

O senhor me põe numa posição difícil.

Você não sabe o significado de difícil, *hombre*. Ou você a pede em casamento até o fim deste mês, ou então eu o despeço. Compreendeu? Vou despedi-lo e depois vou lhe dar um chute na bunda para bem longe deste nosso maldito estado.

Hector poupou-lhe esse trabalho. Quatro horas depois de sair do restaurante Bluebell, trancou a loja pela última vez, voltou ao quarto e começou a arrumar suas coisas. Em algum momento durante a noite, emprestou a Underwood da dona da pensão e datilografou uma carta de uma página para Nora, assinando embaixo com as iniciais H. L. Não podia correr o risco de lhe deixar uma amostra da letra, mas também não podia ir embora sem dar uma satisfação, sem inventar alguma história que explicasse a partida súbita e misteriosa.

Disse-lhe que era casado. Era a pior mentira que conseguira imaginar, mas no fim acabaria sendo menos cruel que uma rejeição pura e simples. A mulher adoecera em Nova York e tinha de voltar correndo para tratar da emergência. Nora ficaria perplexa, claro, mas assim que compreendesse que não havia a menor esperança para eles, que Hector nunca estivera disponível, acabaria se recuperando da decepção sem cicatrizes duradouras. O'Fallon enxergaria o engodo, mas mesmo que o velho chegasse por si só à verdade, era duvidoso que fosse partilhá-la com Nora. O negócio dele era proteger os sentimentos da filha e por que iria se opor à remoção desse zé-ninguém inconveniente que conseguira se insinuar no coração da jovem? Ficaria satisfeito de se livrar de Hector e, pouco a pouco, à medida que a poeira fosse assentando, o jovem Sweeney começaria a rodeá-la de novo e Nora recobraria o juízo. Na carta, Hector lhe agradecia por tôda a bondade demonstrada. Jamais se esqueceria dela, falou. Era uma alma esplendorosa, uma mulher acima de todas as mulheres, e só por tê-la conhecido pelo pouco tempo que passara em Spokane sua vida mudara para sempre. Tudo verdade e, no entanto, tudo falso. Cada frase era uma mentira e, no entanto, cada palavra fora escrita com convicção. Esperou até as três da manhã, depois foi até a casa dela e enfiou a carta por baixo da porta — do mesmo jeito que a irmã morta, Brigid, numa missão parecida dois anos e meio antes, tinha enfiado uma carta por baixo da porta da casa dele.

Hector tentou se matar em Montana, no dia seguinte, contou Alma, e três dias depois disso tentou de novo em Chicago. Na primeira vez, enfiou o revólver na boca; na segunda, encostou-o no olho esquerdo — mas em nenhuma delas teve coragem de ir em frente. Registrara-se num hotel da Wabash, nos arredores de Chinatown, e depois da segunda tentativa fracassada saiu pela noite abafada de junho, procurando um lugar para se embriagar. Se conseguisse injetar bebida suficiente no organismo, achava que teria coragem para se jogar no rio e se afogar antes que a noite terminasse. Esse era o plano, em todo o caso, mas pouco depois de ter saído em busca de uma garrafa, tropeçou em algo muito melhor do que a morte, melhor do que a simples danação que buscava. O nome dela era Sylvia Meers e, sob sua orientação, Hector aprendeu que poderia continuar se matando sem precisar terminar o serviço. Foi ela quem o ensinou a beber o próprio sangue, quem lhe ensinou os prazeres de devorar o próprio coração.

 Cruzou com ela num boteco da rua Rush, parada no balcão na hora em que ia pedir a segunda dose. Não era grande coisa, mas o preço que deu foi tão baixo que Hector se viu concordando com os termos. De qualquer forma, estaria morto antes de a noite terminar, e o que poderia ser mais adequado do que passar suas últimas horas com uma puta?

 Ela o levou para um quarto no outro lado da rua, no hotel White House, e, depois que terminaram o assunto cama, ela perguntou se ele não queria repetir a dose. Hector recusou, explicando que não tinha dinheiro para uma rodada extra, mas, quando ela falou que não haveria taxa adicional, encolheu os ombros e disse por que não?, e em seguida pôs-se a trepar uma segunda vez. O bis logo terminou com mais uma ejaculação e Sylvia Meers sorriu. Cumprimentou Hector pela atuação e perguntou se ele tinha ânimo para mais uma. Assim de pronto, não, Hector disse, mas se lhe desse uma meia hora provavelmente não haveria nenhum problema. Não, assim não dava, ela falou. Se desse para ser em vinte minutos, faria de novo com ele, só que ele teria de estar duro em dez minutos. Depois espiou o relógio na mesa de cabeceira. Dez minutos a contar de agora, falou, começando quando o ponteiro do segundo passar pelo doze. Era um trato. Dez minutos para esquentar, depois outros dez para terminar. Porém, se amolecesse a qualquer momento no caminho, teria de reembolsá-la por essa última vez. Era a penalidade. Três vezes pelo preço de uma, ou então pagar no varejo. O que ele preferia? Ir embora já ou achava que podia funcionar sob pressão?

 Se ela não estivesse sorrindo quando fez a pergunta, Hector teria achado que era louca. Putas não dão seus serviços de graça, e não desafiam a virilidade dos clientes. Isso era para as especialistas do chicote, para as que odiavam os homens em segredo, para as que traficavam com sofrimentos e humilhações bizarras, mas Sylvia lhe parecia o tipo da moça desmazelada e despreocupada; dava a impressão de que aquilo, mais que uma provocação, era uma tentativa de convencê-lo a participar de um jogo. Não, não de um jogo exatamente, mas de uma experiência, de uma investigação científica sobre a capacidade copulativa de seu membro duplamente exausto. Poderiam os mortos ressuscitar, parecia ser a pergunta em questão, e, em caso afirmativo, quantas vezes? Não era permitido chutar a resposta. A fim de fornecer resultados conclusivos, o estudo tinha de ser conduzido sob as mais rígidas condições laboratoriais.

Hector sorriu de volta. Sylvia estava esparramada na cama, com um cigarro na mão — confiante, relaxada, perfeitamente à vontade com sua nudez. O que ela ganhava com isso?, Hector quis saber. Dinheiro, ela disse. Muito dinheiro. Essa é boa, Hector comentou. Lá estava ela, oferecendo-se a troco de nada e, ao mesmo tempo, falando em ficar rica. Que idiotice era essa? Idiotice não, ela disse; esperteza. A coisa dava muito dinheiro e, se conseguisse ficar duro de novo nos próximos nove minutos, poderiam dividir os lucros.

Ela apagou o cigarro e começou a passar a mão pelo corpo, acariciando os seios, espalmando as mãos na barriga, estirando os dedos pelo interior das coxas, movendo-os na direção dos pelos pubianos, da vulva, do clitóris, oferecendo-se toda para ele, abrindo a boca e passando a língua nos lábios. Hector não era imune a essas provocações clássicas. Lenta mas perseverantemente, o morto foi saindo da tumba e, quando Sylvia viu o que estava acontecendo, produziu um zumbidinho maroto na garganta, uma única nota prolongada que parecia combinar aprovação e incentivo. Lázaro respirava outra vez. Ela rolou pela cama, pondo-se de bruços e resmungando uma enfiada de palavrões junto com grunhidos de falso tesão, em seguida ergueu a bunda no ar e lhe disse para entrar nela. Hector não estava pronto de todo, mas ao pressionar o pênis nas dobras escarlates daqueles pequenos lábios, estava rijo o bastante para penetração. Já não tinha muita coisa ao final, mas algo saiu dele além do suor, o suficiente, de todo modo, para servir de prova, e quando finalmente escorregou de cima dela e afundou nos lençóis, ela se virou e beijou-o na boca. Dezessete minutos, falou. Ele tinha dado três em menos de uma hora e isso era tudo o que andava procurando. Se quisesse entrar, estava disposta a fazer dele seu sócio.

Hector não tinha a menor ideia do que a mulher estava falando. Ela explicou e, vendo que ainda não tinha entendido o que tentara lhe dizer, explicou de novo. Havia homens, falou, homens ricos em Chicago, homens ricos por todo o Meio-Oeste, dispostos a pagar uma bela grana para ver outras pessoas trepando. Ah, Hector disse, você está falando de filmes só para homens, filmes eróticos. Não, Sylvia respondeu, nada desse troço fajuta. Atuações ao vivo. Trepar de verdade em frente de gente de verdade.

Ela já vinha fazendo isso havia um bom tempo, falou, mas no último mês o sócio fora preso depois de uma tentativa malograda de arrombamento e furto. Coitado do Al. De toda forma, andava bebendo demais e estava tendo problema para ficar de pau duro. Mesmo que não tivesse se afastado da ativa por um erro de cálculo, já estava na hora de começar a procurar um substituto. Nas últimas semanas, três ou quatro candidatos haviam sobrevivido ao teste, mas nenhum deles chegava aos pés de Hector. Gostou do corpo dele, falou, gostou do jeito do pinto, e achava que tinha um rosto para lá de bonito.

Ah, não, Hector falou. Jamais mostraria o rosto. Para trabalhar com ela, teria de usar uma máscara.

Não era pudor. Seus filmes tinham feito sucesso em Chicago e não podia se arriscar a ser reconhecido. Cumprir sua parte no trato já não ia ser lá muito fácil e não haveria como chegar até o fim se tivesse de atuar com medo, se toda vez que se pusesse diante de uma plateia tivesse de se preocupar com a possibilidade de alguém chamá-lo pelo nome. Essa era sua única condição, falou. Se desse para esconder o rosto, ela podia contar com ele.

Sylvia estava hesitante. Por que mostrar o pau para o mundo todo e não permitir que ninguém soubesse quem era? Se ela fosse homem, falou, teria orgulho de ter o que ele tinha. Iria querer que todos soubessem que era seu.

Mas ninguém estava a fim de olhar para ele, Hector disse. A estrela era ela e quanto menos o público soubesse a respeito dele, mais quente seria o espetáculo. De máscara, não teria personalidade, nenhuma característica distinta, nada que interferisse nas fantasias dos homens que estivessem assistindo aos dois. Eles não queriam vê-lo trepando com ela, falou, queriam é imaginar que eles mesmos estavam trepando com ela. Anônimo, seria transformado num motor do desejo masculino, no representante de cada um dos homens da plateia. Dom Garanhão todo teso dando duro em cima da insaciável Dona Xota. Todos os homens e, portanto, qualquer homem. Mas apenas uma mulher, ele disse, para todo o sempre apenas uma mulher, e seu nome era Sylvia Meers.

Sylvia comprou a ideia. Era sua primeira aula sobre as táticas do show business e, mesmo sem conseguir acompanhar tudo o que Hector lhe disse, gostou do jeito da coisa, gostou que ele quisesse que fosse ela a estrela. Antes mesmo de chamá-la de Dona Xota, já estava gargalhando. Onde foi que aprendeu a falar desse jeito?, ela perguntou. Nunca conhecera um homem capaz de fazer uma coisa soar tão suja e tão linda ao mesmo tempo.

A imundície tem suas recompensas, disse Hector, falando de propósito por cima da cabeça de Sylvia. Quando um homem decide entrar no túmulo, quem melhor para lhe fazer companhia do que uma mulher de sangue quente? Ele morre mais devagar desse jeito e, enquanto sua carne estiver unida à dela, dá para viver do cheiro de sua própria corrupção.

Sylvia riu de novo, incapaz de captar o significado das palavras de Hector. Parecia-lhe coisa da Bíblia, coisa de pregadores e evangélicos de beira de estrada, mas o pequeno poema de Hector sobre morte e degeneração fora dito com tanta calma, com um sorriso tão bondoso e amigável no rosto, que ela presumiu tratar-se de uma piada. Nem por um instante compreendeu que ele acabara de lhe confessar seu segredo mais íntimo, que estava olhando para um homem que, quatro horas antes, estivera sentado na cama de um quarto de hotel com uma arma carregada encostada na cabeça pela segunda vez em uma semana. Hector estava contente. Quando viu a falta de entendimento nos olhos dela, sentiu-se um felizardo por ter topado com uma puta tão obtusa e sem brilho. Por mais tempo que passasse com ela, sabia que estaria sempre sozinho quando estivessem juntos.

Sylvia estava com vinte e poucos anos, crescera num sítio em Dakota do Sul, fugira de casa aos dezesseis anos, chegara a Chicago um ano depois e começara a trabalhar nas ruas no mesmo mês em que Lindbergh cruzava o Atlântico. Não possuía nada que arrebatasse, nada que a distinguisse de mil outras putas em mil outros quartos de hotel. Era uma loira oxigenada de rosto redondo e olhos cinzentos sem graça, com vestígios de marcas de acne na cara, que se portava com uma certa bravura desleixada. Mas não havia magia nela, nenhum encanto que mantivesse o interesse aceso durante muito tempo. O pescoço era curto demais para as proporções do corpo, os seios pequenos eram meio caídos e já havia um ligeiro acúmulo de gordura em volta dos quadris e das nádegas. Enquanto combinavam os termos do acerto (sessenta por cento para ela, quarenta para ele, que achou a oferta mais que generosa), Hector percebeu de repente que não conseguiria levar adiante o trato se continuasse olhando para ela, se não desviasse a vista. O que foi, Herm, ela lhe perguntou, não está se sentindo bem? Estou ótimo, falou Hector, os olhos ainda pregados num pedaço de estuque esfarelado do outro lado do quarto. Nunca me senti melhor. Estou tão feliz que poderia abrir a janela e começar a berrar feito um louco. De tão feliz que estou, meu bem. Estou fora de mim, fora de mim de contentamento.

Seis dias depois, Hector e Sylvia fizeram seu primeiro espetáculo público. Entre a primeira apresentação, no começo de junho, e a última, em meados de dezembro, Alma calculava que tivessem aparecido juntos quarenta e sete vezes. Boa parte do trabalho era em Chicago mesmo ou nos arredores, mas houve alguns pedidos de Minneapolis, Detroit e Cleveland. Os locais variavam de boates a suítes de hotel, de armazéns a bordéis, passando por repartições públicas e casas de família. A maior plateia contou com cerca de cem espectadores (numa festa de confraternização em Normal, Illinois) e a menor teve apenas uma pessoa (apresentação repetida em dez ocasiões diferentes para o mesmo homem). O ato variava segundo o desejo dos clientes. Às vezes Hector e Sylvia encenavam pequenas peças, com guarda-roupa e diálogo, em outras não faziam nada além de entrar nus e trepar em silêncio. As paródias baseavam-se em devaneios eróticos bem convencionais e costumavam funcionar melhor com plateias pequenas e médias. A mais popular era a encenação da enfermeira e do doente. As pessoas pareciam gostar de ver Sylvia tirando o uniforme branco engomado e nunca deixavam de aplaudir quando começava a remover as faixas de gaze do corpo de Hector. Havia também o Escândalo do Confessionário (que terminava com o padre comendo a freira) e, mais elaborada, a história de dois libertinos que se encontravam num baile de máscaras na França pré-revolucionária. Na maioria das vezes, os espectadores eram todos homens. As plateias maiores em geral eram muito ruidosas (despedidas de solteiro, aniversários), ao passo que os grupos menores raramente davam um pio. Banqueiros e advogados, empresários e políticos, atletas, corretores da Bolsa e representantes dos ricos ociosos: todos assistiam com fascínio hipnótico. Na maior parte das vezes, pelo menos uns dois ou três abriam a calça e começavam a se masturbar. Um casal de Fort Wayne, Indiana, que contratou os serviços da dupla para uma apresentação particular na casa deles, chegou mesmo a tirar a roupa durante a apresentação e a copular. Sylvia tinha razão, como Hector descobriu. Dava um bom dinheiro ousar fornecer às pessoas aquilo que elas queriam.

Ele alugou um apartamento pequeno na zona norte da cidade e a cada dólar ganho doava setenta e cinco centavos para obras de caridade. Enfiava notas de dez e vinte dólares na caixa dos pobres da igreja de Santo Antônio, mandava doações anônimas para a Congregação B'nai Avraham e distribuía quantidades enormes de moedas aos cegos e aleijados que encontrava nas calçadas de seu bairro. Quarenta e sete espetáculos davam em média pouco menos de duas atuações por semana. O que deixava cinco outros dias livres, os quais Hector passava recluso, enfiado no apartamento lendo livros. Seu mundo dividira-se em dois, disse Alma, e corpo e alma não falavam mais um com o outro. Era um exibicionista e um ermitão, um debochado e um monge solitário, e se conseguiu sobreviver a essas contradições internas por tanto tempo, foi só porque forçou a mente a se anestesiar. Parou de lutar para ser bom, parou de fingir que acreditava nas virtudes da abnegação. O corpo assumira o controle e quanto menos pensasse sobre o que o corpo fazia, melhor conseguiria fazê-lo. Alma reparou que nesse período Hector parou de escrever seu diário. As únicas anotações eram umas poucas linhas secas que registravam a hora e o lugar de seus compromissos com Sylvia — uma página e meia em seis meses. A seu ver, foi um sinal de que estava com medo de olhar para si mesmo e agia como um homem que tivesse coberto todos os espelhos da casa.

A única vez em que teve problemas foi a primeira, ou melhor, pouco antes da primeira vez, quando ainda não sabia se seria capaz de dar conta do recado. Felizmente, Sylvia reservara a primeira atuação dos dois para uma plateia de um único homem. O que de certa forma tornou tudo mais suportável — ir a público de um jeito meio privado, com um único par de olhos sobre ele, em vez de vinte, cinquenta ou cem. No caso, os olhos pertenciam a Archibald Pierson, um juiz aposentado de setenta anos de idade, que morava sozinho numa casa de três andares ao estilo Tudor em Highland Park. Sylvia já tinha estado lá com Al e, na noite combinada, já dentro do táxi que os levaria ao destino, nos arredores da cidade, avisou-o de que provavelmente teriam de dar um bis, quem sabe fazer até três vezes. O idiota era vidrado nela, falou. Fazia semanas que vinha ligando, desesperado para saber quando estaria de volta, e pouco a pouco ela conseguira elevar o preço para duzentos e cinquenta dólares por trepada, o dobro do que cobrara na última vez. Não sou nenhuma trouxa quando o assunto é grana, disse orgulhosa. Se a gente manobrar bem o pateta, Hermie meu velho, estamos com a vida feita.

Pierson mostrou-se um velhinho tímido e trêmulo — esquelético, com uma vasta cabeleira branca caprichosamente penteada e olhos azuis enormes. Vestira-se para a ocasião com um paletó de smoking de veludo verde e, enquanto conduzia Hector e Sylvia até a sala, foi pigarreando e alisando a frente do paletó, como se não estivesse se sentindo à vontade dentro daqueles trajes presunçosos. Ofereceu-lhes cigarros, ofereceu-lhes bebida (que ambos recusaram) e depois anunciou que planejava acompanhar a atuação ouvindo o Sexteto para Cordas nº 1 em Si Bemol de

Brahms. Sylvia riu da palavra *sex-tet*, sem compreender que se referia ao número de instrumentos da peça musical, mas o juiz não fez nenhum comentário. Em seguida cumprimentou Hector pela máscara — que ele pusera no rosto antes de entrar na casa — dizendo ter achado um toque provocante e inteligente. Acho que vou gostar disso, falou. Parabéns pela escolha do parceiro, Sylvia. Este aqui é infinitamente mais vistoso que o Al.

    O juiz não gostava de coisas muito complicadas. Não estava interessado em trajes provocantes, diálogos ardentes ou cenas artificialmente dramáticas. Tudo o que queria era olhar para o corpo dos dois, disse, e assim que terminaram as conversas preliminares mandou-os para a cozinha tirar a roupa. Enquanto estavam por lá, pôs o disco para tocar, apagou as luzes e acendeu velas numa meia dúzia de lugares em volta da sala. Era teatro sem teatralidade, uma encenação básica da própria vida. Hector e Sylvia deveriam entrar nus na sala e pôr mãos à obra. Isso era tudo. Hector teria relações com Sylvia e, quando chegasse ao clímax, deveria saltar fora e ejacular nos seios dela. Estava tudo centrado nisso, falou o juiz. O jato era crucial, e quanto mais forte, mais feliz ficaria.

    Depois de tirarem as roupas na cozinha, Sylvia aproximou-se de Hector e começou a passar a mão nele. Beijou-o no pescoço, tirou a máscara e beijou-o no rosto, depois envolveu o pênis mole nas mãos e afagou-o até ficar duro. Hector estava contente de ter pensado na máscara. Ela o fazia sentir-se menos vulnerável, menos envergonhado de se expor diante do velho, mas mesmo assim estava nervoso e recebeu bem o calor dos carinhos de Sylvia, reconhecendo que ela estava tentando afugentar seus temores. Sylvia podia ser a estrela, mas ele sabia que o fardo da prova era responsabilidade sua. Hector não podia fingir como ela, não podia simplesmente se limitar a simular o prazer e aparentar estar gostando. Tinha de entregar algo palpável ao fim da atuação e, a menos que estivesse genuinamente convicto, não tinha a mínima chance de conseguir.

Entraram na sala de mãos dadas, dois selvagens nus numa selva de espelhos de moldura dourada e escrivaninhas Luís XV. Pierson já estava instalado em seu lugar, no canto do aposento: uma vasta *bergère* de couro que parecia engoli-lo, tornando-o ainda mais magro e mais murcho do que já era. À sua direita estava a vitrola, com o sexteto de Brahms girando no prato. À sua esquerda, um aparador baixo de mogno, coberto de caixinhas laqueadas, estatuetas de jade e outros bibelôs dispendiosos. Era uma sala cheia de nomes e objetos inamovíveis, um encrave de ideias. Nada poderia ter sido mais incongruente naquele ambiente do que a ereção que Hector levava dentro de si — do que o espetáculo de verbos que de repente começou a se desenrolar a menos de três metros da poltrona do juiz.

Se o velho gostou do que viu, não deu sinais exteriores de prazer. Levantou-se duas vezes durante a apresentação para mudar o disco, mas fora essas interrupções rápidas e mecânicas, permaneceu na mesma posição o tempo inteiro, sentado em seu trono de couro com as pernas cruzadas e as mãos no colo. Não se tocou, não desabotoou a calça, não sorriu, não emitiu um som. Só no fim, no instante em que Hector saiu de Sylvia e a desejada irrupção ocorreu, um pequeno ruído tremido pareceu subir à garganta do juiz. Quase como um soluço, Hector pensou — e ao mesmo tempo quase como coisa nenhuma.

Essa foi a primeira vez, contou Alma, mas também a quinta e a décima primeira e a décima oitava e mais outras seis. Pierson tornou-se o cliente mais devotado da dupla e foram inúmeras as vezes em que compareceram à casa de Highland Park para rolar no tapete e receber o dinheiro. Nada dava mais satisfação a Sylvia do que dinheiro, Hector percebeu, e em poucos meses ganhara o suficiente com aquilo para parar de vender seus encantos no hotel

White House. Nem tudo ficava com ela, mas, mesmo depois de entregar mais de cinquenta por cento ao sujeito a quem chamava de protetor, estava obtendo uma renda duas ou três vezes maior do que antes. Sylvia não tinha instrução, era uma semianalfabeta que estropiava a língua e falava um disparate atrás do outro, mas mostrou ter boa cabeça para os negócios. Era ela quem fazia as reservas, negociava com os clientes e cuidava dos assuntos práticos: transporte de ida e volta, aluguel das fantasias, novas oportunidades. Hector nunca precisou se preocupar com os detalhes. Sylvia ligava para lhe dizer onde e quando iriam se apresentar e tudo o que tinha a fazer era esperar que ela aparecesse num táxi, para pegá-lo no apartamento. Essas eram as regras implícitas do trato, a linha divisória do relacionamento. Trabalhavam juntos, fodiam juntos, ganhavam dinheiro juntos, mas nunca se deram ao trabalho de se tornar amigos e, exceto nas vezes em que tiveram de ensaiar alguma nova cena, só se viam durante os espetáculos.

Durante esse tempo todo, Hector presumiu que estivesse a salvo. Ela não lhe fazia perguntas nem remexia em seu passado e, nos cinco meses e meio em que trabalharam juntos, Hector nunca a viu sequer olhar para um jornal, que dirá comentar as notícias. Uma vez, com muitos rodeios, ele mencionou de passagem o cômico do cinema mudo que desaparecera alguns anos antes. Qual era mesmo o nome dele?, perguntou, estalando os dedos e fingindo estar atrás da resposta, mas, quando Sylvia lhe respondeu com um daqueles seus olhares indiferentes e vazios, Hector presumiu que ela não estava a par do caso. Em algum momento, porém, alguém deve ter lhe dito alguma coisa. Hector nunca soube quem, mas desconfiava que tivesse sido o namorado — o que ela chamava de protetor, Biggie Lowe, um homenzarrão de quase cento e dez quilos que começara a vida em Chicago como leão de chácara e que agora trabalhava como gerente noturno do hotel White House. Talvez tenha sido ele quem encheu a cabeça de Sylvia falando em barbadas, em dinheiro rápido e esquemas de extorsão, ou talvez ela estivesse nisso sozinha, tentando espremer alguns dólares a mais dele. De um jeito ou de outro, a ambição levou a melhor e, assim que Hector percebeu o que estava sendo planejado, só lhe restou fugir.

Aconteceu em Cleveland, menos de uma semana antes do Natal. A convite de um rico fabricante de pneus, tinham encenado a paródia dos franceses libertinos diante de uma dezena de homens e mulheres (reunidos na casa do industrial para participar de uma orgia semestral) e estavam sentados no banco traseiro da limusine do anfitrião, a caminho do hotel, onde dormiriam algumas horas antes de tomar o trem de volta para Chicago na tarde seguinte. Haviam acabado de receber uma quantia recorde pelo trabalho: mil dólares por uma única apresentação de quarenta minutos. A parte de Hector deveria ser de quatrocentos dólares, mas, depois de ter contado o dinheiro do magnata de pneus, Sylvia entregou a seu parceiro apenas duzentos e cinquenta.

Isso é vinte e cinco por cento, Hector disse. Você ainda me deve mais quinze por cento.

Acho que não, falou Sylvia. Isso é tudo o que você vai receber, Herm, e se eu fosse você ainda erguia a mão para o céu.

É mesmo? E a que devo essa súbita mudança de política fiscal, minha cara Sylvia?

Cara ou barata, tanto faz, garoto. Estou falando de dólares e centavos. Fiquei sabendo de umas coisinhas por aí e, se você não quer que saia dando com a língua nos dentes, vai ter que baixar para vinte e cinco. Quarenta já era. Isso daí já passou.

Você trepa como uma princesa, minha querida. Entende mais de sexo do que qualquer mulher que eu já conheci, mas sofre de uma certa deficiência no departamento das ideias, não acha? Se você quer combinar outra coisa, tudo bem. A gente senta e conversa sobre o assunto. Mas não me venha mudando as regras sem me consultar primeiro.

Falou, *mister* Hollywood. Então pare de usar a máscara. Se parar, quem sabe eu volte atrás.

Entendo. Quer dizer então que é isso.

Quando um cara não quer mostrar a cara, é porque tem um segredo, não é mesmo? E quando uma garota fareja qual é esse segredo, a coisa toda muda de figura. Eu fiz um trato com o Herm. Mas não tem Herm nenhum, tem? O nome dele é Hector, e agora a gente vai ter que começar tudo de novo.

Ela podia começar tudo de novo quantas vezes quisesse, mas não seria com ele. Quando a limusine parou na frente do hotel Cuyahoga, alguns segundos depois, Hector lhe disse que seria melhor continuarem o assunto pela manhã. Queria pensar melhor a respeito, falou, remoer um pouco a questão antes de chegar a uma decisão, mas tinha certeza de que poderiam chegar a uma solução satisfatória para os dois. Em seguida beijou-lhe a mão, como sempre fazia quando se despedia dela depois de um espetáculo — um gesto semizombeteiro, semicavalheiresco, que acabara se tornando praxe entre os dois. Pelo sorrisinho triunfante que se espalhou pelo rosto de Sylvia ao levantar a mão até sua boca, Hector percebeu que ela não tinha a mínima ideia do que fizera. Ela não o chantageara para ficar com uma fatia maior dos lucros, ela acabara de pôr um ponto final nos lucros.

Foi para o quarto, no sétimo andar, e pelos vinte minutos seguintes ficou em frente ao espelho, com o cano do revólver encostado na têmpora direita. Chegou perto de puxar o gatilho, disse Alma, mais perto do que das duas outras vezes, mas, quando a vontade lhe falhou uma vez mais, pôs a arma em cima da mesa e deixou o hotel. Eram quatro e meia da manhã. Caminhou até o terminal dos Greyhound, doze quarteirões mais ao norte, e comprou uma passagem no primeiro ônibus — ou no que saía depois do primeiro. O das seis ia para Youngstown e cidades a leste, e o das seis e cinco ia na direção oposta. A nona parada do ônibus para oeste era Sandusky. Essa era a cidade onde ele jamais passara a infância e, lembrando-se de como a palavra lhe soara bonita, decidiu ir para lá — só para ver que cara tinha seu passado imaginário.

Era a manhã do dia 21 de dezembro de 1931. Sandusky ficava a quase cem quilômetros dali e ele dormiu durante todo o trajeto, só acordando quando o ônibus chegou ao terminal, duas horas e meia depois. Tinha pouco mais de trezentos dólares no bolso: os duzentos e cinquenta de Sylvia, outros cinquenta que pusera na carteira antes de deixar Chicago, no dia 20, e o troco dos dez dólares que usara para comprar a passagem. Foi até a lanchonete do terminal e pediu um café da manhã especial: presunto e ovos, torradas, fritas, suco de laranja e todo o café que conseguisse tomar. A meio caminho da terceira xícara, perguntou ao balconista se havia alguma coisa para ver na cidade. Estava apenas de passagem, explicou, e duvidava que algum dia fosse voltar. Sandusky não é lá essas coisas, disse o balconista. Cidade pequena, sabe como é, mas se eu fosse o senhor iria dar uma espiada em Cedar Point. É lá que fica o parque de diversões. Tem muita montanha-russa, roda-gigante, trenzinho que faz piruetas, o hotel Breakers, tudo quanto é tipo de coisa. Foi lá que o Knute Rockne inventou o passe dianteiro, por falar nisso, caso o senhor seja fã de bola. O parque está fechado agora no inverno, mas vale a pena dar uma olhada.

O balconista desenhou um mapinha para ele num guardanapo de papel, mas, em vez de virar à direita ao sair do terminal, Hector entrou à esquerda. O que o levou para a rua Camp, em vez de sair na avenida Columbus, e daí, para completar, pegou a direção oeste na West Monroe em vez de seguir para o leste. Andou até a rua King antes de se dar conta de que estava indo no sentido contrário. Nem sinal da península e, em vez de carrosséis e rodas-gigantes, estava diante de uma vastidão desolada de fábricas abandonadas e armazéns vazios. Um tempo frio e cinzento, uma ameaça de neve no ar e um vira-lata de três pernas como única companhia viva num raio de cem metros.

Hector girou nos calcanhares e começou a voltar. Assim que se virou, disse Alma, foi tomado por uma sensação de nulidade, um cansaço tão imenso, tão inquieto, que teve de se encostar na parede de um prédio para não cair. Soprava um vento gelado vindo do lago Erie e, mesmo sentindo as lambadas no rosto, não sabia dizer se o vento era de verdade ou algo que imaginara. Não sabia em que mês estava, nem o ano. Não conseguia lembrar do próprio nome. Tijolos e paralelepípedos, o hálito condensado no ar, o cão perneta dobrando uma esquina e sumindo de vista. Era um retrato de sua própria morte, Hector perceberia mais tarde, o retrato de uma alma em ruínas, e muito depois de ter se recuperado e ido embora, uma parte dele continuou ali, parada naquela rua deserta de Sandusky, Ohio, arfando sem fôlego enquanto sua existência escapava do corpo.

Por volta das dez e meia, estava na avenida Columbus, caminhando no meio de uma multidão de gente fazendo as compras de Natal. Passou pelo cine Warner Bros., pelo salão de manicure Ester Ging, pela sapataria Capozzi, viu gente entrando e saindo da Kresge's, da Montgomery Ward e da Woolworth's, ouviu um Papai Noel solitário do Exército da Salvação tocando um sino de bronze. Quando passou pelo Banco Comercial, decidiu entrar e trocar algumas notas de cinquenta em montes de cinco, dez e um. Era uma transação sem sentido, mas não conseguia pensar em nada mais para fazer no momento e, em vez de ficar andando em círculos, achou que não seria má ideia escapar do frio, mesmo que só por alguns minutos.

Inesperadamente, o banco estava cheio de gente. Homens e mulheres em filas de oito a dez pessoas diante dos quatro guichês gradeados dispostos na parede oeste do banco. Hector foi para o fim da fila mais comprida, a segunda a contar da porta. Instantes depois de tomar seu lugar, uma jovem entrou na fila a sua esquerda. Parecia ter vinte e poucos anos e usava um casaco de lã grossa com gola de pele. Como não tinha nada melhor para fazer, Hector se pôs a examiná-la com o canto do olho. A moça tinha uma face admirável, muito interessante mesmo, as maçãs do rosto pronunciadas e um queixo graciosamente definido, e ele gostou do olhar pensativo e autossuficiente que detectou em seus olhos. Nos velhos tempos, teria puxado conversa na hora, mas estava satisfeito simplesmente em olhar, em fantasiar sobre a carne escondida por baixo do casaco e em imaginar os pensamentos que se revolviam dentro daquela cabecinha adorável e notável. A determinada altura, ela olhou sem querer para ele e, ao reparar na avidez com que estava sendo espiada, correspondeu com um breve sorriso enigmático. Hector devolveu um meneio e um sorriso também muito rápido e, instantes depois, o semblante da moça mudou. Ela franziu os olhos com ar perplexo e indagativo, e Hector soube que tinha sido reconhecido. Não havia a menor dúvida: a moça assistira a seus filmes. Conhecia seu rosto e, mesmo que ainda não tivesse conseguido se lembrar de quem ele era, não levaria mais que trinta segundos para achar a resposta.

Isso já lhe acontecera várias vezes nos últimos três anos e em todas elas dera um jeito de escapulir antes que a pessoa começasse a lhe fazer perguntas. Bem na hora em que estava prestes a repetir o gesto, no entanto, houve a maior confusão no banco. A jovem estava parada na fila mais próxima à entrada, mas, como estivesse ligeiramente voltada na direção de Hector, não reparou que a porta se abrira para dar passagem a um homem com uma echarpe vermelha e branca enrolada na cara. Ele levava uma sacola vazia numa das mãos e uma pistola carregada na outra. Foi fácil ver que a pistola estava carregada, disse Alma, porque a primeira coisa que o assaltante fez foi disparar um tiro para o alto. Todo mundo no chão, ele gritou, todo mundo no chão, e, enquanto os clientes aterrorizados faziam o que tinham sido mandados fazer, o sujeito agarrou a primeira pessoa que viu pela frente. Era tudo uma questão de traçado, de arquitetura, de topografia. A jovem à esquerda de Hector era a pessoa mais próxima da entrada e, portanto, foi ela que acabou sendo agarrada, com uma arma apontada para a cabeça. Ninguém se mexe, o homem avisou, ninguém se mexe senão estouro os miolos da mocinha aqui. Com um gesto brusco e violento, puxou-a do chão e foi meio que empurrando, meio que arrastando a moça até os guichês. Imobilizou-a pelos ombros com o braço esquerdo, a sacola de pano pendurada no punho fechado, os olhos por cima do lenço enlouquecidos, fora de foco, afogueados de medo. Não que Hector tenha tomado alguma decisão consciente sobre o que fazer em seguida, mas, assim que seu joelho tocou o chão, pegou-se de pé outra vez. Não tinha a intenção de bancar o herói e certamente não tinha a menor intenção de morrer, mas, fossem quais fossem seus sentimentos naquela hora, não estava com medo. Com raiva, talvez, e bastante preocupado com a possibilidade de pôr em risco a vida da moça com o que estava prestes a fazer, mas não com medo. O importante era o ângulo da aproximação. Assim que agisse, não haveria mais tempo de parar ou mudar de direção, mas se avançasse para o sujeito a toda a velocidade, e se ele, por sua vez, avançasse do lado certo — do lado da sacola —, não tinha como o assaltante não se desviar da jovem para apontar a arma para Hector. Era a única reação natural. Se um animal selvagem avança na sua direção, você se esquece de tudo e só pensa no bicho.

    Hector não conseguia ir além desse ponto, Alma disse. Sabia o que acontecera até esse momento, até o momento em que começara a correr na direção do homem, mas não se lembrava de ter ouvido disparos, não se lembrava da bala que lhe rasgou o peito e o derrubou no chão, não se lembrava de ver Frieda escapando do ladrão. Frieda estava em melhor posição para ver o que aconteceu, mas, como estivesse ocupada se contorcendo para escapar dos braços do sujeito, perdeu muito do que se seguiu. Viu quando Hector caiu no chão, viu o buraco aberto no sobretudo e o sangue jorrando, mas perdeu o assaltante de vista e não o viu tentando escapar. O tiro ainda ecoava em seus ouvidos e com tanta gente gritando em volta não escutou as três balas adicionais que o guarda do banco meteu nas costas dele.

Mas ambos tinham certeza da data. Ela ficou impressa na memória dos dois e quando Alma consultou os arquivos em microfilme do *Sandusky Evening Herald*, do *Cleveland Plain Dealer* e de vários outros jornais locais, extintos ou ainda em atividade, pôde refazer a história. BANHO DE SANGUE NA AVENIDA COLUMBUS, ASSALTANTE MORRE EM TIROTEIO, HERÓI LEVADO PARA O HOSPITAL, diziam algumas manchetes. O homem que quase matou Hector chamava-se Darryl Knox, também conhecido como Nutso Knox, um ex-mecânico de vinte e sete anos procurado em quatro estados por uma série de roubos a banco e assaltos à mão armada. Os jornalistas todos comemoraram seu desaparecimento, destacando o excelente trabalho do guarda — que conseguira acertar o tiro bem na hora em que Knox estava cruzando a porta —, mas o que mais os interessou foi a bravura de Hector, elogiada como uma das melhores demonstrações de coragem dos últimos tempos naquela região. *A moça já estava praticamente morta*, uma testemunha teria dito aos repórteres. *Se aquele sujeito não tivesse pegado o touro pelos chifres, não quero nem pensar onde ela estaria neste momento.* A moça era Frieda Spelling, vinte e dois anos, pintora recém-formada pela Faculdade Bernard (leia-se Barnard), segundo os jornais, filha do falecido Thaddeus P. Spelling, eminente banqueiro e filantropo de Sandusky. Em artigos e mais artigos, ela expressou sua gratidão pelo homem que lhe salvara a vida. Tinha ficado com tanto medo, falou, tinha tanta certeza de que iria morrer. Rezava para que ele se recuperasse dos ferimentos.

A família Spelling ofereceu-se para cobrir as despesas médicas de Hector, mas durante as primeiras setenta e duas horas parecia improvável que fosse sobreviver. Estava inconsciente quando chegou ao hospital e, depois do trauma e da perda de sangue, disseram que tinha poucas chances de combater o choque e a infecção, de sair de lá vivo. Os médicos retiraram seu pulmão esquerdo, removeram os pedacinhos de metal instalados nos tecidos em volta do coração e costuraram-no de volta. Em todo caso, Hector encontrara sua bala. Não fora sua intenção que acontecesse daquele jeito, disse Alma, mas aquilo que não fora capaz de fazer ele próprio, um outro fez por ele, e o mais irônico é que Knox fez um trabalho malfeito. Hector não morreu desse encontro com a morte. Simplesmente adormeceu e quando acordou, depois de uma longa soneca, tinha esquecido que algum dia sentira ímpetos de se matar. A dor era forte demais para pensar em algo tão complicado quanto o suicídio. Estava pegando fogo por dentro e só conseguia pensar em como respirar, em como continuar respirando sem explodir em chamas.

De início, tinha-se apenas uma ideia muito vaga de quem ele era. Esvaziaram seus bolsos e examinaram o conteúdo da carteira, mas não encontraram nenhum papel que o identificasse, nenhuma carteira de habilitação, nenhum passaporte, nada. A única coisa com nome era um cartão da filial norte da Biblioteca Pública de Chicago. H. Loesser, estava escrito ali, mas não havia nem endereço nem número de telefone, nada que esclarecesse onde morava. Segundo os artigos que os jornais publicaram depois do tiroteio, a polícia de Sandusky estava empreendendo todos os esforços para obter mais informações sobre ele.

Mas Frieda sabia quem ele era — ou pelo menos achava que sabia. Estudara em Nova York e em 1928, no segundo ano da faculdade, assistira a seis ou sete das doze comédias de Hector. Não que estivesse interessada em comédias-pastelão, mas seus filmes passavam junto com outros, faziam parte da programação de desenhos animados e cinejornais que precediam o filme principal, e ela acabara se familiarizando o suficiente com seu semblante para reconhecê-lo quando o viu. Ao encontrá-lo três anos depois, no banco, a ausência do bigode a confundira momentaneamente. Reconhecera a fisionomia, mas não conseguia lhe dar um nome e, antes que atinasse com a identidade do homem, Knox entrara correndo por trás dela e apontara uma arma para sua cabeça. Passaram-se vinte e quatro horas até que pudesse pensar no assunto de novo, mas, assim que o horror de ter estado tão perto da morte começou a se desfazer um pouco, a resposta lhe veio num lampejo de certeza, absoluta e repentina. Pouco importava que o nome do homem supostamente fosse Loesser. Ela acompanhara as notícias sobre o desaparecimento de Hector em 1929, e se não estava morto como a maioria parecia achar, então tinha de estar vivendo sob outro nome. O que não fazia o menor sentido é que tivesse ido parar em Sandusky, Ohio, mas a verdade era que a maioria das coisas não fazia o menor sentido, e se as leis da física determinavam que toda pessoa no mundo ocupa um certo espaço — o que significava que todo mundo estava necessariamente em algum lugar —, então por que esse algum lugar não poderia ser Sandusky, Ohio? Três dias mais tarde, quando Hector saiu do coma e começou a falar com os médicos, Frieda visitou-o no hospital, para lhe agradecer pelo que tinha feito. Ele não pôde dizer muita coisa, mas o pouco que falou trazia as marcas irrefutáveis de um sotaque estrangeiro. A voz era o elemento que faltava e, quando se curvou para lhe dar um beijo na testa, pouco antes de ir embora, sabia, sem a menor sombra de dúvida, que sua vida fora salva por Hector Mann.

6.

Aterrissar acabou sendo bem menos difícil do que decolar. Tinha me preparado para sentir medo, para mergulhar em mais um frenesi de incompetência lacrimosa e desacerto espiritual, mas, quando o comandante avisou que estávamos começando a descida, senti-me estranhamente estável, desafogado. Devia haver alguma diferença entre subir e descer, concluí, entre perder contato com o chão e voltar à terra firme. Um era adeus, o outro saudação, e talvez, pensei cá comigo, os começos fossem mais suportáveis que os fins ou, quem sabe, tenha descoberto (muito simplesmente) que os mortos não têm permissão de gritar em nós mais do que uma vez ao dia. Virei-me na poltrona e agarrei o braço de Alma. Ela estava justamente na fase inicial do romance entre Hector e Frieda, havia terminado de contar sobre a noite em que ele desmoronara e confessara tudo, e estava entrando na reação espantada de Frieda (A bala o absolve, ela disse; você devolveu minha vida, agora vou lhe devolver a sua), mas assim que peguei seu braço parou de falar na hora, no meio de uma frase, no meio de um pensamento. Sorriu, depois se inclinou e me beijou — primeiro no rosto, depois na orelha e depois na boca. Eles estavam caídos um pelo outro, ela disse. Se não tomarmos cuidado, vamos pelo mesmo caminho.

Ouvir isso também deve ter mudado alguma coisa — ajudado a sentir menos medo, menos risco de desmoronar por dentro —, sem falar em como *era* apropriado que *cair* fosse o verbo nas duas frases que resumiam a história de meus três últimos anos. Um avião cai do céu e todos os passageiros morrem. Uma mulher e um homem caem um pelo outro e nem por um instante, enquanto o avião desce, eles pensam na morte. Em pleno ar, com a terra girando lá embaixo enquanto fazíamos a curva final, compreendi que Alma estava me dando a possibilidade de uma segunda vida, que ainda havia alguma coisa a minha frente, se eu tivesse a coragem de avançar alguns passos. Escutei a música dos motores mudar de tom. O ruído dentro do avião ficou mais forte, as paredes tremeram e aí, quase como numa mudança de planos de última hora, as rodas tocaram o solo.

Levou um tempo até retomarmos a conversa. Houve a abertura da porta hidráulica, a caminhada pelo terminal, a parada no banheiro dos homens, no das mulheres, a busca de um telefone para ligar para a fazenda, a compra de água para a viagem até Tierra del Sueño (Beba o máximo que puder, Alma falou; as altitudes enganam por aqui, não vá você se desidratar), a procura no imenso estacionamento pelo Subaru amarelo de Alma e, por fim, uma última parada para encher o tanque antes de pegarmos a estrada. Era minha primeira visita ao Novo México. Em circunstâncias normais, eu teria ficado pasmo com a paisagem, apontado para as formações rochosas e os cactos ensandecidos, perguntado o nome dessa montanha ou daquele arbusto retorcido, mas estava envolvido demais na história de Hector para me importar com essas coisas. Alma e eu estávamos passando por um dos territórios mais impressionantes da América do Norte, mas, a julgar pelo impacto que teve sobre nós, poderíamos perfeitamente dizer que estávamos numa sala com as luzes apagadas e as cortinas fechadas. Eu viajaria por aquela estrada várias outras vezes no futuro bem próximo, mas não me lembro de praticamente nada do que vi na primeira vez. Sempre que penso no percurso que fizemos dentro daquele magnífico carro, a única coisa que me vem à mente é o som de nossas vozes — a dela e a minha, a minha e a dela — e a doçura do ar que entrava por uma fresta da janela. Mas a terra propriamente dita estava invisível. Tinha de estar lá, mas me pergunto agora se em algum momento me preocupei em olhá-la. Ou, se o fiz, se estava distraído demais para registrar o que via.

Eles o mantiveram no hospital até começo de fevereiro, Alma disse. Frieda ia visitá-lo todos os dias e, quando os médicos finalmente acharam que estava em condições de ter alta, convenceu a mãe a deixá-lo se recuperar na casa delas. Hector continuava muito mal. Levou mais seis meses para que começasse a se movimentar direito.

E a mãe de Frieda aceitou isso? Seis meses é tempo que não acaba mais.

Ela ficou felicíssima. Frieda era danada na época, uma daquelas garotas boêmias e liberadas do final dos anos 1920, que não tinha senão desprezo por Sandusky. Os Spelling sobreviveram à crise de 29 com oitenta por cento da fortuna intacta — o que significava dizer que continuavam pertencendo ao que Frieda costumava chamar de *o círculo restrito da alta burresia do Meio-Oeste*. Era um mundo bitolado de republicanos retrógrados e mulheres antiquadas, onde as grandes distrações eram bailes funestos no clube de campo e longos jantares chatíssimos. Uma vez por ano, Frieda rangia os dentes e ia passar o Natal em casa, suportando aquelas ocasiões medonhas em nome da mãe e do irmão casado, Frederick, que continuava morando na cidade com a mulher e dois filhos. Por volta do dia 2 ou 3 de janeiro, voltava correndo para

Nova York, jurando nunca mais voltar. Nesse ano, claro, ela não foi a nenhuma festa — e também não voltou para Nova York. Em vez disso, apaixonou-se por Hector. Para a mãe, qualquer coisa que mantivesse Frieda em Sandusky era bem-vinda.

Está me dizendo que ela não fez objeção nem ao casamento?

Frieda estava em um estado de rebelião declarada havia um bom tempo. Um dia antes do tiroteio, comunicara à mãe que planejava mudar-se para Paris e que provavelmente nunca mais poria os pés nos Estados Unidos. Por isso estava no banco naquela manhã — ia tirar dinheiro para comprar a passagem. A última coisa que a sra. Spelling esperava ouvir dos lábios da filha era a palavra *casamento*. Diante da reviravolta milagrosa, como não receber Hector de braços abertos na família? A mãe de Frieda não só não fez objeções como organizou ela própria o casamento.

Quer dizer então que a vida de Hector, no fim das contas, começa em Sandusky. Ele tira o nome de uma cidade da cartola, conta um monte de mentiras a respeito dela, e depois transforma essas mentiras em verdade. É muito bizarro, concorda? Chaim Mandelbaum vira Hector Mann, Hector Mann vira Herman Loesser e depois o quê? Herman Loesser se transforma em quem? Será que ainda sabia quem ele era?

Voltou a ser Hector. Era assim que Frieda o chamava. Era assim que todos nós o chamávamos. Depois que eles se casaram, virou Hector de novo.

Mas não Hector Mann. Ele não teria sido tão imprudente assim.

Hector Spelling. Ele adotou o sobrenome de Frieda.

Uau.

Uau, não. Apenas prático. Ele não queria mais continuar com o nome Loesser. Esse nome representava tudo o que dera errado em sua vida e, se ia adotar um novo nome, por que não o da mulher que ele amava? E não é dizer que tenha voltado atrás.

Continua sendo Hector Spelling até hoje, mais de cinquenta anos depois.

E como eles vieram parar no Novo México?

Vieram para o Oeste na lua de mel e decidiram ficar. Hector tinha problemas respiratórios e o ar seco foi ótimo para ele.

Na época muitos artistas viviam por aqui. O pessoal de Mabel Dodge em Taos, D. H. Lawrence, Georgia O'Keefe. Isso teve alguma coisa a ver com a decisão deles?

Não, nada. Eles estavam em outra região do estado. Hector e Frieda nunca conheceram essas pessoas.

Eles se mudaram em 1932. Ontem, você me disse que o Hector voltou a fazer cinema em 1940. Oito anos depois. O que aconteceu nesse intervalo?

Compraram cento e sessenta hectares de terra. Os preços estavam baixíssimos na época, e não creio que tenham pagado mais do que alguns milhares de dólares por toda a propriedade. Frieda era de família rica, mas não tinha muito dinheiro seu. Uma pequena herança da avó — dez ou quinze mil dólares, algo assim. A mãe vivia se oferecendo para pagar as contas, mas Frieda nunca aceitou nada. Orgulhosa demais, teimosa demais, independente demais. Não queria se ver como um parasita. Por isso ela e Hector não estavam em condições de contratar uma grande equipe para construir a casa. Nada de arquiteto, nada de empreiteiro — não tinham como pagar essas coisas. Felizmente, Hector sabia o que estava fazendo. Aprendera carpintaria com o pai, tinha construído cenários para o cinema e toda essa experiência permitiu que mantivessem os custos num mínimo. Ele mesmo projetou a casa e depois os dois mais ou menos a construíram com as próprias mãos. Era um lugar muito simples. Uma casa térrea de seis cômodos, feita de adobe. A única ajuda que tiveram veio de três irmãos mexicanos, operários desempregados que moravam nos arredores da cidade. Durante os primeiros anos, eles não tinham nem luz elétrica. Água, sim, claro, eles precisavam de água, mas levou alguns meses até conseguirem achá-la e abrir um poço. Esse foi o primeiro passo. Depois disso, escolheram o local do chalé. Em seguida fizeram o projeto e começaram a obra. Tudo isso levou tempo. Não foi apenas uma questão de se mudar e pronto. Era um lugar deserto e selvagem e os dois tiveram que começar do zero.

E aí? Depois que a casa ficou pronta, o que eles fizeram da vida?

Frieda era pintora e voltou a ser pintora. Hector lia livros e escrevia seus diários, mas na maior parte do tempo plantava árvores. Essa foi sua ocupação principal, seu trabalho durante alguns anos. Limpou alguns hectares de terra em volta da casa e depois, pouco a pouco, foi instalando um sistema sofisticado de irrigação subterrânea. Com isso pôde formar um jardim e, depois do jardim, ocupou-se das árvores. Nunca contei, mas devem ser umas duzentas ou trezentas. Choupos e zimbros, salgueiros e faias, pinheiros e carvalhos. Antes não havia nada lá, a não ser artemísia e babosa-brava. Hector transformou aquilo tudo numa pequena floresta. Você vai ver com os próprios olhos, daqui a algumas horas, mas para mim é um dos lugares mais bonitos do mundo.

Essa é a última coisa que eu esperaria dele. Hector Mann, um horticultor.

Ele estava feliz. Provavelmente mais feliz do que foi em qualquer outra época da vida, mas com essa felicidade veio também uma falta total de ambição. A única coisa que interessava a ele era cuidar de Frieda e de seu pedaço de chão. Depois de tudo o que lhe acontecera, parecia ser o suficiente, mais que o suficiente. Ele ainda estava cumprindo penitência, compreende? Só que não estava mais tentando se destruir. Mesmo agora ainda fala das árvores como a maior realização de sua vida. Mais que os filmes, ele diz, mais que qualquer outra coisa que tenha feito.

Como eles se arranjavam com dinheiro? Se as coisas eram tão apertadas, como eles viviam?

Frieda tinha amigos em Nova York e muitos desses amigos tinham contatos. Arranjavam trabalho para ela. Ilustração de livros infantis, desenhos para revistas, trabalho freelance de um tipo ou outro. Não rendia muito, mas ajudava a ir levando.

Ela deve ter algum talento, então.

Estamos falando de Frieda, David, não de uma grã-fina presunçosa. Ela tinha um enorme talento, uma paixão verdadeira pela arte. Certa vez me disse que achava que não tinha estofo para ser uma grande pintora, mas depois acrescentou que, se não tivesse conhecido Hector naquele momento, provavelmente teria passado a vida tentando se tornar uma. Faz anos que ela não pinta, mas ainda desenha como ninguém. Linhas fluidas, sinuosas, um tremendo senso de composição. Quando Hector voltou a filmar, era ela quem fazia os storyboards, quem desenhava os cenários e os figurinos e quem ajudava a estabelecer a linguagem visual do filme. Participava de tudo.

Continuo sem entender. Eles estavam levando essa vida apertada no deserto. Onde conseguiram dinheiro para começar a fazer cinema?

A mãe de Frieda morreu. Deixou uma herança de mais de três milhões de dólares. Frieda recebeu metade e a outra metade foi para o irmão dela, Frederick.

Bem, isso dá conta do financiamento.

Era um bocado de dinheiro na época.

Continua sendo um bocado de dinheiro, mas há mais coisas nessa história além do dinheiro. Hector fez uma promessa de nunca mais trabalhar com filmes. Foi você mesma quem me disse isso, há poucas horas, e de repente ele volta a dirigir. O que o fez mudar de ideia?

Frieda e Hector tiveram um filho. Thaddeus Spelling, batizado com o nome do avô. Apelidado de Taddy, ou Tad, e até Tadpole[1] — eles o chamavam de uma porção de coisas. Nasceu em 1935 e morreu em 1938. Picado por uma abelha no jardim do pai, numa manhã. Eles o encontraram deitado na grama, todo inchado, e até chegarem ao médico, a cinquenta quilômetros de distância, o menino já estava morto. Imagine quanto isso os abalou.

Posso imaginar. Se há uma coisa que eu posso imaginar, é isso. Desculpe. Burrice minha dizer uma coisa dessas.

Não se desculpe. É só que eu sei do que você está falando. Não é preciso nenhuma ginástica mental para entender a situação. Tad e Todd. Não poderia ser mais próximo que isso.

Ainda assim...

Que nada. Continue contando...

Hector desabou. Passaram-se meses, e ele sem fazer absolutamente nada. Ficava sentado dentro de casa, olhando para o céu da janela do quarto, estudando o dorso das mãos. Não que fosse mais fácil para Frieda, mas Hector era tão mais frágil que ela, tão mais desprotegido. Ela tinha fibra suficiente para saber que a morte do filho fora um acidente, que ele morrera por ser alérgico a abelhas, mas Hector via nisso uma punição divina. Fora feliz demais. A vida fora boa demais para ele e agora os fados lhe ensinavam uma lição.

Os filmes foram ideia de Frieda, não foram? Depois que ela herdou o dinheiro, convenceu o marido a voltar a trabalhar.

Mais ou menos. Ele estava à beira de um colapso nervoso e Frieda sabia que teria que intervir e tomar uma atitude. Não apenas para salvá-lo, mas para salvar seu casamento, salvar a própria vida.

E Hector concordou.

---

1. Girino. (N. T.)

A princípio, não. Mas ela ameaçou deixá-lo e ele finalmente cedeu. Não com muita relutância, devo acrescentar. Hector estava louco para voltar ao ofício. Fazia dez anos que vinha sonhando com ângulos de tomadas, iluminação, roteiros. Era o que mais queria na vida, a única coisa no mundo que tinha sentido para ele.

Mas e a promessa dele? Como foi que justificou a quebra de um juramento? Pelo que você me contou até agora, não consigo imaginar como ele conseguiu.

Atendo-se às minúcias — e fazendo um pacto com o diabo. Quando uma árvore cai na floresta e ninguém escuta, ela faz barulho ou não? Hector já tinha lido muita coisa a essa altura e conhecia todos os truques e argumentos filosóficos. Quando alguém faz um filme e ninguém assiste, o filme existe ou não? Foi assim que se justificou. Faria filmes que jamais seriam exibidos, faria filmes pelo puro prazer de fazer filmes. Foi um ato de niilismo espantoso, no entanto manteve-se fiel ao trato. Imagine alguém que sabe ser bom em alguma coisa, tão bom que o mundo ficaria boquiaberto se visse seu trabalho, e que depois se fecha em copas e se esconde do mundo. É preciso muita concentração e muito rigor para fazer o que Hector fez — além de um quê de loucura. Hector e Frieda são um tanto doidos, acho, mas conseguiram realizar algo notável. Emily Dickinson escrevia na obscuridade, mas tentou publicar seus poemas. Van Gogh tentou vender suas telas. Até onde eu saiba, Hector é o primeiro artista a fazer seu trabalho com a intenção consciente e premeditada de destruí-lo. Temos Kafka, claro, que disse a Max Brod para queimar seus manuscritos, mas quando chegou a hora H Brod não teve coragem. Mas Frieda terá. Não tenho a menor dúvida disso. Um dia depois que Hector morrer, ela vai levar todos os filmes para o jardim e queimá-los — todas as cópias, todos os negativos, cada fotograma que ele filmou. Isso é certeza. E você será a única testemunha.

De quantos filmes estamos falando?

Catorze. Onze longas de mais ou menos noventa minutos e três outros com menos de uma hora.

Mas não comédias, imagino.

Report from the Anti-World, The Ballad of Mary White, Travels in the Scriptorium, Anbush at Standing Rock. Esses são alguns dos títulos. Nada muito engraçado, concorda?

De fato, os títulos não são lá muito cômicos. Mas os filmes não são muito sombrios, espero.

Depende de como você define a palavra. Eu não os acho sombrios. Sérios, sim, e quase sempre estranhos, mas não sombrios.

Como é que você define estranho?

Os filmes de Hector são extremamente íntimos, rasantes, em tom menor. Mas sempre permeados por um elemento fantástico, por um tipo curioso de poesia. Ele rompeu muitas regras. Fez coisas que os diretores supostamente não devem fazer.

Como o quê?

Vozes em off, por exemplo. A narração é considerada uma fraqueza no cinema, um sinal de que as imagens não estão funcionando, mas Hector usou e abusou dela. Há um filme, *The History of Light*, totalmente sem diálogo. É narração do começo ao fim.

O que mais ele fez de errado? Errado de propósito, quero dizer.

Ele estava fora do circuito comercial, portanto podia trabalhar desimpedido. Usou essa liberdade para explorar coisas que outros cineastas nem pensavam em abordar, sobretudo nos anos 1940 e 1950. Corpos nus. Sexo. Parto. Urina, fezes. Essas cenas são um pouco chocantes a princípio, mas o choque passa rápido. São uma parte natural da vida, afinal de contas, mas não estamos acostumados a vê-las na tela, de modo que nos endireitamos por alguns segundos e prestamos atenção. Hector não fez nenhum estardalhaço disso. Depois que você entende o que é possível em seu trabalho, esses chamados tabus e momentos explícitos fundem-se na textura geral das histórias. De certa forma, essas cenas serviram como uma espécie de proteção para ele — para o caso de alguém tentar levar uma cópia embora. Ele precisava se certificar de que os filmes não seriam jamais lançados.

E seus pais concordaram com isso.

Era tudo muito simples, tudo manual. Hector escrevia, dirigia e montava os filmes. Meu pai fazia a iluminação e operava a câmera e, depois de terminada a filmagem, ele e mamãe ficavam com todo o trabalho de laboratório. Revelavam, montavam o copião, mixavam o som e acompanhavam tudo até que as cópias estivessem dentro da lata.

Tudo isso na fazenda mesmo?

Hector e Frieda transformaram a propriedade numa pequena usina cinematográfica. Começaram a construção em maio de 1939 e terminaram em março de 1940, e de repente se viram donos de um universo compacto dentro do qual podiam fazer cinema. Havia um estúdio de gravação com tratamento acústico num dos prédios, além de áreas específicas para serviço de carpintaria e costura, camarins e locais separados para guardar cenários e figurinos. Um outro prédio servia para a pós-produção. Eles não podiam se arriscar a mandar os filmes para fora, de modo que construíram um laboratório na própria fazenda. Isso ocupou toda uma ala. Na outra metade ficavam a sala de montagem, a sala de projeção e um arquivo no porão para guardar as cópias e os negativos.

Esse equipamento todo não deve ter saído barato.

Eles gastaram uns cento e cinquenta mil dólares. Mas tinham de onde tirar e grande parte dos equipamentos só precisou ser comprada uma vez. Várias câmeras, mas só uma moviola, dois projetores e uma copiadora óptica. Depois de adquirirem o material necessário, passaram a trabalhar com orçamentos muito bem controlados. A herança de Frieda rendia juros e eles mexiam no capital o menos possível. Trabalhavam em pequena escala. Tinha de ser assim, se quisessem fazer o dinheiro durar.

E Frieda ficou encarregada dos cenários e guarda-roupas.

Entre outras coisas. Ela também era a montadora-assistente de Hector e, quando os filmes entravam em produção, encarregava-se das mais diferentes tarefas. Supervisora de roteiro, microfonista, operadora de foco — o que precisasse ser feito naquele dia, naquele momento.

E sua mãe?

Minha Faye. Minha linda e amada Faye. Ela era uma atriz. Apareceu na fazenda em 1945 para participar de um filme e se apaixonou por meu pai. Tinha vinte e poucos anos na época. E atuou em todos os filmes feitos depois, quase sempre no papel principal, mas ajudava em outras frentes também. Costurando roupas, pintando cenários, aconselhando Hector a respeito do roteiro, trabalhando com meu pai no laboratório. Essa era a grande aventura. Ninguém fazia uma coisa só. Todos estavam envolvidos até o pescoço e trabalhavam horas e horas, todos os dias. Meses e meses de pré-produção exaustiva, meses e meses de pós-produção. Fazer filme é um negócio lento e complicado e com tão pouca gente para tanta coisa, avançavam aos centímetros. Em geral levavam dois anos para terminar um projeto.

Entendo por que Hector e Frieda quisessem ficar onde estavam — ou entendo em parte, estou fazendo força para entender —, mas seu pai e sua mãe continuam sendo um mistério. Charlie Grund era um excelente fotógrafo. Estudei seu trabalho, sei o que ele realizou na Kaleidoscope em 1928, e não faz muito sentido que tenha abandonado a carreira.

Meu pai acabara de se divorciar. Estava com trinta e cinco anos, indo para os trinta e seis, e ainda não tinha conseguido chegar ao primeiro escalão dos diretores de fotografia de Hollywood. Depois de quinze anos de trabalho com a câmera, continuava fazendo filmes B — quando fazia. Faroestes, filmes do Boston Blackie, seriados infantis. Ele tinha um talento imenso, mas era fechado, nunca parecia muito à vontade consigo mesmo, e as pessoas confundiam essa timidez com arrogância. Vivia perdendo os bons empregos e depois de um tempo isso começou a incomodá-lo, começou a destruir sua confiança. Quando a primeira mulher o largou, ele passou uns meses no fundo do poço. Bebendo demais, sentindo pena de si mesmo, relaxando no trabalho. Foi nessa época que Hector o procurou — bem quando ele estava no fundo do buraco.

O que ainda não explica por que ele concordou. Ninguém faz filmes sem querer que os outros vejam. Simplesmente não se faz isso. De que adianta filmar, então?

Para ele, dava no mesmo. Sei que é difícil para você acreditar, mas para ele o que importava era o trabalho. Muita gente de cinema é assim — sobretudo o pessoal miúdo, os soldados rasos, os que não aparecem. Eles gostam é de resolver problemas. Gostam de botar a mão no equipamento e fazer a máquina obedecer. Não tem nada a ver com arte nem com ideias. Tem a ver com trabalhar com alguma coisa e fazê-la sair certo. Meu pai teve seus altos e baixos na indústria cinematográfica, mas sabia fazer cinema e Hector lhe deu a oportunidade de fazer cinema sem ter que se preocupar com a indústria. Se fosse qualquer outra pessoa, duvido que tivesse aceitado. Mas meu pai adorava o Hector. Sempre disse que o ano mais feliz de sua vida foi o que passou trabalhando com ele na Kaleidoscope.

Ele deve ter ficado chocado quando Hector ligou. Mais de dez anos depois, e de repente tem um sujeito morto do outro lado da linha.

Meu pai achou que alguém estivesse lhe pregando uma peça. A única outra possibilidade era estar falando com um fantasma, e como meu pai não acreditava em fantasmas, mandou Hector à puta que o pariu e desligou. Foram necessárias outras três ligações para que papai acreditasse.

Quando foi isso?

No final de 1939. Novembro ou dezembro, pouco depois da invasão alemã da Polônia. No início de fevereiro, papai já estava morando na fazenda. A casa nova de Hector e Frieda já tinha ficado pronta e ele se mudou para a velha, para o chalé construído por eles no início. Foi ali que eu vivi com meus pais enquanto crescia e é ali que moro agora — naquela casa de adobe de seis cômodos, debaixo da sombra das árvores de Hector, escrevendo meu livro maluco e interminável.

Mas e quanto às outras pessoas que apareceram para trabalhar? Houve atores, você mesma falou, e seu pai deve ter tido alguma ajuda técnica. É impossível fazer um filme com apenas quatro pessoas. Até eu sei disso. Talvez conseguissem lidar com a fase de pré-produção e pós-produção sozinhos, mas não com a produção propriamente dita. E quando se começa a receber gente de fora, como fica? Como impedir essa gente de abrir o bico?

Você diz que está trabalhando para outra pessoa. Finge que foi contratado por um milionário excêntrico da Cidade do México, por um homem tão apaixonado pelo cinema americano que construiu seu próprio estúdio em pleno sertão americano e contratou você para fazer filmes para ele — filmes que nunca serão vistos por ninguém a não ser por ele. Esse é o trato. Se você aparece no Rancho Pedra Azul para trabalhar num filme, você o faz sabendo que seu trabalho será assistido por uma plateia de apenas uma pessoa.

Isso é absurdo.

Talvez, mas muita gente engoliu essa história.

Seria preciso estar muito desesperado para acreditar numa coisa dessas.

Você nunca conviveu com atores, não é mesmo? Eles são as pessoas mais desesperadas do mundo. Noventa por cento estão desempregados, e quando recebem uma oferta de trabalho com um salário decente não costumam fazer muitas perguntas. Tudo o que desejam é uma oportunidade de trabalhar. Hector não estava atrás de grandes nomes. Não estava interessado em estrelas. Só queria profissionais competentes e, como escrevia roteiros para elencos pequenos — muitas vezes apenas dois ou três papéis —, não era muito difícil encontrá-los. Até terminar um filme e estar pronto para começar o seguinte, haveria uma nova safra disponível. Exceto por minha mãe, nunca usou o mesmo ator duas vezes.

Certo, vamos esquecer de todos os demais. E você? Quando foi a primeira vez que ouviu menção ao nome Hector Mann? Você o conhecia como Hector Spelling. Quantos anos tinha quando percebeu que Hector Spelling e Hector Mann eram a mesma pessoa?

Eu sempre soube. Tínhamos todos os filmes da Kaleidoscope na fazenda e devo ter visto cada um deles umas cinquenta vezes quando criança. Assim que aprendi a ler, reparei que Hector era Mann, não Spelling. Perguntei a meu pai a respeito e ele me disse que Hector tinha adotado um nome artístico quando jovem, mas agora que não atuava mais nos filmes parara de usá-lo. Pareceu-me uma explicação perfeitamente plausível.

Pensei que esses filmes estivessem perdidos.

Quase foram. Se tudo tivesse corrido como devia, deveriam estar perdidos. Mas pouco antes de Hunt ir à falência, um dia ou dois antes que seus bens fossem confiscados e as portas da empresa lacradas, Hector e meu pai arrombaram os escritórios da Kaleidoscope e roubaram os filmes. Os negativos não estavam lá, mas eles saíram com cópias de todas as doze comédias. Hector entregou-as a meu pai, para que guardasse, e dois meses depois sumiu. Quando meu pai foi morar na fazenda, em 1940, levou os filmes consigo.

Como Hector se sentiu?

Não entendi. Como é que ele deveria ter se sentido?

É isso que estou lhe perguntando. Ele ficou satisfeito ou contrariado?

Satisfeito. Claro que ficou satisfeito. Tinha orgulho daqueles seus filminhos e ficou contente por tê-los de volta.

Então por que demorou tanto tempo para devolvê-los ao mundo?

O que o leva a pensar que foi ele quem fez isso?

Não sei, eu imaginei...

Pensei que você tivesse entendido. Fui eu. Fui eu quem mandou.

Já desconfiava.

Então por que não disse alguma coisa?

Não achei que tivesse o direito. Caso fosse um segredo.

Eu não tenho segredos para você, David. Tudo o que eu sei quero que você também fique sabendo. Será que não entende? Mandei aqueles filmes às cegas e foi você quem os encontrou. Foi a única pessoa deste mundo que encontrou todos eles. Isso nos torna velhos amigos, não concorda? Podemos ter nos conhecido ontem, mas estamos trabalhando juntos há anos.

Foi um feito e tanto, o seu. Falei com os curadores de todos os arquivos em que estive e nenhum deles tinha a menor ideia de quem você era. Na Califórnia, almocei com Tom Luddy, o diretor do Pacific Filme Archive. O arquivo de lá foi o último a receber um dos misteriosos pacotes de Hector Mann. Quando o deles chegou, você já estava na ativa fazia alguns anos e todo mundo a par do mistério. Tom falou que nem sequer abriu a caixa. Levou direto para o FBI, para checar as impressões digitais, mas não encontraram nada — nem uma impressão para contar a história. Você não deixou rastros.

Eu usei luvas. Depois de todo o trabalho para manter segredo, claro que eu não deixaria passar um detalhe desses.

Você é muito esperta, Alma.

Pode apostar que sim. Sou a garota mais esperta deste carro e desafio você a provar o contrário.

Mas como você justifica ter feito tudo às escondidas de Hector? A decisão cabia a ele, não a você.

Conversei com ele primeiro. A ideia foi minha, mas não mexi uma palha enquanto não recebi sinal verde.

O que ele disse?

Encolheu os ombros. Depois me deu um sorrisinho. Pouco importa, ele disse. Faça como quiser, Alma.

Quer dizer que ele não a impediu, mas também não a ajudou. Não fez coisa alguma.

Era novembro de 1981, quase sete anos atrás. Eu tinha acabado de voltar à fazenda para o enterro de minha mãe, uma época dura para todos nós; era o começo do fim, de certa maneira. Não foi nada fácil para mim. Admito. Ela só tinha cinquenta e nove anos quando nós a enterramos, e eu não estava preparada. Pulverizadora. Essa é a única palavra em que consigo pensar: uma dor pulverizadora. Como se tudo dentro de mim tivesse virado pó. Os outros estavam todos tão velhos a essa altura. Ergui os olhos e de repente me dei conta de que estavam acabados, que a grande experiência terminara. Papai estava com oitenta anos, o Hector com oitenta e um, da próxima vez em que eu erguesse os olhos estariam todos mortos. Isso teve um efeito tremendo em mim. Toda manhã, eu ia até a sala de projeção para ver minha mãe em seus filmes antigos, e até eu ir embora já estava escuro lá fora e eu aos prantos. Depois de duas semanas assim, resolvi voltar para casa. Eu morava em Los Angeles nessa época. Trabalhava numa produtora independente e estavam precisando de mim. Estava pronta para ir embora. Já tinha ligado para a companhia aérea e reservado passagem, mas no último minuto — literalmente, na minha última noite lá — o Hector me pediu para ficar.

Ele lhe disse por quê?

Disse que estava pronto para falar e que precisava de alguém para ajudá-lo. Não podia fazer tudo sozinho.

Quer dizer que o livro foi ideia dele?

A ideia partiu dele. Eu nunca teria pensado nisso sozinha. E, mesmo que tivesse, não teria tocado no assunto com ele. Não teria tido a ousadia.

Ele perdeu a coragem. É a única explicação possível. Ou perdeu a coragem ou ficou gagá.

Foi o que pensei também. Mas estava errada, como você está agora. Ele mudou de ideia por minha causa. Disse-me que eu tinha o direito de saber a verdade e que, se estivesse disposta a ficar e escutá-lo, prometia me contar tudo.

Certo, vou aceitar isso. Você é parte da família e agora que está adulta merece conhecer os segredos dessa família. Mas como a confissão se transforma em livro? Uma coisa é transferir o fardo para outra pessoa, mas um livro é para o mundo inteiro, e assim que contar sua história ao mundo a vida de Hector perde o sentido.

Somente se ele ainda estiver vivo quando o livro for publicado. Mas não estará. Prometi não mostrá-lo a ninguém até ele estar morto. Ele me prometeu a verdade e eu lhe prometi isso.

E nunca lhe ocorreu que ele pode estar usando você? Você conseguiu escrever seu livro, claro, e, se tudo correr bem, será reconhecido como um livro importante, mas ao mesmo tempo Hector continuará vivendo através de você. Não por causa dos filmes que fez — que nem existirão mais —, e sim porque você escreveu sobre ele.

É possível, tudo é possível. Mas os motivos que porventura existam por trás não me interessam. Talvez esteja agindo assim por medo, ou vaidade, ou por algum arrependimento de última hora, mas ele me contou a verdade. E isso é o que vale. Dizer a verdade é difícil, David, e nós vivemos um bocado de coisas nesses últimos sete anos, Hector e eu. Ele se prontificou a me mostrar tudo — diários, cartas, todo e qualquer documento que estivesse em seu poder. Nessa altura, não estou nem pensando na publicação. Se o livro vai sair ou não, pouco me importa; o fato é que escrevê-lo foi a maior experiência de minha vida.

E onde Frieda entra nisso tudo? Ela tem ajudado vocês ou não?

Não tem sido fácil, mas ela faz o possível para não atrapalhar. Acho que não concorda com o Hector, mas não opõe obstáculos. É complicado. Tudo o que se relaciona com ela é complicado.

Quanto tempo você levou para se decidir a enviar os filmes de Hector?

Isso foi logo no começo. Eu ainda não sabia se poderia confiar nele ou não, e propus o envio dos filmes como uma espécie de teste, para ver se ele estava sendo honesto comigo. Se recusasse, acho que não teria ficado. Precisava que ele sacrificasse alguma coisa, para me dar um sinal de boa-fé. Ele entendeu. Nunca conversamos exatamente sobre esse assunto, mas ele entendeu. Por isso não fez nada para me impedir.

O que não significa necessariamente que ele tenha sido honesto com você. Você colocou todos os filmes antigos dele em circulação de novo. Qual o problema? Agora as pessoas se lembram dele. Pois se até um professor maluco de Vermont escreveu um livro sobre ele. Só que não muda nada.

Toda vez que ele me contava alguma coisa, eu ia checar. Estive em Buenos Aires, segui o rastro dos ossos de Brigid O'Fallon. Desenterrei velhos artigos de jornal sobre o tiroteio no banco de Sandusky. Conversei com mais de uma dezena de atores que trabalharam na fazenda nos anos 1940 e 1950. Não há discrepâncias. Algumas pessoas não foram encontradas, claro, e outras já tinham morrido. Jules Blaustein, por exemplo. E ainda não encontrei coisa alguma sobre Sylvia Meers. Mas fui até Spokane e falei com Nora.

Ela ainda está viva?

E como. Pelo menos estava, três anos atrás.

E?

Casou-se com um homem chamado Faraday em 1933 e teve quatro filhos. Filhos que lhe deram onze netos, e bem na época de minha visita uma dessas netas estava prestes a torná-los bisavós.

Bom. Não sei por que digo isso, mas fico contente em saber.

Ela foi professora do quarto ano primário por quinze anos, depois foi promovida a diretora da escola. Continuou como diretora até se aposentar, em 1976.

Em outras palavras, Nora continuou sendo Nora.

Estava com setenta e poucos anos quando fui visitá-la, mas continuava parecendo a mesma pessoa que Hector me descrevera.

E de Herman Loesser, ela se lembrava?

Chorou quando mencionei o nome.

O que você quer dizer com *chorou*?

Os olhos se encheram de lágrimas e as lágrimas rolaram pelo rosto. Ela chorou. Do mesmo jeito como você e eu choramos. Do mesmo jeito como todo mundo chora.

Meu Deus.

Ela ficou tão espantada e constrangida que teve que se levantar e sair da sala. Quando voltou, pegou minha mão e pediu desculpas. Ela o conhecera muitos anos antes, falou, mas nunca conseguira parar de pensar nele. Hector estava em seus pensamentos havia cinquenta e quatro anos.

Você está inventando isso.

Eu não invento nada. Se não tivesse estado lá, também não teria acreditado. Mas aconteceu. Aconteceu tudo exatamente como Hector contou. Toda vez que eu achava que ele estava mentindo, acabava comprovando que era verdade. É isso que torna esta história tão impossível, David. O fato de ele ter me contado a verdade.

7.

Não havia lua essa noite. Quando saltei do carro e pisei no chão, lembro de ter dito a mim mesmo: Alma está usando batom vermelho, o carro é amarelo e não tem lua hoje. Na escuridão atrás da sede divisei muito indistintamente os contornos das árvores de Hector — enormes volumes de sombra balançando com o vento.

Memórias de um homem morto começa com uma passagem sobre árvores. Peguei-me pensando nisso enquanto nos aproximávamos da porta da frente, tentando me lembrar da tradução que fizera do terceiro parágrafo do calhamaço de duas mil páginas de Chateaubriand, aquele que começa com as palavras *Ce lieu me plait; il a remplacé pour moi les champs paternels* e que termina com as seguintes frases: *Sou apegado a minhas árvores. Já compus elegias, sonetos e odes a elas. Não há uma da qual não tenha cuidado com as próprias mãos, de cujas raízes não tenha tirado vermes, de cujas folhas não tenha arrancado lagartas. Conheço todas pelo nome, como se fossem filhas. São minha família. Não tenho outra e espero estar próximo delas quando morrer.*

Eu não imaginava encontrá-lo na noite da chegada. Quando Alma ligou do aeroporto, Frieda dissera que Hector provavelmente estaria dormindo quando chegássemos à fazenda. Continuava acordado, mas ela achava que ele só estaria em condições de conversar comigo na manhã do dia seguinte — presumindo-se que conseguisse durar até lá.

Onze anos depois ainda me pergunto o que teria acontecido se eu tivesse parado e me virado antes de chegarmos à porta. E se, em vez de pôr o braço em volta do ombro de Alma e ir direto para aquela casa, eu tivesse estancado um momento, olhado para a outra metade do céu e descoberto uma enorme lua redonda brilhando sobre nós? Continuaria sendo verdade afirmar que não havia lua no céu nessa noite? Se não me dei ao trabalho de virar para olhar o que havia atrás de mim, então, sim, continua sendo verdade. Se não vi a lua, então a lua não estava lá.

Não estou sugerindo que não me dei ao trabalho. Fiquei de olhos bem abertos, tentei absorver tudo o que acontecia em volta, mas sem dúvida também deixei escapar muita coisa. Goste ou não do fato, só posso escrever a respeito do que vi e ouvi — não do que não vi nem ouvi. Mais que uma admissão de fracasso, trata-se de uma explicação da metodologia, de uma declaração de princípios. Se não enxerguei a lua, então a lua não estava lá.

Menos de um minuto depois de termos entrado, Frieda já me levava ao quarto de Hector, no andar de cima. Não houve tempo para mais do que uma espiada superficial em volta, para a mais breve das primeiras impressões — o cabelo branco bem curto, a firmeza do aperto de mão quando me cumprimentou, a fadiga no olhar — e, antes que pudesse dizer quaisquer das coisas que era de se esperar (obrigado por me receber, espero que ele esteja melhor), ela me informou que Hector estava acordado. Ele gostaria de vê-lo agora, disse, e de repente me vi olhando para as costas de Frieda, que me mostrava o caminho, subindo a escada. Não houve tempo de observar a casa — exceto notar que era grande e mobiliada com simplicidade, cheia de desenhos e telas nas paredes (talvez dela, talvez não) —, nem de pensar na criatura improvável que abrira a porta, um homem tão minúsculo que nem sequer o vi até Alma se curvar e beijá-lo no rosto. Frieda apareceu na sala um instante depois e, embora me lembre que as duas se abraçaram, não me recordo de Alma a meu lado ao subir a escada. Parece que ela sempre me foge nesse ponto. Procuro por ela na cabeça, mas nunca consigo localizá-la. Até chegar ao topo da escada, Frieda também já não está mais visível. Não pode ter acontecido assim, mas é como me lembro de ter acontecido. Sempre que me vejo entrando no quarto de Hector, estou sozinho.

O que mais me espantou, acho, foi o simples fato de ele ter um corpo. Até vê-lo deitado naquela cama, não tenho certeza se acreditava de fato em sua existência. Não como uma pessoa autêntica, de todo modo, não da maneira como eu acreditava em Alma ou em mim, não da maneira como eu acreditava em Helen e em Chateaubriand. Surpreendeu-me ter de admitir que Hector tinha mãos e olhos, unhas e ombros, um pescoço e uma orelha esquerda — que fosse tangível, que não fosse um ente imaginário. Tinha estado em minha cabeça durante tanto tempo, parecia duvidoso que pudesse existir em qualquer outra parte.

As mãos ossudas, salpicadas de manchas senis; os dedos retorcidos e as veias grossas, salientes; a carne flácida debaixo do queixo; a boca semiaberta. Ele estava deitado de costas, com os braços para fora das cobertas quando entrei no quarto, acordado mas imóvel, olhando para o teto numa espécie de transe. Quando se virou para mim, no entanto, vi que seus olhos eram os olhos de Hector. Bochechas encarquilhadas, testa sulcada, pescoço murcho, tufos de cabelo branco — e no entanto reconheci o rosto como sendo o rosto de Hector. Fazia sessenta anos que usara bigode e terno branco, mas não desaparecera de todo. Envelhecera, envelhecera infinitamente, mas uma parte dele continuava ali.

Zimmer, ele disse. Sente-se aqui do meu lado, Zimmer, e apague a luz.

A voz era fraca e entupida de catarro, um zumbido rouco de suspiros e semiarticulações, mas alta o suficiente para ser ouvida. O erre no final de meu sobrenome saiu levemente vibrado e, enquanto eu estendia a mão para apagar a lâmpada de cabeceira, perguntei-me se não seria mais fácil para ele se prosseguíssemos em espanhol. Depois de apagada a luz, entretanto, vi que havia uma segunda luz no canto oposto do quarto — um abajur vertical com uma cúpula grande de pergaminho — e que havia uma mulher sentada numa cadeira ao lado. Ela se levantou assim que olhei para ela e devo ter tido um pequeno sobressalto ao vê-la — não só porque levei um susto mas porque ela era minúscula, tão minúscula quanto o homem que abrira a porta da frente. Nenhum dos dois devia ter mais que um metro e vinte. Pensei ter escutado Hector rindo atrás de mim (um mero chiado, não mais que um fiapo de risada), depois a mulher me cumprimentou com a cabeça, sem dizer nada, e saiu do quarto.

Quem é?, perguntei.

Não se assuste, disse Hector. O nome dela é Conchita. Faz parte da família.

É que não percebi que ela estava aqui. Levei um susto, só isso.

O irmão dela, Juan, também mora conosco. São anões. Anões estranhos que não falam. Nós dependemos deles.

Quer que eu apague a outra luz?

Não, assim está bom. Não machuca a vista. Estou bem.

Sentei-me na cadeira ao lado da cama e inclinei-me para a frente, tentando me aproximar de sua boca tanto quanto possível. A luz que vinha do outro lado do quarto não era mais forte que a de uma vela, mas dava para enxergar o rosto de Hector, olhar em seus olhos. Havia um brilho pálido em volta da cama, um ar amarelado misturado a sombras e escuridão.

É sempre cedo demais, mas não estou com medo, disse Hector. Um homem como eu tem que ser esmagado. Obrigado por ter vindo, Zimmer. Não esperava que viesse.

Alma foi muito convincente. Devia tê-la mandado me procurar há mais tempo.

Você chacoalhou meus ossos. A princípio, não consegui aceitar o que tinha feito. Agora acho que estou feliz.

Eu não fiz nada.

Escreveu um livro. Um livro que li várias e várias vezes, e várias e várias vezes me perguntei: por que ele me escolheu? Qual foi seu propósito, Zimmer?

Você me fez rir. Apenas isso, mais nada. Você abriu alguma coisa dentro de mim e depois disso se transformou no meu pretexto para continuar vivendo.

Seu livro não diz isso. Homenageia meu trabalho antigo com o bigode, mas você não fala de si mesmo.

Não estou acostumado a falar de mim. Me constrange.

Alma mencionou dores imensas, mágoas indizíveis. Se por acaso o ajudei a suportar essa dor, então talvez seja o maior bem que já fiz na vida.

Eu queria morrer. Depois de ouvir o que Alma me contou nesta tarde, desconfio que o senhor também já esteve lá.

Alma fez bem em lhe contar essas coisas. Sou um homem ridículo. Deus me pregou muitas peças e quanto mais souber a meu respeito, melhor vai entender meus filmes. Estou ansioso para saber o que vai dizer deles, Zimmer. Sua opinião é muito importante para mim.

Não entendo nada de cinema.

Mas estuda o trabalho dos outros. Já li seus livros. Suas traduções, suas análises dos poetas. Não é por acaso que passou anos tratando de Rimbaud. Você sabe o que significa dar as costas para alguma coisa. Admiro um homem que consegue pensar dessa forma. Por isso sua opinião é importante.

O senhor se virou muito bem sem a opinião de ninguém até agora. Por que essa necessidade repentina de saber o que os outros pensam?

Porque não estou sozinho. Há outras pessoas vivendo aqui e não posso pensar só em mim.

Pelo que me disseram, você e sua mulher sempre trabalharam juntos.

É verdade. Mas é preciso pensar em Alma também.

Na biografia?

Exato, no livro que ela está escrevendo. Depois da morte da mãe, compreendi que lhe devia isso. Alma tem tão pouco, e me pareceu que valia a pena abandonar parte das ideias que tinha sobre mim mesmo para poder lhe dar uma chance na vida. Comecei a agir como pai. Não foi o pior que poderia ter me acontecido.

Pensei que o pai dela fosse Charlie Grund.

E era. Mas eu também sou seu pai. Alma é filha deste lugar. Se conseguir transformar minha vida num livro, então talvez as coisas comecem a dar certo para ela. Quando muito, é uma história interessante. Uma história cretina, talvez, mas tem seus momentos interessantes.

Está me dizendo que não se importa mais consigo mesmo, que desistiu.

Nunca me importei comigo. Por que haveria de me preocupar em me transformar num exemplo para os outros? Talvez os faça rir. Esse seria um ótimo resultado — fazer rir de novo. Você riu, Zimmer. Talvez outros comecem a rir com você.

Estávamos apenas no aquecimento, apenas começando a pegar o ritmo da conversa, mas, antes que eu pudesse pensar numa resposta para o último comentário de Hector, Frieda entrou no quarto e tocou em meu ombro.

Acho que devíamos deixá-lo descansar agora, falou. Vocês podem continuar amanhã.

Era desanimador ser interrompido dessa maneira, mas as circunstâncias não me permitiam levantar objeções. Frieda me dera menos de cinco minutos com Hector, mas nesse tempo ele tinha conseguido me conquistar, me fizera gostar dele mais do que eu imaginaria possível. Se um homem às portas da morte era capaz de exercer tamanho poder, comentei comigo mesmo, imagine como não teria sido em pleno vigor.

Sei que me disse alguma coisa antes de eu sair do quarto, mas não consigo me lembrar do que foi. Alguma coisa simples e educada, mas as palavras exatas me fogem agora. *Até a próxima*, acho, ou então *Até amanhã, Zimmer*, uma frase banal, que não significava nada de muito importante — a não ser, talvez, que ele ainda acreditava num futuro, por mais curto que pudesse ser esse futuro. Quando me levantei da cadeira, ele estendeu a mão e agarrou meu braço. Disso eu me lembro. Lembro do toque gelado, como uma garra, daquela mão, e lembro de ter pensado com meus botões: isto está acontecendo. Hector Mann está vivo e sua mão está me tocando. Depois, lembro de ter dito a mim mesmo para não me esquecer da sensação daquela mão. Se ele não sobrevivesse até o dia seguinte, seria a única prova de que eu o tinha visto vivo.

Depois desses primeiros minutos febris, houve um período de calmaria que durou várias horas. Frieda continuou no andar de cima, sentada na cadeira que eu ocupara durante a visita, e Alma e eu descemos até a cozinha, um aposento amplo e bem iluminado, de paredes de pedra, com lareira e vários utensílios antigos, que parecia ter sido construído no início dos anos 1960. Gostei do lugar, e gostei de estar sentado junto à mesa comprida de madeira, ao lado de Alma, sentindo sua mão tocar meu braço no mesmo lugar onde Hector me tocara momentos antes. Dois gestos diversos, duas lembranças diversas — uma sobre a outra. Minha pele se tornara um palimpsesto de sensações fugazes, e cada camada trazia a impressão de quem eu era.

O jantar foi uma mistura aleatória de pratos frios e quentes: sopa de lentilha, salame, queijo, salada e uma garrafa de vinho tinto. A comida nos foi servida por Juan e Conchita, *os anões estranhos que não falavam*, e mesmo sem negar que me sentia um tanto inquieto com a presença deles, estava preocupado demais com outras coisas para prestar atenção de fato nos dois. Eram gêmeos, Alma me disse, e tinham começado a trabalhar para Hector e Frieda aos dezoito anos de idade, mais de vinte anos antes. Reparei no corpo perfeitamente formado dos dois, na fisionomia rude de camponeses, no sorriso efervescente e na óbvia boa vontade, mas estava mais interessado em observar Alma falando com eles por meio de gestos do que em observá-los falando com ela. Intrigava-me ela ser tão fluente na linguagem de sinais, que pudesse dardejar frases com alguns poucos volteios e rodopios velozes dos dedos, e porque fossem os dedos de Alma, eram os dedos que eu queria observar. Estava ficando tarde, e dali a pouco iríamos para a cama. Apesar de tudo o que estava acontecendo naquele momento, era sobre esse assunto que eu preferia pensar.

Você se lembra dos três irmãos mexicanos?, Alma disse.

Os que ajudaram a construir o primeiro chalé?

Os irmãos Lopez. Também havia quatro mulheres na família, e Juan e Conchita são os filhos caçulas da terceira irmã. Os irmãos Lopez construíram quase todos os cenários dos filmes. Tiveram onze filhos e meu pai treinou seis ou sete para serem técnicos de cinema. Eles formavam a equipe. Os pais construíam os cenários e os filhos faziam assistência de câmera, operavam a dolly, gravavam o som e serviam como contrarregra, maquinista e eletricista. Isso durou anos. Eu costumava brincar com o Juan e a Conchita quando éramos crianças. Eles foram meus primeiros amigos.

Frieda acabou descendo e foi ter conosco na cozinha. Conchita estava lavando um prato na pia (de pé sobre uma banqueta, trabalhando com uma eficiência de adulto em seu corpo de sete anos) e, assim que viu Frieda entrar, deu-lhe uma olhada comprida, interrogativa, como se à espera de instruções. Frieda meneou a cabeça e Conchita largou o prato, enxugou as mãos num pano e saiu. Nada fora dito, mas era óbvio que iria subir para fazer companhia a Hector, era óbvio que estavam se revezando na tarefa.

Pelos meus cálculos, Frieda Spelling estava com setenta e nove anos. Depois de ouvir a descrição que Alma me fizera, esperava alguém feroz — uma mulher áspera e intimidante, uma personalidade monumental —, mas a pessoa que se sentou conosco naquela noite era branda, de fala mansa, de modos quase reservados. Nenhum batom ou maquiagem, nenhum esforço para fazer qualquer coisa com o cabelo, mas ainda feminina, ainda bela em seu jeito contido, incorpóreo. Sem despregar o olho dela, comecei a pressentir que Frieda era uma daquelas raras pessoas em quem a mente acaba vencendo a matéria. A idade não parece diminuir esse tipo de gente. A idade os faz velhos, mas não altera aquilo que são, e quanto mais vivem, mais implacável e totalmente encarnam a si mesmos.

Desculpe a confusão, professor Zimmer, ela disse. O senhor veio num momento difícil. Hector teve uma manhã muito ruim, mas, quando contei que o senhor e Alma estavam a caminho, insistiu em ficar acordado. Espero que não tenha sido demais para ele.

Batemos um bom papo, falei. Acho que ficou contente de eu ter vindo.

Contente talvez não seja bem a palavra, mas ficou não sei bem o quê, algo muito intenso. O senhor provocou uma reviravolta nesta casa, professor. Tenho certeza de que está ciente disso.

Antes que eu pudesse responder, Alma interrompeu e mudou de assunto. Você já falou com o Huyler?, perguntou. A respiração dele não parece nada boa. Está bem pior do que ontem.

Frieda soltou um suspiro, depois passou as mãos pelo rosto — exausta de dormir tão pouco, de tanta agitação e preocupação. Eu não vou ligar para o Huyler, ela disse (falando mais consigo mesma do que com Alma, como se remoesse uma questão que já discutira dezenas de outras vezes), porque a única coisa que ele vai dizer é *tragam-no para o hospital*, e o Hector não vai para o hospital. Ele está saturado de hospitais. Ele me fez prometer, e eu lhe dei minha palavra. Chega de hospitais, Alma. Portanto, de que adianta ligar para o Huyler?

O Hector está com pneumonia, disse Alma. Ele só tem um pulmão e mal consegue respirar. É por esse motivo que você tem que ligar para o Huyler.

Ele quer morrer em casa, disse Frieda. Vem me dizendo isso a cada hora que passa nos últimos dois dias, e não vou ficar contra ele. Eu lhe dei minha palavra.

Eu mesma o levo até o Saint Joseph se você estiver muito cansada, Alma disse.

Não sem a permissão dele. E não podemos falar com ele agora, porque está dormindo. Tentamos amanhã de manhã, se você quiser, mas não vou fazer nada sem a permissão dele.

Enquanto as duas continuavam conversando, ergui os olhos e vi que Juan estava empoleirado num banquinho, na frente do fogão, mexendo alguns ovos numa frigideira. Quando ficaram prontos, colocou-os num prato e levou até onde Frieda estava sentada. Estavam quentes e amarelos, fumegando em fios de vapor da porcelana azul — como se o cheiro daqueles ovos tivesse se tornado visível. Frieda olhou para eles por alguns instantes, mas não parecia compreender o que eram. Podiam ser um monte de pedras ou um ectoplasma caído do espaço sideral, mas não eram comida e, mesmo que os tivesse reconhecido como tal, não tinha a menor intenção de pô-los na boca. Em vez disso serviu-se com uma taça de vinho, mas após um pequeno gole largou o copo na mesa de novo. Muito delicadamente, afastou o copo para longe e depois, usando a outra mão, afastou os ovos.

Um momento ruim, ela me disse. Eu esperava poder conversar com o senhor, saber um pouco mais a seu respeito, mas não me parece que vá ser possível.

Há sempre o amanhã, eu disse.

Talvez. No momento, só penso no agora.

Você devia se deitar um pouco, Frieda, disse Alma. Quando foi a última vez que você dormiu?

Não me lembro. Anteontem, acho. Na noite antes de você partir.

Bem, agora já estou de volta, e o David também está aqui. Você não precisa se encarregar de tudo sozinha.

Eu sei que não. Os anões têm me ajudado bastante, mas eu preciso estar lá para falar com ele. Hector não tem mais força para fazer sinais.

Descanse um pouco, Alma insistiu. Eu fico com ele. O David e eu ficamos.

Espero que não se importe, disse Frieda, mas eu me sentiria muito melhor se você ficasse comigo aqui em casa esta noite. O professor Zimmer pode dormir no chalé, mas eu preferia que você ficasse lá em cima comigo. Caso aconteça alguma coisa. É possível? Já pedi a Conchita para fazer a cama no quarto grande de hóspedes.

Tudo bem, disse Alma, mas David não precisa dormir no chalé. Ele pode ficar comigo.

É?, disse Frieda, totalmente pega de surpresa. E o que o professor Zimmer tem a dizer sobre isso?

O professor Zimmer aprova o plano, falei.

É?, ela repetiu, e pela primeira vez desde que entrara na cozinha Frieda sorriu. Era um sorriso formidável, pensei, cheio de admiração e espanto, e enquanto olhava de um para o outro, indo do rosto de Alma para o meu, o sorriso continuou crescendo. Meu Deus, vocês dois trabalham rápido mesmo. Quem haveria de imaginar *isso*?

Ninguém, eu estava prestes a dizer, mas antes que pudesse tirar as palavras da boca, o telefone tocou. Foi uma interrupção bizarra e, por ter ocorrido tão junto do *isso* dito por Frieda, a impressão era que havia alguma conexão entre uma coisa e outra, como se o telefone tivesse tocado numa resposta direta à palavra. O chamado dissolveu por completo a atmosfera, apagou o lampejo de alegria que se espalhava pelo rosto de Frieda. Ela se pôs de pé e, enquanto eu a observava ir até o telefone (que estava preso à parede, ao lado da entrada da cozinha, cinco ou seis passos à direita dela), ocorreu-me que o objetivo da chamada era dizer que ela não tinha permissão de sorrir, que sorrisos não eram permitidos na casa da morte. Era um pensamento maluco, mas minha intuição não falhara. Eu estava prestes a responder *ninguém*, e quando Frieda pegou o fone e perguntou quem era, não havia ninguém do outro lado. Alô, ela disse, quem fala?, e quando ninguém respondeu ela perguntou de novo, depois desligou. Virou-se para nós com expressão angustiada. Ninguém, ela disse. Droga de porcaria de ninguém.

Hector morreu poucas horas depois, em algum momento entre as três e as quatro da manhã. Alma e eu estávamos dormindo quando aconteceu, nus sob as cobertas da cama do quarto de hóspedes. Tínhamos feito amor, conversado, feito amor de novo e não tenho certeza de quando nossos corpos finalmente cederam. Alma atravessara o país duas vezes em dois dias, dirigira por centenas de quilômetros para entrar e sair de aeroportos, e assim mesmo conseguiu despertar das profundezas do sono quando Juan bateu na porta. Eu não. Dormi em meio a todo o barulho e comoção e acabei perdendo tudo. Depois de anos de insônia e noites agitadas, finalmente dormi a sono solto, justamente na única noite em que deveria estar acordado.

Só fui abrir os olhos às dez da manhã. Alma estava sentada na beira da cama, afagando-me o rosto com a mão, sussurrando meu nome com uma voz calma mas cheia de urgência, e mesmo depois de ter espantado a letargia e erguido o corpo sobre o cotovelo, ainda assim ela só foi me dar a notícia dez ou quinze minutos depois. Primeiro houve alguns beijos, seguidos de uma conversa muito íntima sobre nossos sentimentos, depois ela me estendeu uma xícara de café, que me permitiu tomar até o fim antes de começar. Sempre a admirei por essa força e disciplina. Ao não me contar imediatamente o que acontecera, estava me dizendo que não iria permitir que nos afogássemos no resto da história. Tínhamos começado nossa própria história, tão importante para ela quanto a outra — que era sua vida, sua vida inteira, até o momento em que me conheceu.

Estava contente de eu não ter acordado, falou. Assim eu lhe dera uma chance de ficar uns tempos sozinha e derramar algumas lágrimas, de deixar o pior para trás antes de começar o dia. Um dia que iria ser muito difícil, continuou, um dia cheio e difícil para nós dois. Frieda estava se preparando para a guerra — arremetendo em todas as frentes, preparando-se para queimar tudo o mais rápido possível.

Pensei que fôssemos ter vinte e quatro horas, falei.

Foi o que pensei, também. Mas Frieda diz que tem que ser *em* vinte e quatro horas. Tivemos uma grande discussão a respeito antes de ela sair.

Sair? Quer dizer que ela não está na fazenda?

Foi uma cena incrível. Dez minutos depois que o Hector morreu, Frieda estava ao telefone, falando com alguém da Funerária Vista Verde em Albuquerque. Pediu-lhes que enviassem um carro o quanto antes. Eles chegaram aqui lá pelas sete, sete e meia, o que significa que já devem estar quase chegando lá. Ela planeja fazer a cremação de Hector hoje mesmo.

E ela pode fazer isso? Não é preciso uma série de formalidades antes?

Ela só precisa de uma certidão de óbito. Assim que o médico examinar o corpo e disser que Hector morreu de causas naturais, ela está livre para fazer o que quiser.

Ela devia estar com esse plano na cabeça o tempo todo. Só não contou para você.

É grotesco. Nós na sala de projeção, vendo os filmes de Hector, e o corpo dele num forno, virando um monte de cinzas.

E depois ela voltará para cá e os filmes dele também vão virar cinzas.

Temos apenas umas poucas horas. Não haverá tempo para assistir a todos, mas talvez a gente consiga ver uns dois ou três, se começarmos agora.

Não é grande coisa, é?

Ela estava pronta para queimar todos hoje de manhã. Ao menos consegui convencê-la a adiar um pouco.

Você fala como se ela estivesse fora de si.

O marido morre e a primeira providência é destruir o trabalho dele, destruir tudo o que os dois fizeram juntos. Se ela parasse para pensar, não conseguiria ir adiante. Claro que está fora de si. Fez essa promessa quase cinquenta anos atrás e hoje terá que cumpri-la. Se eu estivesse no lugar dela, ia querer encerrar o assunto o mais rápido possível. Pôr um ponto final — e depois desabar. Foi por isso que o Hector lhe deu apenas vinte e quatro horas. Não queria que houvesse tempo para remorso.

Alma então se levantou da cama e, enquanto andava pelo quarto abrindo as persianas, saltei da cama e vesti minhas roupas. Havia centenas de outras coisas mais para dizer, mas teríamos de adiá-las para depois dos filmes. A luz do sol jorrou pelas janelas assim que Alma levantou as persianas, enchendo o quarto com o esplendor da claridade de uma manhã que já ia bem adiantada. Usava calça jeans, eu me lembro, com uma malha branca de algodão. Sem sapatos nem meias, as unhas de seus esplêndidos dedos do pé pintadas de vermelho. Não era para ter sido assim. Eu estava contando com Hector vivo, com ele se mantendo vivo para mim, proporcionando-me uma sequência de dias lentos e contemplativos na fazenda, sem nada mais a fazer senão ver seus filmes e ficar ao lado dele na penumbra de seu quarto de velho. Foi duro escolher entre decepções, decidir qual frustração era a pior: não poder nunca mais falar com ele ou saber que aqueles filmes seriam queimados antes que eu tivesse a oportunidade de vê-los.

Passamos pelo quarto de Hector ao descermos e, quando olhei para dentro, vi os anões tirando os lençóis da cama. O quarto estava totalmente vazio. Os objetos que entulhavam a escrivaninha e a mesinha de cabeceira tinham desaparecido (frascos de comprimidos, copos, livros, termômetros, toalhas) e, à exceção dos cobertores e travesseiros espalhados pelo chão, não havia nada que sugerisse que um homem morrera ali dentro seis horas antes, apenas. Flagrei-os bem no momento em que iam tirar o lençol de baixo. Estavam cada um de um lado da cama, as mãos paradas no ar, aprontando-se para puxar ao mesmo tempo o lençol dos cantos de cima. O esforço tinha de ser coordenado porque eram pequenos demais (as cabeças mal ultrapassavam o colchão) e, com o lençol adejando momentaneamente sobre a cama, vi nele várias manchas e descolorações, os últimos e íntimos sinais da presença de Hector no mundo. Todos nós morremos vazando mijo e sangue, cagando nas calças feito recém-nascidos, sufocando no próprio muco. Um segundo depois, o lençol achatou-se de novo e os criados surdos-mudos começaram a caminhar para a outra ponta da cama, indo da cabeça para os pés, enquanto o lençol dobrava-se sobre si mesmo e caía no chão.

Alma havia preparado sanduíches para levarmos à sala de projeção. Enquanto ela foi até a cozinha encher a cesta de piquenique, perambulei lá por baixo, olhando a arte nas paredes. Devia haver cerca de quarenta pinturas e desenhos só na sala de estar, mais uma dúzia no hall: abstrações sinuosas em cores vivas, paisagens, retratos, estudos. Nenhum estava assinado, mas pareciam todos obra de uma mesma pessoa, o que significava que a artista provavelmente era Frieda. Parei diante de um pequeno desenho pendurado sobre o aparelho de som. Não haveria tempo de olhar tudo, por isso resolvi me concentrar naquele e ignorar os demais. Era o desenho de uma criança vista de cima: de uma criança de dois anos de idade deitada de costas, olhos fechados, evidentemente dormindo no berço. O papel amarelara e já estava se desfazendo um pouco nas bordas, e quando vi quanto era velho tive certeza de que a criança retratada era Tad, o filho morto de Hector e Frieda. Pernas e braços nus, descontraídos; torso nu; uma fralda de pano presa por um alfinete de segurança; um indício das grades do berço logo atrás do alto da cabeça. Os traços transmitiam a sensação de velocidade e improviso — um redemoinho de linhas vibrantes, confiantes, executadas provavelmente em menos de cinco minutos. Tentei imaginar a cena, recuar até o momento em que a ponta do lápis tocara o papel. A mãe está sentada ao lado do filho enquanto ele tira a soneca da tarde. Está lendo um livro, mas ao levantar a vista e vê-lo naquela pose desarmada — a cabeça atirada para trás, pendida para um lado — procura um lápis no bolso e começa a desenhá-lo. Como está sem papel, usa a última página do livro, que acontece de estar em branco. Terminado o desenho, ela arranca a página do livro e guarda — ou então deixa onde está e esquece totalmente o assunto. Nesse caso, vão se passar anos e anos até que ela abra outra vez o livro e descubra o desenho esquecido. Só então vai tirar a página quebradiça da encadernação, emoldurá-la e pendurá-la na parede. Não havia como saber quando isso teria acontecido. Podia ter sido quarenta anos antes, podia ter sido no mês anterior, mas qualquer que tenha sido o momento em que ela topou com aquele desenho do filho, o menino já estava morto — morto havia muito tempo, quem sabe até mais tempo do que eu tinha de vida.

Depois que Alma voltou da cozinha, pegou-me pela mão e me levou por um corredor contíguo à sala de estar, com paredes caiadas e chão de lajotas vermelhas. Tem uma coisa que eu gostaria que você visse. Sei que estamos com pouco tempo, falou, mas não vai levar mais que um minuto.

Caminhamos até o fim desse corredor, passando por duas ou três portas no caminho, e paramos na frente da última. Alma pôs a cesta de comida no chão e tirou um punhado de chaves do bolso. Devia haver umas quinze ou vinte chaves naquele molho, mas ela foi direto para a que queria e enfiou-a na fechadura. O gabinete de Hector, disse. Ele passava mais tempo aqui do que em qualquer outro lugar. A fazenda era seu mundo, mas aqui era o centro desse mundo.

Repleto de livros. Essa foi a primeira coisa em que reparei ao entrar. Três das quatro paredes tinham estantes do chão ao teto e cada centímetro de prateleira estava ocupado por livros. Havia outras pilhas e montes deles nas cadeiras e mesinhas, no tapete e na escrivaninha. Livros de capa dura e brochuras, livros novos e livros antigos, livros em inglês, espanhol, francês e italiano. A escrivaninha era uma mesa comprida de madeira localizada no meio do aposento — gêmea da que havia na cozinha — e um dos títulos que lembro de ter visto ali foi *Meu último suspiro*, de Luis Buñuel. Como tivesse sido deixado aberto, virado para baixo, bem na frente da poltrona, perguntei-me se por acaso Hector não o estaria lendo no dia em que caiu e quebrou a perna — que foi o último dia em que esteve no gabinete. Estava prestes a apanhá-lo para ver onde teria parado, mas Alma me pegou pela mão de novo e me levou até as prateleiras no fundo da sala. Desconfio que vai achar isso interessante, disse. Apontou para uma fileira de livros a vários centímetros de sua cabeça (mas exatamente na altura de meus olhos) e vi que eram todos de autores franceses: Baudelaire, Balzac, Proust, La Fontaine. Um pouco à esquerda, Alma disse, e ao mover os olhos para a esquerda, examinando a lombada dos livros à procura daquilo que ela queria me mostrar, de repente enxerguei o conhecido verde e dourado dos dois volumes da edição da Pléiade das *Mémoires d'outre-tombe* de Chateaubriand.

Não devia ter feito a menor diferença para mim, mas fez. Chateaubriand não era um autor obscuro, mas comoveu-me saber que Hector tinha lido o livro, que entrara no mesmo labirinto de memórias por onde eu vagara nos últimos dezoito meses. Era mais um ponto de contato, de certo modo, outro elo na cadeia de encontros acidentais e simpatias curiosas que haviam me atraído até ele. Puxei o primeiro volume da estante e abri o livro. Sabia que precisávamos nos apressar, Alma e eu, mas não pude resistir ao impulso de passar a mão em algumas páginas, de tocar algumas das palavras que Hector lera no silêncio daquela sala. O livro abriu mais ou menos no meio e vi que uma das frases havia sido sublinhada de leve com um lápis. *Les moments de crise produisent un redoublement de vie chez les hommes.* Os momentos de crise produzem um aumento considerável de vitalidade nos homens. Ou talvez, mais concisamente: Os homens só começam a viver inteiramente quando estão acuados.

Era uma manhã quente de verão e nós andávamos apressados com nossos sanduíches e refrigerantes. Um dia antes, estávamos bem no meio dos estragos deixados pela tempestade da Nova Inglaterra. Agora caminhávamos pelo deserto sob um céu sem nuvens, aspirando o ar puro recendendo a zimbro. Vi as árvores de Hector assomando à direita e, enquanto atravessávamos o jardim, cigarras zunindo no capim alto. Tufos de mil-em-rama, pulicárias e garanças. Sentia-me hiperalerta, cheio de uma espécie de decisão maluca, num estado confuso de medo, expectativa e felicidade — como se tivesse três cérebros e os três trabalhassem ao mesmo tempo. Uma muralha gigantesca de montanhas erguia-se ao longe; um gavião voava em círculos; uma borboleta azul pousou numa pedra. Menos de cem metros depois de sairmos de casa, já sentia gotas de suor brotando da testa. Alma apontou para um galpão comprido de adobe com degraus de cimento rachados e mato crescendo na frente. Atores e técnicos dormiam ali enquanto os filmes eram feitos, ela disse, mas as janelas tinham sido fechadas com tapumes e a água e a eletricidade cortadas. A unidade de pós-produção ficava outros cinquenta metros adiante, mas foi a edificação mais à frente que me chamou a atenção. O estúdio de gravação era uma estrutura enorme, um imenso cubo branco cintilando sob o sol, e ele me pareceu estranho naquele ambiente, mais parecido com um hangar de avião ou com uma garagem de caminhões do que com um lugar de filmagem. Num impulso, apertei a mão de Alma, depois enfiei meus dedos entre os dela. O que vamos ver primeiro?, perguntei.

The Inner Life of Martin Frost.

Por que esse e não outro?

Porque é o mais curto. Vamos poder assistir até o fim e, se a Frieda ainda não tiver voltado quando terminarmos, passamos para o segundo mais curto. Não consegui pensar num jeito melhor.

É culpa minha. Eu devia ter vindo um mês atrás. Você nem sabe como estou me sentindo idiota.

As cartas não explicavam muita coisa. Em seu lugar eu também teria hesitado.

Não podia aceitar que estivesse vivo. E depois, quando aceitei, não podia aceitar que estivesse morrendo. Esses filmes estão aí há anos. Se eu tivesse agido rápido, teria visto todos eles. Poderia ter assistido duas, três vezes, decorado as sequências, digerido tudo. Agora estamos correndo para ver apenas um. É absurdo.

Não se atormente à toa, David. Levei um ano inteiro para convencê-los de que você deveria vir até aqui. Se alguém tem culpa nessa história, sou eu. Demorei demais. Eu é que me sinto uma idiota.

Alma abriu a porta com outra de suas muitas chaves e, assim que cruzamos a soleira e entramos no prédio, a temperatura caiu uns cinco graus. O ar-condicionado estava ligado e, a menos que o mantivessem assim o tempo todo (o que era improvável), isso significava que Alma já tinha estado mais cedo no local. Parecia um fato insignificante, mas, depois de pensar a respeito uns instantes, senti uma imensa onda de piedade por ela. Alma vira Frieda partir com o corpo de Hector às sete, sete e meia da manhã, e depois, em vez de subir e me acordar, tinha ido até ali e ligado o ar-condicionado. Pelas duas horas e meia seguintes, chorara sozinha a morte de Hector enquanto o prédio esfriava lentamente, incapaz de me encarar de novo até ter desabafado sua dor. Poderíamos ter passado essas horas vendo um filme, mas ela não estava pronta para começar e por isso uma parte do dia fora desperdiçada. Alma não era forte. Era mais corajosa do que eu imaginava que fosse, mas não era forte e, seguindo atrás dela pelo corredor gelado rumo à sala de projeção, finalmente entendi como esse dia seria terrível para ela, quão terrível já tinha sido.

Portas à esquerda, portas à direita, mas falta de tempo para abrir qualquer uma delas, falta de tempo para entrar e espiar a sala de montagem ou o estúdio de mixagem, falta de tempo até mesmo para perguntar se o equipamento continuava ali. No fim do corredor, viramos à esquerda, depois percorremos outro corredor com paredes nuas de blocos de concreto (azul-claro, lembro bem), depois atravessamos portas duplas e entramos no pequeno cinema. Havia três fileiras de poltronas de assento dobrável — aproximadamente oito ou dez por fileira — e um leve declive no chão. A tela estava presa à parede, sem palco nem cortina, um retângulo de plástico branco opaco com perfurações minúsculas e um reflexo acetinado de óxido. Atrás de nós, numa saliência na parede dos fundos, ficava a cabine de projeção. As luzes estavam acesas, e, quando me virei e olhei para cima, a primeira coisa que vi foram dois projetores — cada qual carregado com um rolo de filme.

Exceto por algumas datas e números, Alma não me contou muita coisa sobre o filme. *The Inner Life of Martin Frost* fora o quarto filme de Hector na fazenda, ela disse, e depois de encerradas as filmagens, em março de 1946, ainda trabalhou nele outros cinco meses antes de mostrar a versão final numa sessão privada em 12 de agosto. O filme tinha quarenta e um minutos de duração. Assim como todos os filmes de Hector, fora rodado em preto e branco, mas *Martin Frost* era um tanto diferente dos outros na medida em que podia ser qualificado de comédia (ou de um filme com elementos cômicos) e portanto era o único, de sua obra posterior, que tinha alguma ligação com os pastelões de curta-metragem dos anos 1920. Fora escolhido pela duração, Alma me disse, o que não significava que não fosse um bom ponto para se começar. Sua mãe havia feito seu primeiro papel para Hector nesse filme e, se não era o trabalho mais ambicioso que tinham realizado juntos, provavelmente era o mais cativante. Alma desviou os olhos por alguns momentos. Em seguida, depois de respirar fundo, virou-se para mim e acrescentou: Ela tinha tanta vida nessa época, tanta alegria. Nunca me canso de vê-la.

Esperei até que acrescentasse mais alguma coisa, mas esse foi o único comentário que fez, a única observação que chegou perto de uma opinião subjetiva. Após outro silêncio curto, abriu a cesta de piquenique e tirou de lá um bloco de notas e uma esferográfica — equipada com uma lanterninha, para escrever no escuro. Para o caso de você querer anotar alguma coisa, falou. Enquanto eu pegava os objetos de suas mãos, ela se inclinou e me beijou no rosto — um beijinho leve, beijo de menina —, depois se virou e foi para a porta. Vinte segundos mais tarde, ouvi uma pancada. Olhei para cima e lá estava ela de novo, acenando para mim da cabine envidraçada de projeção. Acenei de volta — talvez tenha até lhe mandado um beijo — e, enquanto me instalava na poltrona do meio da primeira fileira, Alma reduziu as luzes. Não desceu mais até o filme terminar.

Levei um certo tempo até me enfronhar, até entender o que estava acontecendo. A ação fora filmada com um realismo tão distanciado, tão escrupuloso na atenção aos detalhes do dia a dia que de início não atentei para a magia entranhada no âmago da história. O filme começava como qualquer outra comédia amorosa e, pelos primeiros doze ou quinze minutos, Hector se ateve às velhas convenções do gênero: o encontro acidental entre homem e mulher, os mal-entendidos que os separam, a súbita reviravolta e a explosão do desejo, o mergulho no delírio, o surgimento de dificuldades, a batalha das dúvidas e a superação delas — tudo o que levaria (ou pelo menos eu imaginava que sim) a uma solução triunfal. Mas de repente, cerca de um terço depois do início, compreendi que estava enganado. Apesar das aparências, o filme não se passava em Tierra del Sueño nem nas terras da Fazenda Pedra

Azul. Passava-se dentro da cabeça de um homem — e a mulher que entrara naquela cabeça não era uma mulher de verdade. Era um espírito, uma figura gerada por sua imaginação, um ser efêmero enviado para ser sua musa.

Se tivesse sido rodado em qualquer outro lugar, talvez eu não tivesse demorado tanto tempo para perceber. Mas a proximidade da paisagem me desconcertava e, durante os primeiros minutos, tive de lutar contra a impressão de estar assistindo a algum tipo de filme caseiro meio rebuscado mas bem-feito. A casa era a casa de Hector e Frieda; o jardim era o deles; a estrada era a deles. Até as árvores de Hector estavam lá — mais jovens e raquíticas do que agora, talvez, mas ainda assim as mesmas árvores, pelas quais eu passara a caminho do prédio de pós-produção havia dez minutos. Lá estava o quarto onde eu dormira na noite anterior, a pedra sobre a qual vira a borboleta pousar, a mesa da cozinha da qual Frieda se levantara para atender o telefone. Até o filme começar a passar na tela em frente, todas essas coisas tinha sido reais. Agora, nas imagens em preto e branco da câmera de Charlie Grund, tinham se transformado em elementos de um mundo ficcional. A intenção era que fossem lidas como sombras, mas minha mente fez o ajuste lentamente. Por algum tempo continuei vendo todas elas pelo que eram, e não pelo que deveriam ser.

Os créditos rolaram em silêncio, sem música de fundo, nenhum sinal auditivo que preparasse o espectador para o que estava por vir. Uma sucessão de fichas negras com letras brancas anunciou os fatos relevantes. The Inner Life of Martin Frost. Roteiro e direção: Hector Spelling. Elenco: Norbert Steinhaus e Faye Morrison. Fotografia: C. P. Grund. Cenários e figurinos: Frieda Spelling. O nome Steinhaus não me dizia nada e quando o ator apareceu em cena, momentos depois, tive certeza de que nunca o tinha visto antes. Era um sujeito alto, esguio, por volta dos trinta anos, com um olhar agudo e observador e cabelos começando a rarear. Não especialmente bonito ou heroico, mas compassivo, humano, com expressividade suficiente no rosto para sugerir uma certa atividade mental. Eu me senti confortável diante dele e não ofereci resistência em acreditar em sua atuação, mas com a mãe de Alma foi mais difícil fazer isso. Não porque não fosse uma boa atriz ou porque eu tivesse ficado decepcionado (era adorável de se ver, ótima no papel), mas simplesmente porque era a mãe de Alma. Sem dúvida isso contribuía para o deslocamento e confusão que experimentei no início do filme. Lá estava a mãe de Alma — jovem, porém, quinze anos mais jovem que Alma — e me foi impossível não procurar nela sinais da filha, traços de semelhança entre as duas. Faye Morrison era mais morena e alta que Alma, inegavelmente mais bonita que Alma, mas os corpos tinham formato igual, e o olhar, a inclinação da cabeça e o tom de voz também guardavam semelhanças. Não estou querendo dizer que eram a mesma pessoa, mas havia paralelos suficientes, ecos genéticos suficientes para imaginar que eu estava vendo Alma sem a marca de nascença na tela, Alma como era antes de eu a conhecer, Alma como uma moça de vinte e dois ou vinte e três anos — vivendo através da mãe em alguma versão alternativa de sua própria vida.

O filme começa com uma tomada em movimento lenta e metódica pelo interior da casa. A câmera passeia pelas paredes, flutua sobre a mobília da sala e acaba parando diante de uma porta. *A casa estava vazia*, nos diz o narrador em off, e um instante depois a porta se abre e Martin Frost entra, trazendo numa das mãos uma mala e na outra um saco de compras. Enquanto ele fecha a porta com o pé, a voz continua. *Eu tinha acabado de passar três anos escrevendo um romance e estava esgotado, precisando descansar. Hector e Frieda Spelling me ofereceram a casa, eles iam passar o inverno no México. Eram bons amigos e sabiam quanto o livro exigira de mim. Achei que algumas semanas no deserto me fariam bem e foi assim que um dia entrei no carro, saí de San Francisco e vim para Tierra del Sueño. Eu não tinha planos. Tudo o que eu queria era ficar sem fazer nada, vivendo a vida de uma pedra.*

Enquanto ouvimos a narração de Martin, nós o vemos vagando pela casa. Ele leva as compras até a cozinha, mas assim que o saco é posto na bancada há um corte para a sala de estar, onde o encontramos inspecionando os livros nas estantes. Quando sua mão toca num dos livros, saltamos para o quarto no andar de cima, onde Martin está abrindo e fechando as gavetas da escrivaninha, guardando suas coisas. Uma gaveta se fecha com estrondo e instantes depois ele está sentado na cama, testando o colchão. É uma montagem entrecortada, eficientemente orquestrada, que combina planos fechados e médios numa sucessão de ângulos de tomada de vista ligeiramente fora do prumo, com andamentos variados e pequenas surpresas visuais. O natural seria haver música numa sequência dessas, mas Hector dispensa os instrumentos em favor dos sons naturais: molas de cama rangendo, os passos de Martin ecoando no chão de ladrilhos, o farfalhar do saco de compras. A câmera para diante dos ponteiros de um relógio e, enquanto escutamos as últimas palavras do monólogo de abertura (*Tudo o que eu queria era ficar sem fazer nada, vivendo a vida de uma pedra*), a imagem começa a se diluir. Segue-se um silêncio. Por alguns instantes, é como se tudo tivesse parado — a voz, os ruídos, as imagens — e aí, muito abruptamente, passamos para uma externa. Martin caminha pelo jardim. A um plano aberto segue-se um plano fechado: o rosto de Martin e depois uma demorada inspeção das coisas em volta — árvores, arbustos, céu, um corvo pousando num galho de choupo. Quando a câmera volta para ele, Martin está agachado, observando uma procissão de formigas. Ouvimos o vento soprar nas árvores — um silvo prolongado, rumorejando como ondas do mar. Martin ergue a vista, protegendo os olhos do sol, e um novo corte nos leva para uma outra área da paisagem: uma pedra com um lagarto andando sobre ela. A câmera sobe três, quatro centímetros em panorâmica e no alto do quadro vemos uma nuvem passando por cima da pedra. *Mas mal sabia eu*, Martin fala. *Algumas horas de silêncio, algumas golfadas do ar do deserto e de repente já estava remoendo uma ideia para um conto. Parece que é sempre assim que funciona. Uma hora, você está vazio. Dali a instantes, lá está ele, instalado em você.*

A câmera sai em panorâmica de um close do rosto de Martin para um plano aberto das árvores. Começa a ventar e, enquanto folhas e galhos estremecem com a força do sopro, o som se intensifica numa onda que pulsa, percute, respira, como se num clamor de suspiros. A cena dura três ou quatro segundos mais que o esperado. O efeito é curiosamente etéreo, mas quando estamos prestes a nos perguntar o que poderia significar essa estranha ênfase, somos atirados de volta para dentro da casa. É uma transição áspera, repentina. Martin está sentado à escrivaninha num dos quartos de cima, datilografando furiosamente. Escutamos o martelar das teclas e o vemos trabalhar no conto através de uma série de ângulos e distâncias diferentes. *Não ia ser longo*, ele diz. *Vinte e cinco ou trinta páginas, quarenta no máximo. Eu não sabia quanto tempo levaria para escrevê-lo, mas decidi permanecer na casa até terminá-lo. Esse era o novo plano. Eu iria escrever o conto e não iria embora até terminá-lo.*

Fade para preto. Quando a ação reinicia, é de manhã. Um plano ultrafechado do rosto de Martin mostra que ele está dormindo, a cabeça recostada num travesseiro. O sol jorra pelas frestas das venezianas e, enquanto o vemos abrir os olhos e fazer força para acordar, a câmera recua, revelando algo que não pode ser verdade, que desafia as leis do bom senso. Martin não passou a noite sozinho. Há uma mulher na cama com ele e, continuando o travelling para trás, a câmera mostra que ela está sob as cobertas, dormindo de lado, virada para Martin — o braço esquerdo casualmente estendido sobre o peito dele e os longos cabelos castanhos esparramados sobre o travesseiro ao lado. Saindo gradualmente de seu torpor, Martin repara no braço nu atravessado sobre seu peito, depois se dá conta de que o braço pertence a um corpo e em seguida senta-se ereto na cama, com cara de quem acabou de levar um choque elétrico.

Perturbada por esse súbito movimento, a jovem geme, enterra a cabeça no travesseiro e depois abre os olhos. De início, não parece notar a presença de Martin. Ainda zonza e semiconsciente, vira-se de costas e boceja. Ao esticar os braços, a mão direita roça no corpo de Martin. Nada acontece durante um ou dois segundos e aí, muito lentamente, ela se ergue na cama, senta, olha para o rosto confuso e horrorizado de Martin e grita. Instantes depois, atira as cobertas para o lado e salta da cama, correndo pelo quarto num frenesi de medo e constrangimento. Está nua. Nua em pelo, sem um fiapo, nem mesmo um vestígio de sombra acobertadora. Fabulosa em sua nudez, com os seios descobertos e a barriga nua diante da câmera, avança para as lentes, agarra o roupão do encosto de uma poltrona e rapidamente enfia os braços nas mangas.

Leva um certo tempo até se esclarecer o mal-entendido. Martin, não menos aflito e perturbado do que sua misteriosa companheira de leito, sai da cama, veste a calça e depois pergunta quem ela é e o que está fazendo ali. A pergunta parece ofendê-la. Não, diz ela, quem é *ele* e o que *ele* está fazendo ali? Martin está incrédulo. Do que você está falando?, pergunta. Eu sou Martin Frost — não que isso seja de sua conta — e, a menos que você me diga quem é agora mesmo, vou ter que chamar a polícia. Inexplicavelmente, essa afirmação a deixa atônita. Você é Martin Frost?, ela diz. O verdadeiro Martin Frost? Foi o que acabei de dizer, responde Martin, cada vez mais irritado, será que vou ter que repetir? É que eu sei quem você é, a jovem retruca. Não que eu o conheça de fato, mas sei quem você é. Você é amigo do Hector e da Frieda.

Qual o relacionamento dela com o casal?, Martin quer saber, e quando ela o informa que é sobrinha de Frieda, ele lhe pergunta pela terceira vez como se chama. Claire, ela diz finalmente. Claire do quê? Ela hesita um instante, depois diz, Claire... Claire Martin. Martin não gosta da resposta e rosna. O que vem a ser isso, ele diz, alguma brincadeira? Não posso fazer nada, diz Claire. Meu nome é esse.

E o que você está fazendo aqui, Claire *Martin*?

A Frieda me convidou.

Quando Martin responde com um olhar de incredulidade, ela apanha a bolsa da poltrona. Depois de remexer vários segundos lá dentro, tira uma chave e mostra a Martin. Está vendo? Foi a Frieda que mandou para mim. É a chave da porta da frente.

Com irritação cada vez maior, Martin procura no bolso e tira uma chave idêntica, que mostra raivoso para Claire — enfiando-a quase em seu nariz. Então me diga, por que o Hector haveria de me mandar esta?

Porque... Claire responde, afastando-se dele, porque... o Hector é o Hector. E eu recebi esta aqui da Frieda porque a Frieda é a Frieda. Eles estão sempre fazendo essas coisas.

Há uma lógica irrefutável na afirmação de Claire. Martin conhece os amigos bem o bastante para compreender que seriam perfeitamente capazes disso. De convidar duas pessoas ao mesmo tempo para ficarem sozinhas na casa vazia. É bem o tipo de coisa que os Spelling são capazes de fazer.

Com ar de derrota, Martin começa a andar pelo quarto. Não estou gostando, ele diz. Eu vim para cá porque queria ficar sozinho. Tenho trabalho para fazer e ter você por perto é... bom, é não estar sozinho, certo?

Não se preocupe, diz Claire. Não vou atrapalhá-lo. Estou aqui para trabalhar também.

Claire é estudante. Está se preparando para um exame de filosofia, ela conta, e tem muitos livros para ler, trabalhos de todo um semestre para redigir em duas semanas. Martin mostra-se cético. E o que mocinhas bonitas têm a ver com filosofia?, seu olhar parece dizer, e aí então faz mil perguntas sobre os estudos dela, quer saber o nome da faculdade, o nome do professor, os títulos dos livros que tem de ler e por aí afora. Claire finge não notar o insulto contido nas perguntas. Ela está na Berkeley, responde. O nome do professor é Norbert Steinhaus e o curso se chama De Descartes a Kant: Os Fundamentos da Moderna Investigação Filosófica.

Prometo não fazer um barulhinho, diz Claire. Vou levar minhas coisas para um outro quarto e você nem vai saber que estou aqui.

Martin não tem mais argumentos. Certo, ele diz, relutante em ceder terreno, eu não atrapalho você e você não me atrapalha. Combinado?

Combinado. Eles chegam mesmo a trocar um aperto de mão e, enquanto Martin sai pisando firme do quarto para começar a trabalhar em seu conto, a câmera vira e vai se aproximando devagar do rosto de Claire. É uma imagem simples mas comovente, nossa primeira olhada a sério para a personagem agora mais calma e, por ter sido realizada com tamanha paciência e fluidez, sentimos que a intenção da câmera não é tanto a de revelá-la quanto a de entrar dentro dela e ler seus pensamentos, acariciá-la. Claire segue Martin com os olhos, observando-o sair do quarto, e um instante depois de a câmera ter pousado nela, ouvimos o trinco da porta se fechando. A expressão do rosto não muda. Adeus, Martin, ela diz. A voz é baixa, pouco mais que um sussurro.

Durante o resto do dia, Martin e Claire trabalham em aposentos separados. Martin sentado à escrivaninha do gabinete, datilografando, olhando pela janela, datilografando de novo, resmungando consigo mesmo enquanto lê o que escreveu. Claire, com ar de estudante de faculdade, de jeans e moletom, esparramada na cama, lê Os *princípios do conhecimento humano*, de George Berkeley. A certa altura, reparamos que o nome do filósofo está escrito em letras pretas na frente do moletom: BERKELEY — que é também o nome de sua faculdade. Será que isso significa alguma coisa ou é simplesmente uma espécie de trocadilho visual? Enquanto a câmera corta de um aposento a outro, ouvimos Claire lendo em voz alta para si mesma: *E não parece menos evidente que as várias sensações ou ideias impressas no sentido, por mais misturadas ou combinadas que estejam, não podem existir a não ser na mente de quem as percebe*. E de novo: *Em segundo lugar, poder-se-ia objetar que existe uma enorme diferença entre o fogo real e a ideia de fogo, entre sonhar ou imaginar-se queimado e sê-lo de fato*.

No fim da tarde, ouve-se uma batida na porta. Claire continua lendo, mas quando vem uma segunda batida, mais forte que a primeira, larga o livro e diz para Martin entrar. A porta se abre alguns centímetros e ele enfia a cabeça no quarto. Desculpe, Martin diz. Não fui muito gentil com você hoje de manhã. Não devia ter agido daquela forma. É um pedido de desculpas rígido e bobo, mas dito de modo tão sem graça e hesitante que Claire não consegue evitar de sorrir divertida, talvez até um pouco penalizada. Ainda tem que ler mais um capítulo, diz. Por que não nos encontramos lá embaixo daqui a meia hora, para um drinque? Boa ideia, diz Martin. Já que eles têm mesmo de conviver sob o mesmo teto, o melhor é agir como pessoas civilizadas.

A ação passa para a sala de estar. Martin e Claire abriram uma garrafa de vinho, mas ele ainda parece nervoso, sem muita certeza do que pensar dessa estranha e atraente estudante de filosofia. Numa tentativa tosca de ser engraçado, aponta para o moletom e diz: É porque você está lendo Berkeley? Quando começar a ler Hume, vai usar um abrigo com Hume escrito?

Claire ri. Não, não, ela diz, os nomes têm pronúncias diferentes. *Berk*-ley e *Bark*-ley. O primeiro é da faculdade, o outro do filósofo. Você sabe disso. Todo mundo sabe disso.

São escritos do mesmo jeito, diz Martin. Portanto, são a mesma palavra.

São escritos do mesmo jeito, diz Claire, mas são palavras diferentes.

Claire vai continuar o assunto, mas para, percebendo de repente que Martin está brincando. Abre um sorriso largo. Estendendo a taça, pede que ele lhe sirva mais vinho. Você escreveu um conto sobre duas pessoas com o mesmo nome, ela diz, e eu aqui lhe dando aulas sobre os princípios do nominalismo. Deve ser o vinho. Não estou mais raciocinando com clareza.

Quer dizer que leu esse conto, diz Martin. Você deve ser uma das seis pessoas do universo que o leram.

Li todo seu trabalho, Claire responde. Os dois romances e a coletânea de contos.

Mas eu só publiquei um romance.

Acabou de terminar seu segundo, não foi? Deu uma cópia do manuscrito para os Spelling. A Frieda me emprestou e eu li na semana passada. *Travels in the Scriptorium*. Acho que foi o melhor até agora.

A essa altura, quaisquer reservas que Martin pudesse ter em relação a ela se desfizeram. Além de ser uma pessoa inteligente e perspicaz, além de ser agradável de se olhar, Claire conhece e entende o trabalho dele. Serve-se de mais uma taça de vinho. Claire discorre sobre a estrutura de seu último romance e, enquanto escuta seus comentários incisivos porém elogiosos, Martin se recosta na poltrona e sorri. É a primeira vez, desde o início do filme, em que o muito sério e pensativo Martin Frost baixa a guarda. Em outras palavras, diz ele, a srta. Martin aprova. Mas claro, definitivamente. A srta. Martin aprova o trabalho de Martin. Esse jogo de nomes os leva de volta à charada do Berk-ley/Bark-ley e, de novo, Martin pede a Claire que explique a palavra escrita no moletom. Qual dos dois é? O homem ou a faculdade? Ambos, Claire responde. É o que você quiser que seja.

Nesse momento, um brilho maroto e fugaz reluz nos olhos dela. Alguma coisa lhe passou pela cabeça — uma ideia, um impulso, uma súbita inspiração. Ou, diz ela, pondo a taça sobre a mesinha e levantando-se do sofá, não significa coisa alguma.

Para demonstrar o que disse, tira o moletom e joga-o calmamente no chão. Não veste nada por baixo a não ser um sutiã preto rendado — não exatamente o tipo de roupa que seria de se esperar numa estudante tão aplicada das ideias. Mas essa é uma ideia também, claro, e agora que ela a colocou em prática com um gesto tão ousado e decidido, Martin só consegue fitá-la boquiaberto. Nem mesmo em seus sonhos mais delirantes poderia imaginar as coisas acontecendo tão rápido.

Bom, ele diz finalmente, esta é uma maneira de eliminar a confusão.

Simples questão de lógica, Claire responde. Uma prova filosófica.

Ainda assim, continua Martin depois de uma longa pausa, ao eliminar um tipo de confusão, você apenas cria outra.

Ah, Martin. Não fique confuso. Estou tentando ser o mais clara possível.

A linha divisória entre charme e agressão, entre se atirar nos braços de alguém e deixar que a natureza siga seu curso é sutil. Nessa cena, que termina com as palavras *Estou tentando ser o mais clara possível*, Claire consegue abarcar os dois lados ao mesmo tempo. Seduz Martin, mas o faz com tamanha inteligência e serenidade que não nos ocorre questionar seus motivos. Ela o quer porque quer. Essa é a tautologia do desejo e, em vez de continuar discutindo as intermináveis nuanças de tal proposta, vai direto ao assunto. Tirar a blusa não é uma declaração vulgar de intenções. É um momento de humor sublimemente realizado e, desse momento em diante, Martin sabe que encontrou seu par.

Eles acabam na cama. É a mesma cama na qual se conheceram pela manhã, mas dessa vez não estão com pressa de se separar, de se afastar quanto antes um do outro e vestir as roupas. Entram porta adentro se abraçando e, ao caírem sobre a cama num nó confuso de braços, pernas e bocas, não temos dúvida sobre o resultado de tantas palpitações e tamanho agarramento. Estamos em 1946 e as convenções do cinema exigiriam que a cena terminasse por aí. Assim que o homem e a mulher começassem a se beijar, o diretor deveria cortar do quarto para uma tomada de pardais levantando voo, de ondas batendo na areia, de um trem atravessando um túnel — quaisquer das muitas imagens de praxe que substituíam a paixão carnal, a concretização do desejo —, mas o Novo México não era Hollywood e Hector podia deixar a câmera rodando o tempo que quisesse. Roupas são atiradas longe, a carne nua se mostra, e Martin e Claire começam a fazer amor. Alma fizera bem em me avisar sobre os momentos eróticos dos filmes de Hector, mas se enganara ao pensar que eu ficaria chocado com eles. Achei a cena até contida, quase comovente na banalidade de suas intenções. A luz é fraca, os corpos salpicados de sombras, e tudo não dura mais que noventa ou cem segundos. A intenção de Hector não é tanto nos excitar ou provocar, e sim nos fazer esquecer que estamos assistindo a um filme, e até Martin começar a correr a boca pelo corpo de Claire (indo dos seios para a curva do quadril direito, daí para os pelos pubianos e depois para a maciez da parte interna de sua coxa), queremos acreditar que esquecemos. De novo, nem uma nota de fundo musical. Os únicos sons que escutamos são os sons da respiração, o farfalhar de lençóis e cobertores, rangido de molas, vento soprando nos galhos das árvores na escuridão invisível lá de fora.

Na manhã seguinte, Martin começa a conversar conosco de novo. Numa sequência de montagens que denota a passagem de cinco ou seis dias, ele nos conta dos progressos feitos no conto e de seu amor cada vez maior por Claire. Nós o vemos sozinho diante da máquina de escrever, Claire sozinha com seus livros e os dois juntos numa série de lugares da casa. Eles preparam o jantar na cozinha, trocam beijos no sofá da sala, andam pelo jardim. Em determinado momento, Martin está agachado no chão, ao lado da escrivaninha, mergulhando um pincel num balde de tinta para depois escrever muito lentamente as letras H-U-M-E numa camiseta branca. Mais tarde, Claire aparece com essa camiseta, sentada de pernas cruzadas na cama, lendo um livro do filósofo seguinte de sua lista, David Hume. Essas pequenas vinhetas são intercaladas por closes aleatórios de objetos diversos, detalhes abstratos sem conexão aparente com o que Martin está dizendo: uma chaleira de água fervendo, uma baforada de cigarro, duas cortinas brancas balouçando no vão de uma janela entreaberta. Vapor, fumaça e vento — um catálogo de coisas sem forma nem substância. Martin está descrevendo um idílio, um momento de felicidade contínua e perfeita, e no entanto, à medida que essa sucessão de imagens oníricas continua a desfilar pela tela, a câmera nos diz para não confiar na superfície das coisas, para duvidar de nossos próprios olhos.

Uma tarde, Martin e Claire almoçam na cozinha. Martin está no meio de uma história (*Então eu disse a ele, se não me acredita, então eu lhe mostro. Aí pus a mão no bolso e...*) quando o telefone toca. Martin levanta-se para atender e, assim que sai do quadro, vem o contraplano de Claire. Vemos sua expressão mudar e passar da camaradagem jovial para a preocupação, talvez até alarme. É Hector ligando de Cuernavaca e, embora não possamos ouvir o que diz, os comentários de Martin nos esclarecem a respeito. Parece que há uma frente fria chegando ao deserto. O aquecimento não anda lá muito bom e se a temperatura cair tanto quanto está sendo esperado, Martin vai ter de dar uma espiada na caldeira. Se houver algum problema, é só chamar o Jim, Jim Fortunato, da Encanamentos e Aquecedores Fortunato.

O assunto é mais do que corriqueiro, mas o nervosismo de Claire vai crescendo. Quando Martin finalmente menciona o nome dela a Hector (*Eu estava justamente contando a Claire da aposta que fizemos da última vez em que estive aqui*), Claire se levanta e sai correndo da cozinha. Martin surpreende-se com essa súbita partida, mas essa surpresa não é nada, comparada ao que se segue instantes depois. *Como assim, quem é Claire?*, ele diz para Hector. *Claire Martin, sobrinha da Frieda*. Não precisamos ouvir a resposta de Hector para saber o que está dizendo. Basta uma olhada no rosto de Martin para entendermos que Hector acabou de lhe dizer que nunca ouviu falar dela, que não faz ideia de quem seja Claire.

A essa altura, Claire já está correndo para longe da casa. Numa série de cortes rápidos e precisos, vemos Martin precipitar-se pela porta e sair atrás dela. Ele grita seu nome, mas Claire continua correndo e outros dez segundos se passam até que ele a alcance. Estendendo a mão e agarrando o cotovelo dela por trás, ele a obriga a parar e girar o corpo. Ambos estão sem fôlego. O peito arfando, os pulmões desesperados por ar, nenhum deles consegue falar.

Por fim Martin diz: O que está havendo, Claire? Me diga, o que está havendo? Ela não responde e ele então se inclina e grita: Você tem que me dizer!

Eu não sou surda, Claire diz com a voz muito calma. Não precisa gritar, Martin.

Acabo de saber que a Frieda tem um irmão. E que esse irmão tem dois filhos, dois meninos. O que significa dois sobrinhos, Claire, mas nenhuma sobrinha.

Eu não sabia o que fazer. Eu precisava encontrar uma forma de fazer você confiar em mim. Depois de um ou dois dias, achei que você mesmo fosse descobrir — mas aí não importaria mais.

Descobrir o quê?

Até esse momento, Claire dá a impressão de estar constrangida, um tanto arrependida, e, mais do que envergonhada pela mentira, decepcionada por ter sido descoberta. No entanto, depois que Martin admite sua ignorância, o semblante dela muda. Claire parece de fato espantada. Será que você não entende, Martin? Estamos juntos há uma semana e está me dizendo que ainda não entendeu?

Nem é preciso dizer que ele não entendeu nada — nem nós. A bela e inteligente Claire tornou-se um enigma e, quanto mais ela fala, menos conseguimos compreendê-la.

Quem é você?, Martin pergunta. Que diabos está fazendo aqui?

Ah, Martin, ela diz de repente, à beira das lágrimas. Pouco importa quem sou.

Claro que importa. Importa e muito.

Não, meu querido, não importa.

Como pode dizer isso?

Não importa porque você me ama. Porque você me quer. *Isso* é o que importa. Tudo o mais é nada.

O plano se fecha num close de Claire e, antes que outra imagem apareça, ouvimos à distância os ruídos abafados da máquina de escrever de Martin. Começa então um fade muito lento e, à medida que a tela vai se iluminando, os sons da máquina nos parecem mais próximos, como se estivéssemos passando do exterior para o interior da casa, subindo a escada e chegando perto da porta do quarto de Martin. Quando a nova imagem entra em foco, a tela toda está tomada pelos olhos de Martin, num imenso plano fechado de enquadramento perfeito. A câmera segura esse plano um instante e depois, enquanto a narração em off continua, começa a recuar, revelando o rosto de Martin, os ombros, as mãos no teclado e, por fim, ele próprio sentado à escrivaninha. Sem interromper o recuo, a câmera deixa o quarto e começa um travelling pelo corredor. *Infelizmente*, diz Martin, *Claire tinha razão. Claro que eu a amava e claro que eu a queria. Mas como se pode amar alguém em quem não se confia?* A câmera para na frente da porta de Claire. Como se por uma ordem telepática, a porta se abre — e aí já estamos dentro do aposento, nos aproximando de Claire, que está sentada diante da penteadeira, maquiando-se. O corpo está coberto por uma combinação de cetim negro, o cabelo preso frouxamente na nuca, as costas expostas. *Nunca houve uma mulher como ela. Claire era mais forte que qualquer outra, mais livre que qualquer outra, mais inteligente que qualquer outra. Esperei a vida inteira para encontrá-la e no entanto, no momento em que isso aconteceu, tive medo. O que estaria escondendo de mim? Que segredo terrível estaria se recusando a me revelar? Uma parte de mim achava que eu devia dar o fora dali — fazer as malas e ir embora antes que fosse tarde demais. E outra parte de mim pensava: ela está me testando. Se eu falhar no teste, eu a perco.*

Lápis de sobrancelha, rímel, ruge, pó, batom. Enquanto Martin prossegue com seu monólogo confuso, angustiado, Claire continua a trabalhar na frente do espelho, transformando-se num outro tipo de mulher. A garota impulsiva desaparece e em seu lugar surge uma estrela sedutora, cativante e sofisticada. Claire se afasta da penteadeira e põe um vestido de noite preto e justo, enfia os pés em sapatos de salto alto e quase não a reconhecemos mais. Ela está esplêndida: controlada, confiante, a imagem mesma do poder feminino. Com um sorriso vago nos lábios, olha-se uma última vez no espelho e sai do quarto.

Corta para o corredor. Claire bate na porta de Martin e diz: O jantar está pronto, Martin. Espero você lá embaixo.

Corta para a sala de jantar. Claire está sentada à mesa, esperando por Martin. Ela já serviu a entrada; o vinho está desarrolhado; as velas acesas. Martin entra na sala em silêncio. Claire o cumprimenta com um sorriso amistoso e quente, mas Martin não presta a menor atenção. Parece estar cauteloso, constrangido, sem saber direito como agir.

Olha para Claire desconfiado, vai até seu lugar na mesa, puxa a cadeira e começa a sentar. A cadeira parece sólida, mas assim que ele põe seu peso nela, espatifa-se em pedaços. Martin se estatela no chão.

É uma reviravolta hilariante e totalmente inesperada. Claire cai na risada, mas Martin não acha a menor graça. De traseiro esparramado no chão, furioso e desolado, o orgulho ferido, ressentido, quanto mais Claire ri dele (não consegue se controlar, é engraçado demais), mais ridículo se sente. Sem dizer uma palavra, põe-se de pé de novo, chuta para o lado os pedaços da cadeira quebrada e a substitui por outra. Senta-se com o maior cuidado dessa vez e, quando finalmente se assegura de que ela é forte o bastante para aguentá-lo, volta a atenção para a comida. Parece bom, ele diz. É uma tentativa desesperada de manter a dignidade, de engolir o constrangimento.

Claire parece extraordinariamente feliz com o comentário. Com outro sorriso iluminando seu rosto, inclina-se para ele e pergunta: Como vai o conto, Martin?

Nesse ponto, Martin segura um pedaço de limão na mão esquerda, pronto para espremê-lo por cima dos aspargos. Em vez de responder imediatamente, ele aperta o limão entre o polegar e o indicador, e o sumo espirra em seu olho. Martin grita de dor. Mais uma vez, Claire cai na risada e, mais uma vez, nosso rabugento herói não acha a menor graça. Ele mergulha o guardanapo no copo de água e começa a passar no olho, tentando se livrar do ardor. Parece derrotado, totalmente humilhado por essa nova demonstração de desjeito. Quando finalmente larga o guardanapo, Claire repete a pergunta.

E então, Martin, ela diz, como vai indo o conto?

Martin não está mais aguentando. Recusando-se a responder a pergunta de Claire, olha-a bem nos olhos e diz: Quem é você, Claire? O que está fazendo aqui?

Sem se abalar, Claire sorri para ele. Não, primeiro a minha pergunta. Como está indo o conto?

Martin parece prestes a estourar. Enlouquecido com as evasivas dela, olha para Claire sem dizer nada.

Por favor, Martin. É muito importante.

Fazendo esforço para se controlar, Martin resmunga um comentário sarcástico — não tanto para Claire, mais como se estivesse pensando em voz alta, falando com seus botões. Quer mesmo saber?

Quero, quero muito saber.

Está bem... Está bem, eu lhe digo como está indo. Está... (reflete por um momento) está... (continua a pensar) Na verdade, está indo até que bem.

Até que bem... ou muito bem?

Humm... (pensando) muito bem. Diria que está indo muito bem.

Viu?

Vi o quê?

Ah, Martin. Claro que viu.

Não, Claire, não vi. Não estou vendo nada. Se quer saber a verdade, estou completamente no escuro.

Pobre Martin. Não devia ser tão duro consigo mesmo.

Martin lhe dá um sorriso frouxo. Eles chegaram a uma espécie de impasse e, por enquanto, não há mais nada a dizer. Claire volta-se para o prato. Come com gosto, isso é óbvio, saboreando em pequenas mordidas o que preparou. Humm, ela diz. Não está mau. O que você acha, Martin?

Martin ergue o garfo, mas bem na hora em que vai pôr a comida na boca olha para Claire, distraído pelos gemidos suaves de prazer que emanam de sua garganta, e com a atenção desviada momentaneamente da mão, o pulso se vira de leve para baixo. Enquanto o garfo continua sua viagem rumo à boca, um fio do tempero da salada escorre do utensílio e pinga na frente da camisa. De início, Martin não repara, mas enquanto a boca se abre e os olhos se voltam para o bocado de aspargos a sua espera, de repente vê o que está acontecendo. Dá um salto para trás e deixa o garfo cair. Puxa! De novo!

A câmera corta para Claire (que caiu na risada pela terceira vez) e continua se aproximando dela num close. A imagem é semelhante àquela que encerrou a cena do primeiro encontro, no começo do filme, mas se no quarto o rosto de Claire permanece imóvel enquanto assiste à saída de Martin, na sala de jantar ele está alegre, esfuziante, deliciado, expressando o que parece ser uma alegria quase transcendente. *Ela tinha tanta vida nessa época*, Alma tinha me dito, *tanta alegria*. Nenhum outro momento da história capta tão bem essa sensação de plenitude e vivacidade. Por alguns segundos, Claire se transforma em algo indestrutível, na corporificação do mais puro fulgor humano. Depois a imagem começa a se dissolver, desfazendo-se contra um sólido fundo negro e, ainda que sua risada continue mais um pouco, começa a se desintegrar também, dissolvendo-se numa série de ecos, respirações desconexas e reverberações cada vez mais distantes.

Segue-se um longo momento de imobilidade e, durante os vinte segundos seguintes, a tela é dominada por uma única imagem noturna: a lua no céu. As nuvens passam no alto, as folhas embaixo farfalham ao vento, mas essencialmente não há nada mais para ver além da lua. É uma transição severa e objetiva e, em poucos instantes, esquecemos as trapalhadas cômicas da cena anterior. *Nessa noite,* diz Martin, *tomei uma das decisões mais importantes de minha vida. Decidi que não faria mais nenhuma pergunta. Claire me pedia para dar um salto no escuro e, em vez de pressioná-la, decidi fechar os olhos e saltar. Não fazia ideia do que me esperava lá no fundo, mas isso não significava que não valesse a pena arriscar. E assim foi que continuei caindo... e uma semana depois, bem quando eu achava que nada poderia dar errado, Claire saiu para dar um passeio.*

Martin está sentado à escrivaninha, no gabinete do andar de cima. Vira-se da máquina para olhar pela janela e, no contraplano que nos mostra para onde está olhando, vemos Claire em plano médio caminhando sozinha pelo jardim. A frente fria pelo visto chegou. Ela está de cachecol e casacão, mãos nos bolsos, e uma leve camada de neve cobre o chão. Quando a câmera corta de volta para Martin, ele continua olhando pela janela, incapaz de tirar os olhos dela. Mais um contraplano e em seguida outro plano de Claire, sozinha no jardim. Dá mais alguns passos e então, sem aviso, cai por terra. É uma queda aterradoramente eficaz. Nenhuma hesitação ou tontura, nada de joelhos cedendo devagar. Entre um passo e outro, Claire perde inteiramente a consciência e, pela forma repentina e impiedosa como suas forças a abandonaram, parece morta.

A câmera faz um zoom da janela, trazendo o corpo inerte de Claire para o primeiro plano. Martin entra no enquadramento: correndo, sem fôlego, desesperado. Cai de joelhos e aninha a cabeça dela nas mãos, procurando sinais de vida. Não sabemos mais o que esperar. A história mudou de tom e, um minuto depois de muita risada, nos vemos no meio de uma cena tensa, melodramática. Claire acaba abrindo os olhos, mas passa-se tempo suficiente para sabermos que não se trata de uma recuperação, e sim de um adiamento da execução, de um presságio das coisas que estão por vir. Ela olha para Martin e sorri. É um sorriso espiritual, de certa forma, um sorriso interior, um sorriso de alguém que não acredita mais no futuro. Martin a beija, depois se curva, pega Claire nos braços e começa a levá-la para dentro de casa. *Ela parecia estar bem*, ele diz. *Só um desmaio passageiro, nós achamos que fosse. Mas na manhã seguinte Claire acordou com febre alta.*

Cortamos para Claire na cama. Martin, atento como uma enfermeira, tira-lhe a temperatura, ministra aspirinas, enxuga-lhe a testa com uma toalha, leva colheradas de caldo a sua boca. *Ela não se queixava*, ele prossegue. *A pele queimava, mas ela parecia animada. Depois de um tempo, forçou-me a sair do quarto. Volte para seu conto, ela disse. Prefiro ficar aqui sentado com você, falei, mas Claire riu e, com uma expressão engraçada, de falsa zanga no rosto, disse que, se eu não voltasse ao trabalho naquele instante, sairia da cama, tiraria toda a roupa e correria lá para fora nua. E isso não iria ajudá-la a melhorar, certo?*

Um instante depois, Martin está sentado à escrivaninha, batendo mais uma página da história. O som é especialmente intenso nesse momento — teclas martelando em ritmo furioso, grandes explosões de atividade em staccato —, até que o volume diminui para o quase silêncio e a voz de Martin volta em off. De novo no quarto. Um a um, vemos uma sucessão de closes altamente detalhados, naturezas-mortas do minúsculo mundo que cerca a cama da doente: um copo de água, a beirada de um livro fechado, um termômetro, o puxador da gaveta da mesa de cabeceira. *Mas na manhã seguinte*, Martin continua, *a febre tinha piorado. Eu disse a ela que ia tirar o dia de folga, ela querendo ou não. Passei várias horas sentado a seu lado e, lá pelo meio da tarde, ela parecia melhor.*

A câmera salta para um plano aberto do quarto e lá está Claire, sentada na cama, a mesma moça animada de sempre. Numa voz entre zombeteira e séria, lê um trecho de Kant em voz alta para Martin: ... *o que vemos não é em si mesmo o que vemos* [...]

de modo que, se removermos nosso sujeito, ou a forma subjetiva de nossos sentidos, todas as qualidades, todas as relações dos objetos no espaço e no tempo, além do espaço e do tempo em si mesmos, desapareceriam.

As coisas parecem estar voltando ao normal. Claire está se recuperando e Martin retoma o conto no dia seguinte. Trabalha com afinco umas duas ou três horas, depois interrompe para dar uma olhada em Claire. Quando entra no quarto, ela dorme a sono solto, enfiada debaixo de uma pilha de acolchoados e cobertores. Faz frio no quarto — frio o bastante para que Martin enxergue o próprio hálito à frente, quando exala. Hector o avisara sobre a caldeira, mas obviamente Martin se esquecera por completo do assunto. Muitas coisas malucas aconteceram depois daquele telefonema e o nome Fortunato deve ter lhe fugido da cabeça.

Há uma lareira no quarto, entretanto, e uma pequena pilha de lenha dentro dela. Martin começa a preparar o fogo, fazendo o mínimo possível de barulho, para não acordar Claire. Assim que a chama pega, ele ajusta as toras com um atiçador e uma delas acidentalmente escorrega de sob as outras. O barulho perturba o sono de Claire. Ela se mexe, gemendo suavemente enquanto se revira nas cobertas, depois abre os olhos. Martin, ainda em frente da lareira, se vira. Não quis acordá-la. Perdão.

Claire sorri. Parece fraca, esgotada fisicamente, quase inconsciente. Olá, Martin, sussurra. Como vai meu bonitão?

Martin caminha até a cama, senta-se e põe a mão em sua testa. Você está pelando, diz.

Estou bem, ela responde. Estou me sentindo ótima.

Este é o terceiro dia, Claire. Acho que devíamos chamar um médico.

Não há necessidade. Apenas me dê mais umas aspirinas. Daqui a meia hora estarei nova em folha.

Martin sacode o frasco, tira três aspirinas e entrega para ela com um copo de água. Enquanto Claire engole os comprimidos, Martin diz: Não estou gostando disso. Acho melhor um médico dar uma espiada em você.

Claire estende o copo vazio para Martin e ele o coloca de volta na mesa de cabeceira. Fale um pouco sobre o conto, ela diz. Isso vai me fazer sentir melhor.

Você devia descansar.

Por favor, Martin. Só um pouquinho.

Não querendo desapontá-la e, ao mesmo tempo, não querendo sobrecarregar suas forças, Martin limita o resumo a umas poucas frases. Escureceu agora. Nordstrum saiu de casa. Anna está a caminho, mas ele não sabe disso. Se ela não chegar logo, ele vai cair na armadilha.

Será que ela vai conseguir?

Não importa. O importante é que está indo para ele.

Ela se apaixonou por ele, não foi?

A seu modo, sim. Está arriscando a vida por ele. É uma forma de amor, não é?

Claire não responde. A pergunta de Martin comoveu-a e está emocionada demais para dar uma resposta. Seus olhos se enchem de lágrimas; a boca estremece; uma expressão de intensidade extasiada brilha em seu rosto. É como se tivesse chegado a uma nova compreensão de si mesma, como se seu corpo todo estivesse exalando luz. Quanto ainda falta?, pergunta.

Duas ou três páginas. Estou quase no fim.

Termine agora.

Eles podem esperar. Termino amanhã.

Não, Martin, agora. Você precisa terminar o conto agora.

A câmera se demora um momento no rosto de Claire — e então, como se impulsionado pela força de sua ordem, Martin está de novo diante da máquina, datilografando. Isso inicia uma sequência de planos cruzados entre os dois personagens. Vamos de Martin para Claire e de Claire para Martin e, no espaço de dez planos simples, finalmente atinamos, finalmente entendemos o que está acontecendo. Em seguida Martin volta para o quarto e, em outros dez planos, ele também acaba entendendo.

1. Claire se contorce na cama, com dores atrozes, fazendo um esforço tremendo para não pedir ajuda.

2. Martin chega ao fim da página, tira o papel da máquina e coloca outra folha. Começa a datilografar de novo.

3. Vemos a lareira. O fogo está quase apagado.

4. Um close dos dedos de Martin, batendo à máquina.

5. Um close do rosto de Claire. Está mais fraca que antes, não se retorce mais.

6. Um close do rosto de Martin. À escrivaninha, batendo à máquina.

7. Um close da lareira. Restam apenas umas poucas brasas acesas.

8. Um plano médio de Martin. Ele datilografou a última palavra do conto. Pausa breve. Depois tira o papel da máquina.

9. Um plano médio de Claire. Ela estremece de leve — depois parece ter morrido.

10. Martin está parado ao lado da escrivaninha, juntando as páginas do manuscrito. Sai do gabinete, com o conto terminado na mão.

11. Martin entra no quarto, sorrindo. Olha para a cama e o sorriso desaparece.

12. Um plano médio de Claire. Martin senta-se a seu lado, põe a mão em sua testa e não obtém resposta. Encosta o ouvido em seu peito — nenhuma resposta. Com pânico crescente, joga o manuscrito de lado e começa a massagear o corpo de Claire com as duas mãos, tentando desesperadamente aquecê-la. O corpo está mole; a pele, fria; ela parou de respirar.

13. Plano da lareira. Vemos as brasas morrendo. Não há mais lenha lá dentro.

14. Martin salta da cama. Recolhendo o manuscrito, avança para a lareira. Parece possesso, fora de si de pavor. Só resta uma coisa a fazer — e tem de ser feita imediatamente. Sem hesitar, Martin amassa a primeira página de seu conto e a atira no fogo.

15. Um close do fogo. A bola de papel cai sobre as cinzas e se incendeia. Ouvimos Martin amassando outra folha. Um instante depois, a segunda bola de papel cai sobre as cinzas e pega fogo.

16. Corta para um close do rosto de Claire. As pálpebras começam a se agitar.

17. Um plano médio de Martin, agachado diante do fogo. Ele pega a folha seguinte, amassa e joga no fogo. Mais uma súbita explosão de chamas.

18. Claire abre os olhos.

19. Indo o mais rápido que pode, Martin continua amarrotando folhas de papel e atirando-as no fogo. Uma a uma, todas começam a queimar, cada uma delas acendendo a outra, enquanto as chamas se intensificam.

20. Claire senta-se na cama. Piscando confusa; bocejando; espreguiçando-se; sem mostrar o menor sinal de doença. Ela ressuscitou dos mortos.

Recobrando aos poucos os sentidos, começa a olhar em volta do quarto e, quando vê Martin na frente da lareira, amassando loucamente seu manuscrito e atirando os papéis no fogo, toma um susto. O que está fazendo?, pergunta. Meu Deus, Martin, o que está fazendo?

Estou comprando você de volta, ele diz. Trinta e sete páginas pela sua vida, Claire. Foi o melhor negócio que já fiz na vida.

Mas você não pode fazer uma coisa dessas. Não é permitido.

Talvez não. Mas estou fazendo, não estou? Mudei as regras.

Claire está em pânico, prestes a cair no choro. Ah, Martin. Você não sabe o que fez.

Sem se importar com as objeções de Claire, Martin continua alimentando as chamas com seu conto. Quando chega à última página, vira-se para ela com uma expressão de triunfo no rosto. Viu só, Claire? São só palavras. Trinta e sete páginas — e nada mais que palavras.

Senta-se na cama e Claire atira-se em seus braços. É um gesto de surpreendente ferocidade e paixão, e, pela primeira vez desde o começo do filme, parece com medo. Ela o quer e não o quer. Está extasiada; está horrorizada. Sempre foi a mais forte dos dois, a que possuía toda a coragem e confiança, mas agora que Martin resolveu a charada de seu fascínio, parece perdida. O que você vai fazer?, ela pergunta. Diga, Martin, o que você pensa que vai fazer?

Antes que ele possa responder, a cena muda para o exterior. Vemos a casa a uma distância de uns quinze metros, solta no meio do nada. A câmera faz um tilt para cima, dá uma panorâmica para a direita e pousa nos galhos de um enorme choupo. Está tudo parado. Não há vento; os galhos estão imóveis; nem uma única folha se mexe. Passam-se dez segundos, depois quinze e então, repentinamente, a tela fica escura e o filme acaba.

8.

Na tarde desse mesmo dia a cópia de *Martin Frost* foi destruída. O certo talvez fosse eu me considerar um homem de sorte, afinal consegui vê-lo e estive presente à última sessão de cinema da Fazenda Pedra Azul, mas uma parte de mim teria preferido que Alma não tivesse ligado aquele projetor e que eu não tivesse jamais posto o olho num fotograma sequer daquele filminho elegante que nunca mais me saiu da cabeça. Não teria tido a menor importância se eu não tivesse gostado, se tivesse podido rejeitá-lo como um exemplo incompetente de narrativa, mas o filme obviamente não era ruim, obviamente não era incompetente e, sabendo que estava prestes a ser perdido, percebi que viajara mais de três mil quilômetros para participar de um crime. Quando *The Inner Life of Martin Frost* se desfez em chamas junto com o resto do trabalho de Hector, naquela tarde de julho, foi como se tivesse havido uma tragédia, como se tivesse chegado o fim do maldito mundo.

Só assisti a esse filme. Não havia tempo para ver nenhum outro e, considerando que só pude vê-lo uma vez, não foi má ideia Alma me fornecer bloco e caneta. Não há contradição nessa afirmação. Mesmo desejando nunca tê-lo visto, o fato é que eu o vi e, depois que as palavras e as imagens se insinuaram dentro de mim, me senti grato por haver uma forma de mantê-las comigo. As anotações que fiz naquela manhã ajudaram-me a lembrar de detalhes que de outra forma teriam me escapado, a manter o filme vivo na cabeça depois de tantos anos. Mal olhei para o papel enquanto escrevia — rabiscando a taquigrafia ensandecida que criara quando estudante — e, se boa parte da letra beirava o ilegível, consegui dar um jeito de decifrar cerca de noventa ou noventa e cinco por cento dela. Foram semanas de esforço minucioso para fazer a transcrição, mas, assim que obtive uma cópia razoável dos diálogos e dividi a história em cenas numeradas, foi possível restabelecer contato. Preciso entrar numa espécie de transe para conseguir isso (o que significa que nem sempre funciona), mas se eu me concentrar o suficiente e entrar no espírito certo, as palavras conseguem de fato recriar as imagens e tenho a impressão de estar vendo o filme de novo — ou pelo menos trechos que ficaram trancafiados na cabine de projeção de meu cérebro. No ano passado, quando comecei a brincar com a ideia de escrever este livro, fiz várias consultas com um hipnotizador. Na primeira vez não aconteceu muita coisa, mas as três visitas seguintes produziram resultados espantosos. Escutando as gravações em fita dessas sessões, pude preencher certos vazios, trazer de volta uma série de coisas que começavam a desaparecer. Seja como for, parece que os filósofos tinham razão. Nada do que nos acontece se perde.

A sessão terminou alguns minutos depois do meio-dia. Alma e eu estávamos com fome a essa altura, necessitados de uma pequena pausa, e em vez de mergulharmos direto em outro filme, fomos para o corredor com nossa cesta de comida. Era um lugar esquisito para um piquenique — acampados no chão empoeirado de linóleo, atacando sanduíches de queijo debaixo de uma fileira piscante de luzes fluorescentes—, mas não queríamos perder tempo procurando um lugar melhor lá fora. Conversamos sobre a mãe de Alma, sobre os outros trabalhos de Hector, sobre a mistura curiosamente satisfatória de humor extravagante e seriedade no filme que tínhamos acabado de ver. O cinema pode nos levar a acreditar em todo tipo de absurdo, eu disse, mas dessa vez eu tinha caído direitinho. Quando Claire volta à vida, na última cena, estremeci, senti como se estivesse presenciando um autêntico milagre. Martin queimou seu conto para poder resgatar Claire da morte, mas era também Hector resgatando Brigid O'Fallon, e também Hector queimando seus próprios filmes, e quanto mais as coisas se voltavam sobre si mesmas, mais intensamente eu entrava no espírito do filme. Pena que não pudéssemos vê-lo outra vez, eu disse. Não sabia se tinha observado o vento com a atenção devida, se tinha prestado atenção suficiente nas árvores.

Provavelmente falei mais tempo do que devia, porque, assim que Alma anunciou o título do filme que iríamos ver em seguida (*Report from the Anti-World*), uma porta bateu em algum lugar do prédio. Estávamos justamente levantando do chão — espanando as migalhas de pão da roupa, dando um último gole no chá gelado da garrafa térmica, aprontando-nos para voltar lá para dentro. Ouvimos o ruído de um par de tênis se arrastando pelo linóleo. Momentos depois, Juan surgiu no fim do corredor e, quando começou a trotar em nossa direção — mais correndo do que andando —, percebemos que Frieda havia voltado.

Nos minutos seguintes, foi como se eu não estivesse mais ali. Juan e Alma conversaram em silêncio, comunicando-se com uma série de sinais de mão, movimentos amplos do braço e meneios e sacudidas enfáticas de cabeça. Eu não entendia o que estavam dizendo, mas, à medida que os comentários iam e voltavam de um para o outro, foi possível perceber que Alma estava cada vez mais irritada. Seus gestos tinham se tornado duros, truculentos, quase agressivos na negação daquilo que Juan lhe dizia. Juan atirou as mãos para o alto, como se estivesse se rendendo (não me culpe, parecia dizer, sou apenas o mensageiro), mas Alma continuou com o ataque, e os olhos dele se anuviaram, hostis. Bateu com o punho na palma da mão, depois se virou e apontou um dedo para minha cara. Não era mais uma conversa. Era uma briga, e a briga de repente era por minha causa.

Continuei olhando, continuei tentando entender o que estavam dizendo, mas não conseguia decifrar os códigos, não conseguia dar sentido ao que estava vendo. Depois Juan se foi e, enquanto atravessava o corredor com suas pernas atarracadas, minúsculas, Alma me explicou o que havia acontecido. Frieda voltou há dez minutos, falou. E quer começar agora.

Mas que rapidez medonha, eu disse.

Hector só será cremado às cinco da tarde. Ela não quis ficar em Albuquerque esse tempo todo, portanto decidiu voltar para casa. Quer recolher as cinzas amanhã de manhã.

E sobre o que você e Juan estavam discutindo então? Não entendi o que estava acontecendo, mas ele apontou o dedo para mim. Não gosto que as pessoas me apontem o dedo.

Estávamos falando de você.

Percebi. Mas o que eu tenho a ver com os planos de Frieda? Sou só uma visita.

Pensei que tivesse entendido.

Eu não entendo a linguagem de sinais, Alma.

Mas viu que eu estava brava.

Claro que vi. Mas continuo sem saber por quê.

Frieda não quer você por perto. É tudo muito privado, segundo ela, e não é uma boa hora para estranhos.

Está me dizendo que ela está me chutando daqui?

Não exatamente. Mas essa é a ideia geral. Ela quer que você vá embora amanhã. O plano é deixá-lo no aeroporto quando estivermos a caminho de Albuquerque, amanhã.

Mas foi ela quem me convidou. Será que se esqueceu?

Hector estava vivo na época. Agora não está mais. As circunstâncias mudaram.

Bem, talvez ela tenha razão. Eu vim para assistir aos filmes dele, certo? Se não há mais filme para ver, então também não há mais razão para eu ficar. Consegui assistir a um deles. Agora posso ver arder os outros numa fogueira, depois sigo meu caminho.

Mas é justamente essa a questão. Ela não quer que você veja nem isso. Segundo o que me disse o Juan, não é da sua conta.

Ah. Agora entendo por que você perdeu a esportiva.

Não tem nada a ver com você, David. Tem a ver comigo. Ela sabe que eu o quero aqui. Conversamos sobre isso hoje de manhã, e agora ela quebrou a promessa. Estou tão chateada que podia dar um soco na cara dela.

E onde eu devo me esconder enquanto vocês participam do churrasco?

Na minha casa. Ela disse que você pode ficar na minha casa. Mas ainda vou falar com ela. Vou fazer com que mude de ideia.

Não se dê ao trabalho. Se Frieda Spelling não me quer lá, não posso invocar meus direitos e fazer uma cena. Eu não tenho direito nenhum. A casa é dela e devo fazer o que ela manda.

Então eu também não vou. Ela que queime os malditos filmes com o Juan e a Conchita.

Claro que vai. É o último capítulo de seu livro, Alma, você precisa estar lá para ver acontecer. Tem que ir até o fim.

Eu queria que você também assistisse. Não vai ser a mesma coisa sem você.

Catorze cópias e negativos vão dar uma bela fogueira. Muita fumaça, muitas chamas. Com sorte, poderei ver da janela de sua casa.

De fato, acabei vendo a fogueira, só que vi mais fumaça do que chamas, e como as janelas do chalé de Alma estivessem abertas, mais senti do que vi o fogo. O celuloide queimado tinha um fedor acre, ardido, e as substâncias químicas que se espalharam pelo ar continuaram pairando na atmosfera bem depois de a fumaça sumir. De acordo com o que Alma me contou à noite, os quatro levaram mais de uma hora para tirar os filmes do arquivo no porão. Em seguida, amontoaram as latas em carrinhos de mão e puxaram tudo aquilo pelo terreno pedregoso até uma área logo atrás do estúdio de gravação. Com a ajuda de jornais e querosene, fizeram fogo em dois latões de óleo — um para as cópias, outro para os negativos. Os filmes velhos de nitrato queimaram fácil, mas os rolos posteriores a 1951, de triacetato de celulose, eram mais resistentes, menos inflamáveis e deram um certo trabalho. Tiveram de desenrolá-los e colocá-los no fogo um por um, Alma contou, e isso levou tempo, muito mais tempo do que haviam previsto. Tinham imaginado tudo terminado por volta das três da tarde, mas na verdade trabalharam até as seis.

Passei esse tempo sozinho na casa, tentando não me sentir ressentido com o exílio. Eu tinha feito uma cara boa na frente de Alma, mas a verdade é que estava tão furioso quanto ela. O comportamento de Frieda fora imperdoável. Você não convida uma pessoa para lhe fazer uma visita e depois a desconvida assim que ela aparece em sua casa. E, se por acaso isso acontece, pelo menos você fornece uma explicação qualquer, que não seja intermediada por um criado surdo-mudo que passa o recado a terceiros de dedo em riste na cara da visita. Eu sabia que Frieda estava arrasada, que estava vivendo um dia de tempestades e dores cataclísmicas, mas por mais que desejasse encontrar desculpas para ela, não podia evitar de me sentir magoado. O que eu estava fazendo ali? Por que Alma fora enviada a Vermont para me buscar à força, sob a mira de um revólver, se eles não queriam me ver? Fora Frieda, afinal de contas, quem escrevera as cartas. Fora ela quem me convidara para assistir aos filmes de Hector. Alma me disse que levou um ano para convencê-los a me convidar. Entendi que Hector havia resistido à ideia, mas que no fim fora persuadido por Alma e Frieda. Agora, depois de dezoito horas na fazenda, estava começando a desconfiar que me enganara.

Se não fosse a forma insultuosa como fui tratado, provavelmente não teria dado maior importância ao assunto. Depois que Alma e eu terminamos nossa conversa no prédio de pós-produção, guardamos as sobras do almoço e fomos até o chalé de adobe, construído numa pequena elevação do terreno, a cerca de trezentos metros da sede. Alma abriu a porta e, largada a nossos pés, um pouco além da soleira, estava minha valise. Eu a deixara no quarto de hóspedes da outra casa e alguém (com certeza Conchita) a levara até lá sob as ordens de Frieda e a depositara no chão da casa de Alma. Pareceu-me um gesto arrogante e imperioso. De novo, fingi não me importar (Bem, falei, rindo, pelo menos isso me poupa o trabalho de ter eu mesmo que ir pegá-la), mas por baixo desse comentário jocoso estava morrendo de raiva. Alma saiu para ir ter com os outros e durante os quinze, vinte minutos seguintes vaguei pela casa, entrando e saindo dos aposentos, tentando controlar minha ira. Pouco depois, ouvi o chacoalhar dos carrinhos de mão à distância, o estrépito de metal raspando em pedra, o barulho intermitente de latas de filme empilhadas batendo e vibrando umas nas outras. O auto de fé estava prestes a começar. Fui para o banheiro, tirei a roupa e abri as torneiras no máximo.

Mergulhado na água tépida, deixei a mente vagar por um tempo, repassando os fatos como eu os entendia. Depois, virando-os do avesso e olhando para eles de um ângulo diferente, tentei acomodá-los aos acontecimentos da última hora: o diálogo beligerante entre Juan e Alma, a reação indignada de Alma com o recado de Frieda (*ela quebrou a promessa* [...] *podia dar um soco na cara dela*), minha expulsão da fazenda. Era uma linha de raciocínio puramente especulativa, mas quando pensei no que havia acontecido na noite anterior (a gentileza de Hector me dando as boas-vindas, sua ansiedade em me mostrar os filmes) e depois comparei com o que tinha ocorrido dali para a frente, comecei a me perguntar se Frieda não teria levantado objeções à minha visita desde o começo. Não estava me esquecendo de que fora ela quem me convidara para ir a Tierra del Sueño, mas talvez tivesse escrito aquelas cartas contra a vontade, cedendo às pressões de Hector depois de meses de discussões e desavenças. Se fosse esse o caso, então me mandar embora de lá não representava uma mudança súbita de ideia. Era apenas algo que podia fazer, agora que Hector estava morto.

Até então, eu havia pensado neles como parceiros iguais. Alma falara um bocado sobre o casamento deles e nem por um momento me ocorreu que pudessem ter motivos diferentes, que seus pensamentos não estivessem em perfeita harmonia. Tinham feito um pacto em 1939 para produzir filmes que jamais seriam mostrados ao público, e tinham ambos acatado a ideia de que o trabalho que fariam juntos deveria ser destruído. Essas foram as condições de Hector para voltar a filmar. Uma interdição brutal, é verdade, entretanto somente se sacrificasse a única coisa que teria dado sentido a seu trabalho — o prazer de dividi-lo com outros — poderia justificar a decisão de voltar a fazer cinema. Os filmes, portanto, eram uma forma de penitência, um reconhecimento de que seu papel no assassinato acidental de Brigid O'Fallon era um pecado que jamais poderia ser perdoado. *Sou um homem ridículo. Deus me pregou muitas peças.* Uma forma de punição dera lugar a outra e, na lógica emaranhada e autotorturante de sua decisão, Hector continuara a pagar suas dívidas perante um Deus no qual se recusava a acreditar. A bala que lhe atravessara o peito no banco de Sandusky tornara possível seu casamento com Frieda. A morte do filho tornara possível sua volta ao cinema. Em nenhuma das circunstâncias, entretanto, fora absolvido da responsabilidade pelo que acontecera na noite de 14 de janeiro de 1929. Nem o sofrimento físico causado pela arma de Knox, nem o sofrimento mental causado pela morte de Taddy tinham sido suficientemente terríveis para libertá-lo. Sim, ele podia fazer filmes. Pôr cada grama de seu talento e energia para fazê-los. Fazê-los como se sua vida dependesse disso, e depois, quando sua vida terminasse, providenciar para que fossem destruídos. Você está proibido de deixar qualquer rastro.

Frieda concordara com tudo isso, mas não pode ter sido a mesma coisa para ela. Não tinha cometido nenhum crime; não fora esmagada pelo peso de uma consciência culpada; não era perseguida pela lembrança de ter posto uma moça morta dentro do porta-malas de um carro e de tê-la enterrado nas montanhas da Califórnia. Frieda era inocente, mas aceitara os termos de Hector, colocando de lado todas as suas ambições para se dedicar à criação de um trabalho cujo objetivo central era o nada. Teria sido compreensível para mim que ela o tivesse observado à distância — condescendendo com as obsessões do marido, talvez, compadecendo-se de sua mania, porém recusando-se a se envolver na mecânica daquela empreitada. Mas Frieda fora sua cúmplice, sua defensora mais feroz, envolvida até o pescoço desde o início. Não só convenceu Hector a voltar a fazer filmes (ameaçando deixá-lo caso não o fizesse) como também financiou a operação. Costurou roupas, desenhou storyboards, montou filmes, concebeu cenários. Ninguém trabalha tanto numa coisa a menos que goste do que está fazendo, a menos que sinta que seus esforços têm algum valor — mas que satisfação ela poderia tirar de passar todos aqueles anos a serviço de nada? Pelo menos Hector, prisioneiro de uma batalha psicorreligiosa entre desejo e autorrenúncia, poderia auferir consolo pensando que havia um propósito em seu trabalho. Não fazia filmes com o objetivo de destruí-los — e sim apesar disso. Eram duas ações distintas, e a melhor parte era que ele não precisaria estar por perto quando a segunda acontecesse. Já estaria morto na hora em que seus filmes fossem para a fogueira, e para ele não faria mais a menor diferença. Para Frieda, no entanto, as ações deviam ser uma mesma coisa, dois passos num único processo unificado de criação e destruição. Desde o princípio, era a ela que caberia riscar o fósforo e pôr fim ao trabalho conjunto, e essa ideia deve ter amadurecido com o correr dos anos até acabar dominando tudo o mais. Pouco a pouco, tornara-se um princípio estético em si próprio. Mesmo tendo continuado a trabalhar nos filmes com o marido, deve ter começado a achar que o trabalho não era mais fazer filmes. Era fazer para poder destruir. Esse era o trabalho e, até que todas as provas desse trabalho fossem destruídas, o trabalho não existia. Só viria a ser no momento de sua aniquilação — e então, enquanto a fumaça se espalhasse pelo dia escaldante do Novo México, teria desaparecido.

Havia alguma coisa amedrontadora e bela nessa ideia. Eu entendia quão atraente devia ser para ela e, ainda que por uma única vez tenha me permitido olhar a questão através dos olhos de Frieda e experimentar o pleno poder dessa negação extasiada, também compreendi por que ela queria se ver livre de mim. Minha presença maculara a pureza do momento. Os filmes deveriam ter tido uma morte virgem, sem terem sido tocados pelos olhos de ninguém de fora. Já era ruim o bastante que eu tivesse tido permissão de ver um deles, mas com as cláusulas do testamento de Hector prestes a entrar em vigor, era preciso insistir para que a cerimônia fosse conduzida da maneira como sempre imaginara. Os filmes tinham nascido em segredo e deveriam desaparecer também em segredo. Estranhos não tinham permissão de ver e, embora Alma e Hector tivessem feito um esforço de última hora para me levar ao círculo dos íntimos, Frieda sempre me vira como um estranho.

Alma era parte da família e, portanto, fora ungida testemunha oficial. Ela era a historiógrafa da corte, por assim dizer, e depois que o último integrante da geração de seus pais estivesse morto, as únicas memórias sobreviventes seriam as registradas em seu livro. Era para eu ter sido a testemunha da testemunha, o observador independente levado até ali para confirmar a justeza das declarações da testemunha. Era um papel pequeno a desempenhar num drama tão grande, e Frieda me cortara do roteiro. No que lhe dizia respeito, eu fora desnecessário desde o início.

Continuei na banheira até a água esfriar, depois me enrolei em duas toalhas e me demorei mais vinte ou trinta minutos — fazendo a barba, me vestindo, penteando o cabelo. Achei gostoso estar no banheiro de Alma, entre tubos e frascos que enchiam as prateleiras do armário e entulhavam o tampo de uma pequena cômoda de madeira em frente à janela. A escova de dentes vermelha em seu suporte sobre a pia, os batons em estojos dourados de plástico, a escovinha do rímel e o lápis de sobrancelha, a caixa de tampões, as aspirinas, o fio dental, a água de colônia Chanel nº 5, a caixa de creme antimicrobiano. Cada uma dessas coisas, um sinal de intimidade, uma marca de solidão e autorreflexão. Ela põe os comprimidos na boca, aplica creme na pele, passa pentes e escovas pelo cabelo e, toda manhã, vem até este aposento e para na frente do mesmo espelho em que estou me vendo. O que sabia eu sobre ela? Quase nada, no entanto tinha certeza de que não queria perdê-la, de que estava pronto a enfrentar a briga para poder vê-la de novo depois de ir embora da fazenda, pela manhã. Meu problema era ignorância. Não restava a menor dúvida de que havia divergências na casa, mas como eu não conhecia Alma o bastante para poder medir a extensão de sua raiva contra Frieda, não sabia até onde devia me preocupar com o que estava acontecendo. Na noite anterior, eu tinha visto as duas juntas à mesa da cozinha e não me pareceu haver nenhum conflito entre elas. Lembro-me da solicitude na voz de Alma, do pedido delicado de Frieda para que Alma passasse a noite na sede, a sensação de laços de família. Não era incomum que pessoas tão próximas partissem uma para cima da outra, que no calor do momento dissessem coisas das quais mais tarde se arrependeriam — mas a explosão de Alma fora especialmente intensa, borbulhando ameaças de violência raras (pela minha experiência) entre as mulheres. *Estou tão chateada que podia dar um soco na cara dela.* Quantas vezes na vida ela tinha dito esse tipo de coisa? Teria o hábito de fazer declarações assim tão grosseiras e exageradas ou isso representava uma nova guinada em seu relacionamento com Frieda, uma súbita ruptura depois de anos de animosidade silenciosa? Soubesse eu de mais coisas, não precisaria ter feito a pergunta. Teria compreendido que as palavras de Alma eram para ser levadas a sério, que a própria extravagância delas provava que as coisas tinham começado a fugir do controle.

Terminei com o banheiro e continuei com minhas andanças sem propósito pela casa. Era pequena, compacta, solidamente construída, um tanto desengonçada no projeto, mas apesar das dimensões exíguas Alma parecia morar em apenas uma parte dela. Um dos quartos do fundo fora reservado para depósito. Em uma parede e em metade de outra, havia caixas de papelão empilhadas e pelo menos uma dúzia de objetos fora de uso espalhados pelo chão: uma cadeira com uma perna quebrada, um triciclo enferrujado, uma máquina de escrever manual de bem uns cinquenta anos, uma televisão portátil preto e branco, uma pilha de bichos de pelúcia, um ditafone e diversas latas de tinta parcialmente usadas. Um outro quarto estava completamente vazio. Nenhuma mobília, nenhum colchão, nem mesmo uma lâmpada. Uma enorme teia de aranha toda intrincada pendia de um canto do teto. Três ou quatro moscas estavam presas lá, mas tinham os corpos tão ressecados e quase tão reduzidos a flocos imponderáveis de poeira que imaginei que a aranha tivesse se mudado e se instalado em outra parte.

    Restavam a cozinha, a sala, o quarto e o escritório. Eu queria me sentar e ler o livro de Alma, mas não me achava no direito de fazê-lo sem sua permissão. Ela já escrevera mais de seiscentas páginas a essa altura, mas eram páginas ainda de uma primeira versão, e a menos que um escritor lhe peça especificamente para comentar um trabalho em andamento, você não está autorizado a espiá-lo. Alma havia apontado antes para o manuscrito (*Lá está o monstro*, ela tinha dito), mas não mencionara nada sobre eu poder dar uma olhada, e eu não queria começar minha vida com ela traindo sua confiança. Em vez disso, matei o tempo olhando para tudo o mais que havia nos quatro aposentos que ela habitava, examinando a comida na geladeira, as roupas no armário do quarto e a coleção de livros, discos e vídeos na sala. Aprendi que ela tomava leite desnatado e que gostava de manteiga sem sal no pão, dava preferência à cor azul (quase sempre em tons escuros) e tinha um gosto variado em literatura e música — a garota dos meus sonhos. Dashiell Hammett e André Breton; Pergolesi e Mingus; Verdi, Wittgenstein e Villon. Num canto, encontrei todos os livros que publiquei enquanto Helen ainda era viva — os dois volumes de crítica, os quatro livros de poesias traduzidas — e percebi que nunca tinha visto todos os seis juntos fora de minha própria casa. Em outra prateleira, havia livros de Hawthorne, Melville, Emerson e Thoreau. Peguei uma coletânea de contos de Hawthorne e encontrei "A marca de nascença", que li em frente à estante, sentado no ladrilho gelado, tentando imaginar o que Alma deve ter sentido ao ler a história quando menina. Bem quando estava chegando ao fim (*A circunstância momentânea era forte demais para ele; não conseguiu divisar o que havia além dos limites obscuros do tempo...*), senti a primeira baforada de querosene queimado entrar pela janela dos fundos.

O cheiro me deixou meio doido e na hora me pus de pé e comecei a perambular de novo. Fui até a cozinha, tomei um copo de água, depois prossegui até o escritório de Alma, onde andei em círculos por uns dez ou quinze minutos, lutando contra a vontade de ler seu manuscrito. Se eu não podia fazer nada para evitar que os filmes de Hector fossem destruídos, ao menos podia tentar entender o porquê daquilo. Nenhuma das respostas que me tinham sido dadas até então chegara perto de uma explicação. Eu havia feito o possível para acompanhar os motivos, para penetrar no pensamento que os levara a uma determinação tão sombria e impiedosa, mas, agora que as fogueiras tinham sido acesas, de repente me dei conta de quão absurda, sem sentido e terrível era aquela destruição. As respostas estavam no livro, os motivos estavam no livro, as origens da ideia que haviam conduzido àquele momento estavam no livro. Sentei-me à escrivaninha de Alma. O manuscrito estava bem à esquerda do computador — uma imensa pilha de folhas de papel com uma pedra em cima, para evitar que voassem. Tirei a pedra e as palavras sob ela diziam: O *pós-vida de Hector Mann*. Alma Grund. Virei a página e vi então uma epígrafe escrita por Luis Buñuel. Era um trecho de *Meu último suspiro*, o mesmo livro que eu encontrara no gabinete de Hector pela manhã. *Um pouco depois*, começava a citação, *sugeri que queimássemos o negativo na praça du Tertre, em Montmartre, coisa que eu teria feito sem pestanejar caso o grupo tivesse concordado. Na verdade, faria o mesmo ainda hoje; posso imaginar uma imensa pira em meu jardinzinho, com todos os meus negativos e todas as cópias de meus filmes em chamas. Não faria a mínima diferença. (Curiosamente, no entanto, os surrealistas vetaram minha sugestão.)*

De certa forma, isso quebrou o encanto. Já tinha visto alguns dos filmes de Buñuel nos anos 1960 e 1970, mas não conhecia sua autobiografia e levei alguns momentos pesando as palavras que acabara de ler. Ergui os olhos e, ao desviar a atenção do manuscrito de Alma — por mais curto que tenha sido esse intervalo —, tive tempo de reorganizar as ideias e me conter antes de seguir em frente. Pus a primeira folha de volta no lugar, depois cobri o título com a pedra. Ao fazê-lo, a cadeira aproximou-se um pouco mais da mesa e com isso minha posição mudou o suficiente para eu poder ver algo em que não tinha reparado antes: uma caderneta de capa verde largada sobre a mesa, entre o manuscrito e a parede. Era do tamanho de um caderno escolar e, pelas arranhaduras e rasgos na lombada surrada de pano, imaginei que devia ser bem velha. Velha o suficiente para ser um dos diários de Hector, disse a mim mesmo — exatamente o que era.

Passei as quatro horas seguintes na sala, sentado numa antiga poltrona, com o caderno no colo, que li do começo ao fim duas vezes. Eram noventa e seis páginas ao todo e cobriam aproximadamente um ano e meio — do outono de 1930 à primavera de 1932 —, começando com uma passagem sobre uma das aulas de inglês que Hector recebera de Nora e terminando com um passeio noturno por Sandusky, vários dias depois de ter confessado sua culpa a Frieda. Se eu alimentava algumas dúvidas sobre a história que Alma me contara, elas foram dissipadas pelo que li nesse diário. Hector, em suas próprias palavras, era o mesmo Hector sobre quem ela me falara no avião, o mesmo espírito atormentado que fugira do noroeste do país, estivera perto de se matar em Montana, Chicago e Cleveland, que sucumbira à degradação de uma aliança de seis meses com Sylvia Meers, fora baleado num banco de Sandusky e sobrevivera. Ele escrevia com uma letra miúda, alongada, muitas vezes riscava alguma frase e escrevia outra a lápis por cima, errava na ortografia, borrava a tinta e, como escrevesse nos dois lados da folha, nem sempre era fácil compreender o que estava escrito. Mas consegui. Pouco a pouco, acho que acabei pegando a maior parte, e toda vez que decifrava um parágrafo, o fato se encaixava com o que Alma me relatara, os detalhes eram os mesmos. Usando o bloco de anotações que ela me dera, copiei alguns dos trechos mais significativos, transcrevendo literalmente o que estava escrito, para obter um registro exato das palavras de Hector. Entre eles havia a última conversa com Red O'Fallon no Bluebell Inn, o funesto acerto de contas com Sylvia Meers no banco traseiro da limusine, e este, da época que passou em Sandusky (morando na casa dos Spelling, depois de receber alta do hospital), que encerrava o caderno.

31/3/32. Levei o cachorro de F. para passear esta noite. Uma coisinha preta irrequieta chamada Arp. Como o artista. Dadaísta. A rua estava deserta. Névoa por toda parte, quase impossível ver aonde estava indo. Talvez um pouco de chuva também, mas com gotas tão miúdas que pareciam vapor. Uma sensação de não estar mais no chão, de estar caminhando nas nuvens. Chegamos perto de um poste e de repente tudo começou a tremeluzir, a brilhar nas trevas. Um mundo de pontos, cem milhões de pontos de luz refratada. Muito estranho, muito bonito: estátuas de névoa iluminada. Arp puxava a guia, farejando. Continuamos a andar, chegamos ao fim de um quarteirão, viramos a esquina. Outro poste e aí, ao parar um instante enquanto Arp erguia a perna, algo me chamou a atenção. Um brilho na calçada, uma explosão de luz piscando nas sombras. Tinha um tom azulado — um azul profundo, o azul dos olhos de F. Agachei-me no chão para espiar melhor e vi que era uma pedra, talvez uma joia. Uma pedra da lua, pensei, ou uma safira, ou quem sabe apenas um caco de vidro. Pequeno o suficiente para um anel, ou então um pingente caído de algum colar ou pulseira, um brinco perdido. Minha primeira reação foi dá-lo à sobrinha de F., Dorothea, a filha de quatro anos de Fred. A pequena Dotty. Ela vai muito à casa da avó. Adora a avó, adora brincar com Arp, adora F. Uma encantadora fadinha, louca por berloques e enfeites, sempre vestida em roupas malucas. Disse comigo mesmo: vou dar a pedra a Dotty. Então fui apanhá-la, mas assim que meus dedos tocaram a pedra descobri que não era o que eu imaginava. Era mole e desfez-se assim que a toquei, desintegrando-se numa gosma escorregadia e molhada. Aquilo que eu tomara por uma pedra era um pelote de cuspe humano. Alguém passara por ali, esvaziara a boca na calçada e a saliva se juntara numa bola acetinada, numa esfera multifacetada de bolhas. Com a luz passando por ela, e com os reflexos da luz dando-lhe aquele tom lustroso de azul, tinha me parecido um objeto sólido e duro. Assim que percebi o erro, retirei a mão como se a tivesse queimado. Senti ânsia de vômito, tomado de nojo. Meus dedos estavam cobertos de saliva. Não tão ruim quando é a da gente, talvez, mas nojenta quando vem da boca de um estranho. Tirei o lenço e limpei os dedos o melhor que pude. Depois, não consegui enfiar o lenço de volta no bolso. Com o braço estendido à frente, levei-o até a primeira lata de lixo que apareceu e joguei fora.

Três meses depois de escritas essas palavras, Hector e Frieda se casaram na sala de estar da casa dos Spelling. Foram de carro até o Novo México passar a lua de mel, compraram umas terras e decidiram ficar. Agora entendia por que tinham escolhido o nome de Pedra Azul para a fazenda. Hector já tinha visto essa pedra e sabia que ela não existia, que a vida que estavam prestes a construir para si mesmos era baseada numa ilusão.

A incineração terminou por volta das seis da tarde, mas Alma só voltou ao chalé lá pelas sete. Ainda não era hora de acender as luzes, mas o sol começava a baixar e lembro que a casa se encheu de brilho pouco antes de ela surgir na porta: imensas setas de luz entrando pelas janelas, uma inundação de dourados e lilases cintilantes espalhando-se por todos os cantos da sala. Era apenas meu segundo pôr do sol no deserto e não estava preparado para um ataque tão radiante. Passei para o sofá, virado na direção contrária para não ofuscar a vista, mas alguns minutos depois de acomodado nesse lugar, ouvi o trinco da porta. Mais luz inundou a sala: ondas vermelhas de sol liquefeito, uma torrente de luminosidade. Virei-me com a mão nos olhos para me proteger, e lá estava Alma parada na porta, quase invisível, uma silhueta espectral com luz irradiando das pontas do cabelo, um ser em chamas.

Depois ela fechou a porta e pude ver seu rosto, olhar em seus olhos enquanto atravessava a sala e vinha até o sofá. Não sei o que esperava dela naquele momento. Lágrimas, talvez, ou raiva, ou alguma demonstração excessiva de emoção, mas ela me pareceu extraordinariamente calma, não tanto em tumulto interior quanto exausta, sugada de suas energias. Deu a volta no sofá pela direita, pelo visto indiferente de estar me mostrando a marca de nascença que tinha no lado esquerdo do rosto, e percebi que era a primeira vez que fazia isso. Mas eu não tinha certeza se podia considerar o fato um avanço ou se devia creditá-lo a uma falta de atenção, a um sintoma de fadiga. Ela sentou ao meu lado sem dizer nada, depois encostou a cabeça em meu ombro. As mãos estavam sujas, a camiseta manchada de fuligem. Abracei-a e segurei-a em meus braços por um tempo, não queria pressioná-la com perguntas, forçá-la a falar se não estava com vontade. Por fim, perguntei-lhe se estava bem e quando ela disse estou, estou bem, compreendi que não queria entrar em detalhes. Desculpou-se por ter demorado tanto, mas, exceto pelas explicações fornecidas para o atraso (por isso fiquei sabendo dos tambores de óleo, carrinhos de mão e por aí afora), mal tocamos no assunto o resto da noite. Depois de tudo terminado, ela disse, tinha acompanhado Frieda até a sede. Tinham conversado sobre as providências para o dia seguinte, em seguida pusera Frieda na cama com um comprimido para dormir. Teria voltado direto para casa, mas como o telefone no chalé andava ruinzinho (às vezes funcionava, às vezes não), em vez de arriscar, resolvera telefonar da sede e reservara uma passagem para mim no primeiro voo para Boston no dia seguinte. O avião sairia de Albuquerque às 8h47. Eram duas horas e meia de viagem até o aeroporto, e como não daria tempo de Frieda acordar para ir conosco, a única solução fora chamar um carro. Ela queria me levar até lá ela mesma, queria se despedir de mim no aeroporto, mas as duas precisavam estar na funerária às onze horas, como poderia fazer duas viagens até Albuquerque nesse tempo? Era humanamente impossível. Mesmo que partisse comigo por volta das cinco, não conseguiria ir, voltar e ir de novo em menos de sete horas e meia. Como posso fazer o que não posso fazer?, ela disse. Não era uma pergunta retórica. Era uma declaração sobre si mesma, uma declaração de infelicidade. Como posso fazer o que não posso fazer? E então, virando o rosto para meu peito, de repente desabou e chorou.

Levei-a até a banheira e pela meia hora seguinte fiquei sentado a seu lado no chão, esfregando suas costas, braços e pernas, seus seios, rosto e mãos, seu cabelo. Demorou algum tempo até ela parar de chorar, mas aos poucos o tratamento deu a impressão de estar produzindo o efeito desejado. Feche os olhos, eu disse, não se mexa, não diga nada, derreta, deixe a água levá-la. Impressionou-me a disposição com que acatou meus comandos, sua falta de constrangimento com a própria nudez. Era a primeira vez que eu via seu corpo na luz, mas Alma agiu como se ele já me pertencesse, como se já tivéssemos passado da fase em que essas coisas precisam ser questionadas. Ela amoleceu em meus braços, rendeu-se à quentura da água, rendeu-se incondicionalmente à ideia de que era eu quem estava tomando conta dela. Não havia mais ninguém. Vivera sozinha nesse chalé pelos últimos sete anos e ambos sabíamos que era hora de se mudar. Você vai morar em Vermont comigo, falei. Vai morar lá comigo até terminar o livro, e todos os dias eu vou lhe dar outro banho. Vou trabalhar no meu Chateaubriand, você na sua biografia e, quando não estivermos trabalhando, nós vamos foder. Vamos foder em cada canto da casa. Vamos foder três dias sem parar, no quintal e no mato. Vamos foder até não conseguirmos mais parar em pé, e aí então a gente volta para o trabalho, e quando nosso trabalho estiver pronto, saímos de Vermont e vamos para outro lugar qualquer. Para onde você quiser, Alma. Estou disposto a encarar todas as possibilidades. Nada está fora de cogitação.

Era uma coisa grosseira de se dizer tendo em vista a situação, uma proposta extremamente vulgar e ofensiva, mas o tempo era curto e eu não queria deixar o Novo México sem saber em que pé estávamos. Assim, resolvi arriscar e forçar o assunto, apresentando meu caso nos termos mais crus e incisivos possíveis. Verdade seja dita: Alma nem piscou. Seus olhos estavam fechados quando comecei e ela os manteve assim até o fim do discurso, mas em determinado momento reparei que havia um sorriso querendo lhe repuxar os cantos da boca (acredito que começou quando usei a palavra *foder* pela primeira vez), e quanto mais eu falava, maior ele parecia ficar. Quando terminei, no entanto, ela não disse nada, os olhos continuaram fechados. E então?, perguntei. O que você acha? O que eu acho, ela me respondeu devagar, é que se eu abrir os olhos agora você pode não estar mais aí.

Sei, entendo o que quer dizer. Por outro lado, se não os abrir, nunca vai saber se estou ou não, certo?

Acho que não tenho tanta coragem assim.

Claro que tem. Além disso, está esquecendo que minhas mãos estão dentro da banheira. Estou mexendo em suas costas. Se eu não estivesse aqui, não poderia estar fazendo isso, poderia?

Tudo é possível. Você pode ser uma outra pessoa, uma pessoa que só está fingindo ser David. Um impostor.

E o que um impostor estaria fazendo aqui com você neste banheiro?

Enchendo minha cabeça com fantasias indecentes, me fazendo acreditar que posso ter o que quero. Não é sempre que alguém diz exatamente o que você quer ouvir. Talvez eu mesma tenha dito essas palavras.

Talvez. Ou talvez tenham sido ditas porque quem as disse quer a mesma coisa que você quer.

Mas não exatamente. Nunca é *exatamente*, não é? Como a pessoa poderia ter dito as palavras *exatas* que eu tinha na cabeça?

Com a boca. É daí que saem as palavras. Da boca.

E cadê essa boca então? Deixe eu sentir. Encoste essa sua boca na minha, cavalheiro. Se o gosto for como deve ser, então saberei que é sua, não minha. Então talvez comece a acreditar em você.

De olhos ainda fechados, Alma ergueu os braços no ar, imitando o gesto das crianças pequenas — pedindo um abraço, pedindo colo —, e eu me debrucei e a beijei, apertando minha boca na sua e abrindo seus lábios com minha língua. Eu estava de joelhos — braços dentro da água, as mãos em suas costas, cotovelos apoiados na borda da banheira — e, quando Alma me agarrou a nuca e me puxou para ela, perdi o equilíbrio e caí dentro da água, em cima dela. Nossas cabeças afundaram um instante e quando subiram de novo os olhos de Alma estavam abertos. A água escorria pela borda da banheira, estávamos ambos sem fôlego, no entanto sem parar para engolir mais que um bocado de ar voltamos à posição inicial e começamos a nos beijar para valer. Esse foi o primeiro de vários beijos, o primeiro de muitos beijos. Não posso dar conta das manipulações que se seguiram, das complexas manobras que me permitiram puxar Alma da banheira sem desgrudar meus lábios dos dela, enquanto dava um jeito de não perder contato com sua língua, mas houve um momento em que ela estava fora da água e eu esfregando seu corpo com uma toalha. Lembro-me disso. Também me lembro que depois de estar seca ela tirou minha camisa molhada e desafivelou o cinto que segurava minha calça. Posso vê-la fazendo isso, e posso também me ver beijando-a de novo, posso ver nós dois abaixando até uma pilha de toalhas e fazendo amor no chão.

    A casa estava às escuras quando saímos do banheiro. Alguns reflexos de luz nas janelas da frente, uma nuvem lustrosa fininha estirada no horizonte, resíduos do entardecer. Vestimos nossas roupas, tomamos dois tragos de tequila na sala e depois fomos para a cozinha organizar um jantar. *Tacos* congelados, ervilhas congeladas, purê de batata — mais uma refeição improvisada com o que havia à mão. Pouco importava. A comida desapareceu em nove minutos e depois voltamos para a sala e pusemos mais uma dose de tequila nos copos. Desse ponto em diante, Alma e eu falamos apenas sobre o futuro e quando nos enfiamos na cama, às dez da noite, ainda estávamos fazendo planos, ainda discutindo como seria a vida para nós quando ela fosse ter comigo em minha pequena montanha em Vermont. Não sabíamos quando poderia ir, mas achávamos que não levaria mais que uma semana ou duas para resolver tudo na fazenda, três no máximo. Nesse meio-tempo, falaríamos por telefone e, sempre que fosse muito cedo ou muito tarde para ligar, enviaríamos faxes. Faça sol ou faça chuva, dissemos, manteremos contato diário.

    Deixei o Novo México sem voltar a ver Frieda. Alma ainda tinha esperança de que ela descesse até o chalé para se despedir, mas eu não contava com isso. Já fora riscado de sua lista e, tendo em vista a hora da partida (o carro iria me pegar às cinco e meia da manhã), era pouco provável que fosse perder algumas horas de sono por minha causa. De fato, Frieda não deu o ar da graça e Alma culpou o comprimido para dormir que ela havia tomado na noite anterior. A desculpa me pareceu um tanto otimista. Segundo minha leitura da situação, Frieda não teria ido em hipótese nenhuma — nem que o carro estivesse de partida para a Lua.

Na época, nada disso me pareceu muito importante. O despertador tocou às cinco e, com apenas meia hora para me aprontar, nem teria me lembrado dela se seu nome não tivesse sido mencionado. O importante nessa manhã foi ter acordado ao lado de Alma e tomado café com ela nos degraus da frente da casa, podendo tocá-la de novo. Todo zonzo e descabelado, todo bobo de felicidade, todo turvo de sexo, de pele e de ideias sobre minha nova vida. Se estivesse mais alerta, teria compreendido do que estava me afastando, mas não, estava cansado demais, e apressado demais para qualquer outra coisa que não fossem os gestos mais simples: um último abraço, um último beijo, e então o carro parou diante do chalé e era hora de ir. Entramos de novo para apanhar minha valise e, quando estávamos saindo, Alma pegou um livro sobre uma mesa perto da porta e me entregou (Para dar uma lida no avião, ela disse). Em seguida veio um último, último abraço, um último, último beijo, e eu parti para o aeroporto. Foi só na metade do caminho que lembrei que Alma havia se esquecido de me dar os Xanax.

Em qualquer outro dia, eu teria mandado o motorista voltar. Quase mandei, mas, depois de pensar em todas as humilhações que viriam com a decisão — perder o avião, me expor como um covarde, reafirmar minha condição de fracote neurótico — consegui controlar o pânico. Eu já tinha feito um voo a seco com Alma. O negócio agora era ver se conseguia fazê-lo sozinho. Na medida em que eram necessárias algumas distrações, o livro que ela me deu mostrou-se de grande valia. Tinha mais de seiscentas páginas, pesava quase um quilo e meio e me fez companhia durante o tempo todo em que estive no ar. Compêndio de flores nativas com o título simples e despretensioso de *Ervas do Oeste*, fora redigido por um grupo de sete autores (seis dos quais descritos como Especialistas em Ervas Formados em Curso de Extensão; o sétimo era gerente de um herbário de Wyoming) e publicado, bem a propósito, por alguma coisa chamada Sociedade Ocidental para a Ciência das Ervas, em conjunto com os Serviços Cooperativos de Extensão Universitária para Pesquisas da Terra do Oeste dos Estados Unidos. Nunca me interessei muito por botânica. Não teria sido capaz de dizer o nome de mais de uma dúzia de árvores e plantas, mas aquele livro de referência, com suas novecentas fotografias em cores e uma prosa descritiva precisa sobre o hábitat e as características de mais de quatrocentas espécies, prendeu minha atenção por várias horas. Não sei qual foi o motivo de tanto interesse, talvez porque tivesse acabado de deixar aquela vegetação sedenta e espinhosa e quisesse ver mais, talvez por ainda não ter tido o bastante. Boa parte das fotografias fora feita em close, sem nada no fundo a não ser o céu. De vez em quando a foto mostrava algum capim em volta, um trecho de terra ou então, ainda mais raramente, uma rocha ou montanha distante. Havia uma ausência sentida de pessoas, de qualquer referência à atividade humana. Fazia milhares de anos que o Novo México era habitado, mas a julgar pelas fotos daquele livro nunca houvera nada ali, toda a história da região tinha sido varrida do mapa. Nem sinal dos antiquíssimos moradores dos penhascos, das ruínas arqueológicas, dos conquistadores espanhóis, dos jesuítas, de Pat Garrett e Billy the Kid, dos *pueblos* indígenas, dos construtores da bomba atômica. Havia apenas a terra e aquilo que cobria a terra, tufos raquíticos de caules, pedúnculos e florzinhas espinhentas que brotavam do solo ressequido: uma civilização reduzida a um punhado de ervas. Em si mesmas, as plantas não eram grande coisa, mas os nomes tinham uma musicalidade estranha e, depois de examinar as fotos e ler as palavras que as acompanhavam (*folhas com formatos que variam de ovalado a lanceolado* [...] *Os aquênios são achatados, nervurados e rugosos, com papilhos de pelos filiformes*), fiz uma pausa rápida para anotar alguns desses nomes no bloco. Comecei numa folha em branco, logo depois das páginas usadas para transcrever os trechos do diário de Hector, que, por sua vez, vinham depois dos apontamentos sobre *Martin Frost*. Eram palavras de uma tal densidade, quase como se fosse possível mastigá-las, que me diverti repetindo-as a mim mesmo, sentindo na língua suas obstinadas ressonâncias metálicas. Ao olhar para essa lista agora, parece-me quase um palavrório sem nexo, uma coletânea fortuita de sílabas de uma língua morta — talvez da língua falada um dia em Marte.

Cerefólio. Oficial-de-sala. Apócino. Ambrósia-brava. Artemísia-do-campo. Pega-pega. Cardo. Centáurea-moscada. Pulicária. Barba-de-coruja. Grindélia esquarrosa. Orelha-de-gato. Jacobeia. Tasneira. Serralha. Iva. Tetradímia. Bardana. Picão. Tanásia. Ísate. Erva-pimenteira. Candelária. Anserina. Cipó-chumbo. Eufórbia. Astrágalo. Cizirão. Erva-da-loucura. Junco-dos-sapos. Urtiga-morta. Urtiga-roxa. Ânoda-de-crista. Epilóbio. Gaura. Pé-de-galinha. Pânico. Festuca. Linária. Verônica-biloba. Estramônio.

Vermont me parecia diferente na volta. Estivera fora apenas três dias e duas noites, mas tudo se tornara menor em minha ausência: comprimido, escuro, pegajoso. O verde das matas em volta de casa me parecia artificial, impossivelmente viçoso em comparação com os ocres e castanhos do deserto. O ar era denso de umidade, o chão macio sob os pés e, para onde quer que me virasse, deparava com uma proliferação maluca de vida vegetal, exemplos alarmantes de decomposição: galhos e pedaços de casca de árvore saturados de água mofando nas trilhas, fungos subindo pelo tronco das árvores, manchas de bolor nas paredes de casa. Passado algum tempo, compreendi que estava olhando para aquilo tudo com os olhos de Alma, tentando ver as coisas com uma nova luz, a fim de me preparar para o dia em que ela viesse morar comigo. O voo até Boston tinha sido bom, muito melhor do que eu ousaria imaginar, e saí do avião achando que tinha realizado algo importante. No plano superior das coisas, provavelmente não era nada de muito grandioso, mas no outro, naquele lugar microscópico onde as batalhas privadas são ganhas e perdidas, valia por uma vitória singular. Sentia-me mais forte do que em qualquer outro momento dos últimos três anos. Quase inteiro, disse comigo mesmo, quase pronto para me tornar real de novo.

Durante os vários dias seguintes, mantive-me o mais ocupado possível, atacando várias frentes ao mesmo tempo. Trabalhei na tradução do Chateaubriand, levei a caminhonete avariada para o conserto e esfreguei a casa até quase virá-la do avesso — limpando carpete, encerando mobília, desempoeirando livros. Sabia que nada poderia ocultar a feiura inata do projeto arquitetônico, mas pelo menos serviria para tornar os aposentos mais apresentáveis, dar-lhes um brilho que nunca tinham tido. A única dificuldade era decidir o que fazer com as caixas que estavam num dos quartos — e que eu pretendia transformar num escritório para Alma. Ela iria precisar de um lugar para terminar o livro, um lugar para onde pudesse ir quando quisesse ficar sozinha, e aquele quarto era o único disponível. Espaço, no entanto, era coisa bem limitada na casa e, sem um sótão ou uma garagem, o único lugar em que consegui pensar foi o porão. O problema dessa solução era o chão de terra batida. Toda vez que chovia, o porão se enchia de água e qualquer caixa de papelão deixada lá com certeza ficaria arruinada. Para evitar a catástrofe, comprei noventa e seis blocos de concreto e oito tábuas retangulares de compensado. Empilhando os blocos de três em três, consegui construir uma plataforma bem acima do nível máximo ao qual a água chegara na pior inundação que sofri. Para maior segurança contra os efeitos da umidade, enfiei cada caixa dentro de um saco grande de lixo e fechei a boca com fita adesiva. Isso deveria ter bastado, mas, levei outros dois dias para criar coragem de levá-las para baixo. Tudo o que restava de minha família estava naquelas caixas. Os vestidos e as saias de Helen. Sua escova de cabelo e suas meias. O casacão de inverno com o capuz de pele. A luva de beisebol de Todd e seus gibis. Os quebra-cabeças de Marco e seus homenzinhos de plástico. O estojo de pó compacto com o espelho quebrado. Hotty Tooty, o ursinho de pelúcia. O botão da campanha de Walter Mondale. Essas coisas não me serviam mais para nada, mas nunca consegui jogar nada fora e jamais pensei na possibilidade de dá-las a um bazar de caridade. Não queria que as roupas de Helen fossem usadas por outra mulher e não queria que os bonés do Red Sox dos meninos fossem parar na cabeça de outros garotos. Levar aquelas coisas para o porão foi como enterrá-las. Não era o fim, talvez, mas era o começo do fim, o primeiro marco na estrada do esquecimento. Difícil de fazer, mas infinitamente menos penoso que entrar naquele avião para Boston. Depois que terminei de esvaziar o quarto, fui até Brattleboro escolher uns móveis para Alma. Comprei uma escrivaninha de mogno, uma cadeira de couro que ia para a frente e para trás quando você apertava um botão embaixo do assento, um arquivo de carvalho e um tapete multicor muito bonito. Era o que a loja tinha de melhor, mobiliário de escritório de primeira linha. A conta ficou em mais de três mil dólares e paguei à vista.

Eu estava com saudade. Por mais impetuoso que tivesse sido nosso plano, nunca alimentei nenhuma dúvida, nunca titubeei. Fui em frente num estado de felicidade cega, esperando pelo momento em que Alma finalmente poderia vir para o Leste, e sempre que a saudade apertava, abria o freezer e olhava para o revólver. A arma era a prova de que Alma já tinha estado ali comigo — e, se tinha estado uma vez, não havia razão para não acreditar que fosse voltar. De início, não me preocupei muito com o fato de a arma ainda estar carregada, mas depois de uns dois ou três dias, isso começou a me incomodar. Eu ainda não tinha tocado no revólver, mas uma tarde, só por precaução, tirei-o da geladeira e levei-o para a mata, onde disparei todas as seis balas no chão. Elas fizeram um barulho parecido com o de bombinhas, ou com sacos de papel estourando. Quando voltei, guardei o revólver na primeira gaveta da mesinha de cabeceira. Ele já não podia matar ninguém, o que não significava que fosse menos potente, menos perigoso. A arma corporificava o poder de uma ideia, e toda vez que olhava para ela lembrava quão perto essa ideia estivera de me destruir.

O telefone no chalé de Alma era temperamental e às vezes eu não conseguia falar com ela. Fiação defeituosa, ela tinha dito, uma conexão meio solta em algum lugar do sistema, o que significava que, mesmo depois de discar o número e escutar uma série de estalos e cliques sugerindo que a ligação seria completada, a campainha do telefone não tocava. Mas no geral ele ligava para fora. No dia em que voltei para Vermont, tentei falar uma porção de vezes com ela, e, quando Alma finalmente me ligou, às onze da noite (nove no Novo México), decidimos manter o mesmo horário dali em diante. Só que, em vez de eu ligar, ela é que iria me telefonar. Depois disso, sempre terminávamos a conversa marcando uma hora para o telefonema seguinte e por três noites esse arranjo funcionou tão bem quanto um truque num espetáculo de mágica. Nós dizíamos sete da noite, por exemplo, e às dez para as sete eu me instalava na cozinha, punha uma dose de tequila num copo (continuamos tomando tequila juntos, mesmo a longa distância) e às sete em ponto, no momento em que o ponteiro dos segundos do relógio de parede chegava no doze, o telefone tocava. Acabei dependente da precisão dessas ligações. A pontualidade de Alma era um sinal de fé, um compromisso com o princípio de que duas pessoas morando em partes diferentes do mundo podiam assim mesmo estar de acordo quanto a quase todo o resto.

Então, na quarta noite (na quinta noite depois de eu ter ido embora de Tierra del Sueño), Alma não ligou. Desconfiei que estivesse com problemas no telefone, por isso não agi imediatamente. Continuei sentado no mesmo lugar de sempre, esperando pacientemente o telefone tocar, mas quando o silêncio se prolongou por outros vinte minutos, depois trinta, comecei a me preocupar. Se o telefone estivesse enguiçado, ela teria mandado um fax explicando por que não dera notícias. O fax de Alma estava ligado a uma outra linha e nunca tínhamos tido dificuldades com esse número. Eu sabia que seria inútil, mas peguei o telefone assim mesmo e liguei para ela — com o já esperado resultado negativo. Depois, achando que talvez Alma estivesse resolvendo alguma coisa com Frieda, liguei para a sede, mas o resultado foi o mesmo. Liguei de novo, só para me certificar de que tinha discado o número certo, mas de novo não houve resposta. Como último recurso, mandei um recado breve por fax. *Onde você está, Alma? Está tudo bem? Só curiosidade. Por favor, escreva (mande um fax) se o telefone não estiver funcionando. Amo você, David.*

Havia um único telefone em casa, e ele ficava na cozinha. Se eu fosse para o quarto, tinha medo de não ouvi-lo tocar se Alma ligasse tarde da noite — ou, se escutasse, de não chegar a tempo de atender. Não tinha ideia do que fazer comigo. Esperei na cozinha durante várias horas, na esperança de que algo acontecesse, mas depois, já passando da uma da manhã, fui para a sala e me estiquei no sofá. Era o mesmo conjunto encaroçado de molas e almofadas que eu transformara em cama improvisada para Alma na primeira noite em que ficamos juntos — um ótimo lugar para pensamentos mórbidos. Fiquei nisso até de madrugada, me torturando com imagens de acidentes de carro, incêndios, emergências médicas, tombos fatais em escadas. Em algum momento, os passarinhos acordaram e começaram a cantar lá fora. Não muito depois disso, inesperadamente peguei no sono.

Nunca imaginei que Frieda fosse fazer com Alma o que fizera comigo. Hector queria que eu ficasse na fazenda e assistisse a seus filmes; então ele morreu e Frieda impediu que isso acontecesse. Hector queria que Alma escrevesse sua biografia. Agora que estava morto, por que não me ocorrera que Frieda tomaria a si a tarefa de impedir a publicação do livro? As situações eram quase idênticas, no entanto eu não tinha visto a semelhança, não reparara em absoluto nas analogias. Talvez por causa da distância entre os números. Ver os filmes não teria me tomado mais que quatro ou cinco dias; Alma vinha trabalhando no livro fazia quase sete anos. Nunca me passou pela cabeça que alguém fosse ser cruel a ponto de roubar sete anos da vida de uma pessoa e rasgá-los em pedacinhos. Simplesmente me faltava coragem para pensar isso.

Se eu tivesse previsto o que estava para acontecer, não teria deixado Alma sozinha na fazenda. Eu a teria forçado a colocar o manuscrito na mala, eu a teria empurrado até o carro e a teria levado comigo para o aeroporto naquela manhã. Mesmo que não tivesse agido na hora, talvez ainda houvesse uma possibilidade de fazer algo antes que fosse tarde demais. Tínhamos tido quatro conversas por telefone desde que eu voltara a Vermont e o nome de Frieda fora mencionado em todas. Mas eu não queria falar de Frieda. Essa parte da história estava encerrada para mim e só me interessava falar do futuro. Tagarelei sobre o estado da casa, sobre o quarto que seria seu escritório, sobre a mobília que eu encomendara para ela. Devia estar lhe fazendo perguntas, apertando-a para obter maiores detalhes sobre o humor de Frieda, mas Alma parecia gostar de me ouvir falar desses assuntos domésticos. Ela estava na fase inicial da mudança — enchendo caixas de papelão com roupas, decidindo o que levar e o que deixar para trás, perguntando-me quais livros de sua biblioteca eram duplicata dos meus — e a última coisa que esperava era ter algum problema.

Três horas depois que parti para o aeroporto, Alma e Frieda foram à funerária em Albuquerque recolher a urna. Mais tarde, nesse mesmo dia, num canto sem vento do jardim, haviam espalhado as cinzas de Hector entre roseiras e tulipas. Era o mesmo lugar onde Taddy fora picado pela abelha e Frieda não parecia estar nada bem durante a cerimônia, segurando-se por alguns minutos e depois tendo acessos prolongados de choro. Quando Alma e eu conversamos por telefone nessa noite, ela me contou que Frieda nunca lhe parecera tão vulnerável, tão perigosamente perto do abismo. No entanto, no dia seguinte bem cedo, ao dar um pulo à sede, Alma descobriu Frieda já acordada — sentada no chão, no gabinete de Hector, vasculhando montanhas de papéis, fotos e desenhos esparramados num círculo em volta dela. Os roteiros seriam os próximos, ela dissera, e depois disso faria uma busca sistemática para encontrar todo e qualquer documento ligado à produção dos filmes: originais de storyboards, esboços de figurinos, plantas de cenários, diagramas de iluminação, recomendações aos atores. Tudo teria de ser queimado e não seria possível poupar nem um pedaço de papel.

Assim, apenas um dia depois de eu ter deixado a fazenda, os limites da destruição tinham sido alterados e empurrados para acomodar uma interpretação mais ampla do testamento de Hector. Não eram mais só os filmes. Era todo e qualquer fragmento de prova que pudesse indicar que os filmes tinham existido.

Houve fogueiras nos dois dias seguintes, mas Alma não participou de nenhuma, deixando que Juan e Conchita servissem de ajudantes, enquanto seguia cuidando de suas coisas. No terceiro dia, os cenários foram arrastados do depósito nos fundos do estúdio de gravação e queimados. Os acessórios cênicos foram queimados, os figurinos foram queimados, os diários de Hector foram queimados. Até mesmo o diário que eu tinha lido na casa de Alma foi queimado e, ainda assim, fomos incapazes de enxergar o rumo que as coisas estavam tomando. Aquele diário fora escrito no começo dos anos 1930, muito antes de Hector ter voltado a fazer cinema. Seu único valor era ser uma fonte de informações para a biografia de Alma. Destruída essa fonte, mesmo que o livro acabasse sendo publicado, a história nele contada não teria mais credibilidade. Nós deveríamos ter entendido isso, mas, quando conversamos por telefone naquela noite, Alma mencionou o fato de passagem. A grande notícia do dia tinha a ver com os filmes mudos de Hector. Já havia cópias desses filmes em circulação, claro, mas Frieda receava que se fossem descobertos na fazenda alguém iria fazer uma ligação entre Hector Spelling e Hector Mann, de modo que decidiu queimá-los também. Era um trabalho repulsivo, segundo tinha dito a Alma, mas que precisava ser completado. Se uma parte ficasse por fazer, todas as outras perderiam o sentido.

Combinamos de nos falar de novo às nove da noite do dia seguinte (sete, pelo horário dela). Alma estaria em Sorocco boa parte da tarde — fazendo supermercado, cuidando de assuntos pessoais —, mas, mesmo sendo uma viagem de uma hora e meia até Tierra del Sueño, calculamos que estaria de volta lá pelas seis. O telefonema, porém, não veio e minha imaginação começou a preencher os vazios; até eu me esticar no sofá, à uma da manhã, já tinha me convencido de que Alma nem chegara em casa, que algo monstruoso acontecera.

No fim, eu estava ao mesmo tempo certo e errado. Errado quando achei que não tivesse voltado para casa, mas certo quanto ao resto — embora de nenhuma das maneiras que imaginei. Alma parara o carro na frente de casa alguns minutos depois das seis. Nunca trancava a porta, portanto não se assustou quando viu o chalé aberto, só que havia fumaça saindo da chaminé, e isso, sim, ela achou estranho, totalmente incompreensível. Era um dia quente, pleno mês de julho, e mesmo que Juan e Conchita tivessem ido até lá para levar a roupa limpa ou tirar o lixo, por que cargas-d'água acenderiam a lareira? Alma largou as compras na traseira do carro e entrou feito uma bala. Agachada em frente à lareira, na sala, estava Frieda, amarrotando folhas de papel e atirando-as no fogo. Gesto por gesto, era uma encenação exata do final de *Martin Frost*: Norbert Steinhaus queimando o manuscrito de seu conto na tentativa desesperada de trazer a mãe de Alma de volta à vida. Pedacinhos de cinza de papel flutuavam pela sala, esvoaçando em torno de Frieda como se fossem borboletas negras feridas. As pontas das asas luziam alaranjadas por um instante, depois apagavam-se em um branco-acinzentado. A viúva de Hector estava tão absorta na tarefa, tão decidida a terminar o que começara, que nem sequer ergueu os olhos quando Alma entrou. As páginas por queimar estavam espalhadas no colo, uma pequena pilha de papel A4, talvez umas vinte ou trinta folhas, quem sabe quarenta. Se era o que havia restado, então as outras seiscentas já tinham ido embora.

Segundo suas próprias palavras, Alma ficou *possessa, começou a xingar, a gritar e a vociferar como uma louca*. Investiu sala adentro e, quando Frieda se levantou do chão para se defender, Alma a jogou para um lado. Era tudo o que conseguia lembrar, ela disse. Um empurrão violento e já tinha ultrapassado Frieda, correndo para seu escritório e para o computador, nos fundos da casa. O original queimado era apenas uma cópia impressa. O livro estava no computador e, se Frieda não tivesse mexido no disco rígido nem achado os disquetes com os arquivos, então nada estaria perdido.

Esperança por alguns momentos, uma rápida onda de otimismo enquanto cruzava a soleira da porta do escritório e, depois, adeus esperança. Alma entrou e a primeira coisa que viu foi um espaço vazio onde antes havia o computador. A escrivaninha estava vazia; não havia mais monitor, não havia mais teclado, não havia mais impressora, não havia mais caixinha azul de plástico com vinte e um disquetes etiquetados e os cinquenta e três arquivos de pesquisa. Frieda levara tudo embora. Sem dúvida Juan lhe dera uma mão e, se Alma estava entendendo direito a situação, então já era tarde demais para fazer qualquer coisa a respeito. O computador estaria arrebentado; os disquetes quebrados em pedacinhos. E mesmo que isso não tivesse acontecido ainda, por onde começar a procurá-los? A fazenda tinha mais de cento e sessenta hectares. Tudo o que precisavam fazer era escolher um lugar qualquer, cavar um buraco, e o livro desapareceria para sempre.

Ela não tinha certeza de quanto tempo permaneceu no escritório. Quem sabe de dois a cinco minutos, ou bem mais que isso, talvez quase quinze. Lembrava-se de ter se sentado à escrivaninha com o rosto enterrado nas mãos. Queria chorar, ela me disse, desabafar num surto de gritos e soluços ininterruptos, mas ainda estava atônita demais para chorar e acabou ficando ali sentada, sem fazer nada, ouvindo a própria respiração através das mãos. De certa forma era melhor assim, pensou. Por mais brigas e explicações que houvesse, nada iria desfazer o que tinha sido feito, e o fato é que ela não queria nunca mais trocar uma palavra sequer com Frieda. Seria verdade? Era, decidiu-se, era verdade. Nesse caso, chegara a hora de dar o fora dali. Poderia fazer a mala, entrar no carro e ir até um motel mais ou menos próximo do aeroporto. De manhã bem cedo, estaria num avião, a caminho de Boston.

Foi nesse momento que Alma se levantou da escrivaninha e saiu do escritório. Não eram sete da noite ainda, mas ela me conhecia bem o suficiente para ter certeza de que eu estaria em casa — zanzando em volta do telefone na cozinha, me servindo de uma dose de tequila para aguardar seu telefonema. Ela não iria esperar até a hora marcada. Tinham acabado de roubar anos de sua vida, o mundo explodia em sua cabeça e precisava falar comigo naquele instante, precisava falar com alguém antes que as lágrimas viessem e ela não conseguisse tirar as palavras da boca. O telefone ficava no quarto pegado ao escritório. Tudo o que precisava fazer era virar à direita ao sair e dez segundos depois estaria sentada na cama discando meu número. Ao atingir a soleira da porta do escritório, no entanto, hesitou um instante e virou à esquerda. Vira fagulhas voando por toda parte na sala e, antes de embarcar numa longa conversa comigo, tinha de se certificar de que o fogo estava apagado. Era uma decisão razoável, a coisa certa a fazer diante das circunstâncias. Então, em vez de ir para um lado, foi para o lado oposto da casa e, um momento depois, a história dessa noite virou uma outra história, a noite virou uma outra noite. Esse para mim foi o horror: não só me ver incapaz de evitar o que houve, mas saber que, se Alma tivesse ligado para mim primeiro, talvez nada daquilo tivesse acontecido. Frieda teria continuado estirada no chão da sala, morta, mas nenhuma das reações de Alma teria sido a mesma, nada das coisas que vieram depois que ela encontrou o corpo teriam acontecido da mesma forma. Falar comigo a teria deixado um pouco mais forte, um pouco menos enlouquecida, um pouco mais bem-preparada para absorver o choque. Se ela tivesse me falado do tranco, por exemplo, se tivesse me contado que dera um empurrão no peito de Frieda com a mão espalmada antes de correr para o escritório, talvez eu pudesse tê-la avisado da possibilidade de alguma consequência. As pessoas perdem o equilíbrio, eu teria dito, tropeçam, caem para trás, batem a cabeça em objetos rígidos. Vá até a sala dar uma olhada. Veja se Frieda ainda está lá, e Alma teria ido até a sala sem desligar o telefone. Eu teria então podido conversar com ela imediatamente após ela ter descoberto o corpo, e isso a teria acalmado, teria lhe dado a chance de pensar com mais clareza, de parar e reconsiderar o pavor do que estava se propondo fazer. Mas Alma hesitou na porta, virou à esquerda em vez de virar à direita, e quando encontrou o corpo de Frieda caído no chão, todo encolhido, esqueceu de me ligar. Não, não creio que tenha esquecido, não quis sugerir que tenha esquecido — mas a ideia já começava a tomar forma em sua mente e ela não conseguiu se decidir, não pegou o telefone. Em vez de me ligar, foi até a cozinha, sentou-se com uma caneta e uma garrafa de tequila do lado e passou o resto da noite escrevendo uma carta para mim.

Eu estava dormindo no sofá quando o fax começou a chegar. Eram seis da manhã em Vermont, mas ainda noite no Novo México, e a máquina me acordou no terceiro ou quarto toque. Eu havia dormido menos de uma hora, afundado num coma de exaustão, e não registrei os primeiros toques, se bem que eles alteraram o sonho que eu estava tendo — um pesadelo sobre despertadores, prazos e ter de acordar para dar uma palestra intitulada As Metáforas do Amor. Não é sempre que me lembro de um sonho, mas lembro-me desse, assim como me lembro de tudo o que aconteceu depois que abri os olhos. Sentei no sofá, ciente de que o barulho não vinha do despertador do quarto. Era o telefone tocando na cozinha, mas até me pôr de pé e cambalear pela sala, ele já tinha parado. Ouvi um pequeno estalo na máquina, avisando do início de uma transmissão de fax, e quando finalmente consegui chegar à cozinha os primeiros trechos da carta estavam começando a sair. O papel de fax era diferente em 1988. Saía num rolo — um pergaminho frágil revestido de uma camada eletrônica especial — e quando se recebia uma carta parecia algo enviado do passado longínquo: metade de uma *Torá* ou notícias chegadas de algum campo de batalha etrusco. Alma passara mais de oito horas redigindo a carta, parando de vez em quando e retomando em seguida, pegando e largando a caneta, cada vez mais bêbada com o avançar da noite, e o resultado final foram mais de vinte páginas. Li tudo de pé, puxando o rolo à medida que ia saindo lentamente da máquina. A primeira parte contava o que acabei de resumir: o livro queimado, o sumiço do computador, a descoberta do corpo de Frieda na sala. A última parte terminava assim:

É inevitável. Não sou forte o bastante para carregar uma coisa dessas comigo. Estou tentando envolvê-la nos braços, mas é grande demais para mim, David, muito pesada, e não consigo nem mesmo tirá-la do chão.

Por isso é que não vou ligar para você esta noite. Você vai me dizer que foi um acidente, que não foi culpa minha, e eu vou começar a acreditar em você. Vou querer acreditar em você, mas a verdade é que eu a empurrei com muito mais força do que se pode empurrar uma mulher de oitenta anos de idade, e eu a matei. Não importa o que ela me fez. Eu a matei e, se eu permitir que você me convença do contrário, isso só vai nos destruir mais tarde. Não há como contornar. Para não ir adiante, eu teria de abrir mão da verdade e, assim que fizesse isso, tudo o que há de bom em mim começaria a morrer. Tenho de agir agora, compreende, enquanto ainda tenho coragem. Graças a Deus pelo álcool. Guinness Lhe Dá Força, como diziam os cartazes de rua em Londres. Tequila lhe dá coragem.

A gente sai de um lugar e, por mais que acredite que se afastou, acaba sempre voltando para o ponto de partida. Pensei que você pudesse me resgatar, que eu pudesse me tornar sua, mas nunca pertenci a ninguém a não ser a eles. Obrigada pelo sonho, David. Alma, a feiosa, encontrou um homem, e ele a fez sentir-se bela. Se você pôde fazer isso por mim, imagine o que não será capaz de fazer por uma garota de um rosto só.

Dê-se por feliz. É bom que esteja terminando antes de você descobrir quem eu sou de fato. Fui a sua casa naquela primeira noite com uma arma, não fui? Nunca se esqueça do que isso significa. Só uma pessoa louca faria uma coisa dessas, e nos loucos não se pode confiar. Eles bisbilhotam a vida dos outros, escrevem livros sobre o que não lhes diz respeito, compram pílulas. Graças a Deus pelas pílulas. Foi mesmo por acaso que você não as levou embora no outro dia? Elas ficaram na minha bolsa o tempo todo em que esteve aqui. Eu vivia querendo devolvê-las, mas vivia me esquecendo — até a hora em que você entrou no carro. Não me censure. No fim, preciso mais delas do que você. Minhas vinte e cinco amiguinhas roxas. Xanax potência máxima, garantia de uma noite de sono ininterrupto.

Perdão. Perdão. Perdão. Perdão. Perdão.

Tentei ligar para ela em seguida, mas Alma não atendeu. Dessa vez a ligação foi completada — ouvi o telefone tocando do outro lado —, mas ela não atendeu. Deixei que chamasse umas quarenta ou cinquenta vezes, esperando teimosamente que o barulho interrompesse sua concentração, que a fizesse pensar em alguma outra coisa que não nas pílulas. Cinco toques mais fariam alguma diferença? Outros dez toques conseguiriam impedi-la de ir em frente? Por fim, decidi desligar, peguei um papel e mandei um fax. *Por favor, fale comigo*, escrevi. *Por favor, Alma, pegue o telefone e converse comigo.* Liguei de novo para ela um segundo depois, mas dessa vez a linha caiu depois de seis ou sete toques. Não compreendi a princípio, mas depois percebi que ela devia ter tirado o telefone da tomada.

9.

Mais para o fim da semana, enterrei-a junto dos pais, num cemitério católico a quarenta quilômetros ao norte de Tierra del Sueño. Alma nunca mencionou nenhum parente e, como nenhum Grund ou Morrison apareceu para requisitar o corpo, arquei eu mesmo com as despesas do funeral. Havia decisões sombrias a tomar, escolhas grotescas que giraram em torno dos méritos relativos de um embalsamamento ou de uma cremação, da durabilidade de diversos tipos de madeira, do preço dos caixões. Depois, tendo optado por enterrá-la, novas perguntas sobre roupa, tom de batom, esmalte de unha, penteado. Não sei como consegui resolver essas coisas, mas desconfio que lidei com o assunto do mesmo modo como todo mundo lida: metade ali, metade não, metade enfurnado em mim mesmo, metade sintonizado. Só me lembro direito de ter dito não quando sugeriram a cremação. Basta de chamas, falei, basta de cinzas. Ela já fora retalhada para a autópsia e eu não iria permitir que fosse queimada.

Na noite em que Alma se suicidou, liguei para o xerife da comarca. Um policial chamado Victor Guzman fora enviado até a fazenda para investigar, mas, mesmo tendo chegado lá antes das seis da manhã, Juan e Conchita já tinham desaparecido. Alma e Frieda estavam mortas, a carta que me fora enviada por fax continuava na máquina, mas os anões tinham sumido do mapa. Quando parti para o Novo México, cinco dias depois, Guzman e os outros policiais continuavam à procura deles.

Os restos mortais de Frieda ficaram por conta do advogado dela, segundo as disposições do testamento. A cerimônia foi realizada no arvoredo da Fazenda Pedra Azul — logo atrás da sede, na pequena floresta de salgueiros e choupos de Hector —, mas fiz questão de não estar presente. Meu ódio por Frieda era grande demais e só de pensar em comparecer sentia engulhos. Não cheguei a me encontrar com o advogado, mas Guzman falara com ele a meu respeito e, quando ligou para o motel para me convidar para o enterro de Frieda, eu simplesmente disse que estava ocupado. Depois disso ele conversou alguns minutos mais, comentando sobre a pobre sra. Spelling e a pobre Alma, e como fora tudo pavoroso, e depois, *em absoluto segredo*, mal parando para respirar entre as frases, informou que o espólio valia mais de nove milhões de dólares. A fazenda seria posta à venda assim que o testamento fosse homologado, ele me disse, e o dinheiro, junto com a venda dos certificados e ações da sra. Spelling, seria doado a uma organização sem fins lucrativos de Nova York. Qual?, perguntei. Para o Museu de Arte Moderna, ele disse. Todos os nove milhões de dólares seriam colocados num fundo anônimo para a preservação de filmes antigos. Muito estranho, ele disse, o senhor não acha? Não, eu falei, estranho não. Cruel e doentio, talvez, mas estranho, não. Para quem gosta de piadas ruins, essa é bem capaz de render boas gargalhadas durante anos a fio.

Eu queria voltar à fazenda uma última vez, mas, quando parei na porteira, não tive ânimo de entrar. Esperava achar algumas fotos de Alma, dar uma olhada no chalé em busca de lembranças que pudesse levar de volta comigo para Vermont, mas a polícia tinha colocado uma daquelas barreiras do tipo "cena do crime" com fita amarela em volta e, de repente, perdi a coragem. Não havia nenhum policial por lá para me impedir a entrada e eu não teria tido nenhum problema para pular a cerca e entrar na propriedade, mas não pude, não pude — e por isso manobrei o carro e segui meu caminho. Passei minhas últimas horas em Albuquerque encomendando uma lápide para o túmulo de Alma. De início, pensei numa inscrição com o mínimo de palavras possível: ALMA GRUND 1950-1988. Mas, depois de assinar o contrato e pagar o homem pelo serviço, voltei e lhe disse que tinha mudado de ideia. Queria acrescentar mais uma palavra, falei. A inscrição deveria dizer: ALMA GRUND 1950-1988 ESCRITORA. Exceto pelas vinte páginas da carta suicida que ela me enviara em sua última noite de vida, eu jamais havia lido uma palavra do que tinha escrito. Mas Alma morrera por causa de um livro e, por justiça, deveria ser lembrada como autora desse livro.

    Voltei para casa. Nada aconteceu no voo de volta até Boston. Passamos por uma turbulência ao sobrevoar o Meio-Oeste, comi um pouco de frango, tomei uma taça de vinho, espiei pela janela — mas não aconteceu nada. Nuvens brancas, asas prateadas, céu azul. Nada.

    Não havia bebida em casa quando cheguei e já era tarde para sair e comprar uma garrafa. Não sei se foi isso que me salvou, mas eu tinha esquecido que acabara com a tequila na última noite antes de viajar e, sem a menor esperança de expurgo num raio de cinquenta quilômetros em torno de West T— —, tive que ir para a cama sóbrio. Meus planos eram desabar, voltar à velha rotina de mágoa, infelicidade e álcool, mas à luz daquela manhã de verão em Vermont alguma coisa em mim resistiu ao ímpeto da autodestruição. Chateaubriand estava chegando ao fim de sua longa reflexão sobre a vida de Napoleão, e eu fui ter com ele no vigésimo quarto livro de memórias, na ilha de Santa Helena, junto com o imperador deposto. *Ele já estava no exílio havia seis anos; precisara de menos tempo para conquistar a Europa. Raramente saía de casa e passava os dias lendo Ossian na tradução italiana de Casarotti.* [...] *Quando saía, Bonaparte caminhava por trilhas irregulares ladeadas por aloés e giestas perfumadas* [...] *ou escondia-se em meio às densas nuvens que rolavam pelo chão.* [...] *Nesse momento da história, tudo murcha num dia; aquele que vive demais morre vivo. À medida que caminhamos pela vida, deixamos para trás três ou quatro imagens de nós mesmos, cada uma delas diferente das outras; nós as vemos através da névoa do passado, qual retratos de nossas diferentes idades.*

Não tenho certeza se a sensação de estar forte o bastante para continuar trabalhando veio de algum truque mental meu ou se simplesmente me encontrava anestesiado. Durante o resto do verão, senti como se vivesse em outra dimensão, desperto para as coisas em volta e, no entanto, ao mesmo tempo, distante delas, como se meu corpo estivesse envolto em gaze transparente. Trabalhava sem parar no Chateaubriand, levantando cedo e indo tarde para a cama, e fiz progressos constantes com o correr das semanas, aumentando aos poucos para quatro minha cota diária de três laudas da edição da Pléiade. Parecia ser um progresso, a sensação era de progresso, mas foi também durante esse período que sofri lapsos curiosos de atenção, surtos de distração que pareciam me atacar assim que deixava a escrivaninha. Esqueci de pagar a conta do telefone por três meses seguidos, ignorei todos os avisos ameaçadores que chegaram pelo correio e só quitei a conta no dia em que apareceu um sujeito no meu quintal para desligar o serviço. Duas semanas depois, numa ida a Brattleboro para fazer compras e que incluiu uma passada no correio e outra no banco, consegui a proeza de enfiar a carteira na caixa do correio, pensando que fosse um maço de cartas. Esses incidentes me perturbavam, mas nem por um instante parei para pensar no porquê de estarem acontecendo. Fazer essa pergunta significaria me pôr de quatro e abrir o alçapão debaixo do tapete, e eu não podia me dar ao luxo de espiar a escuridão daquele lugar. Na maior parte das noites, depois que eu largava o trabalho e terminava de jantar, ficava sentado até tarde na cozinha, transcrevendo as anotações que fizera de *The Inner Life of Martin Frost*.

Eu conhecera Alma por oito dias apenas. Durante cinco deles, estivemos separados, e quando calculava quanto tempo tínhamos passado juntos nos outros três dias, chegava ao total espetacular de cinquenta e quatro horas. Dezoito das quais tinham sido gastas dormindo. Outras sete desperdiçadas em separações de um tipo ou outro: as seis horas que passei sozinho no chalé, os cinco ou dez minutos que passei com Hector, os quarenta e um minutos que passei vendo o filme. O que deixava meras vinte e nove horas em que me fora possível vê-la e tocá-la, em que eu pudera me encerrar no círculo de sua presença. Fizemos amor cinco vezes. Jantamos ou almoçamos juntos seis vezes. Eu lhe dei um banho. Alma entrara e saíra de minha vida tão depressa que às vezes me parecia tê-la imaginado, apenas. Essa era a pior parte de ter de enfrentar sua morte. Não havia o bastante para eu me lembrar, de modo que vivia repassando as mesmas coisas o tempo todo, vivia somando os mesmos números e chegando aos mesmos míseros totais. Dois carros, um avião a jato, seis copos de tequila. Três camas em três casas em três noites diferentes. Quatro conversas por telefone. Eu estava perplexo, não sabia como chorar sua morte, a não ser me mantendo vivo. Meses depois, quando terminei a tradução e me mudei de Vermont, compreendi que Alma fizera isso por mim. Em oito breves dias, ela me trouxera de volta dos mortos.

Pouco importa o que me aconteceu depois disso. Este é um livro de fragmentos, uma compilação de mágoas e sonhos semilembrados e, para poder contar a história, tenho de me limitar aos eventos da própria história. Simplesmente direi que hoje vivo numa cidade grande, em algum lugar entre Boston e Washington, DC, e que esta é a primeira vez que ponho alguma coisa no papel desde *The Silent World of Hector Mann*. Lecionei por uns tempos de novo, mas depois encontrei outro trabalho mais satisfatório e larguei o magistério para sempre. Devo também dizer (para aqueles que se importam com coisas desse tipo) que não vivo mais sozinho.

Faz onze anos que voltei do Novo México e em todo esse tempo nunca falei com ninguém sobre o que me aconteceu ali. Nem uma palavra sobre Alma, nem uma palavra sobre Hector e Frieda, nem uma palavra sobre a Fazenda Pedra Azul. Quem teria acreditado numa história dessas, se eu tentasse contá-la? Eu não tinha provas, nenhuma evidência que me apoiasse. Os filmes de Hector haviam sido destruídos, o livro de Alma fora destruído e a única coisa que poderia ser mostrada a alguém era minha patética coleção de anotações, minha trilogia de rabiscos do deserto: a decupagem de *Martin Frost*, os trechinhos do diário de Hector e uma lista de plantas extraterrestres que não tinham nada a ver com nada. Melhor ficar de boca fechada, decidi, e deixar que o mistério de Hector Mann permanecesse sem solução. Outras pessoas começaram a escrever sobre seu trabalho e, quando as comédias mudas saíram em vídeo, em 1992 (uma coleção em três fitas), o homem do terno branco começou a ter seus seguidores. Era um pequeno retorno, claro, um acontecimento minúsculo na terra da diversão industrializada e dos orçamentos bilionários de marketing, mas ainda assim satisfatório, e me deu prazer topar com artigos que se referiam a Hector como um mestre menor do gênero, ou (para citar palavras de Stanley Vaubel para a *Sight and Sound*) *o último grande representante da arte do pastelão*. Talvez isso bastasse. Quando surgiu um fã-clube, em 1994, fui convidado a ser sócio honorário. Como responsável pelo primeiro e único estudo alentado da obra de Hector, fui considerado o espírito fundador do movimento e esperava-se que eu lhes desse minha bênção. Pela última contagem, havia mais de trezentos sócios pagantes na Irmandade Internacional de Hector Manníacos, alguns deles vivendo em lugares tão distantes quanto Suécia e Japão. Todos os anos, o presidente me convida para a reunião anual de sócios, realizada em Chicago, e quando pela primeira vez aceitei o convite, em 1997, fui aplaudido de pé no fim da palestra. Na rodada de perguntas e respostas que veio depois, alguém me perguntou se durante as pesquisas para o livro eu tinha encontrado alguma informação referente ao desaparecimento de Hector. Não, eu disse, infelizmente não. Procurara durante meses e meses, mas não conseguira descobrir nada de novo.

    Completei cinquenta e um anos em março de 1998. Seis meses depois, no primeiro dia de outono, uma semana apenas após ter participado de um painel de discussões sobre filmes mudos no American Film Institute de Washington, sofri meu primeiro ataque cardíaco. O segundo veio em 26 de novembro, no meio de um jantar de Ação de Graças na casa de minha irmã, em Baltimore. O primeiro fora bem suave, a chamada formação de um infarto, o equivalente a um breve solo para uma única voz. O segundo me invadiu o corpo como um coral sinfônico de duzentas vozes e orquestra de metais e quase me matou. Até então, eu tinha me recusado a pensar em cinquenta e um anos como velhice. Talvez eu não fosse especialmente jovem, mas também não era para dizer que estava na idade de começar a me preparar para o fim e fazer as pazes com o mundo. Eles me mantiveram no hospital por várias semanas e os avisos médicos foram suficientemente desanimadores para me fazer mudar de opinião. Para usar uma frase da qual sempre gostei, descobri que estava vivendo com tempo emprestado.

Não creio ter errado em manter meus segredos comigo todos esses anos, e não creio ter errado em contá-los agora. As circunstâncias mudaram e, quando mudaram, mudei de ideia também. Eles me mandaram para casa em meados de dezembro e por volta do início de janeiro eu estava escrevendo as primeiras páginas deste livro. Estamos no fim de outubro agora e, à medida que vou chegando ao fim, reparo com certa satisfação sombria que estamos também chegando perto das últimas semanas do século — o século de Hector, o século que começou dezoito dias antes de ele nascer e que ninguém em sã consciência vai lamentar ver acabado. Seguindo o modelo de Chateaubriand, não farei a menor tentativa de publicar agora o que escrevi. Deixei uma carta instruindo meu advogado e ele saberá onde encontrar o manuscrito e o que fazer dele depois que eu me for. Tenho toda a intenção de viver até os cem, mas, na eventualidade de não ir tão longe, todas as providências necessárias foram tomadas. Quando, e se, este livro for publicado, caro leitor, pode estar certo de que o homem que o escreveu está morto já faz um tempo.

Existem pensamentos que arrebentam com a mente, pensamentos de tamanho poder e feiura que são capazes de nos corromper assim que começamos a pensá-los. Eu tinha medo do que sabia, medo de mergulhar no horror daquilo que eu sabia, e portanto não pus o pensamento em palavras até ser tarde demais para que as palavras pudessem me fazer algum bem. Não tenho nenhum fato a oferecer, nenhuma prova concreta que possa ser apresentada em tribunal, mas depois de passar e repassar todos os acontecimentos daquela noite muitas e muitas vezes na cabeça, nos últimos onze anos, estou quase certo de que Hector não teve uma morte natural. Estava fraco quando o vi, claro, fraco e sem dúvida alguma a poucos dias da morte, mas estava lúcido e quando pegou meu braço, no final da conversa, apertou-me a pele com os dedos. Foi um aperto de quem pretendia continuar vivendo. Ele iria se manter vivo até que tivéssemos concluído nosso trato, e quando desci, depois de Frieda ter me pedido para sair do quarto, contava vê-lo de novo pela manhã. Pense na sequência de acontecimentos e em como os desastres se precipitaram. Alma e eu fomos para cama e, assim que pegamos no sono, Frieda saiu pé ante pé, foi até o quarto de Hector e o sufocou com um travesseiro. Estou convencido de que o fez por amor. Não havia raiva nela, nenhuma sensação de ter sido traída, nenhuma vingança — apenas a devoção fanática a uma causa justa e sagrada. Hector não deve ter oferecido muita resistência. Ela era mais forte que ele e, abreviando sua vida em alguns poucos dias, iria resgatá-lo da loucura de haver me convidado para ir à fazenda. Depois de anos de uma coragem inquebrantável, Hector vergara sob o peso de dúvidas e indecisões, acabara questionando tudo o que fizera de sua vida no Novo México, e assim que eu pisei em Tierra del Sueño a beleza que ele criara com Frieda foi estraçalhada. A loucura não começou até eu chegar à fazenda. Fui eu o catalisador de tudo o que aconteceu enquanto estive lá, o ingrediente final que desencadeou a explosão fatal. Frieda precisava se livrar de mim e a única forma de fazê-lo seria se livrando de Hector.

Penso muitas vezes no que aconteceu no dia seguinte. Tanta coisa gira em torno do que nunca foi dito, das pequenas brechas e silêncios, da estranha passividade que parecia irradiar de Alma em certos momentos críticos. Quando acordei naquela manhã, ela estava sentada a meu lado na cama, passando a mão em meu rosto. Eram dez horas — muito além da hora em que deveríamos ter ido para a sala de projeção assistir aos filmes de Hector —, mas ainda assim ela não me apressou. Tomei a xícara de café que ela deixara na mesinha de cabeceira, conversamos um pouco, trocamos um abraço e nos beijamos. Mais tarde, quando ela voltou ao chalé depois que os filmes foram incinerados, parecia relativamente pouco abalada pela cena que acabara de presenciar. Não estou me esquecendo de que ela desmoronou e chorou, mas foi uma reação bem menos intensa do que imaginei que seria. Ela não vociferou, não se descontrolou, não xingou Frieda por ter posto fogo em tudo antes do prazo estipulado por Hector. Eu havia conversado o suficiente com ela nos dois dias anteriores para saber que era contrária à destruição dos filmes. Reverenciava a magnitude da renúncia de Hector, acho, mas ao mesmo tempo acreditava ser a decisão errada, e me contou que discutira com ele sobre o assunto inúmeras vezes no decorrer dos últimos anos. Sendo assim, por que não ficou mais contrariada quando os filmes finalmente foram destruídos? A mãe dela estava naqueles filmes, o pai tinha rodado aqueles filmes, e no entanto ela pouco falou sobre eles depois que as fogueiras se extinguiram. Tenho pensado em seu silêncio nesses anos todos e a única teoria que faz sentido, a meu ver, a única capaz de explicar totalmente a indiferença que ela demonstrou naquela noite, é que Alma sabia que os filmes não tinham sido destruídos. Alma era uma pessoa extremamente inteligente e habilidosa. Ela já tinha feito cópias dos primeiros filmes de Hector e enviado a meia dúzia de arquivos espalhados pelo mundo. Por que não poderia ter feito cópias também dos últimos filmes? Ela viajara um bocado enquanto trabalhava no livro. O que a impedia de contrabandear um ou dois negativos cada vez que deixava a fazenda e levá-los a um laboratório qualquer para fazer novas cópias? O arquivo da Pedra Azul não era vigiado, ela possuía a chave de todas as portas e não teria tido o menor problema em retirar o material e depois devolvê-lo sem ser notada. Se foi o que fez, então deve ter escondido as cópias em algum lugar, esperando trazê-las a público após a morte de Frieda. Teria levado anos talvez, mas Alma era paciente e, além do mais, como poderia saber que sua vida terminaria na mesma noite em que a de Frieda terminou? Alguém poderia argumentar que ela teria me revelado o segredo, que não teria guardado uma coisa dessas só para si, mas talvez estivesse planejando me contar quando chegasse a Vermont. Ela não mencionou os filmes em sua longa e desarticulada carta suicida, mas sua angústia era muito grande naquela noite, ela vivia um delírio de terror e autojulgamento apocalíptico, não creio que ainda estivesse verdadeiramente neste mundo quando se sentou para me escrever a carta. Ela se esqueceu de me contar. Queria me contar, mas acabou se esquecendo. Nesse caso, então os filmes de Hector não estão perdidos. Estão apenas desaparecidos e mais cedo ou mais tarde há de surgir alguém que abra por acaso a porta do lugar onde Alma os escondeu, e toda a história começará outra vez.

    Vivo torcendo por isso.

1ª EDIÇÃO [2002] 2 reimpressões

ESTA OBRA FOI COMPOSTA PELA SPRESS EM ELECTRA E IMPRESSA
PELA GRÁFICA BARTIRA EM OFSETE SOBRE PAPEL PÓLEN NATURAL
DA SUZANO S.A. PARA A EDITORA SCHWARCZ EM MAIO DE 2024

A marca FSC® é a garantia de que a madeira utilizada na fabricação do papel deste livro provém de florestas que foram gerenciadas de maneira ambientalmente correta, socialmente justa e economicamente viável, além de outras fontes de origem controlada.